Controlaré tus sueños

Controlaré tus sueños

John Verdon

Traducción de Javier Guerrero

rocabolsillo

Título original: *Beware of the Wolf*

© John Verdon, 2015

Primera edición en este formato: octubre de 2016

© de la traducción: Javier Guerrero
© de esta edición: Roca Editorial de Libros, S. L.
Av. Marquès de l'Argentera 17, pral.
08003 Barcelona
actualidad@rocaeditorial.com
www.rocabolsillo.com

Impreso por LIBERDÚPLEX, s.l.u.
Crta. BV-2249, km 7,4, Pol. Ind. Torrentfondo
Sant Llorenç d'Hortons (Barcelona)

ISBN: 978-84-16240-43-2
Depósito legal: B-17.252-2016
Código IBIC: FF; FH

RB40432

PRIMERA PARTE

Sueños letales

Más allá del terror

*E*staba tiritando a la luz de la luna, en el lugar acordado, entre las dos cicutas gigantes que se alzaban al extremo del lago congelado.

En la distancia, oyó la motocicleta que se acercaba; primero en Bale Brook Road; luego en el camino serpenteante que llevaba desde la carretera hasta el lago.

Al final, llevada por la ansiedad, divisó el foco delantero que parpadeó a través del bosque y que luego cruzó el claro que separaba los pinos de las altísimas cicutas negras. Estaba desesperada por verlo y, al mismo tiempo, lo temía.

Se detuvo delante de ella y apagó el motor. Se quedó con los pies separados en el suelo, para equilibrar el peso de aquella enorme motocicleta. Era la de su hermano mayor; la conducía ilegalmente.

Apenas apreció unos pocos copos de nieve sobre su cabello alborotado por el viento. No estaba segura de si el chico parecía preocupado o si eran cosas suyas porque ese era el aspecto que esperaba que tuviera. No había sido explícita cuando lo había llamado por teléfono, pero su voz mostraba ansiedad y urgencia. Estaba segura, pese a que él estaba de espaldas a la luna, de que la estaba mirando atentamente, esperando a que le explicara por qué estaban allí.

Lo oía respirar, incluso los latidos de su corazón. Pero eso era imposible. Quizá fuera su propio corazón, su propio pulso desesperado latiendo en sus oídos.

Se obligó a pronunciar las palabras.

—Estoy embarazada.

—¿Qué? —La voz del chico sonó abrupta, como nunca antes.

—No me ha venido la regla.

—¿Eso quiere decir que estás embarazada?

—Nunca antes se me había retrasado.

Él respiró profundamente, pero no dijo nada. Se quedó inmóvil, como congelado.

En algún momento después de eso (perdió la noción del tiempo), el chico arrancó otra vez la moto, metió gas y aceleró hacia el lago cubierto de hielo. El aullido del motor cortó la noche como una cuchilla.

¿A qué respondía ese giro violento del acelerador, aquella explosión de velocidad?

Años después de todo aquello, le seguía inquietando. Pero esa noche no hubo tiempo ni posibilidad de pensar en ello. Lo que ocurrió a continuación no dejó lugar a la razón.

En el centro distante del lago, el rugido decreciente del motor se interrumpió por un crujido horripilante, seguido por otro y otro más, como una rápida serie de disparos con silenciador, cuando el hielo cedió bajo el peso de la motocicleta. Hubo una escalofriante salpicadura, el silbido del motor caliente hundiéndose... y silencio.

Y luego, el grito. Ese grito salvaje que parecía tener vida propia. Y siguió y siguió.

Solo tiempo después comprendió que aquel grito únicamente podía haber salido de ella.

1

Hombre y bestia

$\mathcal{L}$a conducta del puercoespín no tenía sentido.

Había algo profundamente inquietante en aquella ausencia de cualquier propósito lógico. Al menos a Dave Gurney le resultaba inquietante.

En esa mañana fría de primeros de diciembre, estaba sentado junto a la ventana del estudio, mirando hacia una fila de árboles sin hojas en el lado norte del antiguo prado. Se estaba fijando en un árbol en particular, en una de sus ramas bajas, mientras un puercoespín inusualmente gordo avanzaba y retrocedía por ella, despacio, de forma repetitiva y en apariencia absurda.

—¿Qué raquetas de nieve te llevas? —preguntó Madeleine.

Estaba de pie en el umbral del estudio. En una mano sostenía unas raquetas de nieve tradicionales de cuero sin curtir sobre madera; en la otra, unas modernas, de metal y plástico. Su cabello corto y oscuro tenía el aspecto especialmente desarreglado de cuando había estado hurgando en el desván de techo bajo o en el fondo de un armario.

—No tengo ni idea. Lo decidiré después.

Estaban planeando pasar unos días en un hotel de las Green Mountains de Vermont para caminar con raquetas y hacer un poco de esquí de fondo. La nieve apenas había aparecido ese año en las montañas de los Catskills, y la nieve era la parte del invierno que a Madeleine más le gustaba.

Señaló con la cabeza hacia la ventana del estudio.

—¿Todavía obsesionado con nuestro pequeño visitante?

Dave Gurney sopesó varias maneras de responder; de inmediato, rechazó hacer cualquier mención al parecido del puercoespín con un mafioso medio senil que caminaba arrastrando los pies y al que había conocido en Nueva York. Cuatro años después de retirarse del Departamento de Policía, él y Madeleine habían alcanzado por fin una especie de pacto tácito. Aunque oficialmente Dave ya no era el detective de Homicidios que había sido durante veinte años, había quedado claro que no iba a transformarse en un amante de la naturaleza, las bicicletas y el kayak, como había esperado ella. Pero habían llegado a un acuerdo. Él aceptaba (tácitamente) dejar de contar cómo sus actuales experiencias en las montañas del norte de Nueva York le recordaban pasados casos criminales. Por su parte, ella transigía con (tácitamente) dejar de intentar convertirlo en algo que no era. Por supuesto, aquellos pactos tácitos conducían a veces a ciertos silencios tensos.

Dave miró por la ventana.

—Estoy tratando de descubrir qué pretende.

Madeleine apoyó las raquetas de nieve en la pared, se acercó a su marido y miró durante varios segundos aquel animal cubierto de púas que serpenteaba por la rama.

—Probablemente, solo está haciendo alguna cosa normal en un puercoespín. Lo mismo que estaba haciendo ayer. ¿Cuál es el problema?

—Lo que está haciendo no tiene ningún sentido.

—A lo mejor tiene sentido para él.

—No, a menos que esté loco. O tal vez esté fingiendo que está loco, lo cual es improbable. Mira. Muy despacio, busca la salida al final de esa rama. Entonces, se da la vuelta, como indeciso. Luego vuelve por donde ha venido. Está gastando energía... ¿Por qué?

—¿Todo ha de tener una explicación?

—En última instancia, todo la tiene. Y, en este caso, me gustaría saber que la explicación es algo distinto a la rabia.

—¿Rabia? ¿Por qué se te ocurre una cosa así?

—La rabia causa una conducta desquiciada.

—¿Estás seguro de que los puercoespines tienen rabia?

—Sí. Lo he consultado. Voy a poner un par de cámaras de vigilancia ahí, para descubrir adónde va y qué hace cuando no está trastabillando en esa rama.

Madeleine cambió la expresión, quizá confundida, quizás incrédula. Dave no estaba seguro.

—Cámaras de vigilancia. Cámaras de seguridad para exterior —explicó él—, activadas por el movimiento.

—Cámaras de seguridad. Cielo santo, David, lo más probable es que solo esté viviendo su vida de puercoespín, y lo estás tratando como..., como si estuviera cometiendo un crimen. —Hizo una pausa—. Además, ¿de dónde vas a sacar esas cámaras?

—De Jack Hardwick. Tiene un montón.

Dave no le recordó que eran cámaras sobrantes de un plan fallido que él y Hardwick habían urdido durante el reciente caso de asesinato de Peter Pan; sin embargo, a juzgar por la expresión sombría de su mujer, no hacía falta que se lo recordara.

—Una vez que pueda ver cómo se comporta ese animal en el suelo —agregó Dave, en un intento por rescatar la discusión de un abismo de malos recuerdos—, tendré una idea más clara de lo que está ocurriendo.

—¿No crees que estás exagerando un poco?

—No si el maldito bicho tiene rabia.

—¿Y si no?

—Si no, pues no.

Madeleine le dedicó una de esas largas miradas que él nunca era capaz de descifrar del todo.

—Nos vamos a Vermont pasado mañana.

—¿Y?

—¿Y cuándo estás planeando hacer lo que ibas a hacer con esas cámaras?

—Lo antes posible. En cuanto pueda conseguirlas. De hecho, podría llamar a Hardwick ahora mismo.

La expresión indescifrable de Madeleine cambió a una de preocupación obvia.

—¿Cuándo vas a hacer las maletas?

—Por amor de Dios, solo nos vamos tres días.

—Cuatro.

—¿Cuál es la diferencia? Preparar las maletas es un momento. Lo primero es lo primero. Deja que haga la llamada para sacarme esto de encima. Al menos, la primera llamada. Ya conoces a Jack. Dejaré un mensaje, él responderá cuando le apetezca, se quejará en voz alta de que le pida prestadas las cámaras y, al final, en algún momento, terminaré con ellas. Pero he de poner las cosas en marcha.

Cuando Gurney salió del estudio en busca de su teléfono móvil, la voz de Madeleine lo siguió:

—¿Se te ha ocurrido que el puercoespín podría ser totalmente inofensivo y que la razón de que camine adelante y atrás por esa rama podría no ser asunto tuyo?

2

Ángel de la guarda

*M*edia hora más tarde, el sol de la mañana ya estaba muy por encima de la cumbre oriental. Sus rayos se proyectaban en diagonal a través de prismas de hielo en el aire seco y glacial, creando destellos microscópicos aleatorios.

Gurney, de pie junto a las puertas cristaleras en el rincón del desayuno de la gran cocina de la casa de campo, permanecía ajeno en gran medida a este fenómeno. Estaba mirando al prado de abajo, hacia el establo rojo, al lugar donde la estrecha carretera rural terminaba en su terreno de doscientas hectáreas. En tiempos había sido una explotación ganadera, pero hacía mucho que, con el derrumbe de la industria láctea del estado, ya no se empleaba para esas cosas.

Después de retirarse prematuramente de sus profesiones en Nueva York, él y Madeleine se habían trasladado a esa zona bucólica de las montañas de los Catskills, porque el campo era increíblemente hermoso. La crisis económica había hecho que aquel terreno resultara bastante asequible. El entusiasmo de Madeleine por el lugar era obvio desde el principio. Su carácter enérgico y sencillo; su fascinación categórica por el mundo natural, y su deleite visceral por el simple hecho de estar al aire libre en cualquier estación (yendo en canoa, recogiendo bayas o sencillamente paseando por viejos senderos forestales) la preparaban para la vida campestre. Adaptarse a su nuevo entorno había sido un proceso fácil y feliz para ella.

Dave, cuatro años después, continuaba intentándolo.

No obstante, en ese momento, aquello no le preocupaba lo más mínimo. Estaba dándole vueltas a la desconcertante conversación telefónica que acababa de mantener con Jack Hardwick.

Hardwick había respondido al teléfono muy amablemente, sin ninguna de sus tradicionales pullas. Había sonado tan simpático que Gurney enseguida sospechó que se trataba de una parodia de cordialidad que, en cualquier momento, sería sustituida por algún comentario cínico. Pero no había ocurrido tal cosa. De hecho, Hardwick había respondido a la solicitud de Gurney de que le prestara un par de cámaras de rastreo con entusiasmo; no solo por proporcionárselas, sino también por entregárselas. Y no solo por entregárselas, sino por hacerlo de inmediato.

Mientras Gurney permanecía junto a las puertas de cristal reflexionando sobre la inusitada prisa por ser servicial de su amigo, Madeleine llegó de la habitación del piso de arriba cargada con dos mochilas de nailon: una azul y otra verde. Las dejó en el suelo a los pies de su marido.

—¿Alguna preferencia?

Dave miró las bolsas y negó con la cabeza.

—Me da igual.

—¿Qué pasa?

—Solo… Estaba pensando.

—¿En qué?

Le contó lo de la llamada telefónica.

Madeleine entrecerró los ojos.

—¿Está viniendo… aquí? ¿Ahora?

—Eso parece.

—¿Qué prisa tiene?

—Buena pregunta. Supongo que lo descubriremos cuando llegue.

Justo en ese momento, desde algún lugar de la carretera situada por debajo del granero, se oyó el rugido grave de un motor de ocho cilindros. Al cabo de medio minuto, el potente coche clásico de Hardwick, un Pontiac GTO rojo de 1970, estaba subiendo por el sendero que atravesaba el prado descuidado.

—Va alguien con él —dijo Madeleine.

—Hum.

A Gurney no le gustaban las sorpresas. Salió por el lavadero hacia la puerta lateral, la abrió y observó mientras Hardwick aparcaba el ruidoso y anguloso GTO junto a su polvoriento Outback.

Hardwick bajó primero. Su sonrisa de labios delgados, como de costumbre, exhibía más resolución que amabilidad; el mismo mensaje que expresaban sus ojos azul pálido y la agresiva ausencia de color en la ropa: vaqueros negros, suéter negro, cazadora negra.

La atención de Gurney, no obstante, estaba en la persona que salió del lado del pasajero. Su primera impresión fue la de una clase diferente de ausencia de color, un anonimato apagado. Era una mujer grande, sencilla, ataviada con un abrigo de invierno acolchado y un gorro de esquí sin forma.

Mientras estaba examinando la casa y sus alrededores, la mujer estornudó, buscó en el bolsillo un pañuelo de papel y se sonó la nariz. Resultaba difícil saber qué edad tenía, tal vez cuarenta y pocos.

Cuando llegó a la puerta, Gurney le ofreció una sonrisa agradable y echó una mirada inquisitiva hacia Hardwick, lo cual dio la impresión de hacer más grande y brillante la sonrisa del hombre.

—Ah, sí, Davey, siento que se está formando una pregunta en esa mente siempre inquieta. Te estás preguntando: «¿Dónde están esas cámaras que tenía que traerme?». ¿Tengo razón?

Gurney esperó. Sonrió con paciencia, pero no dijo nada.

—Como tu fiel ángel de la guarda… —Hardwick hizo una pausa dramática antes de proseguir con entusiasmo—, he decidido traerte algo de un valor muy superior a una puta cámara de rastreo. ¿Podemos entrar?

Con la irritación que le causaban las sorpresas, Gurney los condujo a la cocina de la gran estancia abierta que también incluía una zona de comedor y, en el otro extremo, un rincón para sentarse en torno a una chimenea de piedra.

La sonrisa tensa de Madeleine parecía reflejar la historia de Gurney con quien había sido su colega, un hombre difícil con el que compartía una serie de experiencias casi fatales relacionadas con ciertos asuntos policiales.

La sonrisa de Hardwick se ensanchó.

—Vaya, Madeleine. Estás fantástica.

—¿Puedo colgar las chaquetas?

—Desde luego. —Hardwick ayudó a la voluminosa mujer que tenía a su lado a quitarse la suya. Lo hizo con un floreo, como si estuviera desvelando algo estupendo—. Dave, Madeleine, quiero presentaros a… Jane Hammond.

Madeleine sonrió y dijo hola. Gurney tendió la mano, pero la mujer negó con la cabeza.

—Me alegro mucho de conocerle, pero no le estrecharé la mano, estoy llena de gérmenes. —Se quitó su gorro de lana, revelando un peinado sin forma y mal cuidado.

Al darse cuenta claramente de la ausencia de cualquier signo de reconocimiento, Hardwick añadió:

—Jane es la hermana de Richard Hammond.

La expresión de Gurney no indicó nada más que una prolongación de la curiosidad.

—Richard Hammond —repitió Hardwick—. El Richard Hammond que ha salido en todos los programas de noticias desde el mes pasado.

El rostro de Madeleine dejó ver su preocupación.

—¿El hipnotista?

La reacción de Jane Hammond fue rotunda.

—No es hipnotista, es hipnoterapeuta. Cualquier charlatán puede llamarse hipnotista, hacer oscilar un péndulo y simular que está haciendo algo profundo. Mi hermano es un psicólogo licenciado en Harvard que utiliza técnicas muy sofisticadas.

Madeleine asintió compasivamente, como si estuviera tratando con un paciente peliagudo en la clínica de salud mental en la que trabajaba.

—Siento haber usado un término equivocado. Pero ¿no es hipnotista como lo están llamando en las noticias?

—No es lo único que le llaman. Hoy en día, los llamados programas de noticias no son más que basura. No les importa lo injustos que son, lo cargados de mentiras… —Se interrumpió por un breve ataque de tos—. Alergias —explicó—. Parece que tengo una diferente para cada temporada.

Hardwick tomó la palabra.

—En realidad, hemos venido a hablar de ese problema con las «mentiras». ¿Quizá podríamos sentarnos y presentaros la situación?

—Jack… —empezó Gurney, levantando las manos con desconcierto e irritación.

Hardwick lo cortó.

—Quieres saber cómo se relaciona todo esto con tu problema del puercoespín, ¿verdad? No te preocupes, campeón. Volveremos a tu animalito. Tendrá perfecto sentido al final. El tío Jack te conoce mejor que tú mismo.

Antes de que Gurney pudiera protestar de nuevo, Madeleine les invitó a sentarse en torno a la mesa redonda de pino en el rincón del desayuno, donde Hardwick, con un gesto de apoyo de Jane Hammond, abordó la historia de la rocambolesca situación de Richard Hammond.

3

Pesadillas fatales

—*C*onocéis los Great Camps de las Adirondack, ¿no? Propiedades de cuatrocientas hectáreas, caserones enormes, mucho espacio para invitados y sirvientes, todo construido hace unos cien años por capitalistas más ricos que Dios: los Rockefeller, los Vanderbilt, etcétera. Uno de los potentados menos conocidos que se construyó una mansión allí fue un tipo llamado Dalton Gall, un cabrón que había ganado una fortuna con las minas de estaño. Hay una leyenda peculiar relacionada con su muerte prematura. Luego vuelvo a ello.

Hizo una pausa, como para dar un énfasis extra a eso de «muerte prematura».

—Algunos de los Great Camps, con sus enormes gastos de mantenimiento, empezaron a derrumbarse con la caída del mercado bursátil. Algunos se convirtieron en museos en honor de esos cabrones codiciosos que los construyeron. Otros se transformaron en centros educacionales donde los fanáticos de la naturaleza podían estudiar la ecología de la fronda del helecho.

Esta pulla a la vida al aire libre provocó que Madeleine, que estaba preparando unas tazas de café en la isla de la cocina, lo mirara con ojos entrecerrados.

Hardwick continuó:

—Algunos de los *camps* los siguen manteniendo los descendientes de los propietarios originales, que, por lo general, los convirtieron en centros de conferencias o en hoteles de lujo. Ethan Gall, bisnieto de Dalton, adoptó el concepto de hotel rural elegante y añadió unas cuantas florituras para los ricos aburridos e inquietos. Aprende mientras te están mimando, esa clase de estupideces. Secretos de la cocina franco-vietnamita. Secretos nepaleses para obtener la serenidad. Los secretos siempre están solicitados. Y como hasta los más privilegiados miembros del puto uno por ciento tienen pequeños vicios que preferirían no tener, Ethan contrató al psicólogo de fama mundial Richard Hammond para que les ofreciera soluciones hipnóticas exclusivas. Así que ese sitio no era solo un hotel de las Adirondack de mil dólares la noche. Era el lugar donde podías tener una conversación terapéutica nada menos que con Richard Hammond, una conversación con la que podías entretener a tus amigos en tu siguiente cena de fiesta.

Jane Hammond había estado estrujando ansiosamente su pañuelo usado en una bola cada vez más apretada.

—Tengo que decir algo. No quiero que el señor Gurney se forme una impresión equivocada de mi hermano. No puedo comentar los motivos de Ethan Gall. Pero puedo asegurar que los motivos de Richard eran puros. Su vida es su trabajo, y se lo toma muy en serio. Y esa es otra razón por la cual estas acusaciones son tan…, ¡tan ofensivas! —Bajó la mirada con consternación al pañuelo arrugado que sujetaba—. Perdón por interrumpir, pero cualquier sugerencia de que Richard podría de alguna manera…

Fue el turno de interrumpir de Hardwick.

—Lo comprendo perfectamente, y créame: no pretendía hacer ninguna crítica personal de su hermano.

Jane asintió y sonrió desoladamente llevándose la mano a la garganta.

—Gracias, continúe, por favor.

Hardwick se volvió hacia Gurney y reanudó su narración.

—Bien. Fueran cuales fueran los motivos de Ethan Gall, ofreció al doctor Hammond un generoso contrato de dos años que, entre otros extras, incluía el uso de un chalé privado en la finca. Todo fue bien hasta que una tarde, hace unos dos meses, el doctor Hammond recibió la llamada de un detective de Palm Beach.

—Florida —añadió Jane.

—Exacto. Florida. Un hombre de veintisiete años llamado Christopher Muster se había suicidado allí unos días antes. Se había cortado las venas en su apartamento de un millón de dólares en el Canal Intracostero. No había ninguna indicación de nada que requiriera una atención policial especial. Sin embargo, después de que se denunciara el suicidio en un informativo local, un pastor se presentó en el Departamento de Policía de Palm Beach con una historia interesante. Muster había ido a verlo un par de días antes de quitarse la vida; se le había quejado de que no había podido dormir durante una semana entera. Cada vez que se quedaba dormido, tenía esa pesadilla terrible, la misma pesadilla cada vez. Dijo que le daba ganas de morir.

Hardwick hizo una pausa, como para dejar que el sentido de sus palabras calara.

Gurney sintió que se estaba perdiendo algo, más allá de la pregunta de por qué estaba participando en esa conversación con Jack Hardwick y Jane Hammond.

—¿La información sobre el suicidio se la comunicó un detective de Palm Beach al doctor Hammond con una llamada telefónica?

—Exacto.

—¿Por qué?

—Porque Muster le dijo al pastor que sus pesadillas habían empezado después de que lo hubiera hipnotizado un tal doctor Richard Hammond para ayudarle a dejar de fumar. Así pues, el detective llamó a Hammond y le preguntó si había tratado al fallecido. Richard dijo que era confidencial, regulaciones de la ley HIPAA, bla, bla, bla. Pero ¿cuál era el problema? El detective explicó la situación, preguntó si alguna vez había habido casos de suicidios o de pesadillas como efectos secundarios de la hipnosis. Richard dijo que nunca había oído hablar de semejante reacción. Y eso fue más o menos el final de la historia…, hasta al cabo de una semana. Fue entonces cuando recibió otra llamada, esta de un detective de Teaneck, Nueva Jersey. ¿Y sabes qué?

Gurney no dijo nada, solo esperó.

Madeleine puso los ojos como platos.

Hardwick continuó:

—Otro suicidio con el mismo método de cortarse las venas de las muñecas. Leo Balzac, veintiocho años. Cuando el detective de la policía de Teaneck verificó la agenda del *smartphone* del fallecido, vio que había tenido una cita con un terapeuta local antes de suicidarse. Así que el detective hizo una visita al terapeuta: más bailes en torno a esa chorrada de la ley HIPAA; pero finalmente descubrió que Balzac había acudido al terapeuta por un problema que había tenido con pesadillas… desde que cierto doctor Hammond lo había hipnotizado para ayudarle a dejar de fumar.

Gurney estaba intrigado.

—¿Este segundo detective se puso en contacto con Hammond para preguntarle por la sesión de hipnosis, lo mismo que el primero?

—Exacto. Y Hammond le dio la misma respuesta.

Jane levantó la mirada.

—No fue exactamente igual. Además de insistir en que sus sesiones de terapia no podían causar pesadillas, Richard le habló al segundo detective de la llamada que había recibido del primer detective. Para él estaba claro que algo extraño estaba ocurriendo, y quería que los detectives tuvieran la imagen completa. ¿Se dan cuenta de la importancia de esto?

Al ver que ni Gurney ni Hardwick respondían, Jane Hammond se explicó.

—Si Richard no hubiera hecho eso, si no hubiera sido tan servicial como lo fue, la policía de Florida y la policía de Nueva Jersey nunca habrían relacionado los dos suicidios. Fue Richard el que inocentemente presentó esa información de manera voluntaria. Eso demuestra que no tenía nada que ocultar.

Gurney y Hardwick intercambiaron miradas de escepticismo.

—Pero —agregó Madeleine— si no recuerdo mal las noticias, la historia no acababa ahí.

—Ni muchísimo menos —dijo Hardwick—. Lo realmente espantoso todavía estaba por llegar.

4

Muerte en la finca de los Gall

Antes de que Hardwick pudiera continuar con lo realmente espantoso, Madeleine fue a la isla de la cocina y regresó con cuatro tazas de café en una bandeja con cucharitas, leche y azúcar. Aquello interrumpió la conversación.

Jane cogió la taza más cercana a ella y dio las gracias a Madeleine, luego la miró de manera sincera, como si evaluara su figura delgada y atlética —todavía elegantemente sexy a los cuarenta y siete—, y concluyó con una sonrisa.

—Es mucho más joven de lo que había imaginado cuando venía hacia aquí.

—¿Más joven?

—Jack me dijo que Dave estaba retirado del Departamento de Policía. La palabra «retirado» me evocaba la imagen de una pareja de pelo gris entreteniéndose en el jardín. Y resulta que son..., bueno..., así. Aparenta treinta y cinco, y su marido parece Daniel Craig.

Madeleine soltó una breve risa.

—Puede que él se parezca un poco a Daniel Craig, pero ya hace unos cuantos años que no estoy cerca de los treinta y cinco. Es usted muy amable.

—La mayoría de los policías —explicó Gurney— tienen derecho a sus pensiones después de veinticinco años de trabajo. Así que es un momento natural para dejarlo, bueno, y... y pasar a otra cosa.

Sus palabras se fueron apagando con una pérdida de energía que reveló más de lo que había pretendido sobre su sensación general de indecisión.

—Bien —dijo Hardwick, y esa sola sílaba sonó como el golpe de una maza que los recondujo al tema que los ocupaba—. Después de que el Departamento de Policía de Teaneck hablara con el Departamento de Policía de Palm Beach, era obvio que el siguiente paso sería implicar a la Policía del Estado de Nueva York, puesto que el factor común entre los dos suicidios, Richard Hammond, residía en su jurisdicción. Y así fue como este estrambótico caso terminó en el escritorio del investigador jefe Gilbert Fenton.

—Un verdadero hijo de perra —soltó Jane.

Hardwick asintió para mostrar su acuerdo.

—¿Lo conoces? —preguntó Gurney.

—Sí, lo conozco. Volveré a eso. Primero deja que termine con los hechos básicos. En cuanto el caso cayó en su bandeja de entrada, Fenton hizo un viaje a la finca de los Gall para interrogar al doctor Hammond, descubrir todo lo posible sobre esta cuestión de la hipnosis y ver si los dos suicidios fueron causados por algo que pudiera ser de interés para la policía.

Hardwick se inclinó hacia delante y apoyó sus brazos musculosos en la mesa.

—Fenton es un tipo muy de la organización, muy orientado por la jerarquía. Por eso, antes de hablar con Hammond, quería hablar con el hombre al mando, es decir, Ethan Gall. Pero nadie sabía dónde estaba Ethan. Nadie lo había visto desde hacía dos días. No es que fuera la clase de tipo que informaba a sus subordinados de todos sus movimientos, así que no saltó ninguna alarma. Ya veis hacia dónde va esto.

Gurney se encogió de hombros.

—Cuéntamelo de todos modos.

—Cuatro días después de la visita de Fenton, el cadáver de Ethan apareció en una de las cabañas de la finca, aproximadamente a un kilómetro de la casa principal; normalmente se alquila a dos mil la noche, para invitados que quieren simular que están en medio del puto bosque primigenio, pero sin que les falte que les lleven crepes de zarzamora para desayunar. Esta cabaña en particular, donde se encontró su cadáver, no era muy segura. Algunos animales habían entrado…

Hardwick hizo una pausa, para que la imaginación de sus amigos pudiera volar.

—El proceso de identificación llevó su tiempo. Registros dentales, luego ADN. Al menos quedó intacta una parte del cuerpo, lo suficiente para determinar que tenía una muñeca con cortes. También encontraron un cuchillo con su sangre y huellas dactilares.

—¿Cómo sabes todo esto?

—Conozco a alguna gente que conoce a alguna gente.

—¿Cómo trata la muerte el DIC?

—El informe del forense no fue concluyente, aparte de señalar que los indicios eran compatibles con el hecho de que se hubiera quitado la vida. Gran parte del cuerpo había sido devorado o se lo habían llevado a rastras. Pero el hecho de cortarse las venas y el factor común de contacto con Richard Hammond convencieron a Gil Fenton de que ese era el tercer caso de una tríada de suicidios sospechosos.

—¿Con «sospechosos» quieres decir posibles homicidios?

Hardwick puso cara de tener un reflujo ácido.

—Por sus similitudes entre sí, los tres suicidios se consideraron «sospechosos» en el sentido legalmente inexplorado de haber sido provocados por fuerzas distintas a las decisiones independientes de individuos autodestructivos.

Gurney frunció el ceño.

—¿Qué significa eso?

—Fenton sigue sugiriendo en sus declaraciones públicas que los suicidios no solo estuvieron influidos por Richard Hammond, sino que él podría haberlos «orquestado»; es decir, que podría haber forzado a esas personas a suicidarse.

—¿Forzarlos? —Gurney ladeó la cabeza con incredulidad—. ¿Cómo? ¿Mediante sugestión hipnótica?

—Sugestión hipnótica... y pesadillas.

—¿Hablas en serio? ¿Se supone que Hammond ha provocado a esas personas pesadillas para que se suiciden?

—Esa es la teoría de Fenton, e insiste en ella cada vez que habla con la prensa. —Hardwick hizo una pausa, mirando especulativamente a Gurney—. ¿Qué opinas de eso?

—Creo que es ridículo.

Jane Hammond pegó un manotazo en la mesa.

—¡Gracias por decir eso! Eso es lo que he estado diciéndome desde el principio, que es ridículo hasta pensar que Richard hiciera algo así. ¡Gracias!

—¿Su hermano hipnotizó alguna vez a Ethan Gall? —preguntó Gurney.

—Sí. De hecho, Richard le ayudó a acabar con su adicción al tabaco de toda la vida.

—¿Y cuándo fue su sesión?

—Oh, hará tres..., bueno, al menos hace dos meses.

—¿Sabe si alguna vez Ethan se quejó de pesadillas?

Jane pestañeó con nerviosismo.

—Hay cierta confusión en eso. Fenton tiene un documento escrito en el que Ethan supuestamente describió una pesadilla que había estado sufriendo. Pero Ethan nunca dijo ni una palabra de una pesadilla a Richard. Y debería habérselo contado.

—¿Y las pesadillas de los otros individuos? —preguntó Gurney—. ¿Alguien conoce su contenido?

Hardwick negó con la cabeza.

—Los otros departamentos de policía mantienen los detalles en secreto. Eso me lleva a la gran pieza final del rompecabezas. Después de que un responsable de relaciones con la prensa del DIC destapara los detalles que rodearon la muerte de Gall, una cuarta jurisdicción se unió al desfile. Un detective de Floral Park, en Long Island, se puso en contacto con el DIC para comunicarles que tenía en sus manos un suicidio de hacía dos semanas, con la misma historia: una sesión de hipnoterapia con el doctor Hammond seguida por pesadillas y muñecas con cortes. No se había molestado en contactar con Hammond, aparentemente porque no había dado mucha importancia a lo de la hipnosis. Parece extraño que pasara por alto eso, pero cosas más raras ocurren todo el tiempo. El caso es que su víctima era un tipo de veintiséis años llamado Steven Pardosa. Fue entonces cuando Fenton se lanzó de lleno con su teoría de hipnosis-pesadilla-suicidio: gran rueda de prensa, montones de insinuaciones desagradables en las que prácticamente acusó a Hammond de asesinato y le envió a las hienas de los medios para que se dieran un festín.

—Espera un segundo. ¿Cómo supo el detective de Long Island del contacto de Pardosa con Hammond o de sus pesadillas?

—Pardosa se lo contó a su quiropráctico; cuando el quiropráctico se enteró de la muerte de Pardosa por el *Newsday*, llamó a la policía.

—Así pues, tenemos tres hombres de veintitantos años, además de Ethan Gall. ¿Qué edad tenía?

Hardwick miró a Jane.

Ella se encogió de hombros.

—¿Treinta y pocos? Su hermano menor, Peyton, tiene casi treinta… y se llevaban cinco años.

Hubo algo agrio en la forma en que Jane Hammond pronunció el nombre del hermano que captó la atención de Gurney. Estaba a punto de preguntar por ello, pero Hardwick empezó a hablar primero.

—Después de que aflorara lo de Pardosa, todo encajó en la cabeza de Fenton. Tenía cuatro personas muertas (a las que empezó a referirse como «víctimas») y todas ellas habían sufrido pesadillas después de ser tratadas por Richard Hammond, un doctor conocido por sus «experimentos» en hipnosis. Fenton hizo que Hammond pareciera como una especie de científico loco. Dibujó una imagen aterradora y la fomentó en los medios.

—Hablando de eso —dijo Jane—, tengo impresos los horribles artículos de noticias que se publicaron después de sus indignantes conferencias de prensa. —Se levantó y se dirigió a la puerta—. Iré a buscarlos. Los tengo en el coche.

Gurney la detuvo con una pregunta que sentía urgente.

—¿Qué tiene que decir de todo esto el abogado de Richard?

—Richard no tiene abogado.

—¿Ni siquiera con todo lo que está pasando?

—Eso es. —Se quedó en silencio durante varios segundos—. Es una larga historia. No estoy segura de saber cómo contarla. —Negó con la cabeza—. Voy a buscar el archivo de los medios.

—La acompañaré —dijo Madeleine—. Necesito un poco de aire. —Al levantarse para seguir a Jane, lanzó una mirada a Gurney en la que él leyó un mensaje claro: «Esta es tu oportunidad de descubrir a través de Hardwick qué demonios está pasando aquí».

5

Algo para cada uno

*L*a puerta lateral se cerró con un ruido sordo y contundente.

Hardwick miró a través de la mesa a Gurney. Sus ojos pálidos de malamut, que normalmente transmitían tanta calidez como los de un asesino en serie, parecían un tanto divertidos.

—Bueno, ¿qué opinas, Sherlock? El caso plantea unas cuantas preguntas interesantes, ¿no te parece?

—Tengo unas diez en la cabeza ahora mismo.

—¿Por ejemplo?

—¿Por qué demonios Hammond no tiene abogado?

—Insiste en que no necesita ningún abogado. Es tan completamente inocente de cualquier responsabilidad que cree que las acusaciones que se presentan constantemente contra él se derrumbarán bajo el peso de su propio absurdo.

—¿Es eso lo que te dijo?

—Es lo que le contó al mundo en su única rueda de prensa. Hay una copia en el archivo de medios de Jane.

—¿Qué te dice tu instinto sobre él?

—Arrogante, crispado, reservado, con una vibración extraña que me da ganas de darle una patada en las pelotas. También me parece un hombre asustado que trata de parecer frío. Pero para volver a tu pregunta…, la conclusión es que no tengo ni puta idea de por qué no quiere un abogado.

—¿Cómo contactaste con su hermana?

—Trató de contratar a un abogado para que representara los intereses de Richard sin que él lo supiera. El bufete la rechazó, porque esa clase de acuerdo se sitúa en algún punto entre la falta de ética y lo imposible. Pero le propusieron que podría contratar a un investigador privado para que examinara el caso, estrictamente por cuenta de Jane, y entonces ella podría hacer lo que le pareciera con la información que se descubriera. Como es natural, ellos me recomendaron a mí.

—¿Por qué iban a hacer eso?

—Pues está claro: porque me he ganado bien merecidamente la fama de desbaratar los planes de los cuerpos policiales, buscando justicia para los acusados falsamente y meándome en la autoridad en general. —La sonrisa de Hardwick destelló durante una fracción de segundo como los cristales de hielo a la luz del sol.

—¿Por qué has traído a esta mujer…?

Hardwick le interrumpió.

—¿Por qué te he traído a la desesperada Jane Hammond? ¿Una mujer que carga con toda una vida de preocupación en la mirada? ¿Una mujer cuyo hermanito siempre ha sido la rosa y la espina en su vida, y que ahora está en medio de una tormenta de problemas? ¿Una mujer de la que sospecho que no tiene vida sexual ni paz ni intereses propios? ¿Es eso lo que estabas a punto de preguntarme?

—Solo me gustaría saber por qué coño la has traído aquí.

Hardwick hizo una pausa y chascó la lengua en un gesto reflexivo antes de hablar.

—Hay algo particularmente extraño en este caso, y algo inquietantemente desviado en el buen doctor. Toda la situación me parece… nebulosa. Casi siniestra. Y tú eres mejor que yo con los rollos siniestros y nebulosos. Así que me gustaría que husmearas un poco, que te hicieras una idea, que hablaras con ese tipo, que descubrieras lo que puedas, especialmente sobre esa vibración de culpabilidad que exuda como el ajo de la noche anterior. Y luego me cuentas lo que piensas. Mira, nueve veces de cada diez sé lo que estoy mirando. Pero esta es la una de diez en que no me estoy enterando de nada.

—¿Me estás diciendo que esto es una cuestión de competencia investigadora? ¿Que quieres pasar la batuta a un hombre con capacidades de investigación más sagaces que las tuyas? ¿Por eso has traído a Jane Hammond aquí hoy? ¿Impulsado por tu propia humildad? Joder, Jack, ¿qué clase de chorrada es esta?

—Es la verdad. En serio. Pero… para ser completamente sincero… no es la única razón.

—Lo suponía.

—¿Crees en la Divina Providencia?

—¿Que si creo en qué?

—En la serendipia.

—¿De qué demonios estás hablando?

—Una estupenda coincidencia. En el mismo momento en que Jane Hammond estaba sentada en el modesto estudio de mi casa, describiendo la situación desesperada del hermano, describiendo su necesidad desesperada de ayuda, su necesidad de un detective experimentado… ¿Sabes lo que ocurrió en ese mismo momento?

Gurney vio adónde se dirigía.

—Me superas, Jack.

—En ese mismo momento me has llamado, pidiendo ayuda con tu problema con el animalito. Alguna puta cosa en un puto árbol. Querías cámaras de seguridad. Poner al cabrón bajo vigilancia, adivinar qué trama. ¿Tengo razón?

Gurney no dijo nada.

—Así que aquí está: David Gurney, detective de primer grado, Departamento de Homicidios de la Policía de Nueva York, el agente más condecorado de la historia del departamento, planeando vigilar a un puercoespín. Un cerebro apto para enfrentarse a las mentes criminales más formidables del planeta, concentrado en una puta bola pinchuda en un árbol. Ahora dime, si esto no es una locura, ¿qué lo es?

Gurney no dijo nada.

—De manera que aquí estamos, con una oportunidad fundamental que beneficia a todos. Consigo tu ayuda para disipar esa niebla que envuelve el caso. Jane logra lo que necesita tan desesperadamente para ayudar a su hermano. Tú tienes la oportunidad de aplicar el talento que Dios te ha dado para un reto que vale la pena.

Aquello parecía convincente.

El problema era que conocía demasiado bien a Hardwick.

—Una presentación comercial muy elegante, Jack. Casi estoy a punto de probar el coche. Solo falta una cosa.

—¿Qué falta?

—La verdad. La razón real. Dame la razón real y te diré si me interesa.

Después de unos pocos segundos de calma absoluta, Hardwick soltó una carcajada.

—Solo te estaba probando, Davey. Quería asegurarme de que todavía tienes lo que hace falta. No me interpretes mal. Todo lo que he dicho era cierto. Pero hay otro factor en la ecuación. —Se inclinó hacia delante y extendió las manos, con las palmas hacia arriba, en un gesto de franqueza—. Aquí está el problema. Tengo una historia con Gil Fenton. Hace siete años me hizo un favor. Un gran favor en relación con un error por mi parte. Un error importante. —Hardwick hizo una pausa, haciendo una mueca—. Así pues, Gil tiene ciertos hechos a su disposición. Bajo circunstancias normales, esto no sería una fuente de gran preocupación. Hay razones para que quiera guardarse esos hechos para él. Sin embargo, si tuviéramos un enfrentamiento…, si me viera encabezando un ataque contra su gestión del caso Hammond…

Gurney le dedicó una sonrisa fría, especulativa.

—¿Quieres trabajar discretamente en segundo plano mientras yo ocupo tu lugar en la colisión frontal?

—Un término metafórico. No podría hacerte daño de la forma en que podría hacérmelo a mí.

—Podrías simplemente dejar el caso y derivar a la señora a otro investigador privado.

—Claro —dijo Hardwick, asintiendo, como si aceptara la opción, aunque de un modo no muy convincente—. Podría hacer eso. Quizá debería hacerlo. Probablemente sería la opción más inteligente. Y desde luego la más segura. —Vaciló—. Por supuesto, si enviamos a la pobre, dulce y preocupada Jane a otro, podría cagarla. Y si la cagara, podríamos no descubrir por qué esos antiguos pacientes de Richard Hammond se suicidaron.

6

Un genio muy especial

Gurney oyó que la puerta lateral se abría; acto seguido, las voces de Madeleine y Jane mientras colgaban sus chaquetas en el lavadero.

Cuando las dos mujeres entraron en la cocina al cabo de un momento, Madeleine sonreía y se sacudía cristales de hielo del cabello; Jane cargaba con un abultado sobre. Lo llevó a la mesa y lo dejó delante de Gurney.

—Esto es bastante completo. Le dará una idea de a qué nos enfrentamos. Hice copias de todo lo que encontré en Internet. Noticias locales de los cuatro suicidios. Obituarios. Transcripciones de los programas de tele. Entrevistas con expertos en el campo de la hipnosis.

—¿Richard ha recibido algún apoyo de la comunidad académica?

—¿Bromea? La llamada «comunidad académica» no es el entorno refinado que podría imaginar. Está repleto de aduladores envidiosos a los que les molesta el éxito de Richard y que, probablemente, están encantados al ver que lo atacan.

Gurney miró aquel abultado sobre.

—¿Están aquí las ruedas de prensa de Gil Fenton?

—Hasta la última palabra malintencionada.

—¿Compiló todo esto a petición de su hermano?

—No exactamente. Él... está seguro de que el problema desaparecerá sin más.

—¿Y usted no?

—No... Sí... Quiero decir, por supuesto, sé que al final se resolverá. Tiene que ser así. Tengo fe. Pero ya conoce el viejo dicho: «Dios moverá la montaña, pero tú has de traer una pala». Es lo que estoy haciendo.

Gurney sonrió.

—Aparentemente, Richard cree que Dios moverá la montaña, siempre que Jane traiga la pala.

Un destello de rabia asomó en las pupilas de la mujer.

—Eso no es justo. No lo conoce.

—Pues ayúdeme a entenderlo. ¿Por qué se niega a buscar un abogado? ¿Por qué es cosa suya protegerlo?

Ella dedicó una mirada fría a Gurney, luego se volvió y miró por la ventana.

—Richard no se parece a nadie en este mundo. Sé que la gente dice cosas por el estilo todo el tiempo de las personas a las que aman, pero Richard es verdaderamente único. Siempre lo fue. No quiero decir que sea perfecto. No lo es. Tiene problemas. Problemas importantes. Pero tiene un don.

Había una reverencia en esta declaración que hizo que pareciera como si la hubiera estado haciendo toda su vida, como si todo dependiera de ella.

Cuando Gurney examinó su perfil, las arrugas angustiosas que irradiaban de la comisura del ojo, la posición adusta de su boca, se dio cuenta de que esa mujer creía, a ciencia cierta, que las cosas tenían que salir bien para su hermano, porque lo contrario sería insoportable.

Madeleine preguntó en voz suave.

—Un don… ¿para la terapia?

Jane pestañeó y se volvió para mirar a Madeleine.

—¿Disculpe?

—El don de Richard ¿es para su trabajo de psicoterapeuta?

—Sí. Es… asombroso. Y eso hace que este ataque espantoso que sufre sea mucho peor. Él es único, hace cosas que ningún terapeuta puede hacer. Y ahora, con los medios difundiendo todas estas mentiras, la gente que más lo necesita tendrá miedo de acudir a él.

Madeleine lanzó una mirada a Gurney, una sugerencia para que continuara.

—¿Cosas que no puede hacer ningún terapeuta? ¿Puede ponerme un ejemplo?

—Richard tiene un poder extraordinario para cambiar el comportamiento de la gente de la noche a la mañana. Es una sensación de empatía intensa. Es una conexión que le permite motivar a sus pacientes en el nivel más profundo. En ocasiones es capaz, en una sola sesión, de liberar a un paciente de un vicio o una adicción con la que ha estado luchando durante años. Richard reajusta la forma en que la gente ve las cosas. Suena mágico, pero es totalmente real.

Gurney pensó que si la percepción de los talentos de aquel hombre se acercaba a la precisión, resultaría inquietante. Si Richard Hammond podía convencer con tanta facilidad a la gente de que hiciera cosas que antes no podían o no deseaban hacer…

Quizá sintiendo su preocupación, Jane reiteró su tesis:

—El talento de Richard es completamente para beneficio de otros. Nunca podría usar su don para causar daño a nadie. ¡Nunca!

La expresión de limón regurgitado retornó al rostro de Hardwick.

Gurney decidió centrar la conversación en la cuestión de las preguntas no respondidas.

—Jane, todavía no me queda claro por qué el esfuerzo de sacar a Richard de esta situación depende solo de usted. Parece que él apenas está respondiendo al problema. ¿Me estoy perdiendo algo?

Su reacción fue una expresión de dolor. Se volvió hacia la ventana, negando muy despacio con la cabeza.

—Odio hablar de esto —dijo, desdoblando un pañuelo de papel—. Es difícil de entender para la gente común…, porque Richard es único. —Se sonó varias veces la nariz y luego se la frotó un poco con cautela—. Tiene periodos de tremenda energía psíquica y perspicacia…, y periodos de completo agotamiento. En esos periodos de logros increíbles, cuando hace todo su mejor trabajo, de manera natural necesita a alguien que pueda ocuparse de los detalles prácticos para los que él no tiene tiempo. Y cuando…, cuando se calma, tiene que descansar…, bueno, entonces necesita a alguien que…, que se ocupe de aquello para lo que él no tiene energía.

Gurney empezaba a intuir que Jane Hammond estaba atrapada en una relación dañina con un egomaníaco depresivo.

Antes de que pudiera decir nada, Madeleine intervino con la clase de sonrisa que suponía que utilizaba como una de sus herramientas estándar en el centro de salud mental.

—Entonces, ¿usted más o menos se pone en marcha y se ocupa de lo que haya que ocuparse?

—Exactamente —dijo Jane, volviéndose hacia ella con la ansiedad de alguien que siente que la están comprendiendo por fin—. Richard es un genio. Eso es lo más importante. Por supuesto, hay cosas de las que simplemente no puede…, de las que no debería tener que ocuparse.

Madeleine asintió.

—Y ahora que tiene problemas y está en uno de sus… periodos de baja energía…, depende de usted hacer lo que haya que hacer para ocuparse del problema.

—¡Sí! ¡Por supuesto! Porque es muy injusto, muy injusto que Richard, nada menos que él, esté sometido a este horror. —Su mirada de ruego pasó de Madeleine a Hardwick y luego a Gurney—. ¿No lo ven? ¡Hay que hacer algo! Por eso estoy aquí. ¡Necesito su ayuda!

Gurney no dijo nada.

Los ojos de Jane Hammond estaban cargados de ansiedad. Miró a Hardwick y luego otra vez a Gurney.

—Jack me lo ha contado todo de usted, que resolvió más casos de homicidios que nadie en Nueva York. Y ese caso en el que salvó a una mujer a la que acusaron de un asesinato que no cometió. Eso es increíble y ¡perfecto! ¡Es la persona perfecta para ayudar a Richard!

—Aún se me escapa algo. Dice que su hermano no estará de acuerdo con que contrate...

Lo interrumpió la melodía animada de una llamada de móvil.

Jane se dirigió directamente al lavadero, hablando por el camino.

—Es el mío. Me lo he dejado en el bolsillo de la chaqueta.

El sonido se detuvo cuando estaba en medio del pasillo.

Cuando regresó, sostenía el teléfono en la mano y miraba la pantalla con el ceño fruncido.

—¿Ha perdido la señal? —preguntó Madeleine.

—Creo que sí.

—El servicio es pésimo por aquí. Hay que estar atenta a donde hay cobertura.

Jane asintió, con aspecto preocupado, y dejó el teléfono en el aparador de debajo de la ventana. Lo observó expectante unos momentos antes de volver su atención a Gurney.

—Lo siento. ¿Estaba diciendo...?

—Estaba diciendo que estoy confundido. Richard no estará de acuerdo en que contrate a un abogado, pero ¿contratar a un investigador privado estará bien?

—No, no estará bien en absoluto. Odiará la idea. Pero hay que hacerlo y no me lo impedirá. No puedo contratar a un abogado para que lo represente, pero puedo contratar a alguien para que estudie el caso para mí.

—Sigo confundido. No parece que esté demasiado exhausto o deprimido para ocuparse de esta situación. Su objeción a recibir ayuda me hace pensar que aquí hay algo más en juego.

Jane le lanzó una mirada de ciervo cegado por los faros de un coche.

—Oh, Dios —dijo en voz apenas audible—, ¿dónde paro?

—¿Disculpe?

—¿Dónde paro? ¿Cuándo se convierte esto en una violación de la intimidad?

—¿De la intimidad de quién?

Jane no respondió, solo negó con la cabeza, murmurando algo para sus adentros. Luego inspiró con determinación.

—Muy bien. Se lo contaré... si es lo que hace falta para conseguir su ayuda. Solo estoy dudando porque..., porque tengo miedo de que piense que Richard está loco.

7

El cadáver en el maletero

Jane volvió a la mesa redonda de pino del desayuno y se sentó con Madeleine, Hardwick y Gurney.

—No sé si debería contarles esta historia. Pero no sé qué otra cosa hacer. —Bajó la mirada, como si se dirigiera a sus manos dobladas con fuerza en su regazo—. A principios de su carrera, que no fue hace tanto tiempo, Richard publicó la historia de un caso que captó mucha atención. Era el de un hombre que vivía torturado por temores exagerados. Estos miedos a veces lo dominaban por completo, aunque en sus momentos más lúcidos comprendía que las cosas horribles que estaba imaginando no tenían casi ninguna base.

Hizo una pausa, mordiéndose el labio y mirando con nerviosismo en torno a la mesa antes de continuar.

—Un día, el hombre descubrió un problema con su coche. Lo había dejado en un aparcamiento en el JFK; iba a hacer un viaje de negocios de tres días; cuando regresó, descubrió que no podía abrir el maletero porque la llave no giraba en la cerradura. Pensó que quizás alguien hubiera intentado abrir el maletero y solo había conseguido romper la cerradura. Así que puso su maleta en el asiento de atrás y condujo a casa. Pero después, esa noche, se le ocurrió otra idea, una idea muy peculiar que parecía salir de la nada: alguien podría haber escondido un cadáver en su maletero. Sabía que no era muy probable que un asesino hubiera llevado el cadáver de su víctima al aparcamiento de un aeropuerto, hubiera forzado el maletero de un extraño y hubiera trasladado el cadáver de su propio maletero al de ese otro coche. Sería una forma absurda de desembarazarse de un muerto. Si quieres esconder un cadáver, ¿por qué ponerlo en un sitio donde seguro que lo van a encontrar? Y si quieres que lo encuentren, ¿por qué vas a meterlo en el maletero de otro? No tiene sentido. Pero eso no impidió que el hombre pensara en ello, que le diera vueltas y más vueltas, que se obsesionara. Cuanto más pensaba en tales cosas, más se preocupaba, y más creíble le parecía. Para empezar, se trataba del aeropuerto JFK, una zona en la que, en el pasado, se habían encontrado cadáveres relacionados con la mafia. Y recordaba noticias de asesinatos de matones en los que las víctimas eran halladas en coches abandonados.

—No es lo mismo —dijo Hardwick.

—Para nada. Pero espere, hay más. No podía abrir el maletero sin forzarlo con una palanqueta, pero tenía miedo de pedir a un cerrajero que se lo abriera. Temía que alguna otra persona viera lo que podría haber en el maletero. La fijación iba y venía como las estaciones del año. Cuando dos años después llegó el momento de vender el coche, no solo continuaba con la fijación, sino que estaba completamente paralizado por ella. Pensaba, ¿y si el responsable del concesionario o el nuevo propietario abre el maletero y encuentra un cadáver o algo igualmente horrible?

Jane se quedó en silencio, aspiró lenta y profundamente, y permaneció sentada callada mirando sus manos entrelazadas.

—Entonces —intervino Hardwick al cabo de un momento—, ¿cómo demonios acaba esta historia?

—¿Cómo termina? Oh…, en anticlímax total. Cierto día, el hombre dio marcha atrás y chocó con el parachoques de otro automóvil en el aparcamiento; el maletero se abrió. Por supuesto, no había nada dentro. Cambió el coche y se compró uno nuevo. Eso fue todo. Hasta que el siguiente terror se apoderó de él.

Hardwick se movió con impaciencia en su silla.

—¿Y cuál es la relevancia de esta historia?

—La relevancia de esta historia es que ese hombre, el protagonista del caso clínico que publicó Richard, el hombre con los miedos periódicos paralizadores era el propio Richard.

Al principio, nadie reaccionó.

No fue, al menos en el caso de Gurney, por el impacto de la revelación. De hecho, había sospechado desde el inicio hacia dónde caminaba el relato de Jane.

Hardwick frunció el ceño.

—Entonces, lo que nos está diciendo es que su hermano es medio genio de la psicología, medio chiflado.

Jane lo fulminó con la mirada.

—Lo que estoy diciendo es que tiene profundos altibajos. La gran ironía es que es un hombre que puede ayudar prácticamente a todos los que acuden a él, pero, cuando se trata de sus propios demonios, es impotente. Creo que por eso me han puesto en este planeta, para cuidar de un hombre que no puede cuidar de sí mismo; así él puede ocuparse de todos los demás.

Gurney no pudo evitar preguntarse de qué forma se había ocupado

Hammond de cuatro pacientes que ahora estaban muertos. Pero había otra cuestión que quería abordar antes.

—¿En cuanto a esta historia sobre el temor de su hermano de que hubiera un cadáver en el maletero de su coche, si no me equivoco, la ha contado en respuesta a una pregunta que he planteado.

Jane respondió con una pequeña señal de asentimiento.

Gurney continuó.

—Pregunté por qué Richard no quería pedir ayuda, y esa historia fue su respuesta.

Otro asentimiento.

—Una historia en la que Richard es torturado por el temor paranoide de estar implicado en la muerte de otra persona, el cadáver en el maletero.

—Sí.

—¿Tiene ese mismo temor ahora, que, si más personas empiezan a investigar las muertes de sus pacientes, de alguna manera podrían encontrar indicios que lo incriminaran?

—Creo que se trata de eso exactamente. Pero ha de comprender que su temor no tiene ninguna base. Es solo otro cadáver imaginario en el maletero.

—Salvo que ahora tenemos cuatro cadáveres —dijo Hardwick—. Y estos son reales.

—Lo que quería decir era…

La interrumpió su teléfono, que sonó desde el aparador donde lo había dejado. Se levantó, se apresuró hacia él, miró la pantalla y se lo llevó a la oreja.

—Hola… ¿Qué? Espera, tu voz se está perdiendo… ¿Quién está haciendo eso?… No oigo la mitad de lo que estás diciendo… Espera un segundo. —Se volvió hacia Madeleine—. Es Richard. Alguna clase de problema. ¿Dónde hay mejor cobertura?

—Venga aquí. —Madeleine se levantó y señaló hacia las puertas cristaleras—. Allí fuera, justo más allá del patio, entre el bebedero de pájaros y el manzano.

Madeleine le abrió las puertas, y Jane caminó rápidamente sobre el terreno cubierto de nieve, con el teléfono en el oído, en apariencia ajena al frío. Madeleine cerró la puerta con un pequeño estremecimiento y se dirigió al lavadero; al cabo de un minuto estaba junto al manzano dándole la chaqueta a Jane.

Hardwick mostró una sonrisa feroz.

—Me encanta esa locura del maletero. Bueno, ¿qué opinas, Sherlock? ¿El doctor es un santo maniaco depresivo con delirios paranoides? ¿O todo lo que acabamos de oír es una estupidez?

37

8

El lago del Lobo

J ane continuaba bajo el manzano, metida en una conversación telefónica visiblemente tensa, cuando Madeleine se unió a los dos hombres en la mesa.

Hardwick miró su expresión preocupada.

—¿Qué demonios está pasando ahí fuera?

—No estoy segura. Puede que haya oído mal lo que estaba diciendo, pero me parece que su hermano le estaba contando que lo estaban observando, fotografiando, siguiendo.

El rostro de Gurney reflejó su incomodidad. Habló tanto para sí mismo como para Madeleine y Hardwick:

—¿Y su solución para todo esto no es contratar a un abogado o una empresa de seguridad privada, sino dejárselo todo a su hermana mayor?

Se estaba nublando. Las ráfagas de viento hacían que los pantalones anchos de Jane se le pegaran a las piernas, pero ella no parecía percatarse del frío.

Gurney se volvió hacia Hardwick.

—¿Cuál es su plan aquí?

—Buena pregunta. Todo lo que he oído es que quiere ayudar a Richard a salir de la mierda en que está enterrado, pero en términos concretos… ¿En resumen? Quiere que vayas al lago del Lobo y descubras por qué esas personas se suicidaron después de visitar el hotel. Naturalmente, desea que descubras una razón que no tenga nada que ver con que cuatro de ellos fueron hipnotizados por su hermano. Pan comido para un hombre como tú, ¿eh?

Madeleine, de quien Gurney esperaba que soltara una serie de objeciones de manera inmediata en relación con su escapada a Vermont, permaneció callada. No estaba mirando a Jane Hammond en el prado, sino que parecía perdida en sus propios pensamientos, con una expresión inquieta en la mirada. Gurney no reconoció enseguida esa forma de mirar. Era una expresión que, de manera sutil, te quitaba las ganas de hacer preguntas.

—El problema, Jack, es que, pasado mañana, Maddie y yo estaremos de camino al norte de Vermont. Al hotel Tall Pines. A caminar con raquetas… No es algo que queramos cancelar o posponer.

—No soñaría con pedirte que cancelaras nada vital para la salud y felicidad de tu matrimonio. —Hardwick le hizo un guiño a Madeleine, que seguía en su propio mundo.

Estaba hablando en ese tono jocoso que hacía que Gurney se subiera por las paredes; le recordaba a su padre después de que se hubiera tomado unas cuantas copas.

—Estoy seguro de que hay otra solución, campeón —continuó Hardwick—. Piensa en positivo y el camino aparecerá solo.

Gurney estaba a punto de decirle que se metiera aquel tono desdeñoso por salva sea la parte cuando oyó que se abría la puerta lateral. Jane entró en la cocina desde el pasillo, todavía con la chaqueta puesta y el cabello alborotado por el viento. Su obvia aflicción captó la atención de Madeleine.

—¿Jane? ¿Su hermano está bien?

—Está hablando de gente que le espía, que le sigue, que entra en su ordenador. Creo que la policía está tratando de volverle loco para provocarle una crisis mental.

Jane, acelerada por los problemas de su hermano, le pareció a Gurney la clásica codependiente. Sabía que lo irónico de esa clase de relación es que la persona que lo arregla todo se vuelve innecesaria cuando todo se arregla por fin. Solo si mantiene la debilidad de la persona dependiente sigue siendo importante. Se preguntó hasta qué punto Jane Hammond encajaba en el modelo. Pero tenía una pregunta más práctica.

—¿Le ha dado la sensación de que estas observaciones eran… realistas?

—¿Realistas?

—Nos ha contado que su hermano sufre de temores exagerados.

—Eso es diferente. Eso son cosas que imagina en ocasiones. Esto son cosas que está viendo realmente. ¡No es un psicótico, por el amor de Dios! No está viendo cosas que no están ahí.

—Por supuesto que no —intervino Madeleine—. David solo tiene curiosidad por el significado que Richard está dando a lo que ve.

Jane miró a Gurney.

—¿El significado?

—Un coche detrás del tuyo en la carretera puede significar que te están siguiendo. Por otro lado, también podría simplemente estar detrás de ti en la carretera. Estoy seguro de que su hermano está viendo lo que está viendo, solo me estoy preguntando por su interpretación.

—No puedo responder a esa pregunta. No sé lo suficiente sobre lo que está ocurriendo. Pero esa es la clave, ¿no lo ven? Por eso les necesito. A usted y a Jack. No tengo ni idea de por qué esas cuatro personas se suicidaron. No tengo ni idea de cuáles son los hechos. Solo sé que no es lo que la policía dice que es. Pero llegar a la verdad, esa es su especialidad.

Gurney miró de soslayo a Madeleine, pero su expresión no le reveló nada de lo que estaba pensando.

Jane continuó.

—Si llega al lago del Lobo y se encuentra con Richard y le plantea las preguntas adecuadas, apuesto a que podrá descubrir lo que es real y lo que no lo es. ¿Acaso no es eso lo que hacen los buenos investigadores? Y, según Jack, usted es el mejor. ¿Lo hará?

Gurney se recostó en la silla y estudió la expresión de Jane. La esperanza daba vida a sus pupilas. Respondió con una pregunta propia:

—¿Quién dirige el hotel?

—Austen Steckle. Es el director general. Allí está a cargo de todo, sobre todo desde la muerte de Ethan, pero incluso antes de eso. Ethan confiaba en él por completo. —Hizo una pausa—. Austen tiene un carácter duro, pero debo decir que ha sido muy bueno con Richard. Y se ha desvivido por protegerlo de los buitres de los medios. En el momento en que Fenton hizo públicas sus locas acusaciones, los periodistas empezaron a asediar el hotel. Austen puso vigilantes de seguridad durante la primera semana, hizo que detuvieran a periodistas por entrar en una propiedad privada y por acoso. Se corrió la voz, y dejaron de intentar colarse en la finca.

—¿Ha mencionado que Ethan tiene un hermano? ¿Participa activamente en el negocio?

—¿Peyton? Está allí, en la propiedad, pero nada más. No sirve.

—¿Cuál es el problema?

—¿Quién sabe? Incluso la mejor familia puede producir una mala semilla.

Gurney asintió con la cabeza para expresar de un modo vago que estaba de acuerdo.

—¿Ha mencionado que Peyton estaba a punto de cumplir treinta?

—Tiene veintiocho o veintinueve, creo. Es de la edad de Austen, más o menos. Pero, en términos de energía, concentración e inteligencia, son como de planetas diferentes.

—¿Más hermanos?

—Ninguno que sobreviva. Es una historia triste. Ethan y Peyton eran originalmente el mayor y el menor de cinco hijos. Los tres de en medio murieron junto con su padre cuando su avión privado se estrelló durante una tormenta. Su madre tuvo una crisis que la llevó a suicidarse dos años después. Eso ocurrió cuando Ethan tenía veintiún años, y Peyton unos quince. La tragedia solo hizo que se agrandaran las diferencias entre ellos. No ayudó que nombraran a Ethan tutor legal de Peyton.

—¿Cuando ha mencionado la «mala semilla»…?

—Peyton ha sido una fuente inagotable de problemas. De niño la cuestión era robar, mentir, bravuconear. Después vino una sucesión interminable de novias alocadas (putas, para ser brutalmente sincera), conductas repugnantes, juego, drogas, lo que se le ocurra.

—¿Vive en el lago del Lobo?

—Por desgracia.

Gurney miró a Hardwick para buscar su reacción, pero su amigo estaba pasando pantallas en su *smartphone*.

Jane observó a Gurney con expresión de súplica.

—¿Al menos vendrá, hablará con Richard y echará un vistazo?

—Si se opone a recibir ayuda exterior, ¿no se negará a verme?

—Probablemente, si lo pedimos por adelantado. Pero si ya ha hecho el viaje, después de que haya llegado hasta el lago del Lobo solo para hablar con él, se sentirá obligado a verle.

—Suena convencida de eso.

—Forma parte de su manera de ser. Cuando tenía un gran consultorio en Mill Valley, si alguien se presentaba allí sin una cita, nunca podía echarlo, no importaba lo ocupado que estuviera. Si alguien estaba allí, tenía que recibirle. Déjeme añadir, por si acaso se está formando una idea equivocada, que no tenía nada que ver con el dinero, con tratar de hacer hueco a otro paciente de pago. Richard nunca se preocupó por el dinero, solo por la gente.

Gurney pensó que era extraño que un hombre sin interés por el dinero hubiera elegido establecer su consultorio en Mill Valley, California, una de las comunidades más ricas del país.

Quizá notando su escepticismo, Jane continuó:

—Grandes organizaciones se han acercado a Richard en el pasado, instituciones privadas, con grandes ofertas (una de ellas muy lucrativa), si hubiera querido trabajar para ellos en exclusiva. Pero siempre las rechazó.

—¿Por qué?

—Porque Richard quiere transparencia. Insistiría en conocerlo todo sobre cualquier organización que quisiera un derecho exclusivo a su investigación. No todas las instituciones en el campo de la investigación psicológica son tan independientes como aseguran. No hay dinero en el mundo capaz de persuadir a Richard de que trabaje para una entidad cuyos objetivos y respaldos no fueran visibles y verificables al cien por cien. Esa es la clase de hombre que es. —Se inclinó hacia Gurney—. Lo ayudará…, ¿verdad?

—Tenemos un problema de tiempo. Unas breves vacaciones que hemos estado preparando desde hace bastante.

Jane pareció herida.

—¿Cuándo?

—Pasado mañana. Así que no hay nada que realmente pueda…

—¿Cuánto tiempo?

—¿Cuánto tiempo estaremos fuera? Cuatro o cinco días. Quizá después…

—Pero las cosas están ocurriendo muy deprisa, todo está enloqueciendo. ¿No hay una forma…?

—Sí, en realidad sí —interrumpió Hardwick con triunfalismo, sosteniendo su teléfono con la pantalla hacia fuera, de manera que todos pudieran ver el mapa de viaje que mostraba—. Adivina dónde empieza y termina esa ruta violeta, y qué hay justo en medio de ella.

Gurney intuía cuál era la respuesta, aunque el mapa era demasiado pequeño para verlo bien desde donde estaba sentado. Miró a Madeleine para ver si se daba cuenta de lo que Hardwick había hecho.

Ella estaba mirando el mapa con intensidad, pero su expresión continuaba siendo imposible de interpretar.

—La línea violeta —explicó Hardwick— va desde tu casa hasta el hotel Tall Pines en el noreste de Vermont. Entre esos dos puntos hay aproximadamente trescientos kilómetros por las montañas Adirondack. He encontrado dos formas de rodear esas montañas y dos modos de atravesarlas. Uno de esos caminos pasa a treinta kilómetros del Gall Wilderness Preserve. Lo único que tienes que hacer es empezar las vacaciones un día antes de lo planeado y pasar la primera noche en el superexclusivo Wolf Lake Lodge.

Jane puso los ojos como platos.

—Dios mío, eso sería perfecto. —Miró de Gurney a Madeleine, y de nuevo a Gurney, con las manos enlazadas como un niño que reza—. Podrían hacer eso, ¿verdad? Podrían parar allí en su camino a Vermont, ¿no?

Gurney no sabía qué responder. ¿Qué pensaba Madeleine?

Su vacilación incitó a Jane a dirigirse a ella directamente.

—Pueden hacer eso, ¿no? Tendrán una habitación hermosa y no les costará nada. Me ocuparé de eso con Austen.

Los ojos de Madeleine seguían en el mapa que Hardwick mostraba en su teléfono.

Al cabo de un momento, para sorpresa de Gurney, ella asintió.

—Podemos hacerlo.

9

Singularidades

*D*espués de que Jane Hammond acordara una cita con ellos a la tarde siguiente en el hotel, ella y Hardwick se marcharon.

Madeleine se dirigió al pasillo que conducía al dormitorio, anunciando que iba a ducharse porque ya preveía que estaría demasiado ocupada a la mañana siguiente.

Gurney sintió que su mujer quería evitar, al menos por el momento, cualquier discusión sobre lo del lago del Lobo. No sabía qué pensar, pero, a lo largo de los años, había aprendido que insistir en algo con Madeleine si ella no estaba preparada para hablar no conducía a ninguna parte. En lugar de eso, decidió echar un vistazo al sobre que Jane Hammond había dejado para él.

Se lo llevó al estudio y se sentó ante su escritorio.

En el sobre había dos carpetas con sendas notas manuscritas. La nota en la carpeta superior decía: «Primeros informes de las cuatro muertes».

Gurney la abrió y encontró las noticias originales que habían aparecido en las páginas web de diversas publicaciones locales. Se le hacía extraño leer noticias escritas antes de que se descubrieran más cosas, pero quería ver cómo se percibió todo en un principio.

Del *Palm Beach Post*, 2 de octubre:

MUERE UN HOMBRE EN PALM BEACH. PRESUNTO SUICIDIO

El cuerpo de Christopher Muster, 26 años, se descubrió el lunes por la mañana en su apartamento con vistas al Canal Intracostero. El informe preliminar de la autopsia considera que la causa de la muerte es un posible suicidio, con una pérdida fatal de sangre resultante de profundas heridas arteriales en las muñecas. El cadáver lo encontró un servicio de limpieza independiente con acceso al apartamento del señor Muster.

Los vecinos señalaron que el señor Muster vivía solo, pero recibía visitas a menudo y que celebraba fiestas ruidosas. No se encontró ninguna información sobre la familia del fallecido ni sus relaciones laborales. La gerencia del edificio declinó hacer comentarios.

Del *Bergen Record*, 10 de octubre:

HOMBRE DE TEANECK HALLADO MUERTO EN SU COCHE

El cadáver de Leo Balzac, 27 años, gerente de la tienda de tabaco Smokers Happiness en Queen Anne Road, fue descubierto por un vecino en el garaje de su complejo de apartamentos en DeGraw Avenue. Según la policía, hallaron al fallecido en el asiento del conductor de su coche. Tenía profundos cortes en ambas muñecas. En el asiento de al lado se halló un cuchillo aparentemente utilizado para infligir las heridas. Un portavoz policial declaró que el suicidio era compatible con los hechos conocidos, pero declinó hacer más comentarios hasta que se realizara una autopsia completa y un informe de toxicología.

El vecino de al lado describió al señor Balzac como «un hombre enérgico que siempre parecía tener prisa, no la clase de tipo que imaginas que se suicidaría».

Del *Newsday*, 26 de octubre:

HOMBRE DE FLORAL PARK MUERTO, NOVIA DESAPARECIDA

El cadáver de Steven Pardosa fue hallado este pasado miércoles en el apartamento que ocupaba en el sótano de la casa de sus padres en Floral Park. El descubrimiento lo llevó a cabo Arnold Pardosa, padre de Steven, que entró en el apartamento con su propia llave después de no recibir respuesta a repetidas llamadas al teléfono móvil de Steven.

Un portavoz de la policía calificó la muerte de posible suicidio, y aseguró que había heridas visibles en las muñecas del fallecido y que se había encontrado un cuchillo en la escena. Los padres del difunto no estaban de acuerdo con la sugerencia de suicidio, e insistieron en que tal posibilidad era «alguna clase de tapadera».

Pardosa tenía veinticinco años y desde hacía uno trabajaba como autónomo para una empresa de mantenimiento del paisaje. Los agentes de la ley expresaron su interés en hablar con la novia del fallecido, Angela Castro, que había estado viviendo recientemente con él, pero cuyo paradero actual se desconoce. La señorita Castro no ha aparecido en los últimos dos días en el salón de belleza donde trabaja como estilista de peluquería. El gerente del salón, Eric, que prefirió no facilitar su apellido, declaró que la señorita Castro no había ni siquiera telefoneado para justificar su ausencia.

Antes de continuar con los artículos dedicados a la muerte de Ethan Gall, Gurney anotó unos cuantos hechos que captaron su atención.

Como ya le había mencionado a Hardwick, el parecido en cuanto a la edad de las víctimas era algo que destacar. Podría, por ejemplo, ser el indicio de algún contacto social relacionado con la escuela o de otro tipo.

Y luego estaban todas esas heridas en las muñecas. Eso resultaba desconcertante. A pesar de lo que sucedía en las películas y del gran número de incidentes con cortes autoinfligidos que cada año llevaba a jóvenes a las salas de urgencias, raramente alguien conseguía suicidarse de tal modo. Los hombres tenían una especial preferencia por dispararse o ahorcarse. Que uno de esos tipos hubiera decidido quitarse la vida cortándose las muñecas, ya era bastante raro de por sí. Que los tres tomaran la misma decisión se le antojaba extremadamente peculiar.

Y luego estaba la cuestión económica. Era posible que Christopher Muster, el tipo con el apartamento en Palm Beach, pudiera costearse un hotel en la montaña de mil dólares la noche para conseguir ayuda para su problema con el tabaquismo. Pero ¿el gerente de un pequeño estanco? ¿Y un empleado de mantenimiento que vivía en el sótano de su padre? Sobre el papel, no parecían los candidatos idóneos para una terapia de primera calidad en el Wolf Lake Lodge.

Y, finalmente, estaba la pequeña cuestión de la novia desaparecida de Steven Pardosa. Podía ser que no significara nada. O podía significarlo todo. Según la experiencia de Gurney, normalmente había razones relevantes para que la gente desapareciera.

Después de tomar unas pocas notas, eligió el artículo más detallado sobre Ethan Gall.

Del *Albany Times Union*, 3 de noviembre:

HEREDERO DE LA FORTUNA DE LOS GALL
HALLADO MUERTO EN UNA CABAÑA DE MONTAÑA

Se ha descubierto un cadáver en una cabaña aislada en el Wolf Lake Lodge, situada dentro de la reserva de animales de dos mil quinientas hectáreas de la familia Gall, una de las extensiones de tierra de propiedad privada más grandes de las Adirondack. Se cree que el cuerpo es el de Ethan Gall.

A la espera del informe definitivo de la autopsia, la policía solo ha manifestado que el estado del cadáver hacía difícil una valoración inicial y que el suicidio no podía descartarse.

El complejo de Wolf Lake incluye el hotel principal, que se remonta a los orígenes de la propiedad como un Great Camp clásico de las Adirondack, además de tres chalés junto al lago y varias cabañas más pequeñas en el bosque que lo rodea, así como la residencia privada de la familia Gall. Estas edificaciones se construyeron, a principios del siglo xx, por orden del magnate del estaño Dalton Gall, quien sufrió una muerte inusual. El caso es que, cierto día, tuvo un fuerte presentimiento de que acabaría muerto por el ataque de una manada de lobos. Días más tarde, en los terrenos del hotel, su premonición se cumplió.

Heredero de la sustancial fortuna amasada por su bisabuelo, Ethan Gall era el fundador, presidente y principal benefactor de la Gall New Life Foundation, una organización sin ánimo de lucro dedicada a la educación y la reforma de reclusos para su reinserción en la sociedad.

El fallecido tenía treinta y cuatro años, y le sobrevive su hermano Peyton. El gerente del hotel y portavoz de la familia, Austen Steckle, hizo pública la siguiente declaración: «Esta tragedia repentina ha dejado en estado de shock a todo el mundo en el lago del Lobo. Ethan era una persona decidida, consagrada al perfeccionamiento, centrada en ayudar a los demás. Aunque recientemente se había estado quejando de pesadillas y de falta de sueño, la insinuación de la policía de que Ethan podría haberse suicidado parece increíble. No haremos más comentarios hasta que recibamos el informe oficial de la oficina del forense».

Había también copias de artículos similares, pero más breves, del *Burlington Free Press*, el *New York Times* y el *Washington Post*.

Gurney cogió el teléfono de su escritorio y marcó el número de Hardwick, que respondió de inmediato.

—¿Qué pasa, Davey?

—Un par de cosas. En un artículo, se dice que Austen Steckle es el «portavoz de la familia». ¿Cuántos miembros supervivientes de la familia Gall hay, además de Peyton?

—Ninguno.

—¿La familia entera se reduce a Peyton?

—Por lo que Jane sabe, sí. Le pregunté por eso.

—Vale. Otra pregunta. ¿Qué es eso de la Gall New Life Foundation?

—Parece legítima. Ofrece a gente en libertad condicional una formación para la reinserción seria y orientación psicológica exhaustiva. De hecho, parece reducir la reincidencia. Ethan la fundó, dirigió y puso un montón de su propia pasta en eso.

Gurney tomó nota para seguir investigando.

—Has mencionado esta mañana que había algo raro en la muerte de Dalton Gall, y vi lo mismo en uno de los artículos de periódico. ¿De qué se trata?

—¿Quién coño lo sabe? La historia se fue transmitiendo durante un montón de años y quizá se potenció por el camino. Supuestamente, el viejo cabrón soñó que una manada de lobos lo masticaba y lo escupía; entonces, al cabo de unos días, eso es más o menos lo que le ocurrió. Podría ser un montón de chorradas.

—Es una coincidencia interesante que nuestros cuatro tipos también tuvieran pesadillas antes de terminar muertos.

—Estoy de acuerdo. Pero ¿adónde quieres llegar con eso?

Gurney no hizo caso de la pregunta.

—¿Te resulta extraño que un tipo que se gana la vida cortando el césped…?

Hardwick finalizó la idea.

—¿Pague por una estancia de una noche mil dólares en un hotel de estilo antiguo? Más que extraño.

—¿Y qué conclusión sacas de todas esas muñecas abiertas?

Hardwick respondió con una sonora carcajada.

—No tengo ni la menor idea de qué conclusión sacar. Mira, Davey, todas esas preguntas sin respuesta son precisamente la razón de que necesitemos tu gran intelecto. Lo que me recuerda, ¿qué pasó con ese problema fundamental que tenías con el puercoespín?

Gurney tenía la sensación de que Hardwick respondería su propia pregunta. Y así lo hizo.

—Más o menos supuse que el gran cerebro *sherlockiano* estaría feliz de cambiar esa pequeña hamburguesa de púas por cuatro cadáveres inexplicables. Apuesto a que estás feliz como un cerdo en la mierda por volver al mundo real de la muerte y el engaño. ¿Tengo razón o no tengo razón?

10

Una nueva clase de asesinato

Gurney abrió la segunda carpeta que Jane le había dejado: «Ruedas de prensa de la policía. Declaración de Hammond. Cobertura general de los medios».

El primer elemento se limitaba a dos páginas impresas de una web de noticias. En la parte superior, Jane había escrito: «Sargento Plant, Departamento de Investigación Criminal, declaración a la prensa, 8 de noviembre». Consistía en la declaración introductoria del agente, seguida por una serie de preguntas y respuestas con periodistas no identificados:

SARGENTO PLANT. Buenos días, soy la sargento Kim Plant, de la Oficina de Información Pública del DIC. Sobre la cuestión de la muerte de Ethan Gall, tenemos una nueva información. La oficina del forense ha confirmado que la causa de la muerte fue una pérdida repentina de sangre y el consiguiente fallo cardiaco, debido al corte longitudinal de la arteria radial. Este hecho, combinado con la presencia de un cuchillo compatible con la herida observada y con manchas de sangre del fallecido y sus huellas dactilares, apoya la tesis de probable suicidio. Análisis de toxicología indicaron la presencia de opioides y complejos ansiolíticos, así como de alcohol. Ello resume nuestro actual conocimiento de la situación. Ahora responderé sus preguntas.

PERIODISTA. ¿Cómo consiguió esas drogas? ¿Podrían haber sido la causa de la muerte?

SARGENTO PLANT. El origen de las drogas es objeto de una investigación en curso. Según la oficina del forense, las cantidades eran suficientes para aliviar sensaciones de dolor y ansiedad. En combinación con el alcohol, podrían haber producido un estado de semiconsciencia o de inconsciencia, pero la conclusión del forense es que la causa de la muerte fue la pérdida de sangre, no una sobredosis tóxica. Como puede que sepan, no es raro que el suicidio vaya acompañado por drogas y alcohol.

PERIODISTA. Hemos oído rumores de que faltaba la mayor parte del cuerpo de Gall, que había sido mordido y arrastrado por animales que entraron en la cabaña. ¿Puede confirmar eso?

SARGENTO PLANT. Sin comentarios.

PERIODISTA. ¿Por qué iba a suicidarse Gall? ¿Problemas de negocios, económicos o personales?

SARGENTO PLANT. No especularé sobre eso.

PERIODISTA. La semana pasada, Austen Steckle, hablando en nombre de la familia Gall, aseguró que el difunto había estado sufriendo pesadillas. ¿Qué puede contarnos sobre eso?

SARGENTO PLANT. Se está estudiando todo lo que sea de relevancia. No obstante, si se determinara que se trata de un suicidio, se limitaría la naturaleza de nuestra investigación. Si no se ha cometido ningún crimen perseguible, los motivos de un individuo no son objeto de mayor investigación por parte de los cuerpos policiales.

PERIODISTA. Un psicólogo e hipnotista controvertido, el doctor Richard Hammond, ha estado llevando a cabo sesiones en el hotel desde hace un tiempo. ¿Estaba tratando a Gall?

SARGENTO PLANT. Si fuera el caso, sería información privilegiada. ¿Alguien tiene una pregunta final?

PERIODISTA. ¿La calificación de «probable suicidio» deja la puerta abierta a otras posibilidades? ¿Homicidio, por ejemplo?

SARGENTO PLANT. La puerta está siempre abierta a nuevos datos. No obstante, todo lo que sabemos hasta ahora apunta a un suicidio más que a un homicidio. Creo que eso resume…

PERIODISTA. Una última pregunta. Los animales que atacaron el cadáver ¿eran lobos?

SARGENTO PLANT. Sin comentarios. Esto es todo por hoy. Gracias.

PERIODISTA. Gente de la zona ha explicado que el bisabuelo de Ethan fue descuartizado por lobos después de soñar con ello. ¿Podía eso estar conectado con esta tragedia?

SARGENTO PLANT. Sin comentarios. Gracias.

Gurney decidió continuar con la transcripción de la siguiente rueda de prensa. Quizás iluminara el significado de una palabra que uno de los periodistas había usado para describir al doctor Hammond: controvertido. ¿Había algo en su historial que justificara ese término, algo que Jane Hammond había evitado mencionar?

Esta transcripción tenía varias páginas más que la primera. Además, había un enlace al vídeo, una opción que Gurney prefería. Las expresiones faciales y tonos de voz capturados en vídeo eran mucho más reveladores que las palabras escritas sobre un papel. Abrió su portátil y escribió la dirección del enlace.

Mientras estaba esperando a que apareciera el vídeo, Madeleine entró en el estudio, vestida con una bata, con el cabello húmedo de la ducha.

—¿Has decidido que par quieres llevarte?

—¿Perdón?

—Tus raquetas de nieve.

Dave miró hacia el lugar junto a la puerta, donde recordaba que ella las había dejado apoyadas esa mañana, las de cuero sin curtir y madera, y las de plástico con los clavos en la suela.

—¿Supongo que las de clavos?

—Depende de ti.

La sonrisa superficial de Madeleine parecía ocultar una preocupación mucho menos alegre.

—¿Pasa algo? —preguntó Gurney.

Su sonrisa se ensanchó de manera nada convincente.

—Estaba pensando que quizá podríamos conseguir una lámpara para las gallinas.

—¿Una qué?

—Bueno, para el gallinero. Oscurece muy temprano en esta época del año.

—¿Es en eso en lo que estabas pensando?

—Solo pensaba que sería bonito para ellas. ¿Es un problema?

Sabía que le ocultaba algo. Sería mejor mostrarse paciente.

—Es solo cuestión de llevar un cable eléctrico hasta allí y luego instalar un enchufe. Podemos buscar un electricista que lo haga o puedo hacerlo yo mismo.

—Será bonito que tengan algo de luz. —Cogió las raquetas de nieve y salió de la habitación.

Dave se quedó sentado, mirando por la ventana, preguntándose qué era aquello que Madeleine todavía no estaba preparada para hablar. Su mirada vagó hasta los árboles situados junto al prado. No había rastro del misterioso puercoespín.

El sonido hueco de múltiples voces y de sillas moviéndose en una sala con micrófonos atrajo su atención hacia la pantalla del ordenador. La segunda rueda de prensa de la policía estaba a punto de iniciarse.

El escenario era una de esas deprimentes salas de conferencias institucionales que Gurney conocía tan bien de sus años en el Departamento de Policía de Nueva York. La toma del vídeo, igualmente familiar, era de una sola cámara montada en la parte de atrás de la sala, enfocada hacia la parte delantera.

Alrededor de una docena de las sillas de plástico de la cafetería estaban ocupadas, la mitad por hombres y la otra mitad por mujeres, a juzgar por sus nucas. Frente a ellos había un hombre de complexión gruesa ante un atril estrecho. Una pizarra blanca cubría la pared situada detrás de él.

El hombre era bajo y fornido, con un cuerpo casi en forma de huevo. Llevaba la indumentaria estándar de un detective de más de cuarenta años: los pantalones oscuros, una aburrida camisa de color pastel, la corbata aún más aburrida y una chaqueta de sport gris una talla demasiado pequeña. El cabello oscuro peinado hacia atrás desde una frente amplia y arrugada, junto con unas mejillas pesadas y una boca hosca, le daban un asombroso parecido a las viejas fotos de Jimmy Hoffa.

El hombre miró su reloj y abrió una carpeta de anillas.

—Muy bien, amigos, empecemos. Soy el investigador jefe Gilbert Fenton, del Departamento de Investigación Criminal. Se han producido algunas novedades fundamentales en los pasados días en relación con la muerte de Ethan Gall. Tengo aquí una declaración.

Cuando Fenton hizo una pausa para pasar una página en la carpeta, uno de los periodistas tomó la palabra.

—Ha usado el término genérico «muerte». ¿Está insinuando que no fue un suicidio?

—Lo que sabemos ahora sugiere que su muerte podría no haber sido «suicidio» en el sentido normal del término. Pero esperen un momento. —Levantó la mano como un agente de tráfico para señalar un stop—. Déjenme terminar con la declaración. —Volvió la mirada a la carpeta—. Nuestra investigación de la muerte de Gall ha revelado ciertos hechos significativos. El hecho de que fue hipnotizado recientemente por el doctor Hammond... El hecho de que experimentara una particular pesadilla de manera recurrente en la semana anterior a su muerte... El hecho de que el arma fatal hallada junto a su cuerpo fuera similar a un arma que manifestó haber visto en su pesadilla... Y el hecho de que los detalles de esa pesadilla, que anotó por escrito, se produjeron en el acto de quitarse la vida. Estos hechos por sí solos bastarían para justificar una investigación más amplia. Pero ahora ha quedado en evidencia que el caso es todavía más extenso.

Pasó una página en la carpeta, se aclaró la garganta y continuó.

—Hemos descubierto que otros tres individuos se quitaron la vida del mismo modo que Ethan Gall, con el mismo patrón de experiencias previas. A estos individuos también los hipnotizó Richard Hammond. Todos sufrieron grandes pesadillas, y los tres se mataron del modo descrito en tales pesadillas.

Cerró la carpeta y miró a su público.

—Ahora responderé a sus preguntas.

Varios de los asistentes hablaron a la vez.

Fenton levantó la mano de nuevo.

—De uno en uno. Usted, la de la primera fila.

Una voz femenina.

—¿De qué está acusando al doctor Hammond?

—Todavía no hemos hecho acusaciones. Estamos buscando la cooperación del doctor Hammond.

Señaló a otro periodista. Una voz masculina.

—¿Van a reclasificar la muerte de Gall como homicidio?

—De momento, se clasifica como «muerte sospechosa».

La misma voz masculina.

—¿Qué posibilidades, además del suicidio, se están contemplando?

—En este momento, no nos estamos concentrando en posibilidades distintas del suicidio, sino en cómo y por qué se produjo el suicidio.

Una voz femenina.

—¿Qué quiere decir con que podría no haber sido un suicidio en el «sentido normal» del término?

—Bueno, supongamos, solo hipotéticamente, que una forma poderosa de sugestión hipnótica influyera en una persona para que hiciera algo que no habría hecho por voluntad propia. Eso no sería una acción normal. No sería algo hecho en el «sentido normal» de esa acción.

Se alzaron varias voces a la vez. Se impuso una estupefacta voz masculina.

—¿Está diciendo que Richard Hammond usó hipnosis para provocar el suicidio de Gall, así como los suicidios de otros tres pacientes? ¿Está diciendo que este tipo puede convencer a la gente para que se suicide?

Muestras de sorpresa y escepticismo se extendieron por la sala.

Fenton levantó la mano.

—Mantengamos el orden. Lo que estoy compartiendo con ustedes es solo una hipótesis.

Su interrogador más reciente continuó:

—¿Está planeando detener al doctor Hammond por... qué crimen?

—No nos adelantemos. Confiamos en obtener la cooperación voluntaria del doctor Hammond. Necesitamos saber qué ocurrió en esas sesiones de hipnosis que pueda explicar las pesadillas que sus pacientes experimentaron después y los suicidios rituales que siguieron.

Dos voces femeninas al mismo tiempo:

—¿Rituales?

Una voz masculina:

—¿Qué elementos rituales estuvieron implicados? ¿Estamos hablando de satanismo?

Otra voz masculina:

—¿Puede darnos las identidades de las otras tres víctimas?

Otra voz femenina:

—¿«Víctimas» es un término adecuado para suicidios?

Fenton levantó la voz.

—Eh, por favor, un poco de orden. En cuanto al término «víctimas», sí creo que es un término apropiado. Tenemos a cuatro personas, todas las cuales se quitaron la vida más o menos del mismo modo, con un arma con la que habían soñado después de que todos hubieran sido hipnotizados por la misma persona. Esto es, obviamente, más que una coincidencia. En relación con el aspecto ritual, lo único que puedo divulgar es que el arma utilizada en cada caso era altamente inusual y, según los expertos que hemos consultado, altamente significativa.

Una voz masculina:

—Si su teoría es correcta, que estas víctimas estuvieran sometidas a alguna clase de hechizo hipnótico que acabó en suicidio, ¿cuál sería el cargo penal? ¿Estamos hablando de una nueva clase de asesinato?

—La respuesta a eso se determinará según avancemos.

Las preguntas continuaron durante media hora. Fenton no se mostró impaciente en ningún momento. Si acaso, daba la impresión de estar instando a los periodistas a continuar; una conducta inusual, pensó Gurney, para un policía imperturbable de aspecto conservador.

Finalmente, anunció que la rueda de prensa había terminado.

—De acuerdo, damas y caballeros, gracias por su cooperación. Pueden recoger copias de mi declaración al salir.

Se apartaron sillas, la gente empezó a levantarse y el vídeo concluyó.

Gurney se quedó sentado a su mesa durante varios minutos. Estaba anonadado.

Cogió un bolígrafo y empezó a anotar algunas preguntas. Cuando estaba a mitad de la página, recordó que todavía había más material en el archivo que Jane había reunido; las declaraciones del propio

Richard Hammond a la prensa, además de ejemplos de la cobertura de medios que el informe de Fenton había generado.

Gurney abrió otra vez la carpeta, sacó un puñado de copias impresas de webs de noticias y las hojeó. No había necesidad de leer el texto completo de ninguno de esos artículos más recientes. Bastaba con los titulares.

EL SUSURRADOR DE LA MUERTE

¿ESTE DOCTOR CONVENCIÓ A SUS PACIENTES PARA QUE SE SUICIDARAN?

LA POLICÍA RELACIONA A UN CONTROVERTIDO TERAPEUTA CON SUICIDIOS RITUALES

¿UN SUEÑO PUEDE SER UN ARMA ASESINA?

Antes de que estuviera a la mitad de la pila de hojas impresas, Gurney las dejó de lado y se recostó en su silla. Se descubrió fascinado por los hechos subyacentes y desconcertado por el enfoque agresivamente público adoptado por Gil Fenton; implicaba no solo contemplar una hipótesis descabellada, sino también una desviación de la política de comunicaciones de la Policía del estado de Nueva York.

Había un último elemento en la carpeta, una sola hoja mecanografiada con un largo titular: «Nota de prensa: declaración de Richard Hammond en relación con la investigación de las muertes de Christopher Muster, Leo Balzac, Steven Pardosa y Ethan Gall».

Gurney leyó con creciente interés:

Recientemente, un representante de la Policía del estado de Nueva York ha hecho graves declaraciones a los medios de noticias en relación con las muertes de los cuatro individuos arriba mencionados. Es algo irresponsable y engañoso.

Esta declaración será mi primera y única respuesta. No me arrastrarán a la charada representada por investigadores policiales incompetentes. No cooperaré con ellos en modo alguno hasta que cese su campaña maliciosa sobre la naturaleza de esas muertes. Tampoco me comunicaré con representantes de los medios de noticias, cuya aceptación de las insinuaciones y libelos de la policía son prueba de su apetito amoral por el sensacionalismo.

En resumen, no participaré ni debatiré públicamente, ni consagraré mis recursos a la obstrucción de esta farsa de investigación y a este culebrón de los medios. No contrataré a ningún abogado, ninguna empresa de relaciones públicas, ningún portavoz ni defensores de ningún tipo.

Permítaseme ser perfectamente claro. Las sugerencias o insinuaciones de que he contribuido en cualquier forma a las muertes de cuatro individuos con los cuales solo he tenido el más breve de los contactos profesionales son absolutamente falsas. Permítaseme repetir y subrayar la verdad simple: las muertes de Christopher Muster, Leo Balzac, Steven Pardosa y Ethan Gall fueron sucesos trágicos en los que no desempeñé papel alguno. Merecen una investigación plena y objetiva, y no este circo degradante iniciado por personal malicioso de la policía y propagado por una industria de noticias vil.

DOCTOR RICHARD HAMMOND

A Gurney le llamaron la atención todas aquellas bravatas, sobre todo porque eran obra del mismo hombre que había estado paralizado por el miedo a la improbable posibilidad de que hubiera un cadáver en el maletero de su coche.

11

Un encuentro preparado en el cielo

*D*esde el punto de vista de Gurney, el Departamento de Policía de Palm Beach tenía el tamaño justo: lo bastante grande para contar con su propio equipo de detectives, lo bastante pequeño para garantizar que su contacto allí estaría informado de los puntos clave de cualquier investigación en curso. Y lo mejor de todo: el teniente Darryl Becker le debía un favor. Un par de años antes, con la considerable ayuda de Gurney, Becker había logrado acabar con un despiadado asesino en serie.

Becker respondió su llamada de inmediato, con su gran acento de Florida.

—Detective Gurney. ¡Qué sorpresa! —La inflexión de su voz en la palabra final sonó como que no era una sorpresa en absoluto—. Un placer oírle. Espero que todo vaya bien.

—Estoy bien. ¿Y usted?

—No puedo *quejalme*. O tal vez debería *decil* que prefiero no *quejalme*. *Quejalse* es *perdel* un tiempo que es *mejol* usar para eliminar las causas de nuestras quejas.

—Vaya, Becker, suena más del sur que nunca.

—Me alegro de oír eso. Al fin y al cabo, es mi lengua materna. Nacido y criado en Florida. Ahora nos superan en número hasta dejarnos al borde de la extinción. Somos pájaros raros en nuestro propio árbol. ¿Qué puedo hacer por usted?

Gurney dudó un momento, buscando las palabras adecuadas.

—Me han pedido que participe en un caso que tiene sus raíces en varias jurisdicciones. Una de ellas es Palm Beach.

—Deje que lo adivine. ¿Podría estar hablando del caso del doctor letal? Así es como lo llaman por aquí, cuando no lo llaman el caso de los sueños fatales.

—El mismo. ¿No será usted por casualidad el investigador jefe en el caso de Muster?

—No, señor, no lo soy. Le tocó a un joven colega de la mesa de al lado, pensó que no habría problemas cuando el forense lo calificó de probable suicidio. Claro que todo eso se fue al traste cuando el reverendo Bowman Cox vino a contarnos que no era un suicidio, sino un asesinato, y que el asesino era Satán.

—¿Qué?

—¿Eso no lo sabía?

—Me dijeron que Muster contó a un pastor local que había tenido pesadillas desde que visitó al doctor Hammond en el lago del Lobo. Y después de que Muster apareciera muerto, el pastor les habló de ello. Entonces uno de ustedes llamó a Hammond, pero realmente no surgió nada de esa conversación, hasta que Hammond devolvió la llamada al cabo de una semana para decirles que, por medio de un detective de Nueva Jersey, acababa de enterarse de un segundo suicidio. Así es como me contaron la historia, sin ninguna referencia a un asesinato cuyo autor fuera Satán.

—¿Cómo consiguió la información? —preguntó Becker.

—De manera indirecta.

—¿No es un confidente de fiar del investigador jefe Gilbert Fenton?

—Es una forma de plantearlo. Hábleme más de Satán.

—Bueno…, eso no es algo fácil para mí. Nuestro jefe de detectives ha solicitado que los detalles que no se hayan contado ya a la prensa se queden en casa. Acepté acatar esa solicitud, palabra de honor. Claro que el reverendo Cox no tiene esa limitación. Creo que se le puede encontrar en la iglesia de la Victoria Cristiana en Coral Dunes. Es un hombre de fuertes convicciones con un deseo igualmente fuerte de compartirlas.

—Gracias, Darryl. Se lo agradezco.

—Encantado de ayudar. Ahora, quizá pueda responder a una pregunta mía. En realidad, es una pregunta que se plantean muchos en este pequeño y modesto departamento nuestro.

—Pregunte.

—¿Qué demonios pretende en nombre de la santa magnolia ese iluminado de Fenton?

Eso los llevó a una prolongada discusión sobre los aspectos no convencionales de la estrategia de Fenton con la prensa. Becker estaba particularmente disgustado porque percibía que el investigador del DIC había asumido el papel de portavoz policial en todos los aspectos del caso y que se pavoneaba ante los medios nacionales, lo cual tenía como consecuencia que detectives de las otras jurisdicciones perdieran el control del flujo de información y se vieran en posiciones incómodas con los periodistas locales.

Y luego estaba la cuestión de la hipótesis criminal que Fenton estaba fomentando y que Becker consideraba «imposible de llevar a juicio, además de completamente indemostrable». Eso llevó a Gurney a una cuestión que le inquietaba más que la conducta de Fenton: ¿quién había aprobado su estrategia en el caso? ¿Y por qué lo había hecho?

Alguien por encima de él tenía que estar de acuerdo. Al fin y al cabo, Fenton era la misma esencia de un poli de carrera. Ese policía hosco, cercano al retiro, sería intrínsecamente incapaz de actuar al margen de la cadena de mando.

Entonces, ¿de quién era el juego?

¿Y cuál era el premio para el vencedor?

Por el momento, lo único que tenían Gurney y Becker eran preguntas. Pero el hecho de que a ambos les molestaran las mismas cuestiones proporcionaba cierta tranquilidad.

Después de que hubieran aireado lo que parecían cuestiones abiertas, Becker colgó con un último pensamiento sobre el reverendo Cox:

—Para prepararle respecto a cualquier contacto que pueda tener con el buen pastor, debería decirle que tiene un gran parecido con un ave de presa grande y degenerada.

La llamada de Gurney al número de teléfono de la web de la Iglesia de la Victoria Cristiana de Coral Dunes se convirtió en un periplo a través de un sistema de respuestas automatizadas que, en última instancia, lo condujo al buzón de voz del propio Bowman Cox.

Dejó su nombre y su número de teléfono, y explicó que era uno de los detectives que se ocupaban del cuádruple asesinato y que esperaba que el reverendo pudiera aportar alguna otra cosa sobre el estado de ánimo de Christopher Muster y quizá compartir su propia teoría sobre el caso.

Menos de cinco minutos después de colgar, recibió una llamada de respuesta. La voz era melosa, del sur.

—Detective Gurney, soy Bowman Cox. Acabo de recibir su mensaje. A juzgar por el prefijo, me llama desde el norte de Nueva York. ¿Me equivoco?

—No, señor, no se equivoca. Gracias por devolverme la llamada.

—Creo que las cosas ocurren por una razón. Recibí su mensaje momentos después de que usted lo dejara, porque estaba a punto de salir de mi hotel y quería revisar antes el buzón de voz. ¿Y dónde cree que está mi habitación?

—No tengo ni idea.

—Es donde menos esperaría. En las entrañas de la bestia.

—¿Señor?

—Las entrañas de la bestia, Nueva York. Estamos aquí para defender la Navidad de aquellos que odian esa idea, los que protestan por su mera existencia.

—Ya veo.

—¿Es cristiano, señor?

En condiciones normales, no hubiera contestado a aquella pregunta. Pero esa no era una situación normal.

—Sí.

No añadió que su propia versión del cristianismo probablemente estaba tan alejada de la de Bowman Cox como Walnut Crossing lo estaba de Coral Dunes.

—Me alegra oír eso. Bueno, ¿en qué puedo ayudarle?

—Me gustaría hablar con usted de Christopher Muster.

—¿Y de su pesadilla?

—Sí.

—¿Y de cómo se han producido todas estas muertes?

—Sí.

—¿Dónde está usted exactamente, detective, ahora mismo, mientras hablamos?

—En mi casa de Walnut Crossing, al norte de Nueva York.

Durante varios segundos, Cox no dijo nada. El único sonido que Gurney pudo oír al teléfono fue el suave tableteo de unos dedos en un teclado. Esperó.

—Ah, ahí está. Son muy prácticos estos mapas instantáneos. Bueno, vamos a ver, tengo una propuesta para usted. Me da la sensación de que esta conversación es demasiado importante para tenerla por teléfono. ¿Por qué no nos encontramos cara a cara, usted y yo?

—¿Cuándo y dónde?

Otro silencio, más largo en esta ocasión, con más pulsaciones de teclado.

—Me parece que Middletown sería un punto intermedio perfecto entre nosotros. Hay un restaurante en la Ruta 17 llamado Halfway There. Creo que el Señor nos está señalando el camino. ¿Qué le parece, deberíamos aceptar Su sugerencia?

Gurney miró la pantalla de su teléfono para ver la hora: 12.13. Si llegaba al restaurante a las 13.45 y pasaba una hora con Cox, podía estar de regreso a las 16.15. Eso le dejaría mucho tiempo para resolver cualquier cuestión pendiente en relación con el viaje al lago del Lobo que tenían que emprender al día siguiente.

—Bien, señor, puedo reunirme con usted allí a las dos menos cuarto.

12

El poder del demonio

*E*l trayecto de descenso por los Catskills hasta Middletown era conocido y tranquilo. El gran aparcamiento del restaurante Halfway There era igualmente familiar. Él y Madeleine habían parado a tomar café allí muchas veces durante el año que habían pasado buscando una casa de campo.

Menos de un tercio de las mesas del comedor estaban ocupadas. Cuando Gurney examinó la sala se les acercó una camarera con un menú y una sonrisa en los labios, excesivamente pintados.

—Creo que veo a la persona que buscaba —dijo Gurney, con su atención puesta en un hombre de aspecto engreído sentado solo en una de las cuatro sillas que rodeaban la mesa del rincón.

La camarera se encogió de hombros, le entregó el menú y se alejó.

Cuando Gurney llegó a la mesa, el hombre, de más de metro ochenta, estaba de pie y con la mano derecha extendida. Le dio un entusiasta apretón a Gurney mientras levantaba la otra mano para mostrar un iPad.

—He estado haciendo mi investigación, detective, y debo decirle que estoy poderosamente impresionado. —Una sonrisa amplia de vendedor reveló una fila de dientes con fundas caras.

En la pantalla de la tableta, el ojo de Gurney captó parte de una vieja foto de sí mismo junto a la palabra «Superdetective», el grandilocuente titular de un artículo que la revista *New York* había publicado varios años antes, mostrando una serie de detenciones y condenas que según algunos cálculos lo convertían en el detective de homicidios de más éxito en la historia del Departamento de Policía de Nueva York. El artículo le había resultado embarazoso, pero en ocasiones cumplía una función útil y sospechaba que podía hallarse ante una de ellas.

Gurney calculó que el reverendo tendría unos sesenta años y hacía todo lo posible para aparentar cuarenta.

—Ah, me siento honrado de conocerle, detective. Por favor, tome asiento.

Se sentaron uno frente al otro. Se acercó una camarera con una sonrisa cansada.

—Caballeros, ¿ya saben lo que quieren o necesitan más tiempo?

—Tal vez un poco más de tiempo para conocer a este formidable hombre, luego podremos pedir. ¿Está de acuerdo, David? ¿Si me permite llamarle David?

—Está bien.

El reverendo Bowman Cox llevaba un chándal azul marino y un Rolex de acero inoxidable, un modelo que Gurney había visto anunciado por doce mil dólares. Tenía la piel de un bronceado amarillento, artificialmente tensa y sin ninguna arruga; el cabello, artificialmente castaño y sin ninguna cana. Una nariz rapaz de halcón y un destello combativo en los ojos traicionaban su amplia sonrisa.

Cuando la camarera se alejó, se inclinó hacia Gurney.

—Doy gracias al Señor por esta oportunidad de compartir nuestros pensamientos en relación con lo que estoy convencido de que es un caso de maldad extraordinaria. ¿Puedo preguntarle por los avances que ha hecho?

—Bueno, reverendo, como usted...

—Por favor, David, sin formalismos. Llámeme Bowman.

—De acuerdo, Bowman. Como yo lo veo, el problema es que hay varias jurisdicciones diferentes implicadas, a causa de la localización de los suicidios. Gilbert Fenton en la región de las Adirondack de Nueva York es quien parece tener lo más cercano a un enfoque general. —Estaba observando la expresión del hombre en busca de pistas sobre cómo actuar para suscitar su máxima cooperación. Continuó, adecuando su vocabulario—. Pero es la dimensión maligna de estos casos lo que de verdad me interesa, la presencia de ciertas fuerzas inexplicables.

—¡Exactamente!

—Este es un terreno, Bowman, en el que me gustaría conocer su perspectiva personal. Por la forma fragmentada en que se está manejando el caso, tengo noticia de las pesadillas. Pero no conozco su contenido. La forma en que nuestros departamentos comparten información deja mucho que desear.

Cox puso los ojos como platos.

—Pero ¡la pesadilla es la solución a todo! Se lo dije desde el principio. ¡Les dije que la respuesta era la pesadilla! ¡Tienen ojos, pero se niegan a ver!

—Tal vez pueda explicármelo.

—Por supuesto. —Se inclinó otra vez hacia delante y habló con una intensidad febril, con sus dientes perfectos y la piel de su rostro, quirúrgicamente estirada, creando una impresión no del todo humana.

—David, ¿ha oído hablar de esos hombres que, habiendo oído una vez un pasaje musical, pueden reproducirlo nota por nota? Bueno, tengo una capacidad similar con la palabra hablada, particularmente en cuanto esta se relaciona con la palabra de Dios y el alma del hombre. ¿Entiende lo que quiero decir?

—No estoy seguro.

Cox se acercó, con sus ojos reptilianos fijos en los de Gurney.

—En cuestiones del bien y el mal, lo que oigo queda impreso en mi memoria, como si fuera nota por nota. Lo considero un don. Así pues, cuando digo que voy a repetir la narración de la pesadilla de Christopher Muster, quiero decir precisamente eso. Su narración. Nota por nota. Palabra por palabra.

—¿Le importa que lo grabe?

Un destello de algo surgió en aquellos ojos, pero desapareció demasiado deprisa para interpretarlo.

—Estaré encantado de que lo haga. Las autoridades policiales me han convencido de que no comparta esto con la prensa o la opinión pública. Pero usted, como detective, obviamente se halla en una categoría diferente.

Gurney sacó su teléfono, activó la función de grabación y lo dejó en la mesa. Cox lo miró durante unos segundos como si sopesara los riesgos y recompensas. Entonces, con un imperceptible gesto de asentimiento, de un jugador de *blackjack* que opta por pedir carta, cerró los ojos y empezó a hablar. Su voz sonó más aguda, presumiblemente porque estaba imitando la dicción de Christopher Muster.

—Estoy tumbado en la cama. Empezando a quedarme dormido. Pero la sensación no es buena. No es esa sensación fácil de dejarse llevar, de quedarse dormido. Estoy parcialmente consciente, pero no puedo moverme ni hablar. Sé que alguien, o algo, está conmigo en la habitación. Oigo una respiración profunda, brusca, como alguna clase de animal. Como un gruñido bajo. No puedo verlo, pero se está acercando. Asustándome. Ahora me aplasta contra la cama. Quiero gritar, pero no puedo. Entonces veo ojos de un color rojo ardiente. Luego veo los dientes del animal, colmillos afilados.

También Cox mostraba sus dientes pequeños y brillantes.

—La saliva gotea de los colmillos. Ahora sé que es un lobo, un lobo tan grande como un hombre. Los ojos rojos ardientes están ahora a solo unos centímetros. La saliva de los colmillos gotea hasta mi boca. Quiero gritar, pero no me sale la voz. El cuerpo del lobo se abate sobre mí, haciéndose más largo, estirándose en forma de daga. Siento la daga entrando en mí, quemándome y atravesándome, una y otra vez. Estoy cubierto de sangre. El aullido del lobo se transforma en la voz de un hombre. Veo que el lobo tiene las manos de un hombre. Entonces sé que es un hombre, pero lo único que puedo ver son sus manos. En una mano empuña una daga con la cabeza de plata de un lobo en el mango, la cabeza de un lobo de ojos rojos. En la otra mano tiene pastillas de colores. Dice: «Siéntate y toma estas. No hay nada que temer, nada que recordar». Me despierto sudando y temblando. Me duele el cuerpo. Me siento al borde de la cama, demasiado cansado para levantarme. Me doblo sobre mí y vomito. Así termina. Eso es lo que pasa. Cada noche. La idea de que ocurrirá otra vez me da ganas de morir.

Cox abrió los ojos, se recostó en su silla y miró a su alrededor de un modo un tanto extraño, como si, en lugar de simplemente recitar la historia de otro hombre, hubiera estado canalizando el espíritu del muerto.

—Ahí lo tiene, David, la experiencia repugnante y antinatural que relató ese pobre joven la víspera misma de su fallecimiento. —Hizo una pausa, esperando una reacción que Gurney no le estaba dando—. ¿No le parece que la experiencia de Christopher es completamente atroz?

—Es extraña, desde luego. Pero cuénteme, aparte de su sueño, ¿qué más sabe de él?

Cox parecía sorprendido.

—Perdóneme, David, pero tengo claro que el sueño de Christopher es precisamente la revelación en la que hemos de concentrarnos. El sueño que dictó la forma de su muerte. El sueño que expuso el papel desempeñado por el demonio Hammond. «Mirad, dijo el Señor, a la verdad que se muestra en estos hechos. La verdad del mal se sitúa ante tus ojos.»

—Cuando se refiere al doctor Hammond como un demonio…

—Ese término no está escogido al azar. Lo sé todo sobre el doctor Hammond, con su licenciatura en psicología por una gran universidad.

Gurney se preguntó si la animosidad de Cox hacia Hammond era un producto rutinario de las guerras culturales, o si podría haber más. Pero antes tenía que plantear otra pregunta.

—¿Conocía a Muster en otro contexto al margen de la conversación que tuvo con usted en relación con su sueño?

Cox negó con la cabeza con impaciencia.

—No.

—¿Su ministerio está situado en Coral Dunes?

—Físicamente, sí. Pero nuestro programa y el alcance de Internet es ilimitado.

—¿Y Coral Dunes está a una hora de coche de Palm Beach?

—¿A qué se refiere?

—Me estaba preguntando por qué…

—¿Por qué Christopher vino hasta Coral Dunes para descargar su alma torturada? ¿Ha considerado la respuesta más sencilla de todas, que el Señor lo condujo a mí? —Una sonrisa beatífica tensó sus labios hacia atrás para revelar esa fila de dientes blancos perfectos.

—¿Se le ocurre alguna otra razón?

—Quizá tuvo la oportunidad de oír el *webcast* de uno de nuestros sermones. Una de nuestras proclamas políticamente incorrectas pero fieles a las escrituras de la verdadera palabra del Señor. Es la misión de nuestro ministerio estar con el Señor en la gran guerra que consume nuestro mundo.

—¿Esa guerra sería…?

Cox parecía sorprendido por la necesidad de responder a semejante pregunta.

—La guerra que se libra contra el orden de las cosas divinamente establecido. La guerra librada contra la esencia del hombre, la mujer, el matrimonio y la familia. La guerra librada contra toda la astucia demoniaca de los ejércitos homosexuales de Satán.

—¿Me está diciendo que Christopher Muster vino hasta Coral Dunes para hablarle de su sueño por su oposición al matrimonio gay?

Cox miró a Gurney, con los ojos ardiendo con una emoción que podría haber sido furia o una clase de excitación salvaje. Pero también había algo más en esos ojos, ese brillo especial que señala una fe inquebrantable en algo evidentemente absurdo.

La voz de Cox se elevó cuando habló.

—Lo que le estoy diciendo es que acudió a mí porque había sido hipnotizado y violado y estaba a punto de ser asesinado por el doctor Richard Hammond. Doctor en degeneración y degradación.

13

Un pecado mayor

*D*espués de pasar otros quince minutos escuchando a Bowman
Cox —sin el menor deseo de comer nada—, Gurney salió del restaurante con más dudas que cuando había entrado. Tenía algunos repa-
ros sobre el historial de Richard Hammond, la sinceridad y franqueza de Jane Hammond, el significado del elaborado sueño de Muster
y el odio feroz que Cox profesaba a Hammond.

Por fortuna, había grabado con el móvil su conversación con
Cox, de manera que tenía un archivo completo no solo de eso, sino
también de toda la conversación que vino después, incluidas las no-
tables acusaciones presentadas contra Hammond, así como de las razones que Cox ofreció después para justificarlas.

Gurney había pasado la mayor parte del tramo por la Ruta 17 de
su camino a casa preparando en su mente el contenido y la secuencia
de las llamadas telefónicas que pretendía hacer: a Hardwick, a Jane y
a Rebecca Holdenfield, una brillante y osada psicóloga forense con
quien había tenido una historia compleja de atracción, alianza y conflicto.

No obstante, antes de llamar a cualquiera de ellos, decidió enviar
por correo electrónico copias del archivo de audio. También él quería
oírlo; no tanto la parte del sueño, cuyos detalles tenía muy claros,
sino su diálogo con Cox que había seguido a las acusaciones de violación y asesinato. En relación con ese cambio, quería estar seguro de
que su recuerdo era preciso antes de discutirlo con nadie, sobre todo
con Rebecca.

Después de estacionar en el arcén, envió los mensajes de correo,
con breves introducciones para Hardwick y Jane, así como una explicación más larga para Rebecca. Luego abrió el archivo de audio, encontró el punto con el que quería empezar, y pulsó el PLAY.

Mientras escuchaba con atención cada palabra de Cox, volvió a la
autopista y se dirigió hacia las onduladas colinas.

Cox. Lo que estoy diciendo es que acudió a mí porque había sido hipnotizado, violado y estaba a punto de ser asesinado por el doctor Richard Hammond. Doctor en degeneración y degradación.

GURNEY. ¿Es eso lo que le dijo Muster? ¿Que lo violaron y que temía que lo asesinaran?

Cox. Me contó su pesadilla, y su pesadilla revelaba lo que él era incapaz de decir.

GURNEY. ¿Que fue violado? ¿Por Hammond?

Cox. Puedo ver por su expresión que su mente se resiste a aceptar la realidad de la abominación descrita en la pesadilla de ese joven.

(Breve silencio.)

GURNEY. ¿Cree que Hammond asesinó a Muster?

Cox. Con todo mi corazón y mi alma.

GURNEY. Deje que me asegure de que he entendido bien la secuencia. Está diciendo que Hammond hipnotizó a Muster, bajo el disfraz de una sesión de terapia que tenía que ayudarle a dejar de fumar. Y luego lo violó. Y cuando Muster salió del trance hipnótico, no tenía memoria consciente de lo que había ocurrido. Y evidentemente tampoco ninguna prueba de ello, o al menos no denunció nada a la policía. Y todo eso ocurrió en la consulta de Hammond en el Wolf Lake Lodge. Luego, al cabo de una semana… ¿qué? ¿Hammond voló a Palm Beach, hipnotizó a Muster en su apartamento, y esta vez, en lugar de violarlo, le cortó las arterias de sus muñecas, lo que causó que muriera desangrado, y creó luego la apariencia de un suicidio? ¿Está diciendo que fue eso lo que ocurrió?

Cox. Tiene una actitud ciega y desdeñosa.

GURNEY. Quiero comprender los hechos como usted los ve.

Cox. Veo la presencia y el poder de Satán, una realidad a la cual su mente parece cerrada.

GURNEY. Mi mente puede abrirse. Solo cuénteme lo que cree que Richard Hammond le hizo en realidad a Christopher Muster, lo específico. ¿Está diciendo que Hammond violó físicamente a Muster y luego viajó en persona a Florida para matarlo?

Cox. No, señor, no es lo que estoy diciendo que ocurrió. Eso sería poco más que la brutalidad rutinaria del género humano, un crimen que podría haber sido perpetrado por cualquier criminal común. Lo que de verdad ocurrió fue infinitamente peor.

GURNEY. Estoy confundido. ¿No acusó usted a Hammond de violación y asesinato?

Cox. Sí. Pero Hammond no tenía necesidad de recurrir a una acción puramente física.

GURNEY. ¿Está diciendo que Hammond no violó ni asesinó físicamente a nadie? Me estoy perdiendo.

Cox. Aquí, señor, estamos tratando con el poder del maligno en sí.

Gurney. ¿Qué significa eso exactamente?

Cox. ¿Qué es lo que sabe del historial de Hammond?

Gurney. No mucho. Me dijeron que era famoso en su campo y que ayudó a mucha gente a dejar de fumar.

Cox. *(Risa sardónica y carente de humor.)* Los objetivos de Hammond no tienen nada que ver con fumar o no fumar. Eso son simples apariencias. Examine su historia, sus libros, sus artículos. No tardará en descubrir su verdadero propósito, el propósito que ha estado presente desde el principio, claro como el fuego del infierno en los ojos de ese lobo. El propósito de Hammond, señor, consiste en retorcer mentes naturales y crear homosexuales.

Gurney. ¿Crear homosexuales? ¿Cómo hace eso?

Cox. ¿Cómo? De la única manera en que puede hacerse, con la ayuda del demonio.

Gurney. ¿Qué es lo que le ayuda a hacer el demonio concretamente?

Cox. La respuesta solo la conocen Hammond y el propio Satán. Pero mi opinión personal es que el hombre vendió su alma a cambio de un poder terrible sobre otros (el poder de entrar en sus mentes y deformar su pensamiento), de proporcionarles sueños de perversión, sueños que los impulsan a vivir vidas de conducta depravada o a la autodestrucción porque no pueden soportar la maldición de semejantes sueños. Su mundo, detective, está limitado al mundo del cuerpo. Para usted el término «violación» se refiere solo a la violación del cuerpo. Pero el alma es más grande que el cuerpo y la violación del alma es de lejos el mayor pecado a los ojos de Dios.

Gurney. Así pues, cuando dice que Hammond «asesinó» a Muster, lo que quiere decir es…

Cox. Lo que quiero decir es que lo asesinó de la manera más malvada imaginable, sembrando en su mente una pesadilla de perversión con la cual no podía soportar vivir. Una pesadilla que lo condujo a su muerte. Piense en ello, detective. ¿De qué modo más cruel y más perverso se puede matar a un hombre que haciendo que se quite la vida él mismo?

Gurney terminó la reproducción del audio cuando estaba saliendo de la autopista y girando hacia la carretera que lo llevaría a través de una serie de colinas y valles a Walnut Crossing.

Aparte de para hacerle recordar las palabras exactas de Cox, reproducir la conversación no le había ayudado. La visión trastornada del suicidio de Muster que tenía el reverendo era más una tormenta eléctrica que una fuente de luz útil.

¿Era posible que Cox estuviera tan loco como aparentaba?

O, si el sermón homófobo era una actuación, ¿cuál era su propósito?

A pesar de la explicación que Cox dio para que Muster acudiera a él, Gurney se quedó preguntándose si podría haber existido otra razón para el largo viaje del desventurado joven a Coral Dunes.

14

En la vanguardia

*C*uando alcanzó el extremo oeste del embalse de Pepacton, Gurney se detuvo en una rotonda de grava. En una zona con cobertura intermitente de móvil, era el único lugar donde su teléfono siempre funcionaba.

Tenía la esperanza de aportar algún hilo de coherencia a las imágenes inconsistentes del caso presentadas por Gilbert Fenton, Bowman Cox y Jane Hammond.

Su primera llamada fue a Jane.

—Tengo una pregunta. ¿Richard hizo algún trabajo en el área de la orientación sexual?

Jane vaciló.

—Brevemente. Al principio de su carrera. ¿Por qué lo pregunta?

—Acabo de hablar con un pastor que conoció a uno de los jóvenes que se suicidó. Me contó que su hermano proporcionaba una terapia concebida para alterar la orientación sexual de una persona.

—Eso es ridículo. No tenía nada que ver con alterar nada. —Hizo una pausa, como si fuera reticente a decir nada más.

Gurney esperó.

Jane suspiró.

—Cuando estaba empezando, Richard vio a varios pacientes que tenían un conflicto por el hecho de ser gais y temer que sus familias lo supieran. Los ayudó a afrontar la realidad, los ayudó a aceptar sus identidades. Eso es todo.

—¿Eso es todo?

—Sí. Bueno…, hubo cierta controversia, una campaña de correo de odio dirigida a Richard, generada por una red de reverendos fundamentalistas. Pero eso fue hace diez años. ¿A qué viene eso ahora?

—Algunas personas tienen buena memoria.

—Algunas personas son simplemente intolerantes, buscan alguien a quien odiar.

Gurney no podía estar en desacuerdo. Por otra parte, no estaba listo para imputar la interpretación demoniaca del caso que hacía el reverendo Cox a algo tan sencillo como la simple y vieja intolerancia.

Su segunda llamada, a Hardwick, fue al buzón de voz. Dejó un mensaje, sugiriendo que mirara el correo y escuchara el archivo de audio adjunto. Y quizá podía tratar de conseguir alguna pista sobre la novia desaparecida de Steven Pardosa, el caso de suicidio en Floral Park.

Su tercera llamada fue a Rebecca Holdenfield. Contestó a la tercera señal.

—Hola, David. Ha pasado mucho tiempo. ¿En qué le puedo ayudar? —Su voz, incluso al teléfono, proyectaba una sutil sensualidad que a él siempre le resultaba tentadora y peligrosa.

—Hábleme de Richard Hammond.

—¿El Richard Hammond que está actualmente en el centro de un tornado?

—Exacto.

—Es tremendamente brillante. Taciturno. Creativo. Le gusta trabajar en la vanguardia. ¿Tiene preguntas concretas?

—¿Cuánto sabe del tornado?

—Lo mismo que cualquiera que escuche las noticias al ir a trabajar. Cuatro pacientes suicidados en un mes.

—¿Ha oído esa teoría policial que dice que provocó los suicidios mediante sugestión hipnótica?

—Sí, la he oído.

—¿Cree que es posible?

Holdenfield soltó una risita de burla.

—Hammond es excepcional, pero hay límites.

—Hábleme de esos límites.

—La hipnosis no puede inducir una conducta inconsistente con los valores esenciales de un individuo.

—Entonces, ¿el suicidio inducido hipnóticamente es imposible?

Ella vaciló antes de responder.

—Un hipnoterapeuta podría impulsar a una persona con tendencias suicidas más cerca del suicidio por incompetencia o mala praxis imprudente. Pero no podría crear una urgencia irresistible para morir en una persona que desea vivir. Nada remotamente parecido se ha documentado.

Esta vez fue el turno de Gurney de hacer una pausa para tomarse un momento de reflexión.

—No dejo de oír a la gente decir que Hammond es único en su campo. Y ha mencionado hace un minuto que le gusta trabajar en la vanguardia. ¿De qué trata todo eso?

—Fuerza los límites. Vi un *abstract* de un trabajo que presentó en un encuentro reciente de la Asociación Americana de Psiquiatría, respecto a derribar la barrera de separación entre la neuropsicología y la hipnoterapia motivacional. Aseguró que la hipnoterapia intensiva puede formar nuevas sendas neuronales, lo cual permitiría una nueva conducta que previamente era difícil o imposible.

Gurney no dijo nada. Estaba esperando a que ella captara la disonancia entre esa declaración y lo que había dicho sobre los límites de la hipnoterapia.

—Pero no me interprete mal —añadió Rebecca con rapidez—. No hay pruebas de que ni siquiera la hipnoterapia más intensiva pueda convertir un deseo de vivir en un deseo de morir. Y, por cierto, hay otro aspecto de esta cuestión de lo que la gente es capaz o incapaz de hacer.

Otra vez Gurney esperó a que ella continuara.

—El aspecto del carácter. Carácter y personalidad. Por lo que he visto y he oído de Hammond, tendría que decir que moral y temperamentalmente es un candidato improbable para planear suicidios. Es un perpetuo prodigio, es neurótico, quizás un poco demasiado, un genio torturado. Pero ¿un monstruo? No.

—Eso me recuerda… ¿ha recibido mi mensaje de correo?

—No si lo ha enviado en la última hora. He estado demasiado ocupada para verlo. ¿Por qué?

—Acabo de reunirme con un predicador de Florida que cree que Hammond es todo un monstruo. Le he enviado una grabación de nuestra conversación.

—Suena extravagante. No puedo escucharlo ahora mismo. Tengo una persona esperando, pero me pondré a ello y… le llamaré. ¿De acuerdo?

Una nota no resuelta en su voz le dijo a Gurney que quería decir algo más. Así pues, esperó.

—Mire —añadió—, solo hablando en teoría…, si alguien pudiera descubrir cómo hacer eso…

—¿Se refiere a descubrir cómo hacer que la gente se suicide?

—Sí. Si alguien…, si alguien pudiera realmente hacer eso… —Lo que aquello implicaba pareció dejarla sin palabras.

15

Sospechoso principal

«*S*i alguien pudiera realmente hacer eso…»

Gurney se quedó sentado mirando el embalse. Cuanto más tiempo permanecía en su mente el comentario inacabado de Rebecca Holdenfield, más convencido estaba de que había percibido en él una nota de miedo.

Miró el reloj del salpicadero. Las 15.23. En un valle montañoso sombreado en diciembre, de camino al día más corto del año, ya casi atardecía.

La atención de Gurney empezó a vagar desde la reacción de Rebecca a una serie de imágenes aparentemente no relacionadas con eso. Las imágenes eran tan familiares como desconcertantes. Familiares porque habían asaltado su mente de vez en cuando —quizás una docena de veces, siempre de manera inesperada—, desde que había tenido por primera vez el sueño en el cual aparecían, poco después de que Madeleine y él se hubieran trasladado al oeste de los Catskills y hubieran oído noticias de las viejas casas rurales que habían sido condenadas y sumergidas por el embalse.

Los habitantes de aquellos pueblos habían tenido que abandonar sus casas, desposeídos por la expropiación y la necesidad de agua de la ciudad de Nueva York. Casas y graneros, iglesias, escuelas y tiendas, todo se había quemado. Los troncos calcinados y los cimientos de piedra habían sido arrastrados por las excavadoras y todos los cadáveres exhumados de los cementerios del valle. Era como si ese lugar nunca hubiera sido el hogar de nadie, como si una comunidad que había vivido allí durante más de un siglo no hubiera existido jamás. El inmenso embalse constituía ya la gran presencia en el valle, mientras que las reliquias demolidas de la vida humana habían sido absorbidas desde hacía mucho tiempo en su fondo de cieno.

Pero tales hechos, aunque parecían iniciarlo, no eran la sustancia final del sueño de imágenes recurrentes. En el ojo de su mente, Gurney estaba de pie en las profundidades apagadas, azul verdosas y letalmente silentes del embalse. A su alrededor había hogares abandonados, sin puertas ni ventanas. De manera incongruente, entre los edificios de granjas anegadas se alzaba la casa de apartamentos del Bronx donde Gurney había pasado su infancia. También estaba siniestramente vacía, con sus ventanas reducidas a aberturas rectangulares en la fachada oscura de ladrillos. Criaturas como anguilas entraban y salían por las aberturas con un movimiento ondulante. En el interior sin luz acechaban serpientes marinas venenosas, que aguardaban a que su presa se aventurara a entrar. Una corriente lenta y congelada se movía por el fondo de cieno, contra sus pantorrillas, empujándolo cada vez más cerca de la alta estructura y su espantoso contenido.

Tan vívidas fueron estas imágenes que los labios de Gurney se fruncieron. Negó con la cabeza, respiró profundamente, puso en marcha el coche, retrocedió hasta la carretera local y se dirigió a casa; decidió no volver a obsesionarse nunca más con ese sueño.

La veintena de kilómetros de colinas y hondonadas entre el embalse y Walnut Crossing formaban una zona sin cobertura para su teléfono. Sin embargo, al girar por la estrecha carretera que conducía a su propiedad, entró en el área de servicio de la torre de Walnut Crossing y sonó su móvil.

Era Jane Hammond.

—¿Lo ha oído? —Su voz estaba encendida de rabia.

—¿Qué?

—La última rueda de prensa de Fenton.

—¿Qué ha ocurrido?

—Lo está empeorando todo. ¿Puede creerlo?

—¿Qué ha hecho?

—Ha declarado que Richard ahora es su «sospechoso principal» en lo que está llamando cuatro casos de «homicidio intencionado».

—¿Homicidio intencionado? ¿Es el término que usó?

—Sí. Y cuando un periodista le preguntó si quería decir que Richard sería detenido y acusado de homicidio en primer grado no lo negó.

—¿Qué es lo que dijo?

—Que se está considerando y que la investigación continúa.

—¿Dijo qué nuevas pruebas han propiciado esta decisión?

—La misma locura. La negativa de Richard a cooperar con la investigación. Por supuesto que se niega a cooperar. ¿Cómo vas a cooperar con una turba que quiere lincharte?

—Su no cooperación no es ninguna nueva prueba. ¿Se mencionó alguna otra cosa?

—Más absurdos sobre sueños. Hasta ahora Fenton había explicado que, después de ver a Richard, cada una de las llamadas víctimas tuvieron pesadillas. Pero ahora dice que las cuatro tuvieron exactamente la misma pesadilla. Y eso no tiene ningún sentido.

Gurney se detuvo al borde de la carretera. Que una persona tuviera el mismo sueño noche tras noche era extraño. Que cuatro personas diferentes tuvieran el mismo sueño era más que extraño.

—¿Está segura de que lo ha oído bien?

—Vaya que si lo he oído bien. Ha hecho una montaña de eso. Ha dicho que los cuatro proporcionaron un relato detallado de la pesadilla que habían estado sufriendo. Muster se lo contó a su pastor. Balzac se lo contó a su terapeuta. Pardosa se lo contó a su quiropráctico. Ethan lo escribió en una larga carta manuscrita a alguien. Fenton dice que los cuatro relatos son en el fondo el mismo.

—¿Ha quedado claro qué tesis estaba tratando de defender?

—Muy claro. Ha explicado que el hecho de que todos tuvieran el mismo sueño después de ser hipnotizados por Richard indica que Richard era responsable, no solo del sueño, sino también de los suicidios. Y luego ha añadido: «Los cuatro suicidios de los que tenemos noticia hasta ahora», como si Richard pudiera ser un asesino en serie.

—Pero ¿Fenton no lo ha acusado formalmente de nada?

—¿Acusarlo formalmente? No. ¿Difamarlo brutalmente? Sí. ¿Destruir su reputación? Sí. ¿Arruinar su carrera? Sí. ¿Poner toda su vida patas arriba? Sí.

Continuó un poco más, dando rienda suelta a su furia y frustración. Aunque Gurney, por lo general, se sentía incómodo ante muestras de emoción intensa, podía sentir compasión por la reacción de Jane Hammond ante un caso que se iba volviendo más extraño a cada paso.

¿Cuatro personas teniendo el mismo sueño?

¿Cómo era posible?

En un estado de desconcierto total, continuó conduciendo carretera arriba, más allá del granero, más allá del estanque, a lo largo del camino del prado. Al aparcar junto a la puerta del lavadero, divisó un gavilán colirrojo. Volaba dando vueltas sobre el campo que separaba el granero de la casa. Los círculos irregulares que describía parecían centrarse en el corral adjunto al gallinero. Bajó del coche y observó al depredador, que sin ninguna prisa dio otra vuelta lenta al circuito antes de enderezar su rumbo de vuelo y perderse de vista planeando sobre el bosquecillo de arces que bordeaba el prado.

Entró en la casa y llamó a Madeleine, pero no hubo respuesta. Eran solo las cuatro en punto. Se sintió contento de llegar justo cuando había dicho que lo haría; por otra parte, le decepcionó que Madeleine no estuviera presente para la rara ocasión en que llegaba puntual.

¿Dónde estaría?

Esa tarde, no tenía turno en la clínica de salud mental. Además, su coche estaba junto a la casa. No podía estar lejos. Hacía frío y al cabo de una hora habría oscurecido, así que era poco probable que hubiera salido a pasear por uno de los viejos senderos a las canteras que discurrían a lo largo de los riscos de piedra azul. El frío no la detendría, pero la escasez de luz sí.

Llamó a su teléfono móvil y le sorprendió oírlo sonar en el aparador a unos metros de él; hacía las veces de pisapapeles en una pila de correo sin abrir.

Entró en el estudio por si acaso había dejado una nota para él sobre su escritorio.

No había ninguna nota.

La luz de mensajes del teléfono fijo estaba parpadeando. Pulsó el botón de PLAY.

Hola, David. Rebecca Holdenfield. He escuchado el archivo de audio de su conversación con Cox. Raro es una palabra demasiado suave. Tengo preguntas. ¿Podemos vernos? ¿Tal vez a medio camino entre Walnut Crossing y mi oficina en Albany? Dígame algo.

Le devolvió la llamada. Le saltó el buzón de voz y dejó un mensaje.

—Hola, Rebecca. Dave Gurney. Vernos podría ser complicado. Mañana temprano salgo hacia el lago del Lobo en las Adirondack, para ver a Hammond, si es posible. Al día siguiente, voy al norte de Vermont para caminar por la nieve con raquetas, etcétera. Como pronto, volveré dentro de cinco o seis días. Pero quiero oír su opinión sobre el sueño. Por cierto, el investigador del DIC acaba de añadir un giro imposible al elemento del sueño…, en una conferencia de prensa. Compruebe la actualización de la noticia en Internet y llámeme cuando pueda. Gracias.

Al colgar, el teléfono sonó en su mano. Era Hardwick, que ya estaba hablando cuando Gurney se llevó el teléfono al oído.

—¿… coño está pasando?

—Excelente pregunta, Jack.

—¿Cox y Fenton están compitiendo por ser el hombre más loco del planeta?

—¿Has escuchado a Cox recitando el sueño de Muster?

—Sí. El sueño que Fenton ahora asegura que también tuvieron Balzac, Pardosa y Gall.

—¿Una afirmación que te resulta difícil de tragar?

—Una gilipollez de esa magnitud es muy difícil de tragar.

—Lo cual nos pone, Jack, en el lugar incómodo de tener que aceptar que, o bien Fenton está mintiendo con el consentimiento de los jefazos del DIC, como parte de alguna conspiración fenomenal, o que cuatro personas de verdad tuvieron el mismo sueño que los impulsó al suicidio.

—¿No creerás que es posible?

—Nada de lo que me han contado de este caso parece posible.

—Entonces, ¿adónde vamos desde aquí?

—Hemos de buscar potenciales conexiones. Lugares donde los caminos de las cuatro víctimas podrían haberse cruzado. También cualquier contacto anterior que pudieran haber tenido con Richard Hammond. O con Jane Hammond. O con Peyton Gall; Jane mencionó que tenía veintipico años, igual que tres de las cuatro víctimas. Eso podría ser significativo... o no.

—Una putada de trabajo, pero me pondré en marcha.

Tras colgar, Gurney se quedó de pie ante la ventana del estudio, hasta que el atardecer, cada vez más profundo, le recordó que todavía no sabía dónde estaba Madeleine. Pensó que debería salir y buscarla antes de que oscureciera. Pero ¿por dónde empezar? Era impropio de ella...

—Estaba en el estanque.

Su voz le sobresaltó; había entrado en la casa silenciosamente y se había asomado al umbral del estudio. En tiempos, la extraña respuesta de su mujer a la pregunta que tenía *in mente* le habría desconcertado, pero ya se había ido acostumbrando al fenómeno.

—¿El estanque? ¿No hace un poco de mal tiempo para eso?

—La verdad es que no. Me ha ido bien tomar el aire. ¿Has visto el gavilán?

—¿Crees que deberíamos hacer algo con eso?

—¿Aparte de admirar su belleza?

Dave se encogió de hombros y se hizo un silencio entre ellos. Madeleine fue la primera en hablar.

—¿Vas a reunirte con ella?

Supo al instante que estaba hablando de Rebecca, que debía de haber oído el mensaje telefónico. La pregunta, en un tono demasiado informal, le puso nervioso.

—No veo cómo. Al menos no hasta que volvamos de Vermont, e incluso entonces...

—Encontrará una forma.

—¿Qué significa eso?

—Tienes que darte cuenta de que está interesada en ti.

—Rebecca está interesada en su carrera y en mantener los contactos que cree que un día le serán útiles.

La media verdad condujo a otro silencio.

—¿Algo va mal? —preguntó Gurney.

—¿Mal?

—Desde que Jack y Jane estuvieron aquí, parece que has estado en otro mundo.

—Lo siento. Supongo que estoy preocupada con las complicaciones del viaje. —Se volvió y fue a la cocina—. Será mejor que prepare algo para cenar.

La cena fue frugal: patatas hervidas, guisantes al microondas, abadejo… y una conversación mínima.

—¿Le has dicho a Sara que nos iremos temprano? —preguntó Dave cuando estaban recogiendo la mesa.

—No.

—¿Vas a hacerlo?

—Sí.

—Si abrimos la puerta del gallinero por la mañana para llevar los animales al corral, alguien tendrá que cerrarla por la noche.

—Exacto. Sara. La llamaré.

Siguió un largo silencio en el que Madeleine lavó y enjuagó los platos de la cena, los cubiertos, la olla del abadejo y la de las patatas, y lo puso todo a secar. Esta actividad ritual en el fregadero era una tarea que Madeleine había reivindicado como propia años atrás, dejando repetidamente claro que no deseaba ayuda.

El papel periférico de Gurney en el ritual consistía en sentarse y observar.

Cuando terminó, Madeleine se secó las manos; pero, en lugar de coger uno de sus libros y acomodarse en su sillón habitual junto al horno, en el otro rincón de la sala, se quedó en la isla del fregadero, pensativa.

—Maddie, ¿qué demonios te pasa? —En el mismo momento de plantear la pregunta supo que era un error, impulsado por la irritación más que por la preocupación.

—Te lo he dicho. Tengo muchas cosas en la cabeza. ¿A qué hora hemos de irnos?

—¿Por la mañana? ¿A las ocho? ¿Ocho y media? ¿Está bien?

—Supongo. ¿Lo has preparado todo?

—No tengo mucho que llevar.

Madeleine lo miró durante varios segundos, luego apagó la luz sobre la isla del fregadero y salió de la cocina por el pasillo que conducía a su dormitorio.

Miró a través de las puertas cristaleras y no vio nada en absoluto. El atardecer hacía mucho que se había convertido en noche cerrada, una noche sin luna ni estrellas.

16

Un inicio extraño

*E*n algún momento después de la medianoche, el clima cambió. Fuertes vientos empezaron a llevarse las nubes y la luz de la luna inundó el bosquecillo de arces que se extendía frente a su dormitorio.

Gurney, despertado por el sonido del viento, se levantó y fue al cuarto de baño. Se bebió un vaso de agua y se quedó un rato junto a la ventana. La luz de la luna que iluminaba la hierba del prado ajada por el invierno parecía un abrigo de hielo.

Regresó a la cama, cerró los ojos y trató de vaciar su mente, con la esperanza de deslizarse con naturalidad otra vez a un sueño confortable. Sin embargo, se encontró incapaz de hacer nada para evitar ser anfitrión de una sucesión de imágenes inquietantes, fragmentos del día, preguntas desconcertantes e hipótesis a medio formular: una aguja que saltaba en el surco de un disco sin ir a ninguna parte.

Un sonido interrumpió sus pensamientos, algo agudo por encima del murmullo del viento. Entonces se detuvo. Gurney esperó, atento. El sonido regresó otra vez, de manera más clara en esta ocasión. El aullido agudo de los coyotes. Podía imaginarlos, como lobos pequeños, rodeando a su presa en la cumbre rocosa iluminada por la luna por encima del prado alto.

Como solía ocurrir cuando demasiadas preguntas inquietaban su sueño, Gurney se despertó exhausto a la mañana siguiente. Se obligó a levantarse de la cama y meterse en la ducha. El agua caliente ejerció su magia habitual, despejando su mente y devolviéndole a la vida.

Al regresar al dormitorio, encontró las dos mochilas que Madeleine le había mostrado la mañana anterior en el banco situado a los pies de la cama. La de Madeleine estaba llena y cerrada con la cremallera; la suya, abierta, aún por hacer.

No le gustaba nada preparar el equipaje, probablemente porque le desagradaban los viajes, sobre todo aquellos en los que se suponía que debía disfrutar. Aun así se las arregló para buscar y guardar lo que imaginaba que podría necesitar. Sacó las dos mochilas a través de la cocina hasta la puerta lateral, donde Madeleine había apilado los pantalones de esquí, chaquetas, raquetas y los esquís de ambos. Aquella visión hizo que se sintiera aún peor, al darse cuenta de que la única parte de la excursión planeada que tenía algún interés para él era la breve parte que pasarían en el lago del Lobo.

Lo llevó todo al coche. Mientras encajaba las bolsas en el maletero, vio a Madeleine, envuelta en un abrigo pesado para protegerse del frío de la mañana, subiendo por el prado desde el estanque.

Cuando llegó a la casa, él ya estaba otra vez en la cocina, preparándose el café.

—El café está en marcha —le dijo en voz alta al oírla en el lavadero—, ¿quieres una taza?

Dave no entendió su murmullo de respuesta. Repitió la pregunta al verla aparecer en el umbral.

Ella negó con la cabeza.

—¿Estás bien?

—Claro. ¿Está todo en el coche?

—Que yo sepa, sí. Mochilas, las cosas de esquí…

—¿El GPS?

—Por supuesto. ¿Por qué?

—Por el rodeo que vamos a dar. No me gustaría que nos perdiéramos.

—No hay muchas carreteras por las que perderse.

Madeleine asintió con una nota de esa misma preocupación que Dave había percibido la noche anterior. Al salir de la cocina, añadió con cierta frialdad:

—Ha llegado un mensaje cuando estabas en la ducha. En el fijo.

Gurney entró en el estudio para comprobarlo, sospechando por el tono de su mujer que podría ser de Rebecca.

Tenía razón.

Hola, Dave. ¿Cuatro personas con el mismo sueño? ¿Qué significa? ¿Elementos generalmente similares? ¿O imágenes justamente idénticas? Lo primero es una exageración. Lo segundo es una locura. Me gustaría profundizar más en esto. Escucha, doy una charla todos los viernes en el Departamento de Psicología de la SUNY en Plattsburgh. Así que estaré allí mañana. Google dice que está a solo cuarenta y tres kilómetros del lago del Lobo. ¿Podría servirte? Podríamos encontrarnos donde me alojo, en el Cold Brook Inn. Viniendo desde el lago del Lobo, el hotel está justo antes del campus. Llámame.

Gurney se quedó de pie junto a su escritorio, tratando de encontrar el momento para aquella reunión, al tiempo que se planteaba en qué posición le dejaría eso frente a Madeleine. Antes de llamar a Rebecca tenía que pensar más en eso.

El trayecto de cinco horas desde Walnut Crossing hasta los confines septentrionales de las Adirondack ofrecía una exposición alternativamente hermosa e inhóspita al paisaje rural del norte de Nueva York. Muchos de los pequeños pueblos estaban muertos o moribundos: zonas de decadencia comercial que se aferraban a las carreteras estatales como la enfermedad crece en los troncos de árbol. Había valles completos donde el estado ruinoso generalizado lo impregnaba todo de tal manera que parecía el producto de un tóxico contaminante que supuraba de la tierra.

Al llegar al norte, los parches de nieve en los campos de color sepia se hicieron más grandes; el cielo tapado, gradualmente más ominoso, y la temperatura descendió.

Al llegar a un pueblo con más señales de vida que la mayoría, Gurney se detuvo en una gasolinera situada frente a algo llamado Latte Heaven Deli-Café. Después de llenar el depósito, salió de la estación de servicio y aparcó en el primer hueco que encontró.

Preguntó a Madeleine si quería ir con él a tomar café. ¿O tal vez algo para comer?

—Solo quiero salir del coche, estirar las piernas, tomar un poco de aire.

Gurney cruzó la calle solo, entró en el pequeño establecimiento y descubrió que no era exactamente lo que el nombre sugería.

El componente «deli» era una nevera que a la luz débil de una bombilla mostraba los fiambres deprimentes de la infancia de Gurney en el Bronx —mortadela, jamón cocido y un queso americano de color anaranjado—, junto con bandejas de ensalada de patatas con una gruesa capa de mayonesa y ensalada de macarrones. El componente «Café» consistía en dos mesas cubiertas con hules, cada una de ellas con cuatro sillas plegables.

Ante una mesa, un par de mujeres arrugadas se inclinaban una hacia otra en silencio, como si hubieran estado en medio de una conversación durante la cual alguien hubiera pulsado el botón de pausa.

El componente «Latte Heaven» consistía en una pequeña máquina de café que no daba señales de vida. Había un sonido intermitente de tuberías de vapor estallando y silbando en algún lugar debajo del suelo, y en el techo zumbaba un fluorescente.

Una de las mujeres se volvió hacia Gurney.

—¿Ya sabe lo que quiere?

—¿Tiene café normal?

—Café tenemos. No sé lo normal que es. ¿Lo quiere con algo?

—Solo está bien.

—Un momento. —Se levantó muy despacio, rodeó la nevera y desapareció.

Al cabo de unos minutos volvió y dejó una taza de polietileno en el mostrador.

—Un dólar por el café, ocho centavos para el gobernador, que no vale ocho centavos. Ese maldito loco ha hecho una ley para devolver los lobos al parque. ¡Lobos! ¿Se le ocurre una cosa más estúpida? El parque es para las familias, los niños. ¡Maldito imbécil! ¿Quiere una tapa para el vaso?

Gurney rechazó la tapa, puso un dólar cincuenta en el mostrador, le dio las gracias y se marchó.

Localizó a Madeleine a unas dos manzanas de distancia, en la calle principal, caminando hacia él. Dio unos pocos sorbos a su café para evitar que se derramara y fue a su encuentro. Mientras caminaban juntos hacia el coche, una pareja joven salió de un edificio de oficinas de dos plantas a media manzana de ellos. La mujer sostenía un bebé envuelto en una manta. El hombre rodeó el coche aparcado delante del edificio, y se detuvo ante la puerta del conductor. Estaba mirando por encima del techo del auto a la mujer. Entonces empezó a dirigirse hacia ella, moviéndose con inseguridad.

Gurney ya estaba lo bastante cerca para ver el rostro de la mujer, su boca curvada hacia abajo en expresión de terrible desolación, las lágrimas resbalando por sus mejillas. El hombre se le acercó, se quedó delante de ella por un momento con expresión de impotencia, luego puso los brazos en torno a ella y el bebé.

Gurney y Madeleine repararon en el cartel del edificio; les impactó su significado. Por encima de los nombres de tres doctores, se leía ESPECIALIDADES MÉDICAS PEDIÁTRICAS.

—Oh, Dios… —Las palabras salieron de Madeleine como un gruñido suave.

Gurney habría sido el primero en reconocer que no era muy empático, que el sufrimiento ajeno no solía afectarle; pero, en alguna ocasión, como en ese momento, sin ninguna advertencia, le cegaba un sentimiento de tristeza compartida tan grande que sus propios ojos se le llenaban de lágrimas y, literalmente, le dolía el corazón.

Tomó la mano de Madeleine y caminaron la última manzana hasta el coche, en silencio.

17

Hacia la oscuridad

*A*penas a ochocientos metros del pueblo, un cartel de carretera los informó de que estaban entrando en el parque de las Adirondack. A Gurney «parque» le pareció un término demasiado modesto para esa inmensa extensión de bosques, lagos, ciénagas y naturaleza inmaculada con una superficie superior a la de todo el estado de Vermont.

El terreno que los rodeaba cambió de una sucesión de comunidades agrícolas venidas a menos a algo mucho más agreste. En lugar de prados llenos de malas hierbas y bosquecillos en lo alto de las colinas, el paisaje estaba dominado por una oscura extensión de coníferas.

A medida que la carretera ascendía kilómetro a kilómetro, los altos pinos daban paso a abetos atrofiados que parecían haber sido obligados a doblarse en un irritado sometimiento por los vientos severos del invierno. Allí hasta los espacios abiertos parecían desolados e imponentes.

Gurney se fijó en que Madeleine estaba concentrada en lo que la rodeaba.

—¿Dónde estamos? —preguntó ella.

—¿Qué quieres decir?

—¿Qué tenemos cerca?

—No estamos cerca de ninguna parte. Supongo que estamos a ciento diez o ciento treinta kilómetros de los Picos Altos. Tal vez a ciento cincuenta o doscientos kilómetros del lago del Lobo. ¿Por qué?

—Simple curiosidad.

Caía una llovizna gélida, tan fina que era arrastrada de lado, en lugar de precipitarse al suelo. A través de ese filtro helado, el paisaje salvaje de árboles encorvados y afloramientos de granito descarnado daba la impresión de estar envuelto en una penumbra cada vez más profunda.

Después de otras dos horas, durante las cuales Gurney solo se encontró unos pocos vehículos en dirección contraria, su GPS anunció que habían llegado a su destino. No obstante, no se veía ningún hotel. Había únicamente un camino de tierra que confluía con la carretera estatal en ángulo recto, marcado por un discreto cartel de bronce en un poste de hierro:

GALL WILDERNESS PRESERVE

WOLF LAKE LODGE

CAMINO PARTICULAR. SOLO HUÉSPEDES

Gurney tomó el desvío. A menos de un kilómetro de la entrada a la propiedad, sintió que la oscuridad del camino se hacía más profunda. Los árboles agazapados empezaron a adoptar un aspecto siniestro en la neblina de aguanieve, materializándose como por ensalmo solo para desaparecer al cabo de unos segundos.

De repente, Madeleine volvió la cabeza en la dirección de algo situado en su lado del coche.

Gurney miró hacia allí.

—¿Qué pasa?

—Pensaba que había visto a alguien.

—¿Dónde?

Ella señaló.

—Por allí atrás. Al lado de los árboles.

—¿Estás segura?

—Sí. He visto a alguien de pie junto a uno de aquellos árboles de ramas retorcidas.

Gurney frenó hasta detenerse.

Madeleine parecía alarmada.

—¿Qué estás haciendo?

Retrocedió con cautela por la carretera empinada.

—Avísame cuando lleguemos al sitio.

—¿De verdad hemos de hacer esto?

—Solo avísame cuando lleguemos allí.

Madeleine se volvió hacia la ventana.

—Ahí está, es ese árbol. Y allí, lo ves, ahí está el…, oh…, pensaba que ese tronco roto era de una persona. Lo siento.

Pero aquella aclaración apenas contribuyó a aliviar la tensión en su voz.

—¿Estás bien? —preguntó Dave.

—Estoy bien.

Siguieron conduciendo y enseguida llegaron a una interrupción en esa procesión de retorcidos abetos. La abertura proporcionó la visión pasajera de una cabaña robusta, tan lúgubre y poco atractiva como el afloramiento de granito helado donde se alzaba. Al cabo de un momento, la cabaña desapareció detrás del ejército de desdichados árboles que se cerraban otra vez en torno al camino.

El timbre del teléfono de Gurney en la consola que los separaba hizo que Madeleine se sobresaltara y se apartara del sonido. Dave estuvo tentado de decirle que no parecía estar «bien», pero se lo pensó mejor.

Cogió el teléfono y vio que era Hardwick.

—¿Sí, Jack?

—*Bueno día* a ti también, *deteltive* Gurney. Solo pensaba en *llamal* para ver cómo os va a todos en este día glorioso que nos ha dado el Señor.

—Me va de maravilla, Jack. ¿A qué viene ese acento sureño?

—Acabo de *estal* al teléfono con nuestro amigo teniente de Palm Beach y esa forma de *hablal* (como si estuvieras caminando entre melazas) es contagiosa.

—¿Darryl Becker?

Hardwick abandonó el acento.

—Exacto. Quería averiguar si sabían algo sobre Christopher Muster, de dónde vino, cómo es que era dueño de ese apartamento.

—¿Y?

—No saben mucho. Salvo que el carné de conducir que cambió hace un par de años por uno de Florida situaba su anterior residencia en Fort Lee, Nueva Jersey.

—Lo cual pone a tres de nuestras víctimas en la misma zona geográfica en un pasado no tan distante.

—Exacto.

—Hablando de zonas geográficas, se me ocurre una pregunta. A partir de lo que dijo Jane sobre Peyton, no da la impresión de ser un tipo que elegiría vivir en las montañas, pudiendo hacerlo en una casa en la gran ciudad, a menos que se esté escondiendo de alguien.

—Se lo planteé a Jane al volver de tu casa. Cree que se debe a que puede comprar con más facilidad a la gente del norte del estado que a la de la ciudad.

—¿Jane tiene alguna idea de a quién está comprando o por qué?

—Sin nombres. Pero Peyton tiene la costumbre de crear problemas. Y comprar la influencia necesaria para mantener las consecuencias en un nivel mínimo requeriría un desembolso más modesto en un lugar remoto que en una ciudad donde abundan los multimillonarios y los millonarios casi no pueden pagar el alquiler. La teoría de Jane es que está importando sus placeres al campo para mantener su mala conducta en un terreno relativamente seguro.

—Peyton el despreciable.

—Podrías decir eso.

—Un hombre despreciable que podría estar a punto de heredar una fortuna.

—Sí.

—De un hermano que acaba de morir en circunstancias peculiares.

—Sí de nuevo.

—Pero, que tú sepas, Peyton no está en el radar de Fenton.

—Ni siquiera cerca. El puto radar de Fenton… —La voz de Hardwick se quebró en sílabas dispersas e ininteligibles hasta desaparecer.

Gurney miró la pantalla de su móvil y vio que no había cobertura.

Madeleine lo estaba observando.

—¿Has perdido la llamada?

—No hay cobertura.

Ahora toda su atención estaba en el camino que tenía por delante. La fina aguanieve se adhería a la superficie, difuminando los bordes de la carretera.

—¿Hemos de ir mucho más lejos?

—Ni idea. —La miró.

Ella había cerrado los puños y había envuelto los pulgares con los otros dedos.

Dave se estaba fijando en un barranco situado unos tres metros a la izquierda de donde estimaba que estaría el margen izquierdo del camino. Justo entonces, en el peor punto donde podía ocurrir, el camino se tornó un poco más oscuro. Al cabo de un momento, los neumáticos perdieron tracción.

Gurney redujo a primera y trató de avanzar poco a poco, pero la parte trasera del coche empezó a deslizarse lateralmente hacia el barranco. Levantó el pie del acelerador, pisó el freno con suavidad. Después de un enervante deslizamiento lateral, el coche se detuvo. Metió la marcha atrás y retrocedió hacia el camino para alejarse del barranco. Cuando estuvo suficientemente por debajo del punto en el cual la oscuridad se acentuaba, frenó con la máxima suavidad que pudo. Poco a poco, el coche se detuvo.

Madeleine estaba mirando a los bosques que los rodeaban.

—¿Qué hacemos ahora?

Gurney miró camino arriba hasta donde podía ver.

—Creo que la cima está a unos cien metros. Si pudiera conseguir un poco de impulso…

Avanzó. Al intentar acelerar antes del sitio donde el problema había comenzado, la parte de atrás del coche viró de repente, encarando el vehículo al barranco. Gurney giró con rapidez el volante en el sentido contrario: una sobrecompensación que terminó con un desgarrador ruido sordo cuando los neumáticos del lado del pasajero cayeron en la zanja de desagüe al borde de la carretera.

El motor se detuvo. En el silencio que siguió, Gurney pudo oír el viento que iba ganando fuerza y el rápido tic-tic-tic-tic de los cristalitos de hielo cayendo sobre el parabrisas.

18

Conversación delirante y ojos ambarinos

*D*espués de intentar sacar el coche de la zanja y solo conseguir hundirlo más, Gurney decidió aventurarse a pie hasta la cima de la colina, donde esperaba conseguir captar algo de cobertura o hacerse una idea de lo lejos que quedaba el hotel.

Se puso el gorro de esquí, se levantó el cuello y se dirigió camino arriba. Apenas había empezado cuando oyó un ruido que lo detuvo en seco, un siniestro aullido que parecía proceder de todas partes y de ninguna en particular. Se había acostumbrado a los ladridos y aullidos de los coyotes en las colinas que rodeaban Walnut Crossing, pero ese sonido era diferente: más profundo, con un timbre tembloroso que hizo que se le pusiera la piel de gallina. De repente, se detuvo, tan de golpe como había empezado.

Pensó en pasar la Beretta de la cartuchera del tobillo al bolsillo de la chaqueta, pero no quería incrementar la ansiedad de Madeleine; así que simplemente reanudó su caminata colina arriba.

No había avanzado más de una docena de metros cuando se detuvo otra vez, en esta ocasión por un grito que le llegó desde el coche.

—¡David!

Se volvió, resbaló y cayó con fuerza sobre el costado.

Al levantarse vio una figura grande y gris bajo la llovizna helada, a no más de tres metros del coche.

Cuando Gurney se movió con cautela hacia delante, vio con más claridad que era un hombre alto, demacrado, con una parca grande de lona. Un gorro de pelo apelmazado, aparentemente cosido de partes de pieles de animales, le cubría la cabeza; de una cinta de cuero tosca, en torno a su cintura, le colgaba un hacha.

Con el coche entre ellos, Gurney levantó la pierna derecha, sacó la Beretta de su funda de tobillo y se la guardó en el bolsillo de la chaqueta, sujetándola con fuerza, con el pulgar sobre el seguro.

Había algo casi salvaje en los ojos ambarinos de aquel tipo. Sus dientes amarillentos estaban o rotos o limados en puntas recortadas.

—Cuidado. —Su voz era severa como una bisagra oxidada.

Gurney respondió con voz calma.

—¿Nos está alertando? ¿De qué?

—El mal está aquí.

—¿Aquí en el lago del Lobo?

—Sí. El lago no tiene fondo.

—¿No hay fondo?

—No, nunca hubo.

—¿Qué clase de mal hay aquí?

—El halcón lo sabe.

—¿El halcón?

—El halcón conoce el mal. El hombre halcón sabe lo que sabe el halcón. Suelta al halcón. Al sol, a la luna.

—¿Qué hace usted aquí?

—Arreglo lo que se rompe.

—¿En el hotel?

—Sí.

Pendiente aún del hacha, Gurney decidió continuar con la conversación como si esta fuera perfectamente normal, para ver si conseguía aclarar algo.

—Me llamo Dave Gurney. ¿Y usted?

Un destello en aquellos ojos extraños, un momento de atención entusiasta.

Gurney pensó que había reconocido su nombre, pero cuando el hombre volvió su mirada aguda al camino quedó claro que era otra cosa la que había captado su atención. Al cabo de unos segundos, Gurney lo oyó, el sonido de un vehículo que se acercaba a marcha lenta. Logró distinguir un par de faros, discos blancos en la neblina helada, acercándose desde la cima y descendiendo por el camino.

Miró para ver la reacción de su visitante, pero había desaparecido.

—Ha salido corriendo hacia esos árboles —señaló Madeleine bajando del coche.

Gurney escuchó, tratando de oír pisadas o ramas quebradas, pero lo único que oyó fue el viento.

Madeleine miró hacia el vehículo que se acercaba.

—Gracias a Dios, sea quien sea.

Un Land Rover clásico, de los que salen en los documentales de safaris, se detuvo un poco más arriba del Outback. El hombre alto y delgado que bajó del vehículo, con un chubasquero Barbour de estilo rústico pero elegante y botas Wellington altas hasta la rodilla, parecía un caballero inglés que había salido a cazar faisanes en un día con mal tiempo. Se puso la capucha de la chaqueta sobre su cabello gris, que llevaba muy corto.

—Un día de perros, ¿eh?

Gurney estuvo de acuerdo.

Madeleine estaba temblando; hundió las manos en los bolsillos de la chaqueta.

—¿Es usted del hotel?

—Estoy, pero no soy.

—¿Disculpe?

—He venido hasta aquí desde el hotel, pero no trabajo aquí. Solo soy un huésped. Me llamo Norris Landon.

En lugar de caminar por el hielo para estrechar la mano del hombre, Gurney se limitó a presentarse. Cuando estaba a punto de hacer lo mismo con Madeleine, Landon habló primero.

—Y ella será su encantadora esposa, Madeleine, ¿me equivoco?

Ella respondió con una sonrisa sorprendida.

—Usted debe de ser el comité de bienvenida.

—No exactamente. Pero tengo un cabrestante, y creo que les resultará más útil que un comité.

Madeleine lo miró con esperanza.

—¿Cree que eso nos sacará de la zanja?

—Ya lo ha hecho antes. No me gustaría andar por aquí sin él. Por cierto, no es que sepa su nombre porque soy clarividente. He estado hablando con Jane Hammond hace un rato; estaba inquieta: sabía que tenían que llegar…, y con este tiempo. En este momento, hay poco personal en el hotel; es comprensible, dado el trágico fallecimiento del señor Gall. Me he ofrecido para calmar a Jane, comprobar el estado de la carretera, asegurarme de que no había árboles caídos, esa clase de cosas. Aquí la situación cambia deprisa. Los arroyos se convierten en torrentes de aguas bravas, las carreteras se derrumban en barrancos, se desprenden rocas, el suelo se congela de inmediato. La maldita naturaleza parece rabiar. A kilómetros de un sitio donde encontrar ayuda, en una zona donde no hay cobertura de móvil, es arriesgado en el mejor de los días.

Su acento no era del todo británico ni americano; parecía del Atlántico medio; la dicción que en un tiempo adoptaron los ricos cultivados en el noroeste y que luego las grandes universidades alimentaron activamente; hasta que esas instituciones empezaron a rebosar de futuros dueños de fondos de cobertura a los que no les importaba lo cultos que sonaran siempre que pudieran hacerse ricos lo antes posible.

—¿Sabe dónde está el gancho de arrastre? ¿Puede alcanzarlo con el bastidor en esa posición extraña?

Gurney miró debajo de la parte delantera inclinada antes de responder.

—Creo que sí, a sus dos preguntas.

—En ese caso, le devolveré al camino en un momento. Bien está lo que bien acaba, ¿no?

Madeleine parecía preocupada.

—Antes de que usted llegara, se nos acercó alguien desde el bosque.

Landon pestañeó, pareció desconcertado.

—¿Alguien?

—Un hombre extraño con un hacha atada a la cintura.

—¿Conversación delirante y ojos ambarinos?

—¿Lo conoce? —preguntó Gurney.

—Barlow Tarr. Vive en una cabaña, por allí. En mi opinión, una fuente de problemas.

—¿Vive aquí? ¿En la propiedad de Gall?

—Por desgracia.

—¿Es peligroso? —preguntó Madeleine, todavía temblando.

—Algunos dicen que es inofensivo. No estoy tan seguro. Lo he visto afilar esa hacha suya con una expresión salvaje en la mirada. También caza con ella. Le he visto partir un conejo por la mitad desde diez metros de distancia.

Madeleine parecía horrorizada.

—¿Qué más sabe de él? —preguntó Gurney.

—Trabaja en el mantenimiento del hotel, es una especie de manitas, aunque a mí nunca me ha parecido útil. Su padre también trabajó aquí. Y su abuelo antes. Todos un poco desequilibrados, por decirlo suavemente. Gente de la montaña de aquí desde los tiempos del Génesis. Emparentados entre sí de maneras extrañas, no sé si me explico. —Su boca se curvó con desagrado—. ¿Dijo algo ininteligible?

—Buena pregunta, pero no estoy seguro de la respuesta. Depende de qué considere ininteligible. —Gurney se sacudió la aguanieve que se le había acumulado sobre los hombros de la chaqueta—. Quizá podamos enlazar ese cabrestante y hablar después de la familia Tarr.

—Parece buena idea. Ahora, si deja que yo le proponga algo, después de que usted y su mujer se instalen, estaría encantado de que se reunieran conmigo para tomar una copa en el Salón del Hogar. Una forma perfecta de relajarse después de todo esto.

Tardaron un cuarto de hora en situar el Land Rover en el ángulo adecuado y colocar el cable en el gancho de arrastre. Después de eso, el cabrestante hizo con sencillez su trabajo y el coche pudo salir poco a poco de la zanja de desagüe hasta el camino, muy por encima del punto donde había perdido tracción. Landon rebobinó el cable, giró el Land Rover y se dirigió otra vez colina arriba, seguido por Gurney.

Una vez superada la cima, la visibilidad mejoró de manera considerable y la expresión de Madeleine perdió parte de la tensión.

—Menudo personaje —dijo.

—¿El caballero del campo o el manitas raro?

—El caballero del campo. Parece que sabe mucho.

—Por eso he aceptado su invitación a tomar una copa. ¿Te importa?

Madeleine no hizo caso de la pregunta, toda su atención estaba puesta en la inhóspita vista que se desplegó ante ellos.

Una serie de picos recortados y riscos del color de los posos de vino se extendía hacia un horizonte envuelto en niebla. La distancia creaba la ilusión de bordes afilados, como si esos picos y riscos hubieran sido tallados con tijeras de chapa a partir de una lámina metálica.

El pico más cercano, quizás a tres kilómetros de distancia, era bastante claro; Gurney lo reconoció, pues antes de salir había hecho una rápida búsqueda por Internet. Se le conocía como el Colmillo del Diablo, sin duda porque daba la impresión de un diente monstruoso vuelto hacia el cielo. Junto a él estaba el pico Cementerio: enormes bloques de granito dispuestos sobre él en épocas pretéritas le daban la apariencia de una sucesión de lápidas silueteadas contra el cielo.

La empinada ladera de tres mil metros del pico Cementerio formaba el lado oeste del lago del Lobo. En el extremo septentrional de este, a la larga sombra del Colmillo del Diablo, se alzaba el antiguo Great Camp de las Adirondack, conocido en la actualidad como Wolf Lake Lodge.

19

Bienvenidos a la naturaleza

Cuando el camino descendía hacia el lago, el bosque volvía a poblarse de pinos más gruesos y más altos, ocultando temporalmente las montañas que los rodeaban.

Por lo tanto, cuando una curva al final del camino los llevó al lago y se dirigieron directamente hacia la imponente estructura de piedra y madera que se alzaba al borde del agua, con el pico Cementerio y el Colmillo del Diablo alzándose sobre todo ello, la esencia primigenia del paraje impactó a Gurney otra vez con una fuerza inusitada.

Por delante de ellos, un inmenso soportal de troncos y tejas se extendía desde la fachada del hotel. Landon ya había aparcado el Land Rover debajo y estaba haciendo señas a Gurney para que estacionara detrás de él. Y eso es lo que hizo.

Cuando bajaron del coche, Landon se estaba guardando el móvil en el bolsillo.

—Estaba diciéndole a Austen que han llegado.

Hizo un gesto hacia las puertas de entrada, de cristal y madera, una de las cuales se estaba abriendo.

Por ella salió un hombre bajo con la cabeza afeitada y ojos pequeños y avispados. Al acercarse a Gurney, desprendía una energía en bruto que parecía filtrarse en forma de sudor por su cabeza afeitada.

—Detective Gurney, señora Gurney, bienvenidos al Wolf Lake Lodge. Soy Austen Steckle.

Su apretón de manos tenía la fuerza de un atleta profesional. Las uñas, reparó Gurney, estaban todas mordidas. Su voz de papel de lija y la entonación urbana no podían estar más alejadas del tono vagamente de clase alta, y de privilegio, de Landon.

—¿Puedo ayudarles con su equipaje?

—Gracias, pero no es nada. —Gurney dio la vuelta y sacó las dos mochilas—. ¿Puedo dejar el coche donde está?

Steckle miró el Outback con el leve desdén de un hombre con un gusto más refinado para los vehículos.

—Claro, no hay problema. También tenemos un par de bonitos todoterrenos disponibles para el uso de nuestros invitados. Son ideales para el campo a través. Si les apetece, solo tienen que avisarme de que quieren usar uno.

—Bueno, Dave —intervino Landon—, parece que está en buenas manos. —Echó un vistazo a su reloj—. Las dos y cuarenta y dos. ¿Qué le parece si nos reunimos en el Salón del Hogar a las tres?

—Claro. Hasta luego.

Landon franqueó las puertas del hotel, seguido por Steckle, que se movía con una rapidez y ligereza de pies inusual para un hombre tan fornido. Gurney y Madeleine fueron los últimos en entrar.

Al otro lado de las grandes puertas dobles había una zona de recepción con paneles de pino y techos catedralicios iluminados por una inmensa lámpara hecha de astas de ciervo. Había pares de astas montados en las paredes, junto con pistolas antiguas, espadas, cuchillos, pieles y escudos de plumas de pueblos nativos americanos.

Un oso negro disecado se alzaba sobre las patas traseras en un rincón en sombra, mostrando dientes y garras.

Cuando Gurney llegó al mostrador de recepción, Steckle levantó una gran llave antigua.

—Para usted, detective. La Suite Presidencial. Es un obsequio. Paga la casa.

Gurney no pudo evitar una mirada inquisitiva, por lo que Steckle continuó:

—Jane me ha explicado por qué está aquí, el favor que le está haciendo al investigar el caso y todo eso. Así que lo menos que podíamos hacer es intentar que se sienta lo más cómodo posible. La Suite Presidencial tiene una historia especial. Era la *suite* del propietario, el primer propietario y fundador de todo esto, Dalton Gall. Un hombre de mucho éxito. Poseía minas, minerales. Hizo dinero como los árboles hacen hojas. Luego murió, una historia extraña…, pero no importa. La cuestión es que, al cabo de unos años, vino el presidente. El presidente de Estados Unidos. Warren G. Harding. Por supuesto, le dieron la *suite* del propietario. Al presidente le gustó tanto que se quedó todo un mes. Después de eso se conoce como la Suite Presidencial. Espero que le guste. ¿Podemos subir ahora?

—Creo que sí.

Gurney recogió las dos mochilas, y Steckle los condujo desde la recepción y por una amplia escalera de pino hasta un pasillo con una elaborada alfombra roja. A Gurney, le recordó la alfombra del pasillo del hotel en *El resplandor*.

Steckle se detuvo ante una gran puerta de madera e introdujo la gran llave de metal en una cerradura antigua. Giró el pomo deslustrado y abrió la puerta. Entró primero y unos segundos después se encendieron las luces, revelando una gran sala amueblada con un estilo rural masculino, con sofás y sillones de cuero, alfombras indias y suelo y lámparas de mesa rústicos.

Madeleine se echó atrás, dejando que Gurney pasara delante de ella.

—¿No hay animales muertos ahí dentro?

—¿Qué?

—Animales muertos como esa cosa enorme en el vestíbulo.

—No, nada parecido.

Madeleine entró con cautela.

—Odio esas cosas.

Steckle abrió las cortinas, exponiendo una fila de ventanas que daban al lago. Una puerta de cristal conducía a un balcón. La pared a la izquierda de Gurney quedaba interrumpida por una amplia arcada. La arcada daba a una gran zona de dormitorio con una cama de cuatro postes. El umbral conducía a un cuarto de baño más grande que el estudio de su casa, con un aseo separado, una ducha en un rincón, una enorme bañera de cuatro patas y una mesa con una pila de toallas de baño.

La pared a su derecha estaba dominada por un retrato de Warren Harding, el presidente que dirigió el país durante el deslizamiento a la anarquía de la época de la prohibición. El cuadro colgaba sobre una barra de bar bien abastecida. Más allá, había una chimenea de piedra y una leñera de hierro con troncos partidos.

Steckle señaló las ventanas.

—Allí fuera está el lago del Lobo. Bienvenidos a la naturaleza.

El Salón del Hogar, llamado así por su gigantesca chimenea, estaba amueblado en el mismo estilo rústico lujoso que la *suite* de Gurney, con muebles de cuero, objetos de arte y armas tribales, así como con una barra de bar llena de botellas de whisky, burbon, ginebras, jerez, vermús, copas de cristal y cubos de hielo de plata de una generación pasada.

Cuando Gurney y Madeleine entraron en la sala, Norris Landon les saludó desde uno de los sillones de cuero.

—Sírvanse un par de copas bien cargadas y vengan a sentarse junto al fuego.

Gurney se acercó a la barra y eligió agua mineral. Le sorprendió ver a Madeleine preparándose una ginebra con zumo de naranja.

Se llevaron las bebidas al extremo de la sala, donde se hallaba la chimenea; se sentaron en un sofá de cara a Landon, que parecía sentirse a gusto con la ropa que se había puesto: un suéter amarillo de cachemir, pantalones de pana de color habano y mocasines forrados. Con una sonrisa lánguida levantó la copa de lo que parecía whisky con hielo.

—Por el éxito de su visita.

—Gracias —dijo Gurney.

Madeleine ofreció una sonrisa y un gesto de asentimiento.

Landon dio un sorbo a su bebida.

—Siempre es agradable sentarse junto al fuego, ¿eh?

—Muy agradable —dijo Gurney—. ¿Hay más huéspedes?

—En este momento tenemos el hotel solo para nosotros. Una bendición de dos caras, porque se ha reducido el personal. Los Hammond, por supuesto, siguen en la residencia; un poco separados, eso sí, en el chalé de Richard. Austen canceló todas las reservas de invierno después de la tragedia. Se entiende. Considerando el hecho en sí y luego la repercusión que ha tenido en los medios. Era prudente cerrar el hotel hasta alcanzar una conclusión satisfactoria. Una sensación de cierre. Al menos entiendo así la decisión de Austen. La decisión de Austen y Peyton, debería decir.

Gurney asintió y tomó un trago de su agua mineral.

—Con todas las reservas canceladas, su presencia tiene que significar que usted es más que un huésped ordinario.

Landon soltó una risa avergonzada.

—Nunca he reivindicado ser más que ordinario. Pero vengo aquí con mucha frecuencia. Y como ya estaba aquí cuando todo ocurrió… Supongo que a Austen le pareció bien dejar que me quedara.

—¿Cuánto tiempo hace que viene aquí? —preguntó Madeleine.

—No tanto, descubrí el sitio hace solo un par de años. Pero una vez que lo descubrí…, bueno, hay una temporada de aves de las tierras altas, temporada del pavo de primavera, temporada del pavo de otoño, temporada del ciervo, temporada del oso, temporada de caza menor, temporada de pesca. Y, para ser completamente sincero, me enamoré del lugar, sin más. Cruzo los dedos para que el presente embrollo no ponga fin a todo esto. —Levantó la copa otra vez—. Por una rápida conclusión. Por el bien de todos.

El silencio que siguió lo rompió Gurney.

—Todas esas temporadas de caza que ha mencionado deben requerir un buen arsenal.

—Ah, bueno. Arsenal suena un poco bélico. Pero reconozco que tengo una bonita variedad de armas de caza.

—Dijo algo acerca de que el hotel había reducido personal estos días. ¿Ahora hay más personal, aparte de Austen?

—Hay un chef que viene de Plattsburgh. Un ayudante de cocina. Una asistenta para mantener las cosas en orden. Hay otros trabajadores a los que se puede llamar cuando Austen lo considera necesario. —Se encogió de hombros, casi pidiendo perdón—. Y, por supuesto, está Barlow Tarr.

—No es el empleado típico de un hotel de mil dólares la noche.

—No, desde luego que no. Es una idea de Ethan… Bueno, que todos los seres humanos pueden redimirse, corregirse, perfeccionarse. Un disparate, en mi humilde opinión. Todo el clan Tarr es un ejemplo que viene perfectamente al caso. Incluso Ethan, con todo su maldito optimismo, estaba a punto de tirar la toalla con Barlow. Era muy difícil para Ethan reconocer que alguien estaba más allá de sus poderes reformadores. La cuestión es que Barlow es como el clima de la montaña. Te das la vuelta un minuto y no sabes cómo puede cambiar. Ethan le dijo que podía quedarse, vivir en su cabaña, allí en el bosque, con la condición de que se mantuviera alejado de los huéspedes. Pero aparentemente se acercó a usted: una transgresión definitiva del acuerdo. —Landon hizo una pausa otra vez, tal vez sopesando lo que eso implicaba.

—¿Ethan tenía el hábito de emplear a… gente con problemas?

—Lo cierto es que sí. Su mayor virtud, pero también su defecto más grande.

Gurney hizo una pausa para considerar este patrón, antes de dar un pequeño paso al costado.

—¿Cuánto sabe de la Gall New Life Foundation?

Landon estudió su copa.

—Solo que parece ser exactamente lo que uno esperaría que creara Ethan. Era un hombre complejo. Decidido, terco, controlador. Una voluntad de hierro. Fe absoluta en que su forma de hacer era la correcta. Un hombre de negocios arrollador. Resucitó este lugar con una sola mano, lo convirtió en lo que es hoy. Y lo hizo todo antes de cumplir los treinta.

—Suena como si viera un problema ahí.

—Ah, bueno. En ese corazón arrollador había un misionero. Un fanático. Un fanático con la convicción de que cualquiera puede redimirse. De ahí la Gall New Life Foundation, dedicada a la reeducación y reinserción de reclusos por delitos graves en la sociedad productiva.

—He oído que produjo algunas historias de éxito.

—La verdad es que sí. Grandes historias de éxito. Un ejemplo perfecto es el propio Austen.

—¿Austen?

Landon arrugó el rostro en una expresión de inquietud.

—Quizá me he excedido aquí, aunque nunca lo tuvo en secreto… Aun así, no es cosa mía.

—¿Austen Steckle es un condenado en libertad provisional?

—Mis labios están sellados. Debería hablar con él directamente. Es su historia, es él quien debe contarla, y no yo. —Se hizo un breve silencio—. Si tiene preguntas sobre alguna otra cosa de aquí, estaré encantado de compartir mi modesto conocimiento.

Madeleine tomó la palabra; parecía inquieta.

—Antes, en la carretera, ese tal Tarr ha dicho algo respecto a que el lago no tenía fondo. ¿Tiene alguna idea de qué quería decir con eso?

—Ah, sí. El lago sin fondo. Uno de los Gemelos del Diablo.

—¿Los qué?

—Los Gemelos del Diablo. Es una peculiaridad de la geología local, drásticamente potenciada por la superstición. Parece que dos lagos de esta zona, separados varios kilómetros y en lados opuestos de una gran montaña, están en realidad conectados a través de una serie de canales y cuevas subterráneos. El lago del Lobo es uno de los dos.

—¿Eso es lo quiere decir con que no tiene fondo?

—Sí y no. Hay un poco más en la historia, la forma en que se descubrió la conexión entre los lagos. A mediados del siglo pasado, dos chicas estaban en una canoa en el otro lago. La canoa volcó. Una chica llegó a la orilla, la otra se ahogó. Dragaron el lago, enviaron buzos, buscaron durante días, semanas, pero no encontraron el cadáver. Un gran misterio en su momento. Se lanzaron montones de teorías. Conspiraciones criminales, explicaciones sobrenaturales. Un circo total. La necedad periodística no es nada nuevo.

Madeleine estaba parpadeando con impaciencia.

—Pero ¿entonces qué?

—Ah. Bueno. Entonces, cinco años después, un tipo que estaba pescando charrascos enganchó la caña en lo que quedaba del cuerpo desaparecido hacía tanto tiempo, más que nada un esqueleto que todavía conservaba algunas prendas. La cuestión es que estaba pescando aquí en el lago del Lobo, no en el lago donde se ahogó la chica.

Gurney parecía escéptico.

—¿Hay alguna prueba firme de las conexiones subterráneas, aparte de eso?

—Sí. Repetidas mediciones simultáneas de ambas superficies de los lagos muestran que siempre suben y bajan de nivel al mismo tiempo, aun cuando una lluvia intensa solo caiga en uno de ellos directamente. Así que no hay duda de que existe una conexión, aunque nunca se ha explorado o cartografiado de una forma adecuada. —Dio otro sorbo a su copa y sonrió—. Situaciones como esa pueden apoderarse de la imaginación ignorante, siempre preparada para urdir explicaciones extravagantes, sobre todo las que implican a las fuerzas del mal.

Aunque Gurney no podía estar en desacuerdo, las maneras de Landon le parecieron irritantes. Decidió cambiar de tema.

—Parece capaz de ir y venir como le plazca. O bien está retirado, o bien tiene un trabajo bastante flexible.

—Estoy casi retirado. Algunos trabajos de consultoría aquí y allá. Me encanta ir de un lado a otro. Me encanta la naturaleza. Vivir el sueño del hombre al que le gusta la vida al aire libre. El tiempo pasa. Solo se vive una vez. Conoce el viejo dicho: nadie en su lecho de muerte desea nunca pasar más tiempo en la oficina. ¿Y usted, Dave? Jane me dice que está en parte retirado y en parte no.

Desde que había dejado el Departamento de Policía de Nueva York, tras aceptar su pensión después de veinticinco años en el trabajo, le resultaba difícil describir su estatus. Madeleine comentaba con frecuencia que el término «retirado» difícilmente encajaba con un hombre que se había sumergido en cuatro grandes casos de asesinato desde que había dejado el departamento de manera oficial.

—De vez en cuando me piden mi opinión sobre una situación —dijo Gurney—. Y ocasionalmente eso conduce a algunas implicaciones más profundas.

Landon sonrió, quizá por la intencionada vaguedad.

—Mi propia opinión relacionada con las carreras profesionales, sobre todo las que implican riesgo, es que hay un momento para apartarse. Que otros hagan sus trabajos, que asuman sus responsabilidades. Es una tragedia que un hombre pierda la vida sin otra razón que el deseo de ponerla en riesgo.

—Podría haber otras razones para no dejarlo.

—Ah, bueno. Entonces se complica más. —Estudió su copa—. Ego, orgullo, quién creemos que somos, satisfacciones que dan sentido a nuestras vidas... —Su voz se fue apagando.

Después de un silencio, Gurney preguntó como si tal cosa.

—Cuando no está viviendo el sueño del amante de la naturaleza, ¿qué clase de trabajo de consultoría hace?

—Aconsejo a clientes en cuestiones de negocios internacionales.

Asuntos legales y culturales, preocupaciones de seguridad. De alta presión y mortalmente aburrido al mismo tiempo. Prefiero estar en el bosque. —Se volvió hacia Madeleine—. ¿Y usted? ¿Es usted una amante de la naturaleza? Apuesto a que sí.

La pregunta la pilló por sorpresa.

—Disfruto de estar al aire libre. Si no puedo salir, empiezo a sentir...

Antes de que pudiera terminar, Jane Hammond entró desde la recepción, irradiando una mezcla de alivio y ansiedad. Su cabello corto y mal teñido sobresalía en ángulos extraños.

—¡Dave! ¡Madeleine! ¡Han llegado! Tenía miedo de que con el tiempo horrible... ¡Pero aquí están! Me alegro de verlos. ¡Y han conocido a Norris! ¡Uf, qué día! —Su voz era ronca.

—Norris acudió a nuestro rescate —dijo Madeleine.

—¿Rescate? ¡Dios mío! ¿Qué ha pasado?

Madeleine miró a su marido.

Dave se encogió de hombros.

—Un sitio complicado en la carretera, una mala maniobra por mi parte, una zanja resbaladiza...

—¡Oh, no! Temía que ocurriera algo así. Por eso le pedí a Norris que echara un vistazo a la carretera. Ahora me alegro mucho de haberlo hecho. ¿Están bien? ¿El coche está bien?

—Todo está bien.

—Tuvimos un encuentro aterrador —añadió Madeleine.

Jane abrió desmesuradamente los ojos.

—¿Qué ocurrió?

—Un hombre extraño salió del bosque.

—Tarr —dijo Landon.

—Oh, Barlow. Puede dar miedo. ¿Dijo algo... amenazador?

—Dijo algo sobre el mal en el lago del Lobo.

—¡Dios mío! —Jane miró a Landon, con el rostro convertido en una caricatura de angustia.

—Ah, bueno, esa es la historia de la familia Tarr. No es muy bonita. Terminar en el manicomio local es una tradición de los Tarr.

Las pupilas de Madeleine se ensancharon.

—Cuando dice manicomio local, ¿a qué se refiere exactamente...?

Landon respondió antes de que ella terminara.

—El Hospital Estatal para Delincuentes Psicóticos. No está muy lejos de aquí. Pero no es la clase de atracción local que anunciaría el hotel. Cuando la gente se entera de eso, no pueden dejar de pensar en ello. ¿Alguna vez han oído un somorgujo de las Adirondack? Hasta cuando sabes que es solo un ave lo que estás oyendo, ese reclamo lastimero sigue provocándote escalofríos. Y si empiezas a pensar que lo que estabas oyendo podría ser realmente el gemido de un loco vagando por el bosque…, bueno, no es algo que facilite dormir bien.

Un tronco medio quemado se volcó en la chimenea con un suave sonido, provocando un grito ahogado de terror en Jane.

—Norris, no creo que tengamos que estar hablando de locos vagando por el bosque. Qué pensamiento horrible, ¡encima de todo lo demás!

—Horrible de verdad. —Landon sonrió apenas y volvió a examinar su copa.

Jane lo miró un momento, luego se volvió hacia Gurney y Madeleine, que ocupaban uno de los extremos en el sofá de tres plazas.

—Tengo una buena noticia. Espero que estén de acuerdo en que es buena. Le he dicho a Richard que los he invitado a cenar. No estaba muy entusiasmado, pero no ha anunciado de repente que tenía que estar en otro sitio. Así pues, hemos salvado el primer obstáculo. Pensaba que esa cena sería…

Una sola nota musical, que sonó muy cerca, la detuvo a media frase.

Landon se movió en su silla, sacó un teléfono móvil del bolsillo y miró a la pantalla.

—Lo siento —dijo, levantando los pies—. He de contestar. —Se llevó el teléfono al oído y abandonó el salón.

Jane continuó en el punto donde se había interrumpido.

—Pensaba que la cena sería una forma natural y relajada para que se hiciera una idea de la situación… y conociera a Richard…, así podrá ver usted mismo lo descabellado, lo completamente descabellado que es que alguien imagine que él… —Negó con la cabeza, con las lágrimas agolpándose en sus ojos.

Gurney escuchaba las grandes muestras de emoción con escepticismo, observando el gesto excesivamente dramático, buscando la nota falsa. Pero concluyó que, si Jane Hammond estaba fingiendo su preocupación por su hermano, era una farsante excelente.

—¿Así que cambió de opinión sobre cómo manejar esto? Pensaba que la idea era que yo aparecería sin previo aviso, así su hermano se sentiría obligado a verme porque había viajado hasta aquí para hablar con él. ¿No es eso lo que me contó ayer?

—Sí, eso es cierto, pero luego pensé que cenar sería todavía mejor, más informal, sobre todo con Madeleine presente: una buena forma para que sepa quién es realmente Richard.

—¿Él no pone ninguna objeción?

Jane se dio un golpecito en la nariz con un pañuelo.

—Bueno…, le he contado una pequeña mentirijilla.

—¿Cómo de pequeña?

Dio un paso para acercarse más al sofá y se inclinó en una actitud de conspiración.

—Le dije que había solicitado su ayuda, pero que usted tenía grandes reservas sobre el caso y que era reticente a implicarse en él. Verá, esto es lo que he pensado: como Richard no quiere que ni usted ni nadie se implique en el caso, se sentiría más relajado si pensaba que usted estaba dando marcha atrás. ¿Ve lo que quiero decir?

—¿Le dijo que yo tenía grandes reservas? ¿Y que era reticente a aceptar el caso? ¿Y que estaba dando marcha atrás? Entonces, ¿por qué iba a estar aquí ahora?

—Simple. Le dije que usted y su mujer iban a pasar por las Adirondack, a unos pocos kilómetros del lago del Lobo, de camino a las vacaciones de esquí en Vermont, y que los invité a parar y cenar con nosotros.

—Así que su hermano estará encantado de tenerme en su casa siempre y cuando yo no esté interesado en el caso…

—Siempre y cuando no esté implicado en el caso. Cierto grado de interés sería normal, ¿no?

—Sobre estas reservas fundamentales que tenía para no implicarme, ¿preguntó a qué se debían?

—Le dije que no lo sabía. Si se lo pregunta, puede inventarse algo.

Gurney pensó que esa mujer no solo era alguien dedicado a cuidar de su hermano y a solucionar problemas, sino que era alguien con gusto por la manipulación. Alguien que organizaba las vidas de otras personas y que se veía como una ayudante desinteresada.

Jane reaccionó a su mirada de valoración.

—¿Qué está pensando?

Gurney le ofreció una sonrisa insulsa.

—No parece tener ninguna reticencia a cambiar de planes cuando se le ocurre uno alternativo.

—Hemos de hacer lo que creemos que funcionará mejor, ¿no? Espero que le parezca bien.

Gurney no sentía precisamente que le pareciera bien. Su curiosidad natural sobre el caso estaba empezando a verse superada por esos extraños giros en el proceso de su implicación. No obstante, a regañadientes, aceptó el nuevo plan; diciéndose a sí mismo que habría puertas de salida si después cambiaba de idea.

—Cena, ¿dónde y a qué hora?

—En el chalé de Richard. ¿A las cinco y media está bien? Cenamos temprano en invierno.

Miró a Madeleine.

Ella asintió.

—Bien.

—Genial, es… genial. —Los ojos de Jane se pusieron más brillantes—. Ahora se lo comentaré al chef. Está limitado estos días, pero estoy segura de que se las arreglará para preparar algo exquisito. —Estornudó, se llevó el pañuelo arrugado a la nariz—. Es fácil llegar al chalé de Richard. Sigan por el camino del lago. Está a unos ochocientos metros dando la vuelta a la punta del lago, en el lado boscoso del camino. Hay tres chalés. Los dos primeros están desocupados. El tercero es el de Richard. Si llegan al cobertizo de las barcas o a la Gall House, donde termina el camino, sabrán que se han pasado de largo.

—¿Gall House?

—La residencia de la familia Gall. Por supuesto, el único que vive allí es Peyton. Peyton y sus… invitadas.

—¿Invitadas?

—Esas damas amigas suyas. Aunque no son realmente damas ni realmente amigas. No importa. No es asunto mío. —Estornudó—. Es una casa de piedra enorme y deprimente que se levanta en el bosque, justo al pie del Colmillo del Diablo, con una valla grande y fea que lo rodea. Pero no creo que llegue tan lejos. No pasarán de largo del chalé. Me aseguraré de que las luces exteriores estén encendidas.

—Bien —dijo Gurney, que empezaba a sentirse inquieto. Las preguntas se acumulaban en su mente y no estaba cómodo como para hacerlas—. Así pues, nos veremos a las cinco y media.

—Perfecto —dijo Jane, empezando a retroceder—. Iré a ver cómo están las cosas en la cocina. Y una vez más, gracias. Muchas gracias por esto. —Se apresuró a salir del salón y a cruzar la recepción hasta un pasillo oscuro, más allá del oso de oscura mirada.

Madeleine se levantó del sofá.

—Estoy helada. Voy a darme un baño caliente. ¿Qué vas a hacer hasta la hora de la cena?

—No lo sé. Subiré a la habitación contigo y lo pensaré.

20

Un lugar oscuro y salvaje

*L*a apagada luz invernal que entraba a través de las ventanas de la *suite*, más que iluminar el espacio, proyectaba una palidez cenicienta sobre ella. Madeleine se quedó temblando, con los brazos cruzados sobre el pecho, mientras Gurney iba de lámpara en lámpara, encendiéndolas.

—¿Funciona esa chimenea? —preguntó Madeleine.

—Supongo que sí. ¿Quieres que encienda el fuego?

—Ayudaría.

En la chimenea, Gurney encontró una ordenada pila de leña, astillas, media docena de pastillas de encendido y un mechero de gas de mango largo. Empezó a distribuirlo todo en la rejilla de hierro de la chimenea. Aquella tarea le permitió descansar de las cuestiones que se agolpaban en su mente, que no tenían nada de simples.

Cuando estaba a punto de encender las astillas, sonó su teléfono. Vio en la pantalla que era Rebecca Holdenfield.

Responder o no responder, esa era la cuestión.

Todavía no había tomado una decisión respecto a si se reuniría con ella en Cold Brook Inn; pero quizá tuviera información capaz de decantar la decisión a un lado u otro.

Atendió la llamada.

Rebecca le dijo que planeaba estar en Plattsburgh durante al menos dos días esa semana, desde la mañana siguiente hasta la tarde del día posterior.

Gurney prometió llamarla en cuanto se le despejara la agenda, lo cual podía ocurrir esa misma tarde, después de encontrarse con Hammond.

La respuesta de Rebecca fue que le encantaría estar en esa reunión «porque era un personaje único».

—Pero ¿no un manipulador e inductor de suicidios?

—Me sorprendería que hubiera hecho algo parecido. Por multitud de razones. Sobre todo porque no creo que sea posible.

Gurney prometió llamarla lo antes posible y colgó.

Madeleine frunció el ceño.

—¿Qué quiere esa?

Le sorprendió el tono. Se sentía cada vez más frustrado.

—«¿Qué quiere esa?» ¿Qué se supone que significa eso?

Madeleine no dijo nada, solo negó con la cabeza.

—Desde ayer por la mañana, pasa algo raro contigo. ¿Quieres contármelo?

Madeleine empezó a frotarse los brazos con las manos.

—Solo necesito entrar en calor. —Se volvió y caminó hasta la puerta del cuarto de baño—. Voy a sacarme el frío de los huesos. —Entró y cerró la puerta tras de sí.

Después de varios segundos, Gurney fue a la chimenea y encendió las astillas. Esperó con impaciencia un buen rato hasta que las llamas temblaron y crecieron.

Cuando pareció que el fuego estaba a punto, fue a la puerta del cuarto de baño, llamó y escuchó, pero solo oyó un pesado chorro de agua. Llamó otra vez, pero otra vez no hubo respuesta. Abrió la puerta y vio a Madeleine recostada en la enorme bañera con patas mientras el agua corría de un par de enormes grifos de plata. Nubecillas de vapor se alzaban de la superficie del agua. Se estaba formando una película de condensación en la pared de baldosas, junto a la bañera.

—¿Me has oído llamar?

—Sí.

—Pero no has respondido.

—No.

—¿Por qué no?

Madeleine cerró los ojos.

—Sal y cierra la puerta. Por favor. Está entrando aire frío.

Él vaciló, luego se retiró y cerró la puerta por fuera, tal vez con un poco más de fuerza de la necesaria.

Después de un momento de indecisión, se puso la chaqueta de esquí y el gorro, recogió la llave grande de la *suite*, bajó por la escalera a la recepción y salió pasando bajo el soportal al aire gélido.

Metió las manos en los bolsillos de la chaqueta y empezó a caminar por el estrecho camino del lago sin ningún destino o propósito *in mente*, más allá del deseo de salir del hotel. El lago del Lobo, del color de la plata muy empañada, en el atardecer cada vez más profundo, se extendía en la distancia a su izquierda. El bosque de píceas a su derecha parecía impenetrable. Los espacios entre los árboles estaban llenos de marañas de ramas espinosas que se entrelazaban.

Inspiraba con fuerza y a fondo el aire frío mientras caminaba, en un esfuerzo por vaciar el embrollo tóxico. Pero no estaba funcionando. Había demasiados detalles, demasiadas personalidades y anécdotas excéntricas, demasiada confusión emocional. Hacía apenas treinta y dos horas, su única preocupación era el comportamiento extraño de un puercoespín. De pronto, estaba enfrentándose a misterios imposibles.

Nunca se había sentido tan impotente al enfrentarse a las cuestiones más básicas de un caso. Y no podía quitarse de la cabeza al predicador que odiaba a los homosexuales, Bowman Cox, el hombre que se inclinaba hacia delante sobre la mesa de formica del restaurante, con motas de saliva en las comisuras de la boca, insistiendo en la responsabilidad de Hammond por la muerte de Christopher Muster: «Lo que quiero decir es que lo asesinó de la manera más malvada imaginable, sembrando en su mente una pesadilla de perversión con la cual no podía soportar vivir. Una pesadilla que lo condujo a su muerte. Piense en ello, detective. ¿De qué modo más cruel y más perverso se puede matar a un hombre que haciendo que se quite la vida él mismo?».

Dándole vueltas a esta idea, pasó junto a un extenso claro en el bosque, con los tres impresionantes chalés de troncos y cristal edificados a una distancia cómoda unos de otros; supuso que el tercero era el de Richard. Siguió caminando y pronto llegó a una gran estructura que ocupaba un espacio a su izquierda, entre el camino y el agua. A la luz mortecina tardó un minuto en identificarlo como un cobertizo de madera para barcas hecho de cedro y tejas. Teniendo en cuenta la historia adinerada de la finca, imaginó que el cobertizo podría ser el refugio de una flota de lanchas Chris-Craft.

Cuando miró a la prominencia recortada del Colmillo del Diablo, negro contra las nubes plomizas, un ligero movimiento captó su atención, poco más que una mancha en el cielo. Un ave sobrevolaba lentamente en círculo el pico desolado, quizás un halcón, pero a esa distancia y en la luz mortecina podría haber sido un buitre o un águila. Lamentó haber dejado los prismáticos en su mochila.

Pensando en cosas que le gustaría llevar consigo, la linterna en la guantera...

El sonido de un coche que se acercaba interrumpió el hilo de su pensamiento. Llegaba de alguna parte del camino que tenía a su espalda, y se movía deprisa, más deprisa de lo que tenía sentido en una superficie estrecha de tierra y grava. Gurney se apartó con rapidez de la carretera hacia las píceas.

Al cabo de unos segundos, pasó un Mercedes negro a toda velocidad. Un centenar de metros más adelante, frenó, con sus faros iluminando una alta alambrada. Una puerta automática estaba empezando a abrirse.

Gurney dedujo que una o más de las ventanas del coche debían de estar bajadas, porque pudo oír la estridencia de unas risas femeninas. Un hombre corpulento salió de una pequeña cabina de seguridad junto a la puerta y dejó pasar al automóvil. Regresó a la cabina y la puerta se deslizó hasta cerrarse. Se oyó un ruido final del coche que se alejaba, luego nada.

Nada salvo el silencio absoluto del páramo.

21

Más interesante que agradable

$\mathcal{A}$l volver al hotel, el reloj de pie de la recepción indicaba que eran las cinco y cuarto. Cuando subió a la *suite,* medio esperaba que Madeleine todavía estuviera en remojo en la bañera, sumergida en unas preocupaciones que no estaba dispuesta a compartir. Pero encontró el cuarto de baño vacío, con una toalla húmeda colgada del borde de la bañera.

Las luces estaban encendidas en la sala principal, como él las había dejado. El fuego seguía ardiendo. Warren Harding todavía proyectaba una imagen de respetabilidad ceñuda.

Miró en la parte donde estaba la cama de cuatro postes, pero todo seguía en su sitio. Vio la mochila de Madeleine abierta en un banco al pie de la cama, pero no había ni rastro de ella.

Como estaban quedándose sin tiempo —tenían que estar en el chalé de Richard al cabo de diez minutos—, Gurney pensó que quizá debería bajar a buscarla. Tal vez hubiera vuelto al Salón del Hogar, o tal vez hubiera salido a dar un paseo, aunque lo dudaba. Nunca salía a caminar en la oscuridad. Y justo entonces, a pesar de que era relativamente pronto, el atardecer había dado paso a la noche.

En ese momento, las puertas de cristal que conducían al balcón se abrieron y Madeleine entró en la sala. Llevaba vaqueros negros, una blusa de seda color crema y su chaqueta de esquí. Incluso se había puesto un poco de maquillaje, una rareza en ella.

—¿Hora de salir? —preguntó.

—¿Qué estabas haciendo fuera?

—Mirar el lago.

—¿En la oscuridad?

Madeleine no respondió. Bajaron en silencio y se metieron en el Outback. No volvieron a hablar hasta que llegaron al chalé.

Jane Hammond los recibió en la puerta y los hizo pasar tras recoger sus chaquetas.

La zona de entrada del chalé estaba formada por tres particiones de madera color miel lustrosamente barnizadas. Además de crear una especie de vestíbulo, las particiones servían como superficies de exhibición para *tomahawks* de piedra, zurrones de piel de ciervo, herramientas primitivas. Al mirar los *tomahawks*, Gurney no pudo evitar pensar en el hacha de Barlow Tarr.

Jane se inclinó hacia él.

—¿Se ha dado cuenta de si les seguía alguien?

—No. Pero no estaba fijándome. ¿Por qué lo pregunta?

—A veces hay un todoterreno grande acechando en el camino del lago. Richard está seguro de que lo siguen cada vez que sale de casa. Creo que quieren que se derrumbe. Sometiéndolo a toda esa presión. ¿Cree que se trata de eso?

—Puede ser. Pero en este punto, no hay forma de...

Lo interrumpió el teléfono. Miró la pantalla: era Rebecca Holdenfield. A pesar del fuerte deseo de hablar con ella, dejó que fuera al buzón de voz.

—Pasen —dijo Jane con nerviosismo—. Podemos hablar de esto después. Dejen que les presente.

Jane los condujo al gran salón de techo altísimo. Un hombre pequeño y delgado de espaldas a ellos estaba recolocando troncos en una inmensa chimenea de piedra. Su físico delicado fue una sorpresa. Sin haberle pedido a Jane una descripción de su hermano, Gurney había estado imaginando a alguien más grande y entrado en carnes.

—Richard —dijo Jane—, estas son las personas de las que te he estado hablando.

Hammond se volvió hacia ellos. Con una sonrisa tenue que tanto podría haber sido una expresión de recibimiento poco entusiasta como de puro cansancio, tendió la mano primero a Madeleine y después a Gurney. Era una mano pequeña y suave, un poco fría; el apretón resultó poco entusiasta.

Su cabello era rubio sedoso, casi color platino, peinado con raya a un lado. Por delante le caía en rizos menudos sobre la frente, como a un niño pequeño. Pero no había nada infantil en sus ojos. De color aguamarina y desconcertantemente luminosos, resultaban cautivadores, casi inquietantes.

En contraste, el hombre tenía una voz suave y anodina. Gurney se preguntó si se trataba de una forma de compensación por esos ojos desconcertantemente únicos. O una forma de reforzar su dominio.

—Mi hermana me ha hablado mucho de usted.

—Nada inquietante. Espero.

—En absoluto. No a menos que uno se inquiete por referencias gráficas a los asesinos más espantosos del mundo. —Hizo una pausa como para permitir que su chistecito fuera apreciado—. Me ha dicho que fue el detective que logró capturar a Peter Piggert, el asesino incestuoso que cortó a su madre por la mitad. Y a Jorge Kunzman, que guardaba las cabezas de sus víctimas en su congelador. Y a Satanic Santa, que enviaba partes corporales como regalos de Navidad. Y al psiquiatra demente que mandaba a sus pacientes a un sádico que los violaba y desollaba antes de arrojarlos al océano desde su yate. Ha tenido una carrera de mucho éxito. No son pocos los locos a los que ha logrado vencer. Y aquí está, en el lago del Lobo. Solo de paso. De camino a un hotel romántico. ¿Me equivoco?

—No sé lo romántico que es, pero sí, es allí adonde nos dirigimos.

—Pero, por el momento, aquí está. En el bosque profundo. A kilómetros de ninguna parte. Dígame… ¿le ha gustado… hasta el momento?

—El clima podría ser mejor.

Hammond soltó una risita forzada, mientras su mirada permanecía firme y atenta.

—Es más probable que empeore antes de mejorar.

—¿Peor aún? —preguntó Madeleine.

—Vientos más fuertes, descenso de las temperaturas, borrasca de nieve, granizo.

—¿Cuándo ha de pasar eso?

—Mañana, en algún momento. O pasado mañana. Los pronósticos del tiempo siempre están cambiando. Las montañas tienen un humor impredecible. Nuestro clima es como la mente de un maniaco depresivo. —Sonrió un poco a lo que parecía considerar un chiste—. ¿Conoce las Adirondack?

Madeleine vaciló.

—No mucho.

—Son montañas muy diferentes de sus Catskills. Mucho más primitivas.

—Lo único que me preocupa es que nos bloquee la nieve.

Hammond le dedicó una mirada larga y curiosa.

—¿Eso la preocupa?

—¿Cree que no debería?

—Jane me dijo que iban a Vermont a encontrar nieve. Caminar sobre ella, esquiar. Pero quizá la nieve los encontrará antes. Aquí mismo, en el lago del Lobo. Y les ahorrará todo ese tiempo de conducir.

Madeleine no dijo nada, solo miró su copa. Gurney reparó en

que un estremecimiento involuntario recorría el cuerpo de su mujer.

Hammond se lamió los labios en un movimiento rápido, como de serpiente, al tiempo que su mirada pasaba a Gurney.

—El lago del Lobo se ha convertido en un sitio muy interesante últimamente, ¿no? Diría que irresistible para un detective.

Jane, tal vez preocupada por el tono irónico de su hermano, intervino de manera animada.

—Deja que diga algo de la cena. Todo está puesto en el aparador, así que pueden servirse lo que deseen. Canapés de salmón, ensalada, pan, pollo con salsa de albaricoque, arroz salvaje, espárragos y unas buenas tartas de arándanos de postre. Los platos están en este lado; los cubiertos y las copas están en la mesa, junto con botellas de chardonnay, merlot y agua mineral. ¿Vamos?

Su tono era tan burbujeante como cortante era el de su hermano, pero sirvió al propósito de llevar a todos hacia la comida y luego a la mesa. Ella y Richard se sentaron frente a Dave y Madeleine.

Después de un silencio incómodo, Gurney se dirigió a Hammond.

—Hace unos minutos me ha preguntado qué me parecía el lago del Lobo. Debo decir que me parece más interesante que agradable.

Hammond continuó mirando su plato.

—¿Qué es lo que le interesa, aparte de mi desagradable situación y los intentos desesperados de mi hermana por contratarle?

—Todo.

—Oh...

Gurney decidió ver a qué cosas concretas reaccionaba Hammond, si es que reaccionaba a alguna.

—Para empezar, nos quedamos atascados en la carretera en una tormenta de aguanieve (de hecho, en la zanja del camino) y un hombre extraño con un hacha apareció de la nada.

—Tarr —dijo Hammond, como si el nombre lo explicara todo—. ¿Dijo algo?

—Algo sobre un lago sin fondo, un halcón y el mal que hay aquí.

Hammond se limitó a asentir.

Gurney continuó.

—Nos rescató de manera muy oportuna un tipo muy elegante con un Land Rover antiguo y con acento de universidad cara, y que parece tener total libertad, hasta cuando las reservas de todos los demás se han cancelado.

—Norris Landon —dijo Hammond, como si ese nombre tampoco requeriese más comentario.

—Nos contó, entre otras cosas, que Austen Steckle es un convicto.

Hammond asintió.

—En libertad condicional, en el programa de rehabilitación de Ethan. Sus resultados son magníficos.

Gurney se preguntó si estaba siendo sarcástico, pero su expresión no se lo aclaró.

—Después, cuando estaba dando un paseo, casi me atropella un Mercedes a toda velocidad; lo dejaron pasar por una puerta con una valla de aspecto serio.

—Peyton Gall.

—Había un vigilante en la puerta. ¿De qué va todo eso?

Hammond suspiró.

—A Peyton le preocupa la seguridad.

—Es adicto a la cocaína —dijo Jane—. A los adictos a la cocaína paranoides les preocupan muchas cosas. —Se volvió hacia Gurney, cambiando de tema—. ¿Este problema con Barlow Tarr? Solo para que lo sepa, es un ejemplo perfecto del lado negativo de la determinación de Ethan. Tiene (tenía) una personalidad controladora. —Negó con la cabeza—. Ethan tendía a aferrarse a muñecos rotos demasiado tiempo. Creía que podía repararlo todo. Y eso, en ocasiones, simplemente no es posible. —Negó con la cabeza, como si estuviera más allá de lo comprensible que un hombre inteligente pudiera ser tan imprudente.

Todavía estaba negando con la cabeza cuando las luces se apagaron.

Aquella repentina semioscuridad —solo la luz del fuego agonizante proporcionaba destellos de iluminación— llevó a un momento de silencio atónito en la mesa, seguido por lo que a Gurney le sonó como un grito ahogado de Richard.

—Es solo el generador —gritó Jane—. La luz volverá dentro de unos segundos.

Gurney se preguntó si Jane temía que su hermano estuviera a punto de sufrir un ataque de pánico.

Cuando las luces volvieron a encenderse, Jane tenía la mano en el brazo de Richard. La retiró y devolvió su atención a Gurney y Madeleine.

—Lo siento. Debería haberles advertido. Estamos a treinta kilómetros de cualquier clase de civilización, así que el complejo del hotel tiene su propio par de generadores eléctricos. Cambian de uno a otro de vez en cuando, y sufrimos breves apagones. Austen dice que es perfectamente normal, nada de lo que preocuparse.

—Tienen servicio telefónico, ¿no? —preguntó Madeleine.

—El complejo del hotel tiene su propia torre de telefonía móvil.

Pero, una vez que pasas la cumbre, hay una zona sin cobertura hasta que llegas a Plattsburgh. Por supuesto, la torre de telefonía depende de los generadores, así que si se apagan... —Entonces añadió con rapidez—: Por supuesto, casi no hay ninguna posibilidad de que los dos generadores fallen al mismo tiempo.

Gurney cambió de tema.

—Entiendo que Ethan Gall tenía cierta fama.

Richard respondió.

—La verdad es que sí. Un hombre notable: dinámico, generoso, comprensivo. Mi trabajo aquí fue idea suya.

—Ahora que no está —dijo Madeleine—, ¿regresará a California?

—De momento, no. Mi contrato de dos años concluyó el mes pasado, pero, poco antes de su muerte, Ethan me ofreció renovarlo dos años más, y acepté la oferta. —Dudó, como si considerara cuánto quería contar—. Ethan murió antes de que se firmara el contrato, pero Austen estaba al corriente y me aseguró que lo mantendría. Así que me quedaré.

Gurney vio la oportunidad de formular una pregunta que tenía ganas de hacer desde hacía bastante tiempo.

—Entiendo que Austen Steckle, a pesar de su pasado, se ha convertido en un hombre de cierta integridad.

—Austen es tosco, pero no tengo quejas.

—¿Por qué lo condenaron?

—Preferiría que se lo preguntara a él. —Hizo una pausa—. Pero tengo una pregunta para usted. ¿Por qué le dijo a Jane que no quería implicarse en mi caso?

Gurney decidió responder con la máxima franqueza posible.

—Jane me dijo que usted se negó a contratar ayuda profesional, pero que le gustaría que la ayudara a recopilar datos y a tratar de descubrir qué hay detrás de estos aparentes suicidios. Puedo comprender su posición. Ciertamente, tiene derecho a explorar la cuestión por su propia tranquilidad de ánimo. Pero, la verdad, no me siento cómodo participando en eso.

—¿Por qué no?

—Porque usted es la clave de todo. De alguna manera, está en el centro de lo que ha estado ocurriendo. Puede que no del modo que Gilbert Fenton asegura. Pero, de algún modo, lo han arrastrado al centro de todo. Así las cosas, sería estúpido por mi parte implicarme, si no cuento con su cooperación.

Los ojos de Jane se abrieron por la alarma. Eso se alejaba de su estrategia de «conversación de cena informal».

Siguió un silencio durante el cual Richard parecía estar imaginando oscuras posibilidades.

Gurney decidió correr el riesgo.

—Recuerde, Richard, al final no había ningún cadáver en el maletero.

Si a Hammond le sorprendió que Gurney estuviera al tanto de aquello, lo disimuló muy bien.

No reaccionó hasta al cabo de varios segundos: un gesto de asentimiento casi imperceptible.

22

Solo confiesa

*L*a alusión al episodio del maletero pareció cambiar la perspectiva de Hammond. El ambiente se relajó un poco.

A propuesta de Jane, se trasladaron de la mesa a un semicírculo de sillones orientados hacia la chimenea. Las brasas de carbón hacían que el parón en la conversación resultara hasta cómodo. Jane preparó y sirvió café e incluso llevó a cada uno de ellos un trozo de tarta de arándanos del aparador.

Aun así, el ambiente no era nada distendido.

Gurney sintió que la tensión se desvanecía mientras estaba terminando el café. Hammond le preguntó si había leído su declaración a la prensa.

—Lo hice.

—Entonces, ¿sabe que fui absolutamente claro en determinados puntos?

—Sí.

—Dije que no contrataría defensores ni representantes de ninguna clase.

—Cierto.

—No dije que yo mismo no contrataría defensores, pero que haría que mi hermana lo hiciera por mí. No estaba haciendo trampas. Lo decía en serio.

—Estoy seguro.

—Pero ahora quiere que dé marcha atrás y dé mi bendición a que mi hermana le contrate.

—El hecho de que esté de acuerdo con mi participación no cambiará nada.

—No lo entiendo. Jane quiere contratarle para que me libre de…

—Lo que ella quiere y lo que yo estoy dispuesto a hacer podrían ser dos cosas diferentes. No tengo intención de ser su defensor o representante.

Hammond parecía desconcertado; Jane, alarmada.

Gurney continuó.

—El único propósito de mi participación, si es que decido participar, sería descubrir cómo y por qué murieron esas cuatro personas.

—Entonces, ¿no está interesado en demostrar mi inocencia?

—Solo en la medida en que la verdad demuestre su inocencia. Mi trabajo consiste en descubrir los hechos. Soy detective, no abogado. Pero también es cierto que he tenido clientes. Mis clientes eran las víctimas en los casos que investigué como detective de Homicidios. Las víctimas de asesinato que ya no estaban vivas para representarse. Estaría representando a Ethan Gall, a Christopher Muster, a Leo Balzac, a Steven Pardosa. Al margen de quién pague la factura, ellos serían mis verdaderos clientes. Descubrir la verdad que hay detrás de sus muertes es algo que haría por ellos. Si la verdad termina beneficiándole, por mí, bien. Pero estaré representando los intereses de ellos, no los suyos. Así que no tiene que preocuparse por revertir nada de lo que dijo en su declaración sobre no contratar a nadie para que lo defienda.

A lo largo de su intervención, Jane parecía al borde de un ataque de nervios, ansiosa por decir algo.

El único atisbo de emoción de Richard fue un destello de tristeza ante la mención de Ethan Gall.

Miró a Gurney un buen rato antes de responder.

—¿Qué quiere de mí?

—Cualquier pensamiento o sospecha que pueda tener sobre las cuatro muertes. Cualquier cosa que pueda ayudarme a dar sentido a un caso que ahora mismo no tiene ninguno.

—Lo tiene para Gilbert Fenton.

—Y para el reverendo Bowman Cox —añadió Gurney, atento a cómo reaccionaba ante la mención de ese nombre.

A juzgar por su mirada inexpresiva, el nombre no le provocó reacción alguna.

Gurney explicó:

—Bowman Cox es el pastor de Florida al que Muster confió su pesadilla. Tenía curiosidad por ese mal sueño, así que me puse en contacto con él. Lo puede recitar de memoria.

—¿Por qué iba a hacer eso?

—Dice que la pesadilla es la clave para comprender la muerte de Muster y su papel en ella.

—¿Mi papel sería…?

—Me dijo que su especialidad terapéutica es la creación de homosexuales.

—¡Otra vez esas estupideces! ¿Mencionó cómo lo hago?

—Lleva a la gente a un trance profundo. A través de alguna palabrería escabrosa los convence de que, realmente, son homosexuales. Y cuando salen del trance, o bien se lanzan de cabeza a su malvado nuevo estilo de vida, o bien se vuelven suicidas solo de pensarlo.

—Debo de ponerlos en un trance infernal.

—Sí. Literalmente. Un trance infernal. Cox asegura que su poder para destruir las vidas de las personas procede de una alianza secreta con Satán.

Hammond suspiró.

—¿No es curioso que en este país tratemos a los enfermos mentales como enfermos, salvo cuando convierten su locura y odio en religión y aseguran que es cristianismo? Entonces vamos en manada a sus iglesias.

Ciertamente, pensó Gurney, pero no quería irse por esa tangente.

—Deje que le plantee una pregunta clínica: ¿un hipnoterapeuta podría insertar los detalles de un sueño en la cabeza de un paciente y, en realidad, causarle ese sueño?

—Desde luego que no. Es una imposibilidad neurológica.

—De acuerdo. Otra pregunta: ¿puede un hipnoterapeuta convencer a un paciente para que se suicide?

—No, a menos que el paciente ya estuviera sufriendo una depresión lo bastante grave para inclinarlo en ese sentido.

—¿Había notado esa clase de depresión en alguno de esos cuatro hombres?

—No. Todos albergaban sentimientos positivos respecto al futuro. Eso no responde a un estado mental suicida.

—¿Eso le conduce a alguna conclusión?

—Mi conclusión es que los asesinaron de tal manera que pareciera un suicidio.

—Sin embargo, Fenton no contempla tal posibilidad. Afirma que lo improbable del hecho de que se suicidaran indica que usted es el causante de sus muertes. ¿Tiene idea de por qué ha tomado una postura tan extraña?

Jane intervino.

—¡Porque es un cabrón mentiroso y deshonesto!

El frágil plato de porcelana con la tarta de arándanos a medio comer resbaló de su regazo y se hizo añicos contra el suelo. Lo miró, murmuró un «¡mierda!» y empezó a limpiar. Madeleine fue a buscar un trapo y un poco de papel de cocina al fregadero, para ayudar.

Hammond respondió la pregunta de Gurney.

—Hay dos cosas desconcertantes en la posición de Fenton. Lo

primero, se basa en una imposibilidad clínica. Y lo segundo, cree en lo que está diciendo.

—¿Cómo lo sabe?

—Es en lo que soy bueno. Nueve veces de cada diez puedo oír en la voz de una persona el sonido de la verdad o el sonido de una mentira. La forma en que practico terapia se basa un poco en una técnica y un montón en la perspicacia respecto a lo que la gente verdaderamente cree y quiere, a pesar de lo que me digan.

—¿Y está convencido de que Fenton cree en el extraño escenario que está vendiendo a la prensa?

—No tiene ninguna duda. Está en su voz, en sus ojos, en su lenguaje corporal.

—Justo cuando pensaba que no podía estar más confundido le ha dado otra vuelta de tuerca a todo esto. Un investigador de Homicidios podría considerar brevemente la posibilidad de que un hipnotista estuviera detrás de una cadena de suicidios. Pero aceptarlo como la única respuesta posible parece un poco loco.

Miró a Madeleine para ver si reaccionaba de alguna manera, pero sus ojos estaban fijos en las ascuas y su mente perdida en otro sitio. Se le ocurrió otra pregunta.

—Dijo que era bueno percibiendo lo que quiere una persona realmente. ¿Qué cree que desea Fenton?

—Justo lo que dice que quiere. Desea que confiese mi participación en las cuatro muertes. Me dijo que es la única salida y que, si no confesaba, mi vida había terminado.

—«Si no confiesa, su vida ha terminado.»

—Sí.

—Y si confiesa haber cometido un crimen que todavía no tiene nombre, ¿qué pasaría?

—Dijo que si confesaba mi parte de culpa a la hora de provocar esos cuatro suicidios, todo iría bien.

Gurney estaba perplejo.

«Si confiesa, todo irá bien.» Esa era la forma en que algunos investigadores convencían a sospechosos con problemas mentales para que confesaran los crímenes que habían cometido. «Si sigues negándolo, nos volveremos locos, y entonces sí que tendrás problemas. Solo reconoce lo que hiciste; así todo se solucionará y todos podremos irnos a casa.»

Así era como se colgaba la responsabilidad de ciertos crímenes a gente con un bajo coeficiente intelectual.

¿Por qué demonios Fenton había tomado ese camino con un brillante psicólogo? ¿Qué había detrás de todo eso?

—Sé lo que está pensando —dijo Hammond—, pero hay otra vuelta de tuerca más. Cuando Fenton me prometió que todo iría bien si, simplemente, confesaba, estoy seguro de que se creía hasta la última palabra.

23

La tarta de arándanos

*A*l sentarse en torno a la chimenea con sus cafés, Gurney aprovechó la oportunidad para plantear una pregunta muy básica:

—Disculpe, Richard, pero puede que esté suponiendo que entiendo la hipnosis mejor de lo que la entiendo en realidad. ¿Puede darme una definición simple de ella?

Hammond dejó el café en el brazo de su sillón.

—Una anécdota rápida lo dejará más claro que una definición. Cuando estaba en el instituto en Mill Valley, jugaba al béisbol. No era muy bueno, lo justito para quedarme en el equipo. Entonces un día ocurrió algo extraordinario. Me presenté a batear cinco veces y conseguí sendos *home runs*. Nunca había conseguido un *home run* antes, pero eso no era lo más destacable. Lo más importante era cómo me sentía. La ausencia de esfuerzo. Ni siquiera le estaba pegando tan fuerte. No estaba intentando concentrarme. No estaba intentando hacer un *home run*. No estaba tratando de hacer nada. Estaba relajado como nunca. Parecía que el bate simplemente encontraba la bola y la golpeaba en el ángulo perfecto. Cinco veces seguidas.

—¿Y la relación con la hipnosis es…?

—Conseguir un objetivo depende menos de superar obstáculos externos que de eliminar los internos: creencias disfuncionales, energía estática emocional. La hipnoterapia, como yo la practico, persigue despejar ese camino interno.

—¿Cómo? —Esa única pregunta mordaz salió de Madeleine, quien, hasta ese momento, apenas había dicho nada.

—Al descubrir lo que se interpone en el camino. Liberándote de eso. Dejándote mover hacia lo que realmente quieres sin quedarte varado en la maleza de culpa, confusión y autosabotaje.

—¿No es exageradamente dramático?

—No lo creo. De verdad nos enredamos en algunos arbustos internos con pinchos desagradables.

—Pensaba que la hipnosis era una cuestión de concentración.

—Concentrar el foco es el objetivo, pero tratar de concentrarse es la peor manera de llegar allí. Es como intentar levitar tirando de tus tobillos. O como perseguir la felicidad. No puedes atraparla si la persigues.

Madeleine no parecía muy convencida.

Gurney continuó con la cuestión.

—¿Qué clase de obstáculos internos hay que despejar con gente que quiere dejar de fumar?

Hammond siguió observando a Madeleine un momento antes de volverse hacia Gurney.

—Dos grandes: recuerdos de la ansiedad aliviada por el hecho de fumar y un riesgo de cálculo defectuoso.

—Comprendo el primero, pero el segundo...

—El individuo racional tiende a evitar actividades cuyos costes superan sus placeres. El adicto tiende a evitar actividades cuyos costes preceden a sus placeres. En una mente que funciona con claridad, el equilibrio definitivo decide la cuestión. Tanto los efectos inmediatos como los futuros se ven como reales. En una mente deformada por la adicción, la secuencia es el factor crucial. Los efectos inmediatos se ven como reales, los efectos futuros se ven como hipotéticos.

—¿Así que aporta cierta claridad a ello? —preguntó Gurney.

—No aporto nada. Simplemente ayudo a la persona a ver lo que, en su corazón, saben que es cierto. Los ayudo a concentrarse en lo que de verdad quieren.

—¿Cree que tiene un instinto fiable para sentir lo que quiere la gente?

—Sí.

—¿Las cuatro víctimas querían dejar de fumar?

Hammond parpadeó claramente por primera vez.

—El deseo era fuerte en Ethan, moderado en Muster. En Balzac y Pardosa estaba entre débil e inexistente.

—¿Por qué se molestaría en tratar a alguien así?

—La verdad sobre la naturaleza y la profundidad del deseo de una persona queda clara para mí solo durante el curso de la sesión. Todos afirmaron tener un fuerte deseo al principio.

Gurney parecía perplejo.

Hammond continuó:

—Con frecuencia, la gente acude a instancias de otra persona. Su deseo real es sacarse de encima a alguien siendo obedientes. Y alguna gente está convencida de que la hipnosis creará un deseo de dejarlo, aunque no sientan tal deseo. Pardosa era el peor (ansioso, nada concentrado, disperso), el que más obviamente estaba haciéndolo a petición de otra persona. Pero no lo reconocería.

—¿Y sus otros deseos?

—¿Qué quiere decir?

—¿Ese instinto para percibir los motivos de otras personas le llevaron a alguna otra conclusión?

—Algunas generales.

—¿Sobre Ethan?

Hammond dudó, como si sopesara hasta dónde podía contar, por aquello de la confidencialidad.

—Ethan quería que todo el mundo se comportara mejor. Deseaba encontrar un rol adecuado a cada persona y que actuaran en consecuencia. Un lugar para cada uno, y cada uno en su lugar. Estaba convencido de que lo sabía mejor que nadie. No quería reconocimiento. Solo obediencia.

—¿Supongo que no siempre conseguía la clase de obediencia que deseaba?

—Tenía sus éxitos y sus fracasos.

—¿Y qué me dice de su percepción de Christopher Muster? ¿Qué quería de la vida?

—Christopher quería ganar. De la peor manera, literalmente. Veía la vida como un juego de suma cero. No solo quería ganar, quería que otro perdiera.

—¿Y Leo Balzac?

—Un Dios airado del Viejo Testamento. Quería que los malvados fueran castigados. Habría disfrutado ante un ojo de buey en el arca de Noé, observando cómo se ahogaban los pecadores.

—¿Y Steven Pardosa?

—Era el que vivía en el sótano de sus padres. Buscaba desesperadamente el respeto. Más que ninguna otra cosa, quería que lo vieran como un adulto. Es el deseo común de la gente que nunca crece.

—¿Qué me dice de Peyton Gall?

—Ah, Peyton. Peyton quiere sentirse bien todo el tiempo, sin que importe el coste para él o para otros. Como la mayoría de los adictos a las drogas, tiene ideas infantiles acerca de la felicidad. Quiere hacer lo que le venga en gana, cuando le apetece hacerlo. Es prisionero de su propio concepto de libertad. Probablemente, la enorme herencia que reciba de Ethan acabará por matarlo.

—¿Cómo?

—Los ilimitados recursos económicos eliminarán la más leve contención que pudiera tener para modificar su conducta. Su desinterés por las consecuencias futuras se apoderará de él por completo.

JOHN VERDON

En términos freudianos, Peyton es, cien por cien, un puro «ello» enfurecido.

En lo único en lo que Gurney podía pensar era en el coche que había pasado volando a su lado por la estrecha carretera de tierra y en las risas agudas y estridentes.

—¿Cómo se llevaba con su hermano?

—No se llevaban en absoluto. Vivían en alas separadas de la casa y se relacionaban lo menos posible, salvo por ciertos esfuerzos esporádicos de Ethan. Si Austen era el gran éxito de Ethan, Peyton era su gran fracaso.

—¿Cree que Peyton podría haber sido capaz de matar a Ethan?

—Moralmente, sí. Emocionalmente, sí. En la práctica, no. No veo a Peyton manejando nada que pudiera exigir pensamiento complejo, logística precisa o firmeza bajo presión.

—¿Cree que esas son cualidades que se requieren para… preparar… esas cuatro muertes?

—Podrían no ser las únicas, pero, desde luego, son de las que Peyton carece.

Se le ocurrió otra idea, un poco tangencial.

—Volviendo a su cualidad de percibir lo que hay en la gente…, ¿qué hay de mí? ¿Qué cree que quiero en realidad?

Hammond esbozó una sonrisa gélida.

—¿Me está poniendo a prueba?

—Tengo curiosidad por ver hasta dónde le lleva el instinto.

—Muy bien. ¿Qué quiere de verdad Dave Gurney? Es una pregunta interesante. —Miró a Madeleine, que lo estaba observando, antes de volverse otra vez hacia Gurney—. Tiene un gran imperativo en su vida. Quiere comprender. Quiere conectar los puntos. Su personalidad se construye en torno a ese deseo central, un deseo que percibe como necesidad. Ha afirmado antes que quiere representar a las víctimas, dar la cara por Ethan Gall, lograr la justicia para él y los otros. Eso podría ser cierto o no, pero veo que lo cree. Veo que está siendo tan franco y sincero conmigo como puede serlo. Pero también parece tener mucho en su mente, cuestiones de las que no está hablando.

Su mirada se desplazó a Madeleine.

—Usted también tiene mucho en su mente.

—¿Eh? —Madeleine cruzó los brazos en un acto reflejo.

—Tiene algo *in mente* que la hace sentir incómoda. La mayor parte de la incomodidad procede de mantenerlo en secreto. Su marido sabe que algo la inquieta. Siente que teme hablarle de ello. Eso se añade a la propia carga que él lleva de conflictos y confusión. Y usted

124

puede ver cómo su secreto le está afectando, pero no ve ninguna forma simple de salir, y eso está convirtiendo su situación en muy dolorosa.

—Puede decir todo eso… ¿Cómo? ¿Por la forma en que he comido la tarta de arándanos?

Hammond sonrió con suavidad.

—En realidad, por la forma en que no se la ha comido. Cuando Jane mencionó los arándanos, hubo un destello de anticipación positivo en sus ojos, que enseguida fue superado por otros pensamientos. Su ansiedad le robó el apetito. No ha tocado el postre.

—Asombroso. ¿Quién iba a sospechar que no comer una tarta podía ser tan revelador?

La rabia de Madeleine no tuvo ningún efecto visible en Hammond, que continuó sonriendo con suavidad.

—La forma en que se miran un marido y una mujer es muy reveladora, sobre todo el modo en que uno mira al otro cuando el otro no le está mirando. Hay mucho escrito en sus caras.

Madeleine devolvió la sonrisa a Hammond, pero la suya era fría.

—¿Se mira mucho en el espejo?

—No funciona así, si es que entiendo lo que quiere decir.

—Lo que quiero decir es que un hombre tan perspicaz respecto a las expresiones faciales debe tener mucha información sobre su propio reflejo.

—Ojalá fuera así. En mi caso no lo es.

—¿Así que sus capacidades de disección psicológica solo pueden aplicarse a otras personas?

Hammond asintió, compungido.

—A veces pienso en ello como en mi pacto con el diablo.

Madeleine se quedó en silencio, quizá sorprendida por esa respuesta tan extraña.

—¿Qué quiere decir? —preguntó Gurney.

—Creo que puede que se me haya concedido algo de valor, pero hay un precio.

—¿Ese algo de valor sería su perspicacia?

—Mi perspicacia con otros. El precio parece ser la falta de perspicacia conmigo mismo. Claridad al mirar al exterior, ceguera al mirar al interior. Veo sus motivos con claridad. Los míos son un misterio para mí. Cuanto mejor comprendo las acciones de otros, menos capaz me siento de comprender las mías. Así que hay preguntas cuyas respuestas solo puedo adivinar. Se pregunta por qué no contrato a un abogado, por qué no demando a la policía por difamación, por qué no demando a los periódicos y blogueros por libelo, por qué no contrato a un equipo de investigadores para desacreditar a Gilbert Fenton, por qué no llevo a cabo una campaña agresiva de relaciones públicas en mi propia defensa. ¿Se pregunta por qué demonios no me levanto y lucho, por qué no emprendo una guerra total y entierro a esos cabrones en sus propias mentiras?

—Son unas preguntas excelentes. ¿Hay una respuesta?

—Por supuesto que hay una respuesta. Pero no sé cuál es.

—¿Ni la menor idea?

—Oh, puedo darle una lista de ideas. ¿Qué tal un temor atroz a la confrontación en general? ¿O el temor de que esa confrontación mayor conllevara que algún momento oscuro de mi pasado saliera a la luz? ¿O una convicción depresiva de que luchar solo me hundirá más en las arenas movedizas? ¿O paranoia directa, como mi famosa fijación con el cadáver imaginario en el maletero de mi coche? Quizá temo contratar a un abogado del que nunca me libraré, que, de alguna manera, se hará con el control de mi vida, que me tendrá para siempre a su merced. Quizás es un terror sublimado de mi madre, que me enseñó una cosa por encima de todas, que nunca me atreviera a negar aquello de lo que me estaba acusando en ese momento. Era aceptar el castigo que me ofrecía o afrontar una de sus rabias incontrolables.

Soltó una risa aguda y carente de humor, aparentemente ante sus propias especulaciones descabelladas.

—¿Ve lo que quiero decir? —continuó—. Tantos temores locos entre los que elegir. Por otro lado, quizá me mueva la convicción maniaca de que nada de lo que Fenton diga o haga puede afectarme. Quizá soy optimista y espero que la verdad impere y que mi inocencia hable por sí sola. O tal vez tenga un orgullo estúpido que me dice que nunca me rebaje al nivel de los estúpidos que me atacan. ¿Podría ser que ansíe la satisfacción de ver que toda la hipótesis de Fenton, todo su mundo, se desmorona sin que tenga que levantar ni un dedo?

Hizo una pausa, con la punta de la lengua saliendo entre sus labios.

—Quizás algunas de estas posibilidades se le han ocurrido. A mí se me ocurren cada día. Pero no tengo ni idea de cuál está impulsando mis decisiones. Lo único que sé es que quiero actuar tal y como lo estoy haciendo. —Aquellas últimas palabras las dijo mirando a Madeleine. Se volvió hacia Gurney—. Si quiere buscar justicia para Ethan y los demás como una cuestión separada de mi defensa, es asunto suyo. No me interpondré en su camino. Pero deje que lo reitere: usted no es mi abogado. ¿Entendido?

—Entendido.

Nadie dijo nada durante un buen rato. El único sonido era el débil tic, tic, tic, tic del granizo en los cristales de la ventana.

Entonces, en algún lugar del bosque, empezó el aullido. El mismo aullido que Gurney había oído cuando su coche se quedó varado en la zanja.

Empezó como un gemido bajo, como el gemido del viento en una puerta que no encaja bien.

24

Sonidos en la noche

*C*uando estaban llegando al coche para dirigirse otra vez al hotel, el aullido, distante y lastimero, parecía proceder de todas las direcciones: desde el pico Cementerio, desde la profundidad del bosque en la parte de atrás del chalé de Hammond, incluso daba la sensación de que llegaba de la oscura extensión del lago.

Luego se diluyó en el viento.

Al alejarse del chalé, los pensamientos de Gurney volvieron a la respuesta hostil de Madeleine, a las observaciones de Hammond. No le hacía sentir bien que ella hubiera secuestrado su conversación con Hammond. Tenía que reconocer que el enfoque de Madeleine había generado ciertas respuestas reveladoras. Pero podría no haber sido así. Podría haber hecho que Hammond se encerrara por completo en sí mismo.

—Has estado muy agresiva.

—¿Ah, sí?

—Has estado a punto de llamar mentiroso a Hammond.

—¿Solo a punto? Tendría que haber sido más clara.

—¿Estás segura de que no está diciendo la verdad?

—Tan segura como tú estás de lo contrario.

—¿Y eso qué significa?

—Obviamente, te estabas tragando su encantador «pacto con el diablo». Qué inteligente por su parte.

—¿Inteligente? No estoy seguro de que…

Madeleine lo cortó.

—¿Tiene visión de rayos X cuando se trata de otra gente, pero, por ello, paga con una ceguera total con respecto a sí mismo? ¡Qué conveniente! Es una forma perfecta de escurrir el bulto. Pregunta: «Richard, ¿por qué hizo esto o lo otro?». Respuesta: «Vaya, no lo sé. Soy un genio, pero no tengo ni idea de por qué hago nada de lo que hago». ¡Es absurdo!

—¿Absurdo?

—¿No ves que te está tomando el pelo?

—¿Cómo?

—Lanzando todas esas razones de «quizá» para no contratar un abogado, haciéndote creer que no tiene ni idea de por qué lo hace.

—No me hizo creer nada. Te dije que tengo una mente abierta.

—¿Tu mente abierta se ha fijado en que ha dejado de lado la razón más probable de todas?

—¿Cuál?

—Que un abogado listo que se entrometa en el caso podría descubrir cosas que no quiere que se descubran. Quizás esas muertes son solo la punta de un iceberg.

—Joder, Maddie, cualquier cosa es posible. Pero sigo sin ver que me esté tomando el pelo.

—¿Por qué te pones de su lado?

—¿Cómo que me pongo de su lado?

—Diga lo que diga, lo defiendes. Crees todo lo que dice.

—No creo nada. Soy detective de Homicidios, no un estúpido crédulo.

—Entonces, ¿por qué confundes su ingenio con la verdadera perspicacia?

Por segunda vez en ese corto trayecto, Gurney no supo qué contestar. Intuía que la animosidad de Madeleine en relación con Hammond respondía a algo personal, a algo que guardaba para sí, no a una evaluación objetiva de los hechos.

Pero ¿y si tenía razón? ¿Y si estaba viendo algo que él pasaba por alto? ¿Y si su supuesta objetividad no era, al fin y al cabo, tan objetiva?

Volvieron a la *suite* en un estado de silencio tenso. Madeleine se metió en el cuarto de baño y abrió el grifo de la bañera.

Él la siguió.

—¿No habías tomado ya un baño? ¿Hace unas tres horas?

—¿Hay un límite en el número de baños que puedo tomar?

—Maddie, ¿qué diablos está pasando? Desde que decidimos venir aquí, pareces alterada. ¿No deberíamos hablar de lo que te preocupa?

—Lo siento. Simplemente…, no me siento muy cómoda ahora mismo. —Cerró la puerta del cuarto de baño.

Todo aquello resultaba inquietante. Madeleine con secretos. Madeleine escondiéndose detrás de una puerta cerrada. Gurney se sentó en el sofá. Pasaron varios minutos antes de que se fijara en que el fuego se había consumido. Solo quedaban unas cuantas ascuas que brillaban de manera tenue a través de las cenizas. Sintió el impulso de reavivarlo, de darle a la habitación un toque de calidez. Pero, a continuación, pensó que debería acostarse. Había sido un día tenso. Y el siguiente prometía más de lo mismo.

Pensar en el día siguiente le recordó la llamada de Holdenfield que había dejado ir al buzón de voz. Sacó el teléfono y escuchó el mensaje:

Hola, David. Soy Rebecca. Han añadido algunas cosas a mi agenda, así que mañana voy a estar liada la mayor parte del día. Pero tengo una propuesta: desayuno. No hace falta que me llame porque yo estaré en el comedor del Cold Brook Inn de todas formas mañana a las ocho. Así pues, venga si puede. Hasta puede venir más pronto si le va mejor. Me levantaré a las cinco, estaré en mi habitación con un trabajo atrasado. ¿Vale? Me encantaría saber más del caso Hammond. Conduzca con cuidado. Espero verle pronto.

Desde un punto de vista práctico, el horario, aunque inusual, podría funcionar. Recordó que, en su anterior mensaje, había dicho que solo había cuarenta y tres kilómetros entre el lago del Lobo y Plattsburgh. Debería tardar bastante menos de una hora, incluso con mal tiempo. A eso había que sumarle alrededor de una hora con Rebecca. Total, tres horas máximo. Si se iba a las siete, podía estar de vuelta a las diez, como muy tarde. Cerró los ojos y empezó a hacer una lista mental de preguntas que formularle a Rebecca sobre hipnotismo, acerca de la controvertida reputación de Hammond y sobre el sueño de Muster.

Sin embargo, estaba tan agotado que se quedó traspuesto al cabo de unos segundos.

Como ocurría siempre que se quedaba dormido sentado, lo despertó cierta incomodidad física. Abrió los ojos, miró el reloj en su teléfono y descubrió que había dormido durante casi una hora. Estaba a punto de comprobar si Madeleine seguía en el cuarto de baño cuando la vio de pie junto a la ventana. Llevaba uno de los mullidos albornoces blancos del hotel.

—Apaga las luces —dijo sin mirarlo.

—¿Qué pasa? —Apagó las luces y se unió a ella junto a la ventana.

La tormenta había escampado; un tapiz de nubes tenues que avanzaba por delante de la luna llena había ocupado el lugar de un cielo completamente tapado. Miró hacia donde miraba Madeleine para descubrir por qué lo había llevado hasta la ventana. Y entonces lo vio.

Cuando una nube se apartó lentamente de la luna, el efecto en el paisaje fue como el de un foco de teatro intensificándose en un escenario oscuro. El escenario en este caso estaba dominado por una presencia abrumadora, el Colmillo del Diablo, feroz y gigantesco, con sus bordes recortados. Entonces se movió otra nube, la luz de la luna se apagó, y el Colmillo del Diablo desapareció en la noche.

Gurney se apartó de la ventana, pero Madeleine continuó mirando la oscuridad.

—Antes venía aquí —dijo ella en voz tan baja que él se preguntó si lo había oído bien.

—¿Aquí?

—A estas montañas.

—¿Subías aquí? ¿Cuándo?

—En vacaciones de Navidad. Estoy segura de que lo mencioné.

Eso sacudió la memoria de Gurney. Algo que ella le había contado cuando se casaron. Algo respecto a pasar unas cuantas Navidades con parientes ancianos en el norte de Nueva York, cuando iba al instituto.

—Con un tío y una tía lejanos, ¿no?

—El tío George y la tía Maureen —respondió con vaguedad, todavía mirando en dirección al Colmillo del Diablo.

La segunda nube que oscurecía la luna empezó a pasar, dejando que la luz plateada brillara otra vez sobre ese pináculo afilado.

—Nunca contaste mucho de eso.

Ella no dijo nada.

—¿Maddie?

—Un invierno hubo una muerte trágica. Un chico de aquí. Se ahogó.

—¿En este lago?

—No, en otro.

—¿Y?

Ella negó con la cabeza.

Dave esperó, pensando que ella continuaría.

Pero lo único que finalmente dijo fue:

—Tengo que dormir.

—¡David!

La tensión frenética del susurro de Madeleine lo despertó de inmediato.

—¿Qué pasa?

—Hay algo en el salón, algo que se mueve.

—¿Dónde? —Mientras susurraba la pregunta, calculó el ángulo aproximado y el número de pasos que lo separaban de la bolsa dónde guardaba su Beretta.

—He visto algo pasando por la ventana. ¿Puede que un murciélago se haya metido en la habitación?

—¿Algo que vuela?

—Creo que sí.

Dave se relajó un poco y se estiró hacia la lámpara de la mesita de noche. Pulsó el interruptor. No ocurrió nada. Lo apretó otra vez. Todavía nada.

—¿Puedes llegar a la lámpara de tu lado de la cama? —preguntó.

—¿Quieres que la encienda?

—Sí.

Los intentos resultaron vanos.

Palpó en la mesita de noche en busca de su teléfono. No había señal. Eso significaba que la torre de comunicaciones privada del hotel estaba caída: un corte de luz.

—Deben de estar cambiando de generador otra vez, como antes.

—Maldita sea. ¿Y el murciélago?

—Cuando se enciendan las luces, me ocuparé de eso.

En la parte cercana a la cama, no había ventanas y estaba demasiado oscuro para ver algo, pero la pálida luz de la luna iluminaba tenuemente parte de la sala principal, visible a través del amplio arco de la habitación. Gurney se quedó inmóvil, examinando la oscuridad en busca de cualquier atisbo de movimiento. No vio ni oyó nada. Pasaron algunos minutos sin que volviera la corriente.

Entonces el silencio se rompió por un lento crujido en el techo.

Madeleine le agarró el brazo.

Escucharon juntos durante un largo minuto.

Una pequeña sombra pasó por una ventana en la sala principal, arrancando un grito a Madeleine.

—Es un murciélago, solo un murciélago —dijo él, cuando los dedos de ella se tensaron en su brazo—. Abriré la puerta del balcón y dejaré que salga volando. Preferirá estar fuera. Lo único que necesita es una forma de...

De repente, oyeron otro crujido en el techo, como una pisada atenta en un suelo de tablones débil.

—Hay alguien arriba —susurró Madeleine—. ¿Puede que un huésped que no conocemos? ¿O quizá sea ahí donde está la habitación de Norris Landon?

Recordando lo que sabía de la fachada del hotel, Gurney imaginó dos plantas regulares, la planta baja y la planta en la que estaban ellos, además de un desván. Pensó que era improbable que la habitación de Landon, o la de cualquier otro huésped, estuviera en la planta del desván. Mientras lo consideraba, hubo un tenue sonido de rozadura en el techo, directamente encima de ellos.

Luego nada. Escucharon un buen rato. Pero lo único que oyeron fue el zumbido del viento en la puerta del balcón.

¿Qué tenía el Wolf Lake Lodge, se preguntó Gurney, que hacía que el sonido de una pisada lenta, si es que se trataba de eso, resultara tan inquietante? ¿Era el corte de luz lo que estaba creando tal sensación de amenaza? Seguramente, el mismo sonido a la luz del día, o incluso a la luz de una lámpara, no tendría el mismo impacto.

Madeleine habló otra vez en un susurro.

—¿Quién crees que hay allí arriba?

—Tal vez nadie. Puede que solo sea la madera que se contrae por la baja temperatura.

La preocupación de Madeleine se desplazó al murciélago.

—¿De verdad saldrá volando si abres el balcón?

—Eso creo.

Madeleine dejó de agarrarle el brazo con tanta fuerza. Gurney bajó de la cama y buscó a tientas el camino hasta la puerta del balcón. Lo abrió. Supuso que el frente frío que se había llevado la tormenta de granizo había hecho bajar las temperaturas al menos ocho o diez grados. A menos que el murciélago saliera volando enseguida, toda la *suite* se congelaría en un momento.

Se le ocurrió que hacer fuego sería una buena idea, por calor, luz y tranquilidad.

Se alejó de la puerta abierta y empezó a caminar a tientas hacia la chimenea. Temblando en *shorts* y camiseta, se detuvo ante la silla donde estaba su ropa y se puso los pantalones y la camisa. Al volverse hacia la chimenea, lo detuvo un sonido en el pasillo exterior. Se quedó quieto y escuchó. Unos segundos después, lo oyó otra vez.

Sacó su Beretta de la bolsa de la silla. No pudo evitar pensar que estaba reaccionando de manera exagerada, influido más por la atmósfera espeluznante que por que hubiera una amenaza real.

—¿Qué es eso? —susurró Madeleine desde al lado de la cama.

—Solo alguien en el pasillo.

Gurney oyó un ruido sordo procedente de la puerta de la *suite*.

Quitó el botón de seguridad de la Beretta y empezó a moverse hacia allí. La luz de luna se limitaba a la zona cercana a las ventanas. En esa parte de la habitación, la visibilidad era nula.

Hubo un segundo ruido sordo, más fuerte que el primero, la clase de impacto sordo que podría producir alguien golpeándose la rodilla contra la puerta.

Caminó a tientas hasta estar junto a la puerta, abrió el pestillo, se detuvo y escuchó. Oyó algo que podría haber sido el sonido de alguien respirando, o quizá fuera solo el paso del aire a través de la rendija de debajo de la puerta.

Agarró el pomo. Lo giró lentamente todo lo que pudo, ajustó su posición, verificó su agarre de la Beretta… y abrió la puerta.

Al cabo de un segundo, se oyó el grito de Madeleine.

25

Recuerdos incómodos

$\mathscr{A}$quella aparición grotesca delante de él y el grito de Madeleine por detrás lo desorientaron.

En la oscuridad del pasillo, le pareció ver un rostro iluminado, como suspendido, con sus rasgos distorsionados por sombras alargadas y proyectadas hacia arriba por una pequeña llama situada debajo.

Mientras su mente intentaba darle sentido a aquella imagen, se dio cuenta de que la llama salía de una lámpara de queroseno, sostenida por una mano sucia de uñas agrietadas. Ya había visto antes aquel rostro ictérico, al lado de la carretera, cuando su coche quedó atrapado en aquella zanja. El pelo apelmazado del sombrero confirmó sus sospechas.

Era Barlow Tarr.

—Árbol cae.

—Sí… ¿y?

—Golpea el tendido.

—¿Los generadores se han apagado?

—Sí.

Gurney bajó su Beretta.

—¿Eso es lo que ha venido a decirnos?

—Tengan cuidado.

—De qué.

—Del mal aquí.

—¿Qué mal?

—El mal que los mató a todos.

—Hábleme más del mal.

—El halcón lo sabe. El halcón en el sol, el halcón en la luna.

—¿Qué sabe el halcón?

Pero Tarr ya se estaba alejando del umbral; apagó la mecha de la lámpara hasta que la llama se extinguió.

Al cabo de un segundo, desapareció en aquel pasillo oscuro.

—¿Barlow? ¿Está ahí? ¿Barlow?

No hubo respuesta. El único sonido procedía de la puerta del balcón abierto al otro lado de la habitación.

Las ráfagas de viento ganaban y perdían fuerza azotando las copas de los árboles.

Después de aquello, no creía que pudiera pegar ojo.

Convenciéndose de que el murciélago se había ido, cerró la puerta del balcón. Encendió un gran fuego en la chimenea. Él y Madeleine se acomodaron en el sofá, frente a las llamas.

Después de especular sobre el significado de la visita de Tarr, estuvieron de acuerdo en que lo único que estaba claro era que aquel tipo quería que supieran que el lago del Lobo era un lugar peligroso. Más allá, todo lo demás podía significar algo o nada.

Finalmente, se sumieron en un silencio prolongado, sucumbiendo a las ondulaciones del fuego.

Al cabo de un rato, Gurney empezó a pensar en la relación de Madeleine con aquel lugar. Se volvió hacia ella y le preguntó en voz baja:

—¿Estás despierta?

Tenía los ojos cerrados, pero asintió con la cabeza.

—¿Qué edad tenías cuando venías aquí?

—¿Qué?

—Cuando te quedabas en las Adirondack con tu tía y tu tío, ¿qué edad tenías?

Ella abrió los ojos y miró al fuego.

—Catorce o quince. —Hizo una pausa—. ¿Quién era esa persona?

—¿El chico que se ahogó?

—No. La persona que era yo entonces. ¿Quién era? —Parpadeó, desconcertada—. Es muy extraño pensar que era yo.

—¿Qué era tan diferente en ti…?

—Todo. —Madeleine parpadeó, se aclaró la garganta, miró a su alrededor. Se detuvo en la lámpara de queroseno que descansaba sobre la mesita situada en el lado del sofá que ocupaba Gurney—. ¿Qué es eso?

—¿La lámpara?

—El grabado de la base.

Gurney miró con más atención. No se había fijado en eso antes, pero en la base del cristal había un grabado de línea fina: un animal agazapado, como presto a saltar al que miraba. Mostraba los dientes.

—Parece un lobo —dijo.

Madeleine respondió con un estremecimiento.

—¿Qué pasa?

—Demasiados lobos.

—Aquí es el tema favorito.

—Además del tema de las pesadillas por las que murieron esas personas.

—No murieron por sus pesadillas. Eso no ocurre.

—¿No? ¿Qué ocurrió?

—Todavía no lo sé.

—Entonces tampoco sabes que sus sueños no los mataron.

Gurney estaba convencido de que los sueños no podían matar a la gente, pero también sabía que discutir sobre ello no les llevaría a ninguna parte. No dejaba de pensar que todo aquello no tenía ningún sentido.

Los hechos principales del caso no podían calificarse de hechos, en absoluto. El hotel en sí parecía un poco un manicomio. La policía actuaba de forma tan irracional como los demás. Lo peor de todo: se sentía perplejo e impotente ante lo que estaba ocurriendo con Madeleine.

Tanta tensión, aquel entorno inquietante, el calor del fuego… Gurney no sabía cuánto tiempo llevaban sentados en el sofá. La voz de Madeleine le devolvió al presente.

—¿A qué hora te vas a Plattsburgh?

—¿Quién ha dicho que iba a ir a Plattsburgh?

—¿No era eso lo que decía Rebecca en el mensaje?

Recordó que lo había reproducido cuando Madeleine estaba en la bañera.

—¿Oíste eso?

—Deberías bajar el volumen si no quieres que la gente oiga tus mensajes.

Gurney vaciló.

—Propuso que nos reunamos. Ella está aquí por un compromiso académico.

El silencio de Madeleine era tan inquisitivo como lo había sido su voz.

Gurney se encogió de hombros.

—No lo he decidido.

—¿Si ir? ¿O a qué hora ir?

—Ninguna de las dos cosas.

—Deberías ir.

—¿Por qué?

—Porque quieres.

Gurney dudó otra vez.

—Creo que podría ser útil hablar con ella. Pero no me siento cómodo dejándote aquí sola.

—He estado sola en sitios peores.

—Puedes venir conmigo.

—No.

—¿Por qué no?

Ahora fue el turno de ella de dudar.

—¿Por qué crees que quise venir aquí?

—No tengo ni idea. Tu decisión me sorprendió. Me asombró, para ser sincero. Dándote la opción entre ir directamente a un fin de semana de caminar con raquetas o estudiar un caso de suicidios múltiples, nunca esperé que eligieras los suicidios.

—Los suicidios no tuvieron nada que ver con esto. —Respiró profundamente—. Cuando estaba en la escuela, ir a las Adirondack para las vacaciones de Navidad era lo último que quería hacer. El tío y la tía que mencioné no eran, en realidad, mi tío y mi tía, solo primos lejanos de mi madre. Eran gente aislada, ignorante. George era depresivo. Maureen era una maniaca.

—¿Por qué tus padres te enviaban con gente así?

—Enviarme a las Adirondack en invierno y al campamento de música en verano era su estrategia para poder pasar más tiempo juntos. El uno con el otro. Simplificar. Comunicar. Resolver los problemas de su matrimonio. Por supuesto, nunca funcionó. Como la mayoría de la gente, deseaban en secreto sus problemas. Y les gustaba librarse de mí.

—Tu tío y tu tía, o lo que sean, ¿siguen vivos?

—George al final se suicidó.

—Vaya.

—Maureen se trasladó a Florida. No tengo ni idea de si está viva o muerta.

—¿Dónde vivían exactamente?

—En medio de ninguna parte. No muy lejos de aquí. El Colmillo del Diablo se veía desde el final de su camino. El pueblo real más cercano era Dannemora.

—El pueblo de la prisión.

—Sí. La prisión que había sido un manicomio.

—Todavía no sé si entiendo por qué…

—¿Por qué quería venir aquí? Quizá para ver estas montañas de una forma distinta…, en un periodo de mi vida distinto…, para hacer que los recuerdos desaparecieran.

—¿Qué recuerdos?

Madeleine no dijo nada durante un rato, antes de echarse a temblar.

—Los inviernos aquí arriba eran horribles.

—¿En casa de George y Maureen?

—Había un problema con George. Se sentaba en el porche durante horas, mirando al bosque, como si ya estuviera muerto. Una vez pensé que estaba realmente muerto.

—¿Qué pasa con tu tía…, prima…, lo que fuera?

—Maureen estaba tan enferma como George, pero en otro sentido. No paraba quieta. Le encantaba coleccionar piedras, piedras triangulares. Insistía en que eran cabezas de flechas iroquesas. Cabezas de flechas *iroquoises*. Le encantaba la pronunciación francesa. Decía un montón de cosas con acento francés. Otras veces simulaba que ella y yo éramos princesas indias perdidas en el bosque, esperando a ser rescatadas por Hiawatha. Cuando él viniera a buscarnos, le daríamos nuestra colección de cabezas de flecha iroquesas y nos regalaría pieles para mantenernos calientes, y viviríamos felices desde entonces.

—¿Qué edad tenía?

—¿Maureen? Puede que cincuenta. Parecía vieja para mí cuando tenía quince. Era como si tuviera noventa.

—¿Había más chicos?

Madeleine parpadeó y lo miró.

—No has contestado mi pregunta.

—¿Qué pregunta?

—¿A qué hora vas a ir a Plattsburgh?

26

Un hombre práctico

Gurney le puso ciertas condiciones a su plan provisional de reunirse con Rebecca en el Cold Brook Inn.

Si el corte de luz continuaba, no iría.

Si la recepción de móvil del hotel no se restablecía, no iría.

Si la tormenta de granizo empezaba otra vez, no iría.

Pero la luz se restableció a las 6.22, la recepción de móvil volvió a funcionar a las 6.24 y el cielo de antes de amanecer estaba espectacularmente claro. El aire se notaba fresco y calmado e impregnado de fragancia a pino. El sistema de calefacción del hotel había vuelto a la vida. En resumen, respecto a unas pocas horas antes, todo había cambiado.

A las 6.55, Gurney se había lavado, afeitado y vestido, y estaba listo para marcharse. Entró en el dormitorio todavía oscuro. Sintió que Madeleine estaba despierta.

—Ten cuidado —dijo ella.

—Lo tendré.

Para él, tener cuidado significaba mantenerse a cierta distancia emocional de Rebecca, con quien siempre parecía haber posibilidades. Se preguntó si Madeleine también se refería a eso.

—¿Cuándo volverás?

—Debería llegar al hotel a las ocho. Si salgo de allí al cabo de, más o menos, una hora, tendría que estar de vuelta a las diez.

—No corras por estas carreteras. Con el granizo de anoche, estarán resbaladizas.

—¿Estás segura de que estarás bien sola?

—Estaré bien.

—Vale, pues. Me voy. —Se inclinó y le dio un beso.

Cuando estaba saliendo al pasillo del hotel, ella le dijo en voz alta.

—Conduce despacio.

El pasillo enmoquetado y carmesí parecía ahora brillantemente iluminado: una transformación desconcertante de lo que la noche anterior había sido un telón de fondo aterrador para el rostro de Barlow Tarr, iluminado solo por una lámpara. Al descender por la amplia escalera que llevaba a la recepción, un aroma de café recién hecho se mezclaba con un olor leñoso de hoja perenne.

Austen Steckle estaba de pie en el umbral de la oficina, detrás del mostrador de recepción, hablando por teléfono en voz un poco alta. Llevaba la clase de pantalones de pinzas que cuestan cinco veces más que los de Walmart. Su camisa de cuadros de leñador iba tan bien con su físico fornido que Gurney supuso que estaba hecha a medida.

Cuando Steckle captó la presencia de Gurney, colgó con una frase en voz lo bastante alta para que el detective la oyera.

—Te llamaré después. Tengo un huésped importante.

Salió de detrás del mostrador con una sonrisa de anuncio de dentífrico.

—Hola, detective, bonita mañana. ¿Ha olido eso? Ese bálsamo. Abeto balsámico. El aroma de las Adirondack.

—Muy agradable.

—Entonces, ¿todo bien con ustedes, amigos? ¿Usted? ¿Su mujer? ¿Les gusta la *suite*?

—Está bien. Hemos pasado un poco de frío esta noche con el corte de luz.

—Ah, sí, el corte. Parte de la experiencia de lo salvaje. ¿Todo lo demás va bien?

—Más o menos. Tuvimos una visita de Barlow Tarr a medianoche.

La sonrisa de Steckle se desvaneció.

—¿Tuvieron una visita? ¿De Tarr? ¿A medianoche?

—Sí.

—Es increíble. ¿Qué podía querer a esa hora de la noche?

—Nos avisó del mal que existe aquí en el hotel.

—¿El mal? ¿Qué mal?

—El mal que los mató a todos.

—¿El mal que los mató a todos? —La boca de Steckle se retorció en una expresión entre el asco y la furia—. ¿Qué más dijo?

—Más de lo mismo. ¿Es nuevo para usted?

—¿Qué quiere decir?

—Si lo que le estoy contando es información nueva. Ya sabe, esta clase de historias con Tarr.

Steckle se frotó el incipiente pelo de su cabeza afeitada.

—Será mejor que venga a mi despacho.

Gurney lo siguió, rodeando el mostrador de recepción, hasta una sala amueblada con el mismo estilo Adirondack que cualquier otro espacio del hotel. El escritorio de Steckle estaba formado por un bloque de pino barnizado que se aguantaba sobre cuatro troncos, con la corteza intacta. Su silla era de madera curvada, con ramas cortadas por patas. Señaló a Gurney una silla similar en el lado opuesto del escritorio. Cuando ambos se hubieron sentado, Steckle apoyó sus gruesos antebrazos en el bloque de pino.

—Espero que no le importe un poco de intimidad, pero podemos meternos en algunas áreas que no son para el conocimiento general. ¿Entiende lo que estoy diciendo?

—No estoy seguro.

—Tenemos una situación difícil... aquí. Me preguntó por Barlow. ¿Entre usted y yo? Barlow es un loco y un incordio. Delirante. Pega sustos de muerte a la gente. Siempre hablando de lobos, del mal, de la muerte, de toda clase de chorradas. Estupideces delirantes. —Hizo una pausa—. Así que, probablemente, estará pensando que por qué aguantamos esa clase de estupideces. ¿Por qué no le damos una patada en el trasero a ese desgraciado... y listo? O quizá se esté planteando la pregunta mayor, ¿por qué se permitió que ese loco desgraciado de Barlow entrara aquí?

—Me contaron que la familia Tarr ha estado trabajando en el hotel desde que lo construyó Dalton Gall, hace un siglo.

—¿Ha oído eso? Bueno, es cierto. Pero eso sigue sin ser razón para aguantar según qué cosas. El verdadero problema era Ethan. Un gran hombre, Ethan, no me interprete mal. Pero esa grandeza y la determinación que lo acompañaba... podían ser un problema.

—¿Su determinación para convertir a todo perdedor en un ciudadano productivo?

Si con aquello le metió el dedo en la llaga a Steckle y a su pasado, lo ocultó bien.

—Como dice el Buen Libro, cada virtud tiene su vicio. Pero, eh, ¿cómo puedo quejarme yo? ¿A lo mejor ha oído lo que Ethan hizo por mí?

—Cuéntemelo.

—Lo abreviaré. Era ladrón. Desfalcador. Cumplí condena. Por suerte, fui elegido para el programa de rehabilitación de Ethan. Basta con decir que el programa funcionó. Me convirtió en una persona nueva. Hasta me cambié el nombre. Literalmente. Durante la mayor parte de mi jodida vida fui Alfonz Volk. Ese era el nombre del tipo con el que se casó mi madre cuando se quedó embarazada. Alfonz Volk. Pero después descubrí que él no era mi verdadero padre. Mi madre se había quedado embarazada de otro tipo que murió en un accidente de coche. Aquel hombre se llamaba Austen Steckle. Así que engañó al otro tipo al que estaba viendo, el tal Alfonz Volk, para que se casara con ella. Una situación muy jodida. Mi nombre siempre debería haber sido Steckle. Estaba en mis genes. Así que cambiar mi nombre a Steckle fue el nuevo inicio perfecto. Podía empezar a ser la persona que siempre debería haber sido: Austen Steckle. La cosa es que, cuando terminé el programa de Ethan, me contrató para trabajar en su contabilidad. Increíble, ¿no? Siempre sentiré gratitud por ese hombre.

—¿Es usted contable?

—No tengo credenciales ni títulos, solo un don con los números. Soy como uno de esos tontos sabios… sin la parte tonta.

—Me parece mucho más que el contable del hotel.

—Sí, bueno. Pasó el tiempo. Cambiaron cosas. Ethan vio que mi cabeza para los números podía usarse de muchas maneras. Así que ascendí. De contable a director de negocio, de director de negocio a subdirector general, y finalmente a director general del Wolf Lake Lodge y consejero financiero de la familia Gall. Un camino bastante asombroso para un ladrón de poca monta, ¿eh?

—Estoy impresionado.

—Sí. Entonces, ¿cómo demonios puedo criticar la determinación de Ethan y su fe en la gente? Sí, en ocasiones implica que un lunático como Barlow Tarr se quede aquí mucho más de lo que debería, cuando tendría que darle puerta, pero también significa que este ladrón de poca monta en concreto al que está mirando en esta silla fue rescatado del fango, y no solo maneja una empresa de mil dólares la noche, sino toda la puta fortuna de los Gall. Es como un cuento de hadas.

—Con Ethan desaparecido, ¿qué le impide desembarazarse de Tarr?

—Me pregunto lo mismo. Quizá superstición.

—¿Superstición?

—Bueno, como si yo solo estuviera aquí por la decisión de Ethan de ponerme y mantenerme aquí. Y también por eso está Tarr aquí. Temo que, quizá, si me libro de él, alguien se librará de mí. Algún rollo de karma. Pero eso no tiene sentido práctico. Y yo soy un hombre práctico. Así que estoy pensando que un día de estos, muy pronto, el señor Lunático se irá con una patada en el trasero.

—Hablando de quién se queda y quién se va, entiendo que ha decidido mantener el contrato de Richard Hammond durante otros dos años.

—Y eso es justo, ¿no?

—¿Tiene una mentalidad abierta respecto a él?

—Sí, desde luego. Presunción de inocencia.

—¿Incluso con todo lo que dicen los medios?

—Eso es desagradable, pero en ciertas ocasiones hemos de convivir con esa clase de mierda, ¿no?

—Entonces, a pesar de toda la publicidad negativa, decidió quedarse con Hammond por una presunción de inocencia legal y un sentido de la justicia.

Steckle se encogió de hombros.

—También por respeto a Ethan. Antes de que empezara todo este caos, accedió a renovar el contrato de Hammond. Quiero atenerme a esa decisión. Quizá sea solo superstición otra vez, pero así son las cosas. ¿A quién voy a respetar si no respeto a Ethan?

—Así que, por un lado, está una presunción de inocencia y una promesa verbal. Por el otro lado, la posibilidad de que Hammond tal vez esté implicado en la muerte de Gall, así como de tres huéspedes del hotel. Si detuvieran y condenaran a Hammond, eso lo dejaría en muy mal lugar.

Steckle entrecerró los ojos otra vez.

—¿Condenado por qué?

—Alguna forma de implicación penal en las cuatro muertes.

—Ha evitado la palabra «suicidio», ¿hay alguna razón para ello?

Gurney sonrió.

—En mi opinión, no tiene sentido. ¿Y para usted?

Steckle no respondió. Se apoyó en su silla y empezó a frotarse el cuero cabelludo, como si sus pensamientos le estuvieran dando dolor de cabeza.

Gurney continuó:

—Así que estoy pensando... Considerando los grandes inconvenientes y como es usted un hombre práctico, quizás haya otra razón para que decida mantener a Hammond aquí.

Steckle lo miró, estirando lentamente la boca en una sonrisa dura.

—¿Quiere una razón práctica? Muy bien. Simple. Si nos desembarazamos de Hammond ahora, cortamos nuestra relación, le damos la patada... Sí, eso podría dar la impresión de que estamos tirando basura por la borda, enviar un mensaje a los medios de que estamos del lado de los ángeles. Pero ha de considerar todas las posibilidades, las consecuencias. Y una de ellas sería la clase de mensaje que enviaría a toda aquella gente que vino aquí en los dos últimos años para ser tratada por ese hombre. Si lo echamos ahora, el mensaje a esos clientes es que toda la mierda que sale en los medios es cierta y que los pusimos a merced de un monstruo. Créame, esa no es la clase de mensaje que queremos dar a nuestros huéspedes, algunos de los cuales son personas muy ricas. En cambio, si mantenemos a Hammond aquí, el mensaje es que tenemos confianza en él y que las historias de los medios son una gilipollez. ¿Es lo bastante práctico para usted?

—Me ayuda a entender su decisión.

Steckle pareció relajarse; se hundió más cómodamente en su silla.

—Supongo que sueno un poco cínico, pero ¿qué puedo decir? Tengo que proteger los intereses de los Gall. Eso es lo que me confió Ethan. Y a ese hombre se lo debo todo.

27

Poder absoluto

Gurney tenía más preguntas para Austen Steckle, preguntas sobre Ethan y Peyton, acerca de la Gall New Life Foundation, sobre los tres invitados que terminaron muertos.

Sin embargo, si insistía con eso en aquel momento, perdería su oportunidad de verse con Rebecca, cuyo conocimiento de Hammond, la hipnosis y los sueños podía ser muy útil.

Su solución consistió en asegurarse de que Austen aceptaba reunirse otra vez con él cuando regresara de Plattsburgh esa misma mañana.

Dio las gracias al hombre por su tiempo y sinceridad, y se apresuró a ir a buscar su coche.

El aire era vigorizante; la visibilidad, extraordinaria. Una hoja de hielo suave como el cristal se había formado de la noche a la mañana sobre la superficie del lago, reflejando la imagen invertida del pico Cementerio.

Cuando Gurney estaba saliendo de debajo del soportal de madera a la carretera del lago, su teléfono empezó a sonar. Viendo que era Jack Hardwick, contestó la llamada.

—Gurney.

—Hola, Sherlock, ¿cómo va la vida en el hotel fantástico?

—Tiene elementos de interés.

—¿Dónde demonios estás?

—De camino a Plattsburgh para reunirme con Holdenfield. Parece que el caso le interesa.

Hardwick lanzó su carcajada en forma de ladrido.

—El interés de Becky Baby es sobre todo en ti, campeón..., como muy bien sabes. ¿Dónde quiere verte?

—Te lo he dicho, en Plattsburgh.

—Es el nombre de la ciudad. Pero lo que estoy preguntando es...

Gurney lo cortó.

—Jack, enseguida me voy a quedar sin cobertura. ¿Puedes cortar el rollo e ir al grano?

—Muy bien, al cuerno las galanterías, al grano. Primero: podría tener una pista sobre Angela Castro, la novia desaparecida del cadáver de Floral Park. Tras un impresionante trabajo detectivesco, he descubierto que tiene un hermano casado que vive en Staten Island. Llamé a ese número. Respondió al teléfono una voz nerviosa de mujer joven. Le dije que estaba haciendo un estudio de la compañía de servicios sobre uso de electrodomésticos. Ella dijo que no podía decirme nada porque aquella no era su casa, que debería llamar más tarde. Supongo que le haré una visita. Algo me dice que es nuestra pequeña Angela. Suponiendo que tenga razón, que normalmente la tengo, ¿hay algo que quieras saber?

—Más allá de las preguntas obvias sobre la muerte de Steven Pardosa (lo que vio, lo que oyó, lo que piensa, por qué desapareció), me gustaría saber cómo estaba él antes y después de su viaje al lago del Lobo, su estado de ánimo, qué comentaba, sus pesadillas. ¿Por qué fue tan lejos para que le ayudaran a dejar de fumar? ¿Cómo es que conocía a Richard Hammond?

—¿Nada más?

—Pregúntale qué opinaba Pardosa de los homosexuales.

—¿Por qué?

—Es solo dar palos de ciego. Fue un área de trabajo de Hammond hace años. Hubo cierta controversia respecto a su enfoque. Y el pastor, Bowman Cox, está obsesionado con el tema; asegura que tuvo que ver con el suicidio de Christopher Muster... Y, hablando de eso, me gustaría saber qué pensaba Muster sobre el tema. Tal vez por eso lo atrajo Cox, quizá fue eso lo que hizo de Cox el hombre con el que quería hablar de su pesadilla. Sé que es algo bastante vago, pero hemos de empezar por algún sitio.

—Lo miraré.

—¿Tienes algo más para mí?

—Un poco de historial sobre Austen Steckle. Es un chico malo pero reformado. Antes se le conocía como Alfonz Volk.

—Me lo ha dicho él mismo. Un desfalcador mágicamente transformado en el consejero financiero de la familia Gall y en director del hotel.

—¿Mencionó su vida como traficante de drogas en la película que te contó?

—¿Steckle (o Volk) era camello?

—Vendía coca y otra mierda a clientela elegante. A cierto cliente que trabaja con acciones en bolsa y de ética dudosa le gustó su estilo.

Lo contrató para que colocara valores basura igual que colocaba polvo blanco. Resultó que tenía talento para eso. Ganó más dinero con trampas de bolsa de lo que ganaba con la coca. Pero no era suficiente. Fue entonces cuando empezó el desfalco: un empleado cabrón robando a un jefe cabrón. Los federales, que vigilaban la compañía, presionaron a otro cabrón para que testificara contra él. Volk pringó, cumplió condena; salió antes, en libertad condicional. Suenan las trompetas. Entra la Gall New Life Foundation. Los cielos se abren, Alfonz Volk ve la luz, por arte de magia se transforma en Austen Steckle. El resto es historia. Me encantan estos putos cuentos de redención, ¿a ti no? Entonces, ¿cuál es tu conclusión sobre el antiguo cordero perdido del Señor?

—No estoy seguro. Tiene una parte dura, que no trata de ocultar. Necesito pasar más tiempo con él, tal vez preguntar por qué eliminó su parte de traficante de drogas del currículo que compartió conmigo. —Gurney miró su teléfono—. Creo que estoy a punto de perder la señal, así que deja que mencione unas cuantas cosas más que podrías investigar.

—Apila la mierda, jefe. Vivo para servir.

—Un par de cosas acerca de las cuales tengo curiosidad. Estos tres tipos muertos que acudieron a Hammond para someterse a hipnoterapia y dejar de fumar, ¿funcionó? Tras volver a casa y antes de que terminaran con las muñecas cortadas, ¿habían dejado de fumar?

—¿Estás proponiendo que vaya a Jersey, Queens y Florida buscando tipos que pudieran haber mirado los ceniceros de los muertos?

—Obraste tu magia en la caza de Angela. Mi confianza en ti es infinita.

—Eso hace que todo sea mucho mejor.

—Hablando de Angela, retrocedamos un segundo: ¿dijiste que pensabas hacerle una visita?

—Sí. Supongo que era ella la del teléfono de su hermano y no una ladrona que quería charlar.

—Tal vez deberíamos pensar dos veces lo de hacerle una visita sorpresa. Si has tenido suerte y la has encontrado, lo último que queremos es asustarla. Si huye otra vez, podrías no volver a encontrarla, y es lo más parecido que tenemos a un testigo.

—¿A que te encanta esta mierda de pensarlo todo dos veces?

—Tenemos tan poco para seguir adelante que no quiero correr el riesgo de perderla.

—Vale, míster Sabiduría y Prudencia. Así pues, ¿cuál es la alternativa?

—Esperar un poco. Darle opciones. Dejar que sienta que controla la situación.

—¿De qué coño estás hablando?

—Podrías dejar un sobre dirigido a ella en el buzón de su hermano. Incluye una nota que explique quiénes somos, que tenemos un cliente que no cree la teoría oficial del suicidio de la muerte de Steven, que sería muy útil para nosotros descubrir lo que ocurrió de verdad (y, por tanto, garantizar su propia seguridad)… Dile que nos gustaría reunirnos con ella o, simplemente, hablar con ella. Como ella se sienta más cómoda. Incluye nuestros números de móvil, nuestros números fijos, nuestras direcciones de correo electrónico, nuestras direcciones de casa. Esto último es muy importante. La dirección de casa nos hace parecer no solo alcanzables en sus términos, sino, en cierto modo, vulnerables. Recalca que ella elige el cómo y el cuándo quiere ponerse en contacto con nosotros y cuánto quiere contarnos. Todo depende de ella.

Hardwick se quedó varios segundos en silencio.

—Parece un poco exagerado, todos esos números y opciones de contacto.

—Exagerado con un propósito. Darle a alguien unas cuantas puertas abiertas para que crea que tiene elección. Podría no fijarse en que todas las puertas llevan al mismo sitio.

—Por la misma cañería a la alcantarilla.

—Es otra forma de verlo.

Más silencio, seguido por el gruñido con el que Hardwick manifestó que estaba de acuerdo.

—Lo haré a tu manera, pero recuerda que, si se va a pique, me cagaré en ti. ¿Otras peticiones, demandas, listas de deseos?

—Me encantaría saber qué jefe del DIC aprobó la estrategia de Fenton con la prensa. Tiene que ser un mando alto. Está tan lejos de esa caja conservadora en la que viven esos tipos que Fenton necesita cubrirse las espaldas. Tarde o temprano, me gustaría saber por qué se aprobó, pero para empezar me conformaría con averiguar la parte del quién.

—¿Alguna mierda más, jefe? Todavía me queda sitio en uno de mis bolsillos.

—Descubre lo que puedas sobre un tipo llamado Norris Landon. Acudió al rescate en un Land Rover clásico cuando Madeleine y yo nos quedamos atrapados en una zanja. Un tipo elegante de campo. Cazador de perdices y esas cosas. En los dos últimos años, ha pasado mucho tiempo en el Wolf Lake Lodge.

—Como Hammond.

—Exactamente. Estaría bien saber si hay una relación. —Gurney hizo una pausa—. Y una pregunta más, por si te sobra algo de tiempo. La más grande de todas: ¿por qué?

—¿Por qué?

—Supongamos, por un momento loco, que Hammond tiene la insólita capacidad de generar pesadillas en otras personas. Y supongamos, por un momento aún más loco, que tales pesadillas pueden conducir a alguna clase de psicosis transitoria e incluso al suicidio.

—¿Cuál es la pregunta?

—La pregunta es: ¿cuál es el objetivo? ¿Qué beneficio sacaría Hammond de inducir a la muerte a esas cuatro personas?

Hardwick se quedó en silencio tanto tiempo que Gurney pensó que habían perdido la conexión de móvil.

—¿Jack?

—Estoy pensando en el beneficio.

—¿Y?

—Estoy pensando que si algún cabrón puede realmente hacer eso..., si pudiera conseguir que otra persona tuviera una pesadilla..., entonces podría hacerlo..., solo para demostrar que podía hacerlo.

—¿Por la sensación de poder?

—Sí. Por la sensación de poder absoluto, como de un dios.

28

Un sueño imposible

*C*uando Gurney alcanzó la carretera del estado que serpenteaba desde las montañas hacia Plattsburgh, el sol se había levantado y el color del cielo cambiaba de un gris rosado al azul puro.

Estaba organizando las diversas incógnitas del caso en el orden en que imaginaba que necesitaban ser exploradas y resueltas. Estaba tan absorto en tales pensamientos que cuarenta minutos después casi pasó de largo junto al cartel del Cold Brook Inn.

En el mostrador, una mujer con unos kilos de más y con una sonrisa de bienvenida le indicó dónde estaba el comedor con un gracioso movimiento de la mano en la dirección de un arco abierto al lado de la recepción.

—*Scones* de grosella negra con crema cuajada hoy —dijo ella en voz baja, como si compartiera una confidencia valiosa.

Localizó a Rebecca en una mesa junto a una ventana con vistas al lago Champlain. Junto a su taza de café tenía un portátil en el que tecleaba con rapidez. Su cabello castaño rojizo hablaba de una belleza descuidada hija de los buenos genes y el buen gusto. Los buenos genes también le habían dado un intelecto agudo y directo, una cualidad que a Gurney le resultaba peligrosamente atractiva.

Cerró la libreta y esbozó una sonrisa brillante, de negocios. Parecía haber resaltado la apariencia amable y esculpida de sus labios con un sutil lápiz de labios, pero sabía que nunca llevaba maquillaje.

—Llega justo a tiempo. —Su voz estaba en el registro más bajo femenino.

Gurney señaló el ordenador con la cabeza.

—¿He interrumpido algo?

—Nada importante. Solo estaba escribiendo a toda prisa una crítica de un artículo sobre el valor de supervivencia de la culpa. El diseño de investigación era erróneo; las conclusiones, inconcluyentes; y la interpretación, penosa. —Sus ojos destellaron con ese brillo competitivo que la hacían tan eficiente en su campo—. Pero no gastemos tiempo en eso. Está trabajando en un caso increíble. Todo lo que me contó sobre él es completamente descabellado. Así pues, siéntese y cuénteme más.

Se sentó frente a ella; esa energía contagiosa hizo que Gurney se sintiera como si hubiera tomado tres tazas de café.

—No hay mucho más que contar. He conocido a un par de lunáticos locales, primos, uno en la carretera, otro en el hotel, ansiosos por ofrecerme una visión sobrenatural de las cosas, incluida la desagradable leyenda del propietario original.

—¿El sueño de lobos de Dalton Gall y su supuesto cumplimiento?

—¿Le he contado eso?

—Lo encontré en un blog histórico: «Cuentos extraños de las montañas»; apareció cuando busqué en Internet información sobre Gall. Es la clase de historia estúpida que encanta a la gente. Incluso a alguna gente inteligente.

—Hablando de sueños de lobos…

—¿Qué opino del de Muster, tal y como lo narró Cox? —Lanzó una risita burlona—. Un caramelo para un analista freudiano. Pero yo no soy una analista freudiana. Los sueños son vehículos inútiles que no sirven para sacar la verdad de nada. Los sueños son el polvo que suelta el cerebro al catalogar las experiencias del día.

—Entonces ¿por qué…?

—¿Por qué los sueños parecen escenas narrativas de películas raras? Porque, además de ser un catalogador, el cerebro busca coherencia. Siempre está tratando de conectar los puntos, hasta cuando los puntos no tienen una conexión natural. El cerebro toma esas manchas de polvo aleatorias que está revolviendo con la mano derecha y trata de organizarlas con la mano izquierda. Por eso la interpretación de los sueños es un absurdo total. Lo mismo podrías lanzar un puñado de *gulash* a la pared y simular que es un mapa de Hungría.

—Oh, Dios mío, ¡eso sí que sería un desastre! —Una camarera joven, asombrada, se había acercado a su mesa durante la frase final de Rebecca—. Lo siento, no quería entrometerme así. Pero ¿*gulash* en la pared? Puaj. —Arrugó la cara en un gesto de asco—. ¿Puedo traerles algo de desayuno o prefieren mirar el menú?

—Avena, café, tostada de trigo integral —dijo Rebecca.

—Lo mismo —dijo Gurney.

—¡Son fáciles! —La camarera anotó unas palabras en su libreta y se marchó.

—Los sueños son tan aleatorios como las gotas de lluvia. Así que… ¿cómo cuatro personas pudieron tener el mismo sueño? La respuesta es que no tengo ni idea. Todo lo que sé me dice que es imposible.

Empezaron a comer en silencio cuando les sirvieron sus desayunos. Se sostuvieron la mirada un momento con una sonrisa, pero apartaron la vista a tiempo. Gurney rompió el ambiente con una pregunta.

—Por teléfono me dijo que parte del trabajo de Hammond estaba en la vanguardia, algo sobre su uso de la hipnoterapia para formar nuevas sendas neuronales, para cambiar la conducta de la gente de manera radical.

—La verdad, no sé mucho acerca de eso. Pero he visto algunos resúmenes de ciertos trabajos técnicos que ha publicado recientemente y sugieren que está explorando áreas de modificación de la conducta que se hallan más allá de los límites aceptados de la hipnoterapia. Me parece que no ha sido completamente sincero sobre sus últimos logros.

—Es interesante. Mire, sé lo ocupada que está, pero...

Rebecca sonrió de manera inesperada.

—«Si quieres que algo se haga, pídeselo a una persona muy ocupada».

—En realidad, es un favor enorme. ¿Podría examinar mejor el trabajo publicado de Hammond y ver si algo le llama la atención?

—¿Qué tengo que buscar?

—Cualquier cosa que pueda relacionarse con la teoría de la policía sobre las cuatro muertes. Cualquier cosa que..., joder, Rebecca, ni siquiera sé qué preguntas hacer. No tengo ni idea de qué es nuevo y aterrador ahí fuera.

—Me encanta un hombre desamparado. —Su sonrisa se ensanchó un poco, pero desapareció enseguida—. En la actualidad, hay un trabajo potencialmente inquietante en el área de la manipulación de recuerdos, sobre todo alterando las etiquetas emocionales de ciertos recuerdos.

—¿Qué significa eso?

—Significa que los sentimientos de una persona sobre sucesos pasados pueden cambiarse alterando los componentes neuroquímicos de sus emociones almacenadas.

—Vaya, ¿es posible...?

—¿Raro como un perro verde, ciencia ficción? Estoy de acuerdo. Pero está pasando. Por supuesto, se ha vendido en el lenguaje terapéutico más positivo que pueda imaginar. Una forma ideal para curar el pánico de estrés postraumático... Solo se trata de separar el suceso específico de la sensación que genera.

Gurney se quedó un rato en silencio.

Rebecca lo estaba observando.

—¿En qué está pensando?

—Si puede alterarse la carga emocional de un suceso pasado, ¿podría usarse la misma técnica para cambiar cómo podría sentirse una persona ante un suceso futuro hipotético?

—No tengo ni idea. ¿Por qué lo pregunta?

—Me pregunto si alguien que normalmente estaría horrorizado por la idea del suicidio..., podría volverse más receptivo...

29

Amor salvaje

*E*n los primeros kilómetros del camino de regreso hacia la zona más salvaje de las Adirondack, todas aquellas especulaciones empezaron a parecerle absurdas. Aunque, por otro lado, todo en aquel caso parecía absurdo.

Al adentrarse en las montañas, la excitación que había sentido durante su reunión con Rebecca se transformó en una especie de inquietud, que atribuyó en parte a las nubes que estaban diluyendo el azul del cielo y anunciando la aproximación de otra tormenta invernal.

Cuando llegó al hotel, Austen Steckle estaba al teléfono detrás del mostrador de recepción. Terminó la llamada en silencio, esta vez sin referencias en voz alta a la importancia de Gurney.

—Me alegro de verle otra vez. Hay un aviso de tormenta en curso, ¿sabe adónde ha ido la señora Gurney?

—¿Disculpe?

—Su mujer cogió uno de los todoterrenos del hotel que tenemos para nuestros huéspedes. Dijo que quería ir a ver paisajes.

—¿Ver paisajes?

—Sí. Mucha gente lo hace. Ver las montañas. Se fue justo después que usted.

—¿Dijo algo de alguna zona en concreto? ¿Preguntó alguna dirección?

—No, nada de eso.

Gurney miró su reloj.

—¿Dijo cuándo iba a volver?

Steckle negó con la cabeza.

—No dijo gran cosa. Por eso se lo pregunto.

—¿El vehículo que se llevó tenía GPS?

—Por supuesto. Así que no hay nada por lo que preocuparse, ¿no?

—Eso es.

De hecho, Gurney pensaba que tenía toda clase de cosas por las que preocuparse, pero intentó pensar en algo que pudiera hacer realmente. Viendo a Steckle allí de pie delante de él, se le ocurrió una posibilidad.

—Si tiene unos minutos, me gustaría terminar la conversación que hemos mantenido al salir esta mañana.

Steckle miró a su alrededor con rapidez.

—De acuerdo, no hay problema. En mi despacho como antes.

Ocuparon los mismos asientos que habían ocupado horas antes en lados opuestos del escritorio de pino.

—Bueno, ¿qué tiene *in mente*? Parece un poco confundido.

Gurney sonrió.

—Muy confundido. Me confunden el tipo de relaciones que se da aquí.

—¿Qué relaciones?

—Para empezar, la relación entre Ethan y Peyton.

—Hermanos.

—Me contaron que hubo problemas entre ellos. ¿Puede decirme qué clase de problemas?

Steckle se recostó en su silla y se frotó la cabeza, pensativo.

—La clase de problemas que esperaría entre un hombre que lo consigue todo y un burro adicto.

—¿Ethan no aprobaba el estilo de vida de Peyton?

—Desde luego que no.

—Suena serio.

—Ethan amenazó con desheredarlo. Amor salvaje.

—¿Ethan tenía el control de la fortuna de los Gall?

—Básicamente, sí. Ethan tenía la llave de la caja. Sus padres siempre lo vieron como el responsable, de manera que el grueso de la fortuna fue para él; entendieron que haría lo mejor para Peyton. Y no hace mucho supuso que lo mejor sería usar la amenaza de desheredarlo para enderezar a Peyton.

—¿Planeaba cumplir la amenaza?

—Eso creo. La cuestión es que hizo probar a Peyton lo que podría ocurrir. En el testamento original de Ethan, la Gall New Life Foundation tenía que recibir un tercio de las propiedades, y Peyton dos tercios. Entonces Ethan lo revisó, de forma que Peyton solo recibiría un tercio. Le contó que cambiaría otra vez el testamento si dejaba las drogas durante noventa días.

—¿Cómo reaccionó Peyton?

—En realidad, permaneció limpio durante unos sesenta, sesenta y un días.

—¿Entonces volvió a las drogas otra vez?

—No. Entonces Ethan se suicidó... o como demonios quiera llamarlo.

—¿Mientras Peyton seguía limpio?

—Sí. Volvió a esa mierda otra vez, pero eso fue unos días después de que Ethan..., después de que muriera... o como quiera decirlo.

—Interesante. Así que, aunque Peyton seguía limpio, Ethan no vivió lo suficiente para cambiar el testamento a su favor.

—La vida es injusta, ¿eh?

—Entonces, ¿quién se queda la otra tercera parte? ¿La fundación?

—Creo que no puedo decírselo.

—¿Por qué no?

—Lo único que puedo decir es que prefiero no desvelar esa información. Podría malinterpretarse. No quiero que se lleve una impresión equivocada, ¿entiende?

—Pero ¿conoce a ciencia cierta lo que se especificaba en el testamento alterado?

—La familia Gall ha confiado en mí, y continúa confiando en mí, de muchas maneras. Por esa confianza, sé muchas cosas. Es lo único que puedo decir acerca de ese tema.

Gurney pensaba que lo mejor sería no insistir con la cuestión. Habría otras formas de conseguir la información. Entre tanto, tenía más preguntas.

—Muster, Balzac, Pardosa ¿los recuerda bien?

Steckle se encogió de hombros.

—¿En qué sentido?

—Cuando escucha cada uno de esos nombres, ¿qué es lo primero que se le viene a la cabeza?

—La cara. La voz. Ropas. Cosas así. ¿Qué quiere saber?

—¿Alguno de ellos estuvo antes en el hotel?

—No.

—¿Está seguro?

—Eso es algo que habría sabido.

—¿Cómo conocían a Richard Hammond?

—Es famoso. La gente lo conoce.

—¿Le parecían la clase de gente que iría normalmente al Wolf Lake Lodge?

—Tenemos a toda clase de personas.

—No mucha gente de medios económicos limitados visita hoteles de mil dólares la noche.

—No creo que los medios del señor Muster fueran tan limitados.

—¿Cómo lo sabe?

—Leí sobre él en el periódico, ¿sabe?, después, algo sobre un apartamento de un millón de dólares en Florida.

—¿Y los otros dos?

—Las finanzas de nuestros clientes no son asunto nuestro. Podrían tener dinero sin que lo pareciera. No es algo que pregunte.

—¿Y si no pueden pagar?

—Comprobamos sus tarjetas de crédito cuando llegan. Nos aseguramos de que el monto total esté aprobado. Si no, pedimos que paguen en efectivo por adelantado.

—¿Muster, Balzac y Pardosa pagaron en efectivo o con tarjeta de crédito?

—No recuerdo esa clase de detalle.

—Es fácil comprobarlo. ¿Podría hacerlo?

—¿Ahora?

—Podría resultar muy útil. Unas pocas teclas y aparecerá la respuesta.

Steckle dio la impresión de estar considerando lo cooperativo que quería ser. Volvió su silla para situarse frente a un ordenador que estaba en un segundo escritorio apoyado contra la pared. Al cabo de un minuto o dos de deslizar y pulsar un ratón, se volvió hacia Gurney con cara de tener algo de mal gusto en la boca.

—Muster pagó con Amex. Balzac con tarjeta de débito. Pardosa en efectivo.

—¿Es muy raro que la gente pague en efectivo?

—No es frecuente, pero tampoco tan raro. Quiero decir que a alguna gente no le gusta el plástico.

O el rastro que deja, pensó Gurney.

—¿Cuánto tiempo se quedaron?

—¿Qué?

—Cada uno de los tres jóvenes, ¿cuántas noches?

Con evidente impaciencia, Steckle consultó su ordenador otra vez.

—Muster, dos noches; Balzac, una noche; Pardosa, una noche.

—¿Y el tratamiento de Hammond para dejar de fumar solo duraba una sesión?

—Sí. Una sesión intensiva de tres horas. —Tiró atrás bien planchado el puño de franela y frunció el ceño al mirar su Rolex—. ¿Hemos terminado?

—Sí..., a menos que sepa de algo que ocurrió aquí y que pudiera haber ocasionado esas cuatro muertes.

Steckle negó con la cabeza lentamente y levantó las palmas vacías.

—Ojalá pudiera resultar más útil, pero… —Se quedó en silencio, todavía negando con la cabeza.

—En realidad, ha sido muy útil. —Gurney se levantó para marcharse—. Una última cosa. Es una pregunta un tanto descabellada. ¿Alguno de ellos hizo comentarios negativos sobre los homosexuales o el matrimonio gay… o algo así?

—¿Qué?

—Supongo que no. Es algo que recordaría si hubiera ocurrido, ¿no?

Steckle parecía desconcertado y enfadado.

—¿Adónde demonios quiere ir a parar?

—Es solo un ángulo excéntrico sobre el caso. Probablemente, no significa nada. Gracias por su tiempo. Se lo agradezco.

30

Pruebas condenatorias

*G*urney subió a la habitación. Esperaba encontrar una nota de Madeleine en que le explicara la naturaleza de su excursión para ver paisajes, quizá su ruta y cuándo esperaba volver.

No había ninguna nota.

Aunque suponía que estaría en alguna parte de la gran extensión sin cobertura más allá de las inmediaciones del área del lago del Lobo, trató de llamarla.

Le sorprendió oír que su teléfono sonaba segundos después en la *suite*. Miró a su alrededor y lo vio en la mesita contigua al sofá.

No era propio de Madeleine salir sin él, y menos cuando conducía. ¿Tenía prisa o estaba tan preocupada que lo había olvidado? Aunque si estaba así, difícilmente saldría de excursión para ver paisajes.

Trató de construir una hipótesis que explicara todo aquello, así como su actitud reservada durante las últimas cuarenta y ocho horas, pero no podía aplicar la lógica con Madeleine como haría con el caso de un extraño.

Se encontró paseando despacio por la habitación: a menudo le ayudaba a organizar sus pensamientos. Se le ocurrió ver si tenía llamadas o mensajes de texto que pudiera haber recibido antes de marcharse. Cuando estaba tratando de navegar a través de las funciones del teléfono de Madeleine, alguien llamó a la puerta.

Llamaron más fuerte de lo necesario; aquello le resultaba familiar. Cruzó la sala, abrió la puerta y reconoció al hombre de rostro plano y hombros pesados que tenía delante; era el tipo que se parecía a Jimmy Hoffa y que había visto en el vídeo de la rueda de prensa. Llevaba un pin con la bandera de Estados Unidos en la solapa de una americana de sport que no le quedaba bien. Levantó sus credenciales de policía del estado.

—Investigador jefe Fenton, DIC. ¿Es usted David Gurney?

—Sí. —Al momento le asaltó la terrible idea de que le hubiera ocurrido algo a Madeleine—. ¿Ha habido un accidente?

—No que yo sepa. Estoy aquí para discutir una cuestión delicada con usted. ¿Puedo pasar? —La voz fría de aquel tipo parecía inadecuada para abordar cualquier cosa delicada.

Gurney asintió. El alivio que había sustituido a su ansiedad dio paso a la seguridad. Retrocedió desde el umbral.

Fenton entró con el cuidado propio de un policía, mirando a su alrededor para registrarlo todo, y se situó en un lugar desde el cual podía ver la parte de la habitación en la que estaba la cama, así como el cuarto de baño. Su mirada se entretuvo un momento en el retrato de Warren Harding.

—Muy bonito —dijo con una curiosidad agria que implicaba lo contrario—. La Suite Presidencial, ¿así la llaman?

—Eso me dijeron. ¿Qué puedo hacer por usted?

—¿Le gusta estar retirado?

—¿Cómo sabe que estoy retirado?

Fenton mostró una sonrisa que reveló una actitud menos amistosa que si se hubiera guardado la sonrisa para sí.

—Si alguien se inmiscuyera en uno de sus grandes casos, si apareciera en su terreno, si pasara tiempo con un sospechoso principal, le gustaría saber algo de él, ¿no?

Gurney respondió con otra pregunta:

—Para tener un sospechoso principal, hay que tener un crimen definible, ¿no?

—Totalmente de acuerdo. «Un crimen definible.» Bonito término. Además de medios, móvil y oportunidad. De manual. —El hombre se acercó al balcón y se quedó allí, de espaldas a Gurney—. Por eso estoy aquí. En cierto modo, se ha visto arrastrado a esto. Así que nos gustaría explicarle unos cuantos hechos, simple cortesía, porque está claro que no conoce dónde se está metiendo.

—Es muy amable.

—No hay nada como los hechos para poner a todos en la misma longitud de onda. Simple cortesía.

—No puedo discutir con eso. Pero ¿desde cuándo los investigadores jefe del DIC ponen al día a los *outsiders* como simple cortesía?

Fenton se volvió desde la ventana echando una mirada de valoración a Gurney.

—Usted no es un *outsider* cualquiera. Tiene reputación. Muy grande. Una carrera muy buena. Montones de éxitos. Así que supusimos que se merecía la cortesía de estar plenamente informado. Podría ahorrar tiempo y problemas. —Mostró otra vez la sonrisa fría.

—¿De qué clase?

—¿Qué?

—¿Qué clase de problemas me ahorrará?

—Los problemas derivados de estar en el lado malo.

—¿Cómo sabe en qué lado estoy?

—Conjetura.

—¿Basada en qué?

En la comisura de la boca de labios finos de aquel hombre, Gurney percibió una conjetura.

—Basada en lo que sabemos de diversas fuentes. Lo que le estoy diciendo es que este es un asunto muy grave. Implica a gente importante con recursos importantes. —Hizo una pausa—. Mire, estoy tratando de hacerle un favor, de poner nuestras cartas sobre la mesa. ¿Tiene algún problema con eso?

—Ningún problema. Solo curiosidad.

—Curiosidad. —Fenton ladeó la cabeza, como si tratara de comprender algo difícil—. La curiosidad puede ser un problema cuando las cosas que uno no sabe son cosas que debería saber.

—¿Cómo sabe lo que sé y lo que no sé?

Fenton vaciló, tensando los músculos de sus mandíbulas.

—Si conociera, aunque solo fuera la mitad de la historia, no estaría aquí. No estaría metiéndose en algo que le supera. No estaría sentado a la mesa con Richard Hammond. De hecho, no estaría cerca del lago del Lobo.

—Pero ahora que estoy aquí, ¿dice que quiere contarme los hechos?

—Exacto.

Lo dijo con tal desagrado que Gurney no auguró nada bueno. Quizás aquel hombre había despreciado durante toda su carrera compartir información con gente de fuera del cuerpo, pero ahora se veía obligado a hacerlo.

—Le escucho. —Gurney se sentó en una de las sillas de cuero junto al hogar, haciendo un gesto hacia otra cercana—. ¿Quiere sentarse?

Fenton miró a su alrededor, prefirió elegir la silla de madera más simple de la sala y la llevó a un lugar situado frente a Gurney, pero no demasiado cerca. Se sentó en el borde, como si fuera un taburete, con las manos en las rodillas. Los músculos de su mandíbula empezaron a moverse otra vez. Estaba mirando la alfombra. Entrecerró los ojos, que ya eran demasiado pequeños para esa cara de pan. Parecía pensativo. Al final, levantó la cabeza, se encontró con la mirada inquisitiva de Gurney y se aclaró la garganta.

—Móvil, medios, oportunidad. ¿Eso es lo que quiere oír?

—Un buen punto de partida.

—Muy bien. Móvil. ¿Bastaría con veintinueve millones de dólares?

Gurney arrugó el ceño, pero no dijo nada.

Fenton esbozó una sonrisa desagradable.

—No le contaron eso, ¿eh?

—¿Quién no me contó qué?

—El pequeño Dick y su hermana Jane. ¿Se olvidaron de mencionar el testamento de Ethan Gall?

—Cuéntemelo.

Aquella sonrisa desagradable se hizo aún más grande.

—Ethan tenía un testamento muy simple, sobre todo para un tipo con ochenta y siete millones de dólares (millón arriba, millón abajo por las variaciones del valor de las inversiones). —Hizo una pausa, para estudiar el gesto de Gurney—. Un tercio para la Gall New Life Foundation; un tercio para su hermano pequeño, Peyton; y un tercio (es decir, veintinueve millones de pavos) para el doctor Dick.

Así pues, de eso estaba hablando Steckle. Richard era el heredero cuyo nombre no quería desvelar.

—¿Por qué?

—¿Por qué Gall eligió a Hammond como heredero? ¿Tan íntimos eran?

Fenton puso una cara entre lasciva y despectiva.

—A lo mejor más íntimos de lo que nadie sabía. Pero la razón principal era cabrear a Peyton al máximo. Ese tipo detestaba que el doctor Dick fuera la mascota de Ethan. La cuestión era amenazar a Peyton. Asustarlo para que fuera un buen chico.

—¿Era muy reciente esta versión del testamento de Ethan?

—Muy reciente. Y la cuestión que pone el último clavo en el ataúd del doctor Dick es que sabía que Ethan estaba a punto de cambiarlo otra vez, de devolvérselo todo a su hermano pequeño. Su compañero de cena tenía una oportunidad única de veintinueve millones de dólares y estaba a punto de desaparecer. ¿Cree que tenemos un motivo poderoso?

Gurney se encogió de hombros.

—Tal vez demasiado poderoso y oportuno.

Fenton lo miró.

—¿Y eso qué significa?

—Parece demasiado obvio y demasiado limpio. Pero la pregunta importante es qué acción está afirmando que motivó.

Como Fenton no respondió de inmediato, Gurney continuó:

—Si está afirmando que Hammond mató a Gall para quedarse

los veintinueve millones antes de que desaparecieran, la pregunta real es cómo lo mató.

—¿Cómo? —Fenton parecía tener la boca llena de bilis—. No tengo libertad para discutir los detalles. Solo diré que Hammond desarrolló algunas técnicas motivacionales que van más allá de lo normal, terapéutico o ético.

—¿Está diciendo que convenció a Ethan Gall para que se suicidara?

—¿Le resulta difícil de creer?

—Muy difícil.

—Parece descabellado, ¿eh?

—Muy descabellado.

—Su maldita «terapia de afloramiento homosexual» también parecía descabellada. Piense en ello. —Los ojos de Fenton destellaron de rabia—. Este es el mismo hijo de perra que inventó una llamada «terapia» para que hombres normales se creyeran gais.

—Así pues, ¿cree que, si Hammond podía convencer a un hombre de que era gay, podía convencerlo de que se suicidara? —Aquella lógica le pareció absurda a Gurney.

—Se llama suicidio inducido por un trance.

—¿Disculpe?

—Ese es el término técnico de lo que estamos hablando. Suicidio inducido por un trance.

—¿Quién acuñó tal término?

Fenton pestañeó, se frotó la mano en la boca. Parecía estar considerando lo que debería decir.

—La gente que hemos consultado. Expertos. Los mejores del mundo.

Si Fenton quería identificar a sus expertos, él mismo ofrecería voluntariamente sus nombres. Si no quería, no tenía sentido preguntar. Gurney se recostó en su sillón y puso los dedos en campana bajo su barbilla, pensativo.

—Suicidio inducido por un trance. Interesante. Y se puede lograr tras una sola sesión de hipnoterapia.

—Un sesión intensiva de tres horas con una sesión de seguimiento el día final.

—¿El día final?

—El día del suicidio.

—¿Dónde se celebró esa reunión de seguimiento final?

—Con el señor Gall, aquí mismo, en el lago del Lobo. Con los otros tres, se hizo por teléfono.

—Y, por supuesto, tienen un registro de Hammond llamando a cada una de esas tres víctimas en…

Fenton lo interrumpió.

—El día que cada uno se cortó la muñeca. —Hizo una pausa, estudiando la cara de Gurney—. No sabía nada de esto, ¿eh? No tiene ni idea de lo que está revolviendo. Es como un ciego en un campo minado. —Negó con la cabeza—. ¿Conoce el tema sobre el que el famoso doctor Hammond escribió su tesis doctoral?

—Cuénteme.

—Es un título largo, pero quizá debería memorizarlo: «Elementos hipnóticos en el mecanismo de fatalidad del vudú: cómo los doctores hechiceros hacían morir a sus víctimas». Es un área muy interesante, ¿no le parece?

Fenton destilaba el triunfalismo de un jugador de póquer que muestra un *full*.

—Piense en ello, Gurney. El tipo hipnotizó a cuatro personas. Todas terminaron con la misma pesadilla. Cada una de ellas habló con él el último día de su vida. Y todas se cortaron las muñecas exactamente de la misma manera. —Hizo una pausa antes de añadir—: ¿Es de verdad un tipo con el que quiere cenar?

31

Un lugar que no existe

$\mathcal{H}$aber escrito una tesis doctoral que examinara las palancas psicológicas subyacentes a la práctica del vudú sugería, a lo sumo, un pasado interés académico. Era la clase de información que podría captar la imaginación de un jurado, pero, como decían los abogados, no era probatoria.

El testamento, en cambio, era otra cuestión. El testamento determinaba el primer tercio de la tríada móvil-medios-oportunidad. El testamento era importante. Tan importante que Gurney sintió que, antes de poder centrar la mente en otra tarea, tenía que llegar al fondo de la cuestión: la naturaleza precisa de la disposición que otorgaba a Hammond veintinueve millones de dólares, así como la razón de que ni Jane ni Richard hubieran considerado adecuado mencionarlo.

Sacó su teléfono y llamó a Jack Hardwick. Le saltó el buzón de voz. Le dejó un mensaje:

—Dime que no sabías nada del móvil de veintinueve millones de dólares. Porque si conocías ese pequeño detalle y has elegido no contármelo, tú y yo tenemos un problema serio. Llámame lo antes posible. No puedo concentrarme en nada hasta que tenga algo de claridad en relación con las últimas voluntades y el testamento de Ethan Gall.

A continuación, consideró llamar a Jane Hammond, pero luego decidió que hacer una visita personal al chalé, sin anunciarse, para confrontar a Jane y Richard juntos, resultaría más revelador. Cogió su libreta de la mochila, arrancó una hoja en blanco y escribió un mensaje rápido para Madeleine:

Son casi las once. He vuelto de Plattsburgh hace rato. Me ha visitado Gilbert Fenton. Voy a casa de los Hammond a resolver un problema. Llevaré mi teléfono. Por favor, llama en cuanto llegues.

Colocó la nota junto al teléfono de Madeleine, al extremo de la mesa. Se puso la chaqueta de esquí; estaba listo para dirigirse a la puerta cuando oyó una llave girando en la cerradura. Se detuvo donde estaba. La puerta se abrió de golpe. Madeleine entró en la habitación, con su gorro grueso de lana calado sobre la frente y las orejas, y la chaqueta de plumón abrochada hasta la barbilla. Parecía fría y tensa. Cerró la puerta tras de sí y saludó a su marido con un tenso «Hola».

—¿Dónde estabas? —A Gurney le sorprendió la tensión de su voz.

—He salido un rato. ¿Está mal?

—¿Por qué no me has dejado una nota?

—¿Una nota?

—Para decirme dónde ibas a estar.

—No sabía dónde iba a estar. No esperaba estar fuera tanto tiempo. La niebla y el hielo… —Un estremecimiento visible le recorrió el cuerpo—. Necesito tomar un baño caliente.

—¿Dónde has estado?

—¿Dónde he estado? —Lo dijo como si ella misma estuviera planteándose una pregunta difícil, luego respondió con otro estremecimiento—. En algún lugar que ya no existe.

Gurney la miró.

—Fui a la casa donde vivían George y Maureen. Si no hubiera sabido dónde estaba, no la habría reconocido. Un árbol la había aplastado.

—¿La casa?

—Un árbol enorme aplastó la casa. Tuvo que pasar hace mucho tiempo. Hay musgo, agujas de pino y vegetación.

—Entonces…, ¿qué hiciste?

—¿Hacer? Nada. Todo era diferente. El camino de tierra…, la vieja valla…, todo parecía mucho más pequeño y dejado.

—¿Cómo la encontraste?

—¿Qué?

—La casa, ¿cómo la encontraste?

—El GPS.

—¿Recordabas la dirección después de todos estos años?

—Solo el nombre del camino. Pero únicamente hay cuatro o cinco casas. —Hizo una pausa. Parecía triste—. Ahora no hay mucho de nada.

—¿Has visto a alguien? ¿Has hablado con alguien?

—No. —La sacudió otro estremecimiento repentino. Se abrazó el cuerpo con fuerza—. Estoy helada. Necesito un baño caliente.

La mirada perdida en el rostro de su esposa le produjo una terrible sensación. Seguramente, estaba reflejando algo en lo más profundo de su interior; sin embargo, era del todo ajeno a la Madeleine que conocía. O que creía que conocía.

Ella pareció fijarse por primera vez en que Gurney llevaba su chaqueta de esquí.

—¿Adónde vas?

—Al chalé, a ver a los Hammond, a aclarar algunas cosas.

—¿Vas a ir en coche?

—Sí.

—Ten cuidado. El hielo…

—Lo sé.

—He de meterme en esa bañera —dijo Madeleine con la mirada perdida, ausente.

Se volvió y entró en el cuarto de baño. La siguió hasta la puerta.

—Maddie, ¿qué…? ¿Qué está pasando?

—¿Qué quieres decir?

—Pediste uno de los todoterreno, has seguido las indicaciones de un GPS por un camino de tierra en medio de ninguna parte, has mirado una casa vieja y destrozada, no has visto a nadie, no has hablado con nadie, luego has vuelto aquí conduciendo entre la niebla, muerta de frío. ¿Eso es? ¿Es lo que has hecho esta mañana?

—¿Me estás interrogando?

Eso era justo lo que estaba haciendo. Era un mal hábito, fruto de la tensión.

Madeleine empezó otra vez a cerrar la puerta, pero él la detuvo con una pregunta.

—¿Todo esto tiene algo que ver con ese chico que se ahogó?

—¿Todo qué?

—Todo esto. Estas rarezas. El viaje a ver paisajes. Ese camino de tierra.

—David, de verdad que quiero darme un baño.

—Bien. Pero no me has contestado.

—¿Cuál es la pregunta?

—Mi pregunta es… ¿cuál es el gran secreto? ¿Qué es lo que no me estás contando? Te he preguntado si tiene algo que ver con el chico que se ahogó. No me has contestado. ¿Cómo se ahogó, por cierto?

—Cayó a través del hielo.

—¿Lo conocías?

—Sí. No había muchos chicos de mi edad, al menos en invierno.

—¿Alguno sigue aquí?

—¿Treinta años después? No tengo ni idea. Dudo que reconociera a alguno de ellos si lo viera.

David se sorprendió asintiendo, comprensivo: otra técnica de interrogatorio, diseñada para crear cierta empatía. Se detuvo de inmediato, avergonzado por lo deshonesto de esa «técnica». Mantener su conducta como detective y como marido separadas resultaba una tarea casi imposible. Probó con otra pregunta mientras ella estaba cerrando la puerta.

—¿Cómo cayó a través del hielo?

Madeleine sostuvo la puerta entornada no más de un palmo.

—Su novia le contó que estaba embarazada. Por alguna razón, nadie supo exactamente por qué, aceleró con su motocicleta (la motocicleta de su hermano) en el lago helado. El hielo se resquebrajó.

—¿Qué edad tenía?

—Le decía a todos que tenía dieciséis años. Después oí que apenas tenía quince.

—¿Quién estaba allí cuando ocurrió?

—Solo la chica.

—¿Lo conocías muy bien?

—No tan bien. —Hizo una pausa—. Estoy segura de que todos en ese pequeño grupo pensábamos que nos conocíamos tan bien como cualquiera puede conocer a alguien. Pero, por supuesto, no nos conocíamos en absoluto. —Una sonrisa triste apareció y desapareció—. Ten cuidado. La carretera está mal. Apenas hay visibilidad.

Durante el corto trayecto que le llevó al chalé no dejó de inquietarle una pregunta: ¿había sido Madeleine la novia embarazada del chico que se ahogó?

Eso explicaría lo de su humor. Pero era difícil aceptar que le hubiera ocultado algo tan importante durante veinticinco años de matrimonio. Y afrontar la pregunta que conllevaba resultaba todavía más difícil.

Si Madeleine había estado embarazada, ¿qué había sido del bebé? ¿Había abortado? O había seguido adelante con el embarazo… y había tenido un niño que ahora debía de tener treinta y tantos años. Si le había ocultado algo así, ¿qué sabía, en realidad, sobre ella?

Un gran animal gris que se precipitó entre la niebla de la carretera delante de él cortó sus pensamientos. Pisó a fondo el freno al tiempo que el animal saltaba en la oscuridad del bosque de pinos y desaparecía. Tras conducir otro minuto, tenso como pocas veces, llegó al chalé.

Fue Jane la que salió a la puerta. Le recibió con una sonrisa ansiosa.

—¿David? ¿Sucede algo?

—¿Puedo pasar?

—Por supuesto. —Jane retrocedió y lo invitó a pasar al recibidor.

—¿Richard está aquí?

—Está durmiendo una siesta. No descansa bien por la noche. Todo está patas arriba estos días. ¿Hay algún problema? ¿Algo en lo que pueda ayudarle?

—Sería mejor si pudiera hablar con los dos.

—Oh, desde luego. Si cree que es importante. —Vaciló un momento, luego fue a buscar a Richard.

Regresó al cabo de un minuto y condujo a Gurney a un asiento junto al fuego. Se sentó nerviosamente en el brazo de un sillón cercano y se recogió un mechón detrás de la oreja.

—Richard saldrá en un momento. ¿Hay algo nuevo?

—Un par de preguntas.

—Por ejemplo...

Antes de que Gurney pudiera responder, Richard entró en la habitación y se sentó en un sillón que formaba triángulo con el de Gurney y el de su hermana. Esbozó una sonrisa anodina de terapeuta.

Gurney decidió ir al grano.

—Fenton ha venido a verme esta mañana. Me ha contado algo que me ha sorprendido.

Jane frunció el ceño.

—No me fiaría de nada de lo que diga ese hombre.

Gurney se dirigió a Hammond.

—Fenton me dijo que está a punto de recibir una enorme herencia.

No pareció reaccionar.

—¿Es cierto? —preguntó Gurney.

—Sí, es cierto.

Quizás anticipando la siguiente pregunta, Jane tomó la palabra.

—No se lo mencioné porque temía que le causara una impresión completamente equivocada.

—¿Cómo?

—Está acostumbrado a tratar con criminales, gente que hace cosas terribles para obtener beneficios económicos. Temía que el testamento de Ethan transmitiera lo contrario de lo que significa en realidad.

—¿Lo contrario?

—Por las cosas insensatas que ha estado diciendo Fenton... Tenía miedo de que pudiera verlo como algo que Richard habría logrado de Ethan hipnotizándolo, aunque eso sea imposible. Fue idea de Ethan, un empujón a Peyton para que enderezara su vida.

—Una amenaza, para ser completamente sincero —dijo Hammond en voz baja—. Un intento de conseguir una conducta mejor mediante la extorsión. El mensaje era simple: «Cambia o te quedarás sin nada». Ethan estaba decidido a reformar a su hermano a toda costa.

—El dinero nunca había estado pensado para Richard —añadió Jane—. No significa nada para él. De hecho, una vez que su testamento sea tramitado y reciba el legado, tiene intención de rechazarlo.

Gurney se volvió hacia Hammond.

—Veintinueve millones de dólares es mucho que rechazar.

Aquellos ojos azul verdosos que no parpadeaban encontraron la mirada del detective.

—He tenido suficiente dinero en mi vida para comprender lo que es y lo que no es. Cuando no lo tienes, tiendes a creer que tenerlo supondrá una diferencia mucho mayor de la que, en realidad, implica. Solo al tenerlo se descubren sus limitaciones. Mi padre ganó una gran cantidad de dinero, y nunca dejó de ser un hombre miserable.

—Ese legado —agregó Jane— no es nada más que una fuente de confusión. Tengo una fe absoluta en la integridad de mi hermano. Y no dudo de que será exonerado y que su reputación quedará restituida. Y tengo una fe absoluta, David, en que usted es el hombre que va a hacer que eso ocurra. Quizá me equivoqué al no hablarle de lo del testamento, pero no quería que hubiera ninguna duda en su mente, ni por un minuto, sobre la inocencia de mi hermano.

Gurney se recostó en el sillón de piel y dejó que su mirada se posara en la chimenea sin fuego.

—¿Hay algo más que me está ocultando porque podría darme una idea equivocada?

—No —dijo Jane con rapidez—. No hay nada.

—¿Nada en absoluto?

—Nada en absoluto.

—¿Qué pasa con las llamadas telefónicas a las víctimas?

—¿Se refiere a las llamadas que supuestamente recibieron los días en que murieron?

—Sí.

Los labios de Jane se tensaron.

—Es todo cosa de Fenton.

—¿Qué quiere decir?

—Asegura haber encontrado uno de esos teléfonos prepago en el cajón de la mesita de noche de Richard. Pero es un cajón que nunca usó y un teléfono que nunca vio.

—¿Está insinuando que Fenton lo colocó allí?

—Tiene que haberlo hecho, ¿no?

—Es una posibilidad.

—Supongo que no le contó que Richard se sometió a un test con un detector de mentiras y que lo superó.

—No, eso no lo mencionó.

—¡Por supuesto que no! ¿Ve lo que hace? Solo menciona cosas que dan mala imagen de Richard, y nada que demuestre que es inocente.

Hammond parecía que había pasado por todo eso antes y que se estaba cansando.

—¿Hay alguna cosa más que quiera preguntar?

—También mencionó el tema de su tesis doctoral sobre el vudú.

—Cielo santo. ¿Qué tenía que decir de eso?

—Sugirió que demostraba su interés en usar el control mental para matar a gente.

—¡Agh! —Jane levantó las manos en un gesto de exasperación.

Gurney miró a Hammond.

—¿Es cierto que su tesis relacionaba maldiciones de vudú con el hipnotismo?

—Era un análisis objetivo de los estados mentales autodestructivos que los doctores hechiceros creaban en sus víctimas. Puedo darle una copia de la tesis, pero no veo en qué podría ayudarle.

—Dejemos esa puerta abierta, en caso de que pudiera ser útil.

—Bien. ¿Algo más?

—Solo una última pregunta. ¿Ethan Gall era homosexual?

Hammond dudó.

—¿Eso es relevante?

—En este caso, parece haber un elemento relacionado con la sexualidad. Aún no puedo decir si es relevante.

—Ya veo. Bueno, no puedo decir con seguridad a qué tribu sexual pertenecía Ethan. Pero, fuera la que fuera, diría que era un miembro no practicante.

—¿Qué quiere decir?

—Quiero decir que estaba demasiado ocupado para distraerse con el amor. Consagraba su energía a la reforma de las almas descarriadas de este mundo.

Había algo en su tono que suscitó una pregunta obvia. Antes de que Gurney tuviera ocasión de plantearla, Hammond pareció leerle el pensamiento.

—Reconozco que yo estaba interesado en Ethan. Pero él no estaba interesado en mí. No en ese sentido.

Se hizo un silencio.

Jane lo rompió:

—Profesionalmente, Ethan adoraba a Richard. Lo veneraba.

—Profesionalmente.

El énfasis con que Hammond lo dijo dejaba ver sus propios límites.

Segunda parte

El cadáver desaparecido

32

Acuerdo perfecto

*G*urney aparcó donde siempre, debajo del soportal. Pensaba en Hammond y en Madeleine. Sus pensamientos iban de aquel hombrecillo preciso con un interés desconcertante en el vudú homicida y con aquellos ojos tan brillantes y gélidos como zafiros, a Madeleine, sola en un camino de tierra desolado esa misma mañana, mirando las ruinas de una casa donde había pasado las vacaciones de Navidad hacía más de tres décadas.

Quería hablar con Peyton Gall, pero sospechaba que sacarle información podía llevar su tiempo. Tenía que elaborar una estrategia adecuada al respecto.

Había imaginado que Madeleine continuaría en la bañera, así que le sorprendió verla completamente vestida, de pie junto a las ventanas que daban al lago. Le sorprendió igualmente ver un fuego ardiendo con energía en la chimenea.

Se volvió hacia él.

—Steckle ha estado aquí.

—¿Para encender el fuego?

—Y preguntar qué queríamos para cenar y cuándo partiríamos hacia Vermont.

—¿Dijo que quería que nos marcháramos a alguna hora en particular?

—No. Pero tengo la impresión de que quiere que sea pronto.

—¿Qué le pediste para la cena?

—Había dos opciones. Un plato de salmón frío o ensalada Cobb. Pedí uno de cada. Puedes comer lo que quieras. No tengo hambre.

—¿Va a subirlo a la habitación?

Alguien llamó a la puerta.

Gurney fue a abrir.

Austen Steckle estaba allí de pie, con una sonrisa tensa, soste-

JOHN VERDON

niendo la bandeja del servicio de habitaciones cubierta con una campana plateada.

—Un poco tarde para comer, amigos, pero mejor tarde que nunca, ¿no?

—Gracias —dijo Gurney, inclinándose hacia la bandeja.

—No, no, déjeme a mí. —Pasó junto a Gurney sin esperar una respuesta, cruzó la habitación y dejó la bandeja en la mesita de café, delante de la chimenea—. El fuego va bien, ¿eh?

—Sí.

—Lástima el tiempo. Se supone que va a empeorar mucho. Hay una tormenta que viene de Canadá.

Madeleine le lanzó una mirada de preocupación.

—¿Cuándo?

—Es difícil de decir. Es lo que tienen estas montañas. Está su belleza, su atractivo salvaje, sí, pero luego viene la contrapartida, lo desconocido, ¿saben lo que quiero decir?

—No estoy seguro —dijo Gurney.

—Se puede llamar factor climático, pero eso no le hace justicia. El clima aquí no es predecible como lo es en otros lugares. No es como en la civilización. La gente de lugares normales piensa que todo se puede controlar, pero aquí no es el caso. Ni por asomo. Y menos cuando llegan las tormentas.

—Está empezando a sonar como Barlow Tarr.

Steckle negó con la cabeza.

—No, señor, no. Tarr exagera, retuerce las cosas. Le mueve la locura, lo impredecible. Yo no vengo de ahí en absoluto. Yo soy una persona práctica. Ordenada. Con los ojos abiertos. Con los pies en el suelo. Mi única preocupación es que ustedes, amigos, puedan salir cuando estén listos para marcharse.

—¿Hay alguna duda al respecto? —preguntó Madeleine.

—Cuando se trata del clima en el lago del Lobo, siempre hay cierta duda. Sé que necesitan ir a otros sitios. Obviamente, no querrán quedarse bloqueados por la nieve una semana.

Lo que resultaba obvio era que aquel hombre quería librarse de ellos, y la razón probablemente no tenía nada que ver con el clima.

—Tengo la sensación de que Fenton me quiere fuera de aquí. ¿Está de acuerdo?

Lo interesante fue que Steckle, durante un par de segundos, pareció no reaccionar. Cuando habló, lo hizo en un tono casi confesional.

—Le diré la verdad: es más que una sensación. No quería mencionarlo, porque suponía que se marcharían hoy, mañana a lo sumo.

Pero ahora que saca el tema, supongo que debería contárselo. El investigador Fenton me dijo que extender la hospitalidad del hotel con usted en un momento en que está cerrado a clientes normales podría crear una impresión equivocada.

—¿Qué impresión equivocada?

—Que la familia Gall estaba apoyando sus esfuerzos de socavar su investigación.

—Interesante.

—Dijo que debería tener cuidado con ayudar a una persona que podría ser acusada de obstrucción a la justicia. Dijo que acercarse demasiado a usted no sería bueno para el hotel.

—¿Dijo eso?

—Lo dijo y lo repitió.

Un tronco rodó sobre otro en la chimenea. Gurney caminó hacia el hogar, cogió un atizador y empezó a reordenarlos. Quería tomarse un momento para considerar la mano que le habían servido.

Se volvió hacia Steckle.

—Da la impresión de que se encuentra en una posición incómoda.

Steckle le ofreció un dolorido gesto de asentimiento.

—Es bastante estúpido —continuó Gurney—, considerando la situación.

Hubo otro destello de confusión en los ojos de Steckle.

—La verdad es que no tengo ningún interés en perjudicar su investigación. Cuanto más descubro, más sospecho que él está en el buen camino.

Madeleine lo miró con interés, y Steckle frunció el ceño.

—Un cambio radical. Tenía entendido que Jane lo contrató para demostrar que Fenton estaba equivocado.

—Yo no trabajo así.

—¿Qué quiere decir?

—Yo me limito a seguir los hechos.

—¿Allá adonde lleven?

—Absolutamente.

Steckle asintió muy despacio.

—¿Y no cree que los hechos favorezcan a los Hammond?

—Francamente, no. Pero volviendo a la presión que está sintiendo de Fenton, ¿está diciendo que debería irme del hotel y dejar el caso?

Steckle levantó las palmas de las manos para protestar.

—Para nada. Solo estoy siendo sincero con usted al respecto. Lo principal, lo que todos queremos, es hacer lo correcto, ¿no? Por lo que a mí respecta, mire lo que tenga que mirar. Siga los hechos, como ha dicho. Parece que Fenton tiene una idea equivocada de usted, que piensa que es el enemigo. Solo quiero terminar con este embrollo. Fin. Terminado. Vuelta a la normalidad. ¿Entiende lo que quiero decir?

—No podría estar más de acuerdo.

—Bien. —Miró a Madeleine—. Entiende lo que estaba diciendo, ¿verdad?

—Oh, sí. Perfectamente. Todos queremos terminar con esto.

—Bien. Genial. —Mostró los dientes en algo parecido a una sonrisa y señaló la bandeja plateada—. Disfruten de la comida.

33

Los Gemelos del Diablo

Gurney esperó unos momentos después de que Steckle se marchara, luego se acercó a la puerta y la cerró con llave. Madeleine estaba de pie junto al fuego, frotándose los brazos. Parecía inquieta.

—¿Qué pasa? —preguntó.

—¿Podemos mirar el tiempo?

—Steckle podría estar exagerando el problema para librarse de nosotros.

—¿Podemos mirarlo, de todos modos?

—Claro.

Sacó su teléfono y lo miró en Internet. A continuación, frunció el ceño.

—Esto es inútil.

—¿Qué dice?

—Dice que podría haber un tiempo terrible, pero que probablemente no.

—No dice eso. Dime lo que dice realmente…

—Dice que existe un treinta por ciento de posibilidades de que haya una gran tormenta helada esta tarde, con acumulación de cristales de hielo de cinco a ocho centímetros, con las consiguientes condiciones complicadas para circular.

—¿Y mañana?

—Un treinta por ciento de posibilidades de gran acumulación de nieve, hasta cuarenta y cinco centímetros. Posibles bancales de metro veinte con ráfagas de viento de hasta sesenta kilómetros por hora.

—¿Así que después de esta tarde será imposible conducir?

—Es solo probable en un treinta por ciento, lo cual quiere decir que es improbable en un setenta por ciento.

Madeleine se volvió hacia la ventana. Mientras permanecía mirando hacia el Colmillo del Diablo, Gurney oyó su uña atacando su cutícula.

Suspiró.

—Si quieres, podemos irnos a Vermont ahora mismo.

Ella no respondió.

—Quiero decir, si estás preocupada por que se interponga el mal tiempo...

—Solo dame un momento —lo cortó ella—. Estoy tratando de... tomar la decisión correcta.

La decisión correcta. ¿Sobre qué?

Él cogió el atizador y continuó reordenando los troncos. Al cabo de un rato renunció a esa labor y se sentó en el sofá. Pasaron minutos antes de que Madeleine hablara otra vez, en esta ocasión en voz tan baja que él no pudo distinguir las palabras.

—Lo siento ¿qué has dicho? —¿Vendrás conmigo?

—¿Ir contigo?

—Me gustaría volver al sitio donde he estado esta mañana..., pero tenerte conmigo..., si quieres venir.

Sabía que tenía que decirle que sí, lo cual hizo, y debía dejar de lado las preguntas que acudieron de inmediato a su mente.

Ella pareció aliviada.

—Gracias.

Madeleine le dio la dirección para introducirla en el GPS: Hemlock Lane, Graysonville, Nueva York.

Salieron en medio de una niebla que se fue disipando a medida que ascendían hacia la cumbre que definía el borde del declive geológico que contenía el lago del Lobo. Más allá del risco, no había niebla, sino lugares resbaladizos en la carretera que hacían más lento el trayecto.

Al salir del Gall Wilderness Preserve, el GPS los dirigió a una carretera pública que ascendía todavía más en las montañas.

—Gracias —dijo Madeleine—. Gracias por venir conmigo.

Hasta veinticinco minutos después no se oyó otra voz. El silencio lo rompió el sonido del GPS alertándolos de un giro inminente hacia Blackthorn Road. La intersección, a la que llegaron un kilómetro y medio más adelante, era el centro de un pueblo fantasma formado por unas pocas e irreconocibles construcciones de madera en diversos estados de deterioro.

—Casi hemos llegado —dijo Madeleine, que se sentó más erguida.

Al cabo de un minuto, el GPS les dijo que giraran a la derecha por Hemlock Lane.

—No gires a la derecha —dijo Madeleine—, está lleno de raíces y maleza. Aparca aquí.

Gurney le hizo caso. Al bajar del coche les recibió un viento cortante. Gurney se subió el cuello de la chaqueta y se caló el gorro de esquí de lana sobre las orejas. Hubiera sido lo que hubiera sido antaño, Hemlock Lane parecía un camino de tierra tosco en la oscuridad del bosque.

Ella tomó la mano fría de Gurney entre las suyas y lo condujo hacia aquel desolado camino.

Avanzaron con cautela sobre la superficie helada, con el viento golpeando sus caras, pasando por encima de árboles caídos. La primera edificación que se encontraron era una cabaña abandonada cubierta de manchas de moho negro. Detrás, medio ocultas en el bosque, había dos más pequeñas en pésimo estado.

Madeleine se detuvo.

—Los gemelos Carey, Michael y Joseph, vivían aquí con su madre. En el verano alquilaban esas cabañas pequeñas de la parte de atrás, pero en invierno estaban solos.

Cuando la mirada de su mujer se desplazó sobre aquel extraño paisaje, Gurney tuvo la impresión de que estaba intentando ver lo que había sido; pero, obviamente, no se trataba de un paseo nostálgico a través de recuerdos agradables.

—Vamos —dijo ella al cabo de un rato, guiándolo camino adelante.

Restos quebradizos de las zarzas del verano se inclinaban desde ambos lados, enganchándose en sus pantalones y en las mangas de la chaqueta. Un centenar de metros más adelante llegaron a una segunda propiedad en peor estado que la primera. Una enorme cicuta caída había eliminado al menos un tercio de la casa principal. Al lado, los restos de tres pequeñas cabañas estaban cubiertos por años de agujas de pino en descomposición.

—Aquí es —dijo ella.

—¿La de George y Maureen?

Su única respuesta fue apretarle más fuerte la mano.

—¿Esta era la casa donde pasabas tus Navidades?

—Sí. Pero era más que la semana de Navidad. El último año que vine estuve seis semanas.

—¿Tus vacaciones eran tan largas?

—Ese año sí. Mis padres me habían enviado a una escuela privada que tenía unas vacaciones de invierno más largas que las de las escuelas públicas, y las de verano eran más cortas.

—¿Y tu hermana?

—Cuando yo tenía quince años, Christine ya tenía veintidós.

—Hizo una pausa—. Me llamaban el bebé sorpresa. Eso era un eufemismo por no decir «el bebé del susto». Estoy segura de que deseaban levantarse una mañana y descubrir que solo había sido una pesadilla.

Aunque sorprendido, prefirió no decir nada. Ella rara vez hablaba de sus padres cuando estaban vivos, y nunca desde que habían muerto. Hasta ese momento.

Se acercó a él para avanzar por aquel camino más y más estrecho. Pronto, ya no se podía decir que aquello fuera un camino. El viento se hizo más cortante. Le empezaba a doler la cara. Justo cuando estaba a punto de preguntar adónde estaban yendo, salieron a un claro. Más allá había una explanada perfectamente plana: un lago congelado, supuso.

Madeleine lo condujo a través del claro.

En el borde de la extensión blanca, Madeleine se detuvo y habló con forzada serenidad.

—Esto es el lago Grayson.

Salvo recordar que el destino del GPS había sido Graysonville, el nombre no significaba nada para él.

—¿Es el lago donde se ahogó el chico?

—Se llamaba Colin Bantry.

Después de una pausa, decidió formular la pregunta inevitable.

—¿Eras tú la chica embarazada?

Madeleine soltó el aire bruscamente, en una risa irónica.

—No había ninguna chica embarazada.

—Ayer me dijiste…

—Te dije que había una chica que dijo que estaba embarazada.

—¿Se lo inventó?

—Oh, Dios, no.

—Me estoy perdiendo.

—Ella pensaba que estaba embarazada. Estaba segura de que el retraso solo podía significar una cosa. Tal vez quería estar embarazada. Quizá quería una intervención dramática en su vida que lo cambiara todo, un suceso que la transformara en adulta al instante, que la impulsara a una vida donde alguien la quisiera más que sus padres. Pero no mintió respecto a que estuviera embarazada. Tal vez fuera una ilusión, pero ella lo creía realmente.

Hubo un largo silencio mientras permanecían mirando al lago congelado.

—Se lo dijo a su novio porque creía que era verdad —dijo Gurney.

—Sí.

—Y entonces…

Tardó tanto en responder que Dave pensó que no iba a hacerlo.

—Y entonces, por una razón que solo él conocía, o quizá ni siquiera él…, aceleró en su motocicleta hacia el lago. —Hizo una pausa, luego señaló—. Justo al centro.

La mirada de Dave siguió el punto que señalaba.

—¿Y el hielo se quebró?

—El hielo se quebró. Con un sonido horrible. Como de disparos. —Madeleine parecía estar luchando por mantener los ojos abiertos, aunque se le cerraban casi por la presencia de una luz cegadora.

Dave necesitaba que le contara toda la verdad.

—¿Tú eras la chica que creía que estaba embarazada?

—Sí, era yo. La chica estúpida que estaba completamente segura de que estaba embarazada.

Hubo un silencio.

Finalmente, Gurney preguntó:

—¿Hubo una investigación policial?

—Por supuesto. El padre de Colin trabajaba en el Departamento del *sheriff*.

—¿Le contaste lo que ocurrió?

—No le confesé lo del embarazo. Le dije que no sabía por qué había conducido hacia el hielo…, que quizá estaba alardeando o que, simplemente, le apetecía. Me creyó. Colin era así. Todos sabían que era un poco alocado.

Hubo otro silencio. El apretón de su mano resultaba casi doloroso.

—¿Por qué me cuentas esto ahora?

—No lo sé. Tal vez porque estamos aquí.

Él la miró con incredulidad.

—¿Has decidido revelar, finalmente, este secreto que has estado ocultándome todo este tiempo solo porque estamos aquí?

—No lo veía como ocultarte un secreto. Lo veía como un daño que no quería infligirte.

—¿A quién se lo contaste? ¿A una amiga? ¿A una terapeuta? Tienes que habérselo contado a alguien.

—A una terapeuta, naturalmente. Más o menos cuando nos conocimos. Cuando estaba haciendo formación para mi certificación clínica. Pensaba que la terapia sería una forma ideal de tratar con eso, porque, en cierto sentido, me permitiría guardármelo para mí.

—¿Funcionó?

—Entonces pensé que sí.

—Pero…

—Pero ahora creo que la terapia fue peor que nada. No creo que fuera sincera sobre mis sentimientos. No creo que el terapeuta fuera muy perspicaz. En todo caso, el proceso me hizo creer que me había enfrentado con lo que ocurrió, y me hizo tener la convicción de que no necesitaría hablar de ello con nadie nunca más. Eso es lo que quiero decir con que no pensaba que fuera un secreto. Solo pensaba en ello como algo que pertenecía al pasado. Pensaba que hablar de ello no tendría ningún beneficio.

—¿Qué te hizo cambiar de opinión?

—No lo sé. Lo único que sé es lo que sentí cuando Jack abrió ese mapa de las Adirondack en la pantalla de su móvil en la mesa de nuestra cocina, y me di cuenta de lo cerca que estábamos del lago Grayson.

—¿Sentiste alguna atracción por el lugar?

—Oh, Dios, no. Al contrario. Me sentí mareada. Casi tuve que salir de la cocina.

—Pero viniste aquí voluntariamente. Dijiste que sí antes que yo.

—Porque en ese momento me di cuenta de que no me había enfrentado a nada. Por espantoso que fuera el momento, sentí que me estaban ofreciendo una oportunidad.

Se quedaron en silencio uno al lado del otro, mirando al lago cubierto de nieve.

Ella suspiró.

—Ocurrió hace treinta y dos años. Pero, en realidad, nunca terminó. Quizá porque nunca pude estar segura de por qué hizo lo que hizo. Quizá porque nunca asumí mi culpa. Quizá porque nunca encontraron su cadáver. Quizá…

Gurney la interrumpió.

—¿Nunca encontraron el cadáver?

—Nunca. Eso le dio nueva vida a toda esa vieja charlatanería del mal en el lago. Por eso la gente que venía aquí cada verano dejó de hacerlo. Por eso este pueblo acabó muriendo. Por eso está así. —Soltó la mano de él por primera vez desde que habían bajado del coche y empezó a frotarse las dos manos.

—¿Qué vieja charlatanería sobre el mal en el lago?

—¿Recuerdas la historia que nos contó Norris Landon sobre esas chicas en la canoa, aquella que volcó hace mucho tiempo? Una de ellas se ahogó… y no pudieron encontrar el cadáver.

—Sí…, hasta que el esqueleto apareció en el lago del Lobo, cinco años después.

—Bueno, esa chica se ahogó aquí mismo, en el lago Grayson. Cuando Colin se ahogó aquí también y no pudieron encontrar el cuerpo, la gente empezó a llamarlo el lago Cementerio.

—¿Por eso la gente abandonó sus casas?

—No, no inmediatamente. Graysonville era un lugar marginal. Nunca muy alejado de la pobreza. La mayoría de la gente vivía de alquilar habitaciones o cabañas a los veraneantes. Supongo que la idea de que dos chicos se ahogaran y sus cadáveres desaparecieran se fijó en las imaginaciones de la gente, y dejaron de venir. La ciudad, que nunca había sido gran cosa, se derrumbó poco a poco.

—Los Gemelos del Diablo. ¿No era así como Landon llamó al par de lagos que aseguraba que estaban relacionados por alguna cadena de cuevas subterráneas?

—Sí.

Una bandada de pájaros salió volando del bosque apresuradamente y se desviaron sobre el lago, cayendo en picado y dando vueltas como hojas de otoño en una ventolera.

Madeleine cogió la mano de Dave entre las suyas.

—¿En qué estás pensando?

—No lo sé. Un montón de cosas.

—¿Preferirías que no te lo hubiera contado?

—No tiene sentido desear esas cosas.

—¿Eso es un sí o un no?

—Maddie, quiero saber… lo que quieras contarme.

—¿Sea lo que sea?

—Sea lo que sea.

Madeleine asintió, todavía mirándolo a los ojos, cogidos aún de la mano.

—Deberíamos regresar. Va a nevar. Lo noto en el aire.

Ella levantó la mirada al cielo. Las nubes se estaban haciendo más espesas y más oscuras. Encima del lago helado, un halcón volaba en círculos erráticos luchando contra el viento que arreciaba cada vez con más fuerza.

34

Progreso

*C*uando llegaron a lo alto de la última subida antes del lago del Lobo, Gurney oyó que le había llegado un mensaje al móvil. Al mirar la pantalla vio que tenía dos: uno era de Jack Hardwick; el otro, de un número oculto.

—¡Cuidado! —gritó Madeleine cuando un ciervo saltó a la carretera por delante.

Gurney pisó a fondo el freno, salvándose de chocar por centímetros.

—Presta atención a la carretera y dame eso. —Extendió la mano para recoger el teléfono—. ¿Quieres que reproduzca los mensajes?

Dave asintió y Madeleine tocó un icono.

Como de costumbre, Hardwick no se molestó en identificarse, pero su voz rasposa resultaba inconfundible:

Eh, campeón, ¿dónde coño estás? Tenemos cosas importantes que discutir. Una, entregué esa carta en la casa de Staten Island, la pasé por debajo de la puerta con todas esas opciones de contacto. Dos, no tengo ni idea de esos veintinueve millones para Hammond. Tres, tengo un regalo para ti, un regalo muy práctico. Pienso pasar por las Adirondack mañana, así que dime un punto para reunirnos. Cuanto antes. En relación con eso, ¿sabes en qué estoy pensando ahora mismo? En el caso Barishanski. Piénsalo.

¿El caso Barishanski? En principio, no entendió a qué se refería. Aquello había sido una investigación sobre un gran caso que implicaba a la mafia rusa. De eso hacía diez años. Pero enseguida intuyó a qué se refería. Fue un caso en el que la mafia había conseguido entrar en los teléfonos de dos investigadores jefe de la Unidad contra el Crimen Organizado. Hardwick sospechaba que ya no era seguro hablar por teléfono.

—¿Qué pasa? —preguntó Madeleine.

—Parece que Jack está preocupado por los espías.

—¿Qué significa eso?

Quería tiempo para pensar en las posibilidades.

—Te lo explicaré luego, deja que preste atención a la carretera. No quiero más sorpresas con ciervos.

Madeleine preguntó si quería que reprodujera el siguiente mensaje.

—Ahora mismo no.

Cuando ya habían llegado al hotel y estaban de pie bajo el soportal, Madeleine le devolvió su teléfono.

—¿Vas a contarme lo que está pasando?

—Creo que Jack cree que le han puesto micrófonos.

—¿A él? ¿O a los dos?

—No fue claro en eso. Pero estoy convencido de que mi teléfono es seguro.

Ella le lanzó una mirada ansiosa.

—¿Y nuestra habitación aquí en el hotel?

—Es posible, pero lo dudo.

—¿Hay una forma de estar seguros?

—Hay dispositivos de detección. Lo discutiré con Jack.

—¿Quién estaría espiándonos?

—Posiblemente Fenton, pero lo dudo.

—¿Entonces quién?

—Buena pregunta. Hardwick sabe más de lo que contó por teléfono. Quedaré con él.

Madeleine parecía preocupada.

—Entonces, ¿qué hacemos ahora? ¿Subimos a nuestra habitación posiblemente vigilada? ¿Simulamos que somos excursionistas felices?

—En realidad, sí, eso es exactamente lo que hemos de hacer.

—¿De qué se supone que hemos de hablar? ¿O no hablar?

—Sobre todo no hay que hablar de que sospechamos que nos espían. Si en nuestra habitación o en el teléfono hay micrófonos… —Se detuvo a media frase, recordando que tenía un mensaje en su teléfono que no había escuchado todavía. Lo localizó y pulsó en el icono.

La voz era joven, femenina y asustada:

Hola. Esperaba que respondiera. La carta decía que estaría ahí. ¿Está ahí? ¿Puedo darle mi número? Quizá será más seguro si vuelvo a llamar yo. Vale, eso es lo que haré. Le llamaré… exactamente…, eh, a las cuatro en punto. ¿De acuerdo?

Gurney miró su reloj. Eran las tres y cincuenta y tres. El sol, oculto atras las pesadas nubes, enseguida se hundiría detrás del pico Cementerio.

—¿Es la chica con la que querías contactar? —preguntó Madeleine.

—Supongo que sí.

—¿Ahora qué?

—Sabré más dentro de siete minutos. Voy a quedarme aquí fuera para contestar su llamada. Supongo que tú estarás más cómoda en la habitación.

Madeleine puso mala cara.

—¿De verdad crees que nuestra habitación está controlada?

—No lo podemos descartar. Pero, en realidad, creo que cualquier vigilancia tendrá como foco a los Hammond, y no a nosotros.

—¿Por qué?

—Porque la investigación del DIC se centra en Richard. Y Jane es la persona que trata de protegerlo. También es la que implicó a Hardwick, y ahora él sospecha que lo están escuchando. Estoy pensando que el teléfono pinchado es el suyo. Por eso quien esté espiando puede conocer su implicación en el caso.

—¿Y tu participación?

—Solo si ella habló de ello por teléfono y usó mi nombre. Pero es una hipótesis. Necesito hechos.

Después de un largo silencio, Madeleine tomó la mano de su marido en las suyas igual que la había tomado en el camino triste de Graysonville.

—¿Seguro que está bien? ¿Lo que te dije antes?

—Sobre lo que ocurrió… con el chico que se ahogó.

Asintió.

—Por supuesto que está bien… —Antes de que pudiera decir nada más, su teléfono sonó.

Como antes, un número oculto. Supuso que sería Angela. Miró con impotencia a Madeleine mientras empezaba a disculparse.

Ella lo cortó.

—Sé que has de contestar la llamada. Cógelo.

Dave suspiró y pulsó el botón de hablar.

—Soy Dave Gurney.

—Le dejé un mensaje. —Era la misma voz tenue y temerosa.

—Sí, lo he recibido —dijo con toda la suavidad de la que fue capaz. Lo principal era no perderla—. Le agradezco mucho que hable conmigo.

—¿Qué quiere de mí?

—Me ayudaría mucho que me contara todo lo que pueda de Steven.

—Stevie.

—Stevie. Muy bien. ¿Ve lo poco que sé? Por eso cualquier cosa que pueda decirme será una gran ayuda. ¿Alguien lo llamaba Stevie o solo usted?

—Sus padres lo llamaban Steven, y él lo odiaba. —Había una vibración infantil en su voz que la hacía sonar como si tuviera la mitad de la edad que Gurney suponía que tenía.

Decidió seguir la orientación de esa vibración.

—Los padres pueden ser un problema.

—Y tanto. Sobre todo sus padres.

—¿Y los de usted?

—No hablo con ellos.

—Yo tampoco hablo mucho con los míos. Dígame, ¿la gente la llama Angie o Angela?

—Todo el mundo me llama Angela. Nadie me llama Angie.

—Vale, Angela, deje que le pregunte algo. ¿Hay algún lugar donde podamos vernos y hablar de Stevie, algún sitio donde se sienta segura?

—¿Por qué hemos de vernos? —Había un tono asustadizo en su voz.

—No hemos de hacerlo. Solo creo que sería más seguro. Pero depende de usted.

—¿Qué quiere decir más seguro? ¿Por qué sería más seguro?

—No quiero asustarla, Angela, pero se da cuenta de que su situación es peligrosa, ¿verdad?

Ella dudó tanto tiempo antes de responder que Gurney temió haberla perdido. Cuando habló, ya no estaba asustada sino muerta de miedo.

—Supongo. Pero ¿por qué va a ser más seguro reunirnos?

—Porque nuestros teléfonos podrían no ser seguros. Si los criminales tienen el equipo correcto, pueden pinchar casi cualquier cosa: llamadas, mensajes de texto, mensajes de correo. Ve esas cosas en las noticias todo el tiempo, ¿no?

—Supongo.

—¿Conoce la forma más segura para que dos personas tengan una conversación?

—¿En el lavabo?

—En realidad, los lavabos son muy fáciles de controlar.

—Entonces, ¿cómo?

—En una zona pública, a ser posible con sonido de fondo o con más gente hablando. Eso lo hace difícil para los cotillas. Es la clase de situación que creo que sería la más segura para los dos.

—¿Como en unos grandes almacenes?

—En unos grandes almacenes sería perfecto. Bien pensado.

—Conozco muchos centros comerciales. ¿Dónde está usted?

—Estoy en las montañas Adirondack.

—¿En el sitio donde Stevie se reunió con el tipo de la hipnosis?

—Ahí es exactamente donde estoy. Estoy tratando de descubrir qué le ocurrió a Stevie aquí para poder entender qué le pasó después, en su casa de Floral Park.

Hubo un silencio. Gurney esperó, dejando que ella diera el siguiente paso.

—No cree que se suicidó, ¿verdad? —preguntó.

—No. ¿Y usted?

—No podría.

—¿Cómo lo sabe?

—Simplemente no habría hecho eso, no después de las promesas que me hizo. Íbamos a casarnos, a tener nuestra propia casa. ¿Cómo podía matarse? ¡Eso es imposible!

Gurney tenía un montón de preguntas, pero se recordó que una mal elegida podría asustarla. El objetivo era que se comprometiera a una reunión cara a cara, donde él tendría más control, además de poder complementar las palabras con el lenguaje no verbal.

—Entiendo lo que está diciendo, Angela. De verdad que sí. Por eso hemos de descubrir lo que ocurrió realmente. O nunca estará a salvo.

—No diga eso. Me está asustando.

—A veces el miedo es bueno. Temer lo que hay que temer puede ayudarnos a superar miedos injustificados.

—¿Qué quiere decir?

—Tiene miedo de quien sea que esté detrás de lo que le ocurrió a Stevie, ¿me equivoco?

—Sí.

—Pero también tiene miedo de mí. Porque soy detective y, en realidad, no quiere hablar con detectives.

Su silencio fue respuesta suficiente.

—Está bien, Angela. Eso puedo entenderlo. Pero hágase esta pregunta: ¿de cuál de esas personas debería tener más miedo? ¿De la persona responsable de la muerte de Stevie o de la persona que está tratando de llegar al fondo del asunto para asegurarse de que nadie más sufra ningún daño?

Angela soltó un suspiro tembloroso.

—Odio esto. ¿Por qué tengo que tomar estas decisiones horribles?

Gurney no dijo nada, solo esperó.

Hubo otro suspiro.

—Vale. Podemos encontrarnos mañana. Conozco un sitio.

—Dígame dónde es y a qué hora quiere que esté allí.

—¿Conoce Lake George Village?

—Sí.

—¿Puede estar allí mañana a la diez en punto de la mañana?

—Sí. ¿En qué sitio de Lake George Village?

—En Tabitha's Dollhouse. Estaré en el piso de arriba, con las muñecas Barbie.

35

Singularidades

*T*odavía de pie con Madeleine delante del hotel, accedió a Internet a través de su teléfono y escribió «Tabitha's Dollhouse».

Apareció de inmediato, en Woodpecker Road, en Lake George Village. El sitio web mostraba un edificio diseñado como una elaborada cabaña de fantasía. Sobre ella, en la página web, curvándose como un arcoíris a lo largo de un cielo completamente azul se leían las palabras: HOGAR DE MUÑECAS FABULOSAS, ENCANTADORAS Y COLECCIONABLES.

Madeleine frunció el ceño ante la pantalla.

—¿Una tienda de muñecas? ¿Es allí donde quiere hablar de la muerte de su novio?

—Parece una elección extraña.

—¿No le has preguntado por qué?

—No quería preguntarle nada que pudiera despistarla. Ha accedido a reunirse conmigo, y eso es lo principal.

—¿Te importa que vaya contigo?

—¿Por qué ibas a querer hacer eso?

—Preferiría no quedarme sola aquí.

—¿Sabes que son al menos dos horas de viaje de ida y otro tanto de vuelta?

—Es mejor que la alternativa.

Se encogió de hombros.

—Voy a llamar a Jack desde aquí, y podría tardar un rato. —Señaló al hotel—. Sale humo de la chimenea principal, eso significa que hay fuego en el Salón del Hogar. ¿Por qué no entras y te calientas?

—Entraré cuando entres tú.

—Como quieras.

Gurney regresó a la página web de la casa de muñecas y pegó la dirección en Google Maps. Anotó la ubicación de una gasolinera cercana y copió esa dirección en un nuevo mensaje de correo. Entonces llamó a Hardwick.

Contestó al primer tono.

—Hola, campeón, me alegro de oírte. ¿Entiendes mi referencia a la situación Barishanski?

—Creo que sí.

—Bien. Es importante tenerlo en cuenta. Bueno. ¿Cuándo puedo darte tu regalo especial?

—Depende de cuándo y hasta dónde estés dispuesto a viajar.

—Adonde sea y en cualquier momento. Cuanto antes mejor.

—Tengo planeado ir mañana a ver a la joven dama que esperaba ver. Quizá podemos cruzarnos en el camino.

—Desde luego.

—Tengo la información de la dirección. Te la mandaré por correo.

—La miraré.

—Bien. Te veo pronto.

Gurney volvió a su correo y abrió el mensaje que había empezado con la localización de la gasolinera de Lake George Village. Debajo de la dirección de la gasolinera, anotó: «Aquí a las 9.00». Le mandó el mensaje a Hardwick.

Madeleine estaba de pie, abrazándose el cuerpo en el aire gélido.

—Siento haber tardado tanto —dijo—. Vamos a descongelarnos junto al fuego.

Madeleine lo siguió al Salón del Hogar. Solo después de unos minutos delante de aquellas llamas crepitantes, Madeleine desplegó lentamente los brazos.

De pie a su lado, con el calor radiante del fuego calando en su cuerpo, Gurney cerró los ojos y dejó que su mundo se redujera al brillo anaranjado en sus párpados y el cosquilleo de su piel mientras se disipaba el frío intenso.

El tono brusco de la voz de Austen Steckle rompió aquella paz momentánea.

—Me alegro de ver que finalmente han decidido salir del frío. Un día feo, y la noche será aún más fea. —Steckle estaba de pie en el centro del amplio arco, vestido con camisa de cuadros oscura y pantalones caquis—. ¿Han oído los lobos?

—No —dijo Gurney—, ¿cuándo?

—Hace un rato. En el bosque de detrás del hotel. Un sonido horrible.

—¿Los ve a menudo?

—Nunca. Eso lo hace aún peor. Solo se oyen. ¡Monstruos que acechan en el bosque!

El comentario de Steckle creó un silencio incómodo, roto por Madeleine.

—¿Ha dicho algo sobre un tiempo más feo esta noche?

—¿Qué? Oh, sí, va a pasar un gran tiempo frente de tormentas. Vientos infernales, bajada de temperaturas. Pero eso es solo para degustar lo que está a la vuelta de la esquina. Aquí el clima te zarandea como un perro mata a una rata. Esta noche será de perros, mañana por la mañana saldrá el sol, ¿pueden creerlo? Luego, pasado mañana, llega lo peor, la gorda, que viene del norte.

Los ojos de Madeleine se ensancharon.

—¿La gorda?

—Masa de aire ártico. Visibilidad nula, seguro que cerrarán las carreteras.

Parecía obvio que les estaba diciendo que se marcharan cuanto antes. Pero si Steckle estaba actuando por la presión de Fenton para que los sacara del lago del Lobo, quizá decirle que se iban a marchar pronto podría abrir otra puerta.

Gurney frunció el ceño en un ademán reflexivo.

—Probablemente sea buena idea que salgamos de aquí antes de que llegue la tormenta. De lo contrario, podríamos no llegar a Vermont.

Steckle asintió. Enseguida estuvo de acuerdo.

—El problema —dijo Gurney— es que hay una persona más con la que necesito hablar antes de que nos marchemos.

—¿Quién es?

—Peyton Gall.

—¿Peyton? ¿Por qué demonios puede querer hablar con él?

—El testamento de Ethan y, por consiguiente, su muerte benefician directamente a dos individuos, Peyton Gall y Richard Hammond, de cuya herencia Fenton estuvo encantado de hablarme. Pero como la parte de Peyton es tan grande como la de Richard, él tendría un motivo igual de grande. Tal vez más, porque...

Steckle lo interrumpió.

—Sí, entiendo que, desde lejos, se pueda pensar eso. Pero está a años luz de la realidad. Obviamente, no conoce a Peyton.

—Es un agujero que estoy tratando de llenar.

—Deje que se lo explique, antes de que se quede atrapado en la tormenta de nieve por nada.

Steckle se unió a Gurney y a Madeleine delante del fuego.

—Verá, este es el problema con Peyton. Es muy sencillo. Si Hammond no fue el cerebro detrás de las cuatro muertes (asesinatos, suicidios o como quiera llamarlos), alguien lo fue. Pero la idea de que pudiera ser Peyton es simplemente absurda. Es ridículo.

—¿Por qué?

La voz de Steckle bajó a un susurro áspero:

—Porque Peyton Gall es un lunático drogadicto cuyas priorida-des se limitan a coca, coños, más coca y más coños. —Miró a Made-leine—. Disculpe mi lenguaje, señora Gurney, pero he de llamar a las cosas por su nombre. Estamos hablando de un yonqui con el cerebro dañado y cuyo círculo social se reduce a las putas que trae de donde sea. Rusia, Tailandia, Las Vegas, casas de crac de Newburgh. Le da lo mismo. Debería ver a algunas de esas damas, son zorras completa-mente locas con las mismas posibilidades de matarte que de follarte.

Gurney vio una película de sudor en la cabeza afeitada de Steckle.

—Como último superviviente de la familia Gall, ¿este lunático es su nuevo jefe?

—¡Ja! No me hago ilusiones sobre mi futuro aquí. Nunca tuve contrato. Todo se basaba en la confianza mutua con Ethan y en los objetivos de negocio compartidos. ¿Sabe en qué se basa ahora? En nada. Sorpréndase si sigo aquí otros tres meses, al ritmo que ese ca-brón se está desintegrando.

—Me dijeron que, recientemente, había enderezado su camino, al menos durante un tiempo.

—Cierto, pero «durante un tiempo» es la parte clave de la frase. Antes ya había estado limpio durante pequeños periodos, pero siempre terminan de la misma manera, con él más salvaje y peor que nunca.

—Me está diciendo que no solo está demasiado loco para haber concebido un crimen complicado, sino que apenas es capaz de fun-cionar.

—Eso es.

—Entonces mi entrevista con él será muy breve.

La frustración de Steckle era palpable.

—No querrá hablar con usted.

—Espero que me ayude con eso. Éticamente, no puedo marchar-me hasta que me siente con él y me forme mi propia opinión sobre sus capacidades. Si lo que ha dicho de él es cierto, no me llevará mu-cho tiempo. Dígale que solo necesitaré quince o veinte minutos.

—¿Y si se niega?

—Podría convencerlo de que hablara conmigo si sabe que me quedaré hasta que lo haga, que estaré vigilándolo, quizá examinando de cerca sus formas de diversión.

Steckle respiró profundamente y soltó aire con lentitud.

—Bien. Como quiera. Le pasaré su solicitud, además de sus… comentarios adicionales.

—Sería genial si pudiera verlo mañana, antes de que la «tormen-ta gorda» nos sepulte en la nieve.

—Lo intentaré. Es lo único que puedo hacer. Pero recuerde con quién está tratando. El hijo de perra es tan incontrolable como el clima. —Hizo una pausa—. Señores, que tengan una buena velada. No pasen frío. —Esbozó una sonrisa mecánica y se marchó.

Madeleine estaba estudiando la expresión desconcertada de Gurney.

—¿En qué estás pensando?

—Estoy pensando que dirigir un hotel en las Adirondack es un trabajo extraño para un hombre que odia el clima de las Adirondack.

Ya en la *suite*, Gurney se sintió como en una zona donde se mezclaban dos señales de radio: la suya como detective y la de él como marido; además, la energía estática se estaba volviendo más ruidosa. Se apoderó de él un impulso de dejar su implicación en el caso Hammond a la decisión de Madeleine.

—Mira, esto no es algo que tenga que seguir hasta el final. Si quieres que lo deje, lo haré. Podemos irnos por la mañana, reunirnos con Hardwick y Angela en Lake George Village como prometí y luego seguir hacia Vermont.

—¿Y la reunión que quieres que concierte Steckle con Peyton Gall?

—Hardwick puede ocuparse de eso, o no. Depende de él. No tengo ningún compromiso firme con nadie. Lo único que le prometí a Jane fue que pasaría por el lago del Lobo un día o dos y echaría un vistazo. Bueno, he echado un vistazo.

—¿Qué has visto?

—Nada que no se contradiga con otra cosa.

—¿Por ejemplo?

—Tenemos un sospechoso acusado de un crimen que ni siquiera es posible cometer. Tenemos un hermano desagradable de la víctima más rica, con un enorme móvil económico para el asesinato, que ni siquiera se ha considerado sospechoso. Tenemos una leyenda familiar relacionada con una pesadilla de un lobo que suena absurda, salvo que una pesadilla similar ha formado parte de cuatro muertes el mes pasado. Y tenemos un manitas que parece medio loco, salvo que también parece ser el único que cree que algo malvado ocurre en el lago del Lobo.

—¿Qué pasa con Jane?

—¿Qué quieres decir?

—La santa buscadora de la verdad te mintió al no mencionar la posición de Richard en el testamento de Ethan, que podría ser el hecho más importante del caso.

—Cierto. Otra señal de que, en este caso, no hay nada simple. La mayor parte es estrambótica o imposible.

Madeleine esbozó una sonrisa de Mona Lisa.

—Así que estás enganchado.

Dave pestañeó, asombrado por la astucia de su mujer: lo había alejado de la oferta de abandonar el caso, si es que eso es lo que quería.

—Estás enganchado —repitió ella—. Nada te atrae más que lo estrambótico y lo imposible. Puedes pensar que puedes dejarlo, pero no puedes. Y aunque pudieras… yo tendría que quedarme aquí.

—¿Por qué?

—He de terminar lo que he venido a hacer.

Antes de que pudiera responder, sonó su teléfono.

Era Holdenfield. Miró a Madeleine y ella hizo un gesto para que atendiera la llamada. Pulsó el botón de hablar.

—¿Rebecca?

—Hola, David. No estoy segura de que tenga algo de valor, pero quería hablarle lo antes posible. Ahora tengo unos minutos y no sé cuándo puede volver a pasar una cosa así.

—Gracias, se lo agradezco.

Madeleine se metió en el cuarto de baño y cerró la puerta con una firmeza significativa.

—Por si sirve —dijo Rebecca—, hice una revisión rápida de los artículos de Hammond, así como de la cobertura de los medios que recibe de vez en cuando. Los artículos de los medios generalistas sobre todo estaban relacionados con la controversia de su terapia de afloramiento homosexual. La comunidad antihomosexual puede que esté de capa caída, pero la parte que queda sigue siendo tan furibunda como siempre.

Gurney recordó el odio en los ojos de Bowman Cox.

—¿Alguna controversia más?

—Algunas profesionales. Hammond no se corta a la hora de atacar a las compañías farmacéuticas por vender venenos psicotrópicos. En contraste, asegura que la hipnoterapia es perfectamente segura y que sus propias técnicas pueden lograr resultados que se consideraban imposibles.

—¿Explicó esas técnicas?

—Ah, bueno, ahí está el problema. Su índice de éxito clínico se ha documentado y es asombroso. Con trastornos compulsivos, fobias y síntomas del trastorno de estrés postraumático, su índice de remisión total es cinco veces más grande que el promedio de la Asociación Psiquiátrica Americana.

—Pero…

—Pero cuando otros terapeutas tratan de emplear las técnicas que describe, ni se acercan a sus resultados.

—¿Significa eso que está falsificando sus historias?

—No, eso se ha comprobado y se ha vuelto a comprobar. Si acaso, ha estado restando importancia a sus resultados positivos, un hecho realmente sorprendente.

—Entonces, ¿cuál es la explicación?

—En mi opinión, hay una sinergia única entre el método y el hombre.

—¿Qué significa?

—Hammond tiene una presencia clínica poderosa, única.

—Quiere decir que tiene un talento que le permite hacer las cosas que otros terapeutas no pueden hacer.

—A partir de artículos científicos que he estado repasando, diría que su talento clínico parece no tener límites. Sospecho que otras personas podrían aprender sus técnicas, pero solo observando de cerca lo que él hace.

Gurney pensó en eso unos momentos.

—Da la impresión de que el doctor Hammond podría ponerse un precio muy alto si quisiera.

—Eso es quedarse corto. —Holdenfield hizo una pausa—. Lo raro es que no parece interesado en el dinero ni en el prestigio o la fama. De hecho…, hablando de dinero y prestigio, necesito salir corriendo ahora mismo para ver a un paciente forrado que me paga el cuádruple de mi tarifa normal solo por tener nuestra sesión en su oficina en lugar de en la mía.

—No sabía que trabajaba a domicilio.

—No es trabajo a domicilio.

—Una pregunta más antes de que se vaya. ¿El término suicidio inducido por un trance significa algo para usted?

—No…, pero me suena levemente familiar. ¿Por qué?

—Lo oí hace poco y me estaba preguntando si tenía algún significado clínico.

—Me suena vagamente…, aunque ahora no recuerdo de qué. ¿Algo más?

—¿Alguna vez Hammond ha comentado algo sobre esa nueva área de investigación que mencionó, separar los pensamientos de las emociones?

—De hecho, sí. En un artículo reciente, afirmó que podía lograrse a través de la hipnoterapia. Incluso parecía estar insinuando que ya podría haberlo logrado.

36

Inolvidable

$\mathcal{A}$ las 6.45 de la mañana siguiente, con el primer atisbo del amanecer, estaban en el Outback, saliendo del soportal, dirigiéndose a Lake George Village, con la calefacción al máximo. Cuando llegaron a lo alto de la primera subida, Madeleine ya se había quedado dormida.

Las rutas secundarias hasta la autopista Adirondack Northway estaban resbaladizas por la nevada de la noche y el avance fue lento. La Northway, en cambio, resultó estar despejada de nieve y tráfico. Gurney pudo recuperar el tiempo perdido.

A las 8.56 entró en Lake George Village; al cabo de un momento divisó el lago, tan gris como el cielo frío que lo cubría. A medida que la carretera circundaba el lago, pasó ante un puerto deportivo desierto, un restaurante cerrado y un hotel frente a la orilla con el aparcamiento casi vacío.

A las 8.59, un minuto antes de lo prometido, entró en la gasolinera Sunoco de Woodpecker Road. Localizó el GTO rojo aparcado junto a la tienda en la parte de atrás de los surtidores. Hardwick estaba paseando por el borde de la zona de aparcamiento fumando un cigarrillo. Parecía cabizbajo. La posición dura de la mandíbula, la tensión evidente en su cuerpo musculoso y aquellos ojos azules gélidos de perro de trineo habrían mantenido a cualquier desconocido sensato a una distancia prudencial.

Madeleine se removió en su silla.

—Hemos llegado —dijo Gurney, aparcando junto al GTO—. ¿Te apetece caminar un poco?

Ella murmuró algo y negó con la cabeza.

Gurney bajó, notó el viento que llegaba del lago y se abrochó la chaqueta. Al acercarse a Hardwick, este tiró el cigarrillo al suelo y lo aplastó con el pie, como si fuera una avispa que acabara de picarle. Su mueca se transformó en una amplísima sonrisa al avanzar con la mano extendida.

—¡Davey! ¡Me alegro de verte! —La exuberancia del saludo era tan falsa como la sonrisa.

Gurney le estrechó la mano.

Hardwick mantuvo la gran sonrisa, pero bajó la voz.

—Nunca se sabe quién está observando. Mejor que la idea del regalo parezca creíble. —Abrió la puerta del pasajero del GTO, sacó una pequeña caja de regalo envuelta y se la entregó—. Desenvuélvelo y pon cara de sorprendido. Y feliz.

En el paquete, Gurney encontró lo que parecía un *smartphone* último modelo.

—Escáner de vigilancia avanzado —dijo Hardwick—. Instrucciones completas en la primera pantalla. Tu contraseña es «Sherlock». Ponlo en escaneo y guárdatelo en el bolsillo. Escanea automáticamente cualquier habitación o espacio en el que estés. Localiza e identifica pinchazos de audio y vídeo, geolocalizadores, grabadoras, transmisores. Almacena el escaneo, localización y datos de espectro de frecuencia relacionados con cada dispositivo para un estudio posterior. ¿Preguntas?

—¿De dónde lo has sacado?

—¿Recuerdas la técnica pelirroja dura del caso Mellery?

—¿La sargento Robin Wigg?

—Ahora teniente Wigg. Dirige la Unidad de Antiterrorismo de Tecnología de Evaluación. Nos mantuvimos en contacto. Resulta que mencioné que me preocupaba la posibilidad de una vigilancia hostil. Cosas así la excitan. Dijo que podía quedarme este trasto tres días. Prueba de campo no oficial.

—¿Qué disparó la preocupación?

—Un extraño folleto de viaje. —Hardwick miró a su alrededor, calle arriba y abajo; luego hizo un gesto hacia la tienda—. Vamos adentro a tomar café.

Salvo por una chica tatuada con el pelo corto y verde que vieron tras la caja registradora, no había nadie en la tienda. Sin hacer caso de lo que había dicho del café, Hardwick fue hasta donde estaban las bebidas refrigeradas.

—¿Quieres algo?

—Háblame del folleto.

—Exacto. El folleto. —Abrió una de las dos puertas de la nevera y sacó una botella de agua mineral—. Una especie de folleto de la cámara de comercio. Harpers Glen. ¿Has oído hablar?

—¿Viajes en globo aerostático?

—Muchas chorradas así. Un lugar turístico de primera al final de uno de los Finger Lakes.

—Entonces…, ¿recibiste un folleto de viaje de Harpers Glen? ¿Y?

—Llegó en el correo.

—¿Y?

—Alguien había escrito la palabra «inolvidable» en la parte delantera. «Inolvidable.» Incluso lo subrayó, joder.

—¿Qué significa eso para ti?

—Significa un montón. ¿Sabes, para empezar, por qué te metí en este asunto de Hammond? Quiero decir, aparte de que quería evitar que perdieras el tiempo con un puto puercoespín.

—Querías una tapadera, así Gil Fenton no sabría que estabas personalmente implicado en socavar su caso.

—¿Recuerdas por qué no quería que lo supiera?

—Porque tenía algo sucio sobre ti, algo relacionado con una cosa que salió mal hace un tiempo. Y si se cabreaba lo suficiente, podría usarlo.

—Buena memoria. Deberías ser poli. Da igual, eso que salió mal, salió mal en Harpers Glen.

Un adolescente con pantalones vaqueros caídos, una gorra de béisbol demasiado grande, chaqueta de piel y pendientes de ónice se acercó por el pasillo, haciendo sonar la lengua a ritmo de hip-hop. Abrió la puerta de la nevera que Gurney tenía al lado y sacó cuatro latas de una bebida con mucha cafeína llamada BAM.

—Vámonos de aquí —gruñó Hardwick.

Pagó a la chica de pelo verde el agua mineral y salió de la tienda. Gurney lo siguió. Fuera, junto al GTO, Hardwick encendió otro cigarrillo y dio un par de fuertes caladas.

—¿Supongo que no hay forma de que lo de ese folleto fuera coincidencia? —preguntó Gurney.

—No hay ninguna razón para que nadie me mande por correo esa clase de folleto. Y esa pequeña adición («inolvidable»), no hay modo de que sea una coincidencia. Es una puta amenaza.

—¿Y supones que viene de Fenton?

—Tuvo que ser el cabrón de Fenton. Solo hay tres lados en ese triángulo: él, yo y Harpers Glen. Eso significa que sabe que estoy trabajando con los Hammond. Lo que implica que tiene micrófonos en alguna parte.

—¿En el chalé?

—Es lo más probable.

—Vale. ¿Ahora qué?

—¿Ahora que Fenton lo sabe? —Hardwick puso cara de reflujo ácido—. Es un problema que estaba tratando de evitar. Pero hay que afrontar los hechos. En resumen, lo que Fenton sabe o no sabe en este punto no importa una mierda. Voy a seguir hasta el final. Si quiere jugar la carta de Harpers Glen, eso es cosa suya. Pero me aseguraré de que ese cabrón cae conmigo.

Sacó otro cigarrillo y lo encendió.

Gurney se encogió de hombros.

—Podría parecer que Fenton lo sabe, pero no estamos seguros.

Hardwick escupió en el suelo.

—Nada es una puta certeza, pero es una buena hipótesis de trabajo.

—Solo estoy diciendo que en el caso de que él no lo sepa y el folleto te haya llegado por alguna otra ruta, no deberías anunciar tu implicación innecesariamente. No es que firmara con su nombre. Si te enfrentas a él, podría negar ser el que lo envió. Solo estarías dándole la satisfacción de saber que te tiene.

—¿No debería clavarle el dedo en un ojo?

—Yo, en tu lugar, resistiría la tentación. —Gurney hizo una pausa, luego se dio unos toques en los bolsillos de la chaqueta donde había puesto el aparato—. Supongo que quieres que visite el chalé con este artilugio para verificar tus sospechas.

—Por supuesto. También estaría bien que comprobaras esa Suite Presidencial tuya.

Gurney asintió con la cabeza y miró al Outback.

—¿Puede identificar la presencia de un localizador GPS?

—Según Wigg, puede pillarlo todo.

—¿Has comprobado tu coche?

—Sí, está limpio.

—¿Y si miramos el mío ahora, antes de ir a ver a Angela?

Hardwick dio una calada a su cigarrillo, pensativo.

—Buena idea. Sube al asiento del conductor, como harías normalmente. Madeleine puede quedarse donde está. Yo me meteré detrás y te ayudaré con la configuración. Después puedes seguir los pasos de la pantalla. Está hecho para memos.

El proceso en sí resultó bastante simple, pero los resultados fueron desconcertantes.

37

Tabitha's Dollhouse

$\mathcal{M}$adeleine ya estaba completamente despierta, mirando la pantalla del *smartphone* con tanta curiosidad y preocupación como Gurney y Hardwick.

El escáner, un dispositivo más avanzado que ninguno de los que Gurney había visto, mostraba una clara silueta del vehículo en el que estaban sentados.

Hardwick explicó que había puesto su «perímetro de rango primario», una de las características más avanzadas, para que se concentrara en la zona definida por el Outback en sí.

Gurney lo miró desconcertado.

Hardwick se encogió de hombros.

—Solo puedo repetir lo que me contó Wigg. Según ella, este chisme incorpora dos tecnologías. Una detecta y muestra frecuencias de transmisión. La otra es una nueva clase de radar de corto alcance, MZC: mapa de zona cerrada. Detecta y muestra los perímetros de cualquier espacio cerrado. Trabajando juntos, te dan la localización precisa de cualquier transmisor.

En la pantalla del escáner, dentro de una representación gráfica del chasis del vehículo, parpadeaban dos luces rojas, una cerca del compartimento del motor y la otra cerca de la rueda trasera. Junto a cada línea roja había secuencias de tres números y las letras GPT.

Madeleine miró a Hardwick.

—¿Qué significa todo esto?

—Las letras indican el tipo de dispositivo, GPT es un geolocalizador. El número al lado de cada uno es la frecuencia de transmisión. Los otros dos números señalan la localización del dispositivo en centímetros en vertical desde el suelo y centímetros en horizontal desde el perímetro del coche.

Gurney parecía escéptico.

—Dos luces parpadeantes indican la presencia de dos localizadores.

—El geniecillo no miente.

Los ojos de Madeleine se ensancharon.

—¿Estas cosas están diciéndole a alguien dónde estamos ahora mismo?

—Exacto.

—¿Podéis librarnos de ellos?

—Podemos, pero hemos de pensar cuándo, dónde y cómo. —Miró a Gurney—. Algunas ideas de cómo tratar con esto.

—Eso depende de quién creamos que los puso aquí y por qué hay dos.

—¿Simple redundancia? ¿O características de rendimiento diferentes para condiciones diferentes?

Gurney no lo veía claro.

—¿Cuántas veces has encontrado dos localizadores en un vehículo?

—Nunca.

—¿Fuentes separadas?

Esta vez fue Hardwick quien se mostró dudoso.

—¿Como dos investigadores diferentes? ¿Y ninguno de los dos se fía de recibir datos del otro?

—Podrían ser agencias de investigación separadas. Y puede que no sepan nada del localizador que ha colocado la otra.

—¿De qué dos agencias estamos hablando?

—No tengo ni idea, son solo preguntas. Por ejemplo, ¿quién autorizó la vigilancia electrónica en el vehículo personal de un investigador privado? Presumiblemente, no soy sospechoso de haber cometido un crimen. Si pidieron órdenes de causa probable para colocar estos localizadores, ¿cuál era la base? Y si no se pidieron órdenes, ¿quién estaba dispuesto a infringir la ley de esa manera? ¿Por qué mis movimientos importan tanto?

—También has de preguntar, ¿qué se está haciendo con los datos de localización?

Madeleine lo miró.

—¿Qué quieres decir?

—Los datos por sí mismos no significan nada. La pregunta es: ¿quién o qué los recibe?

—No lo entiendo.

—Los datos de localización pueden usarse de muchas maneras. Por ejemplo, pueden transmitirse directamente a un dron automático capaz de hacer fotos de alta resolución. O a la pantalla de navegación de un equipo de vigilancia, para que puedan seguirte sin ser vistos.

Gurney miró su reloj.

—Tenemos un problema de tiempo. Son casi las nueve y veinticinco y he de estar a ochocientos metros de aquí a las diez para mi reunión con Angela Castro. Preferiría que nadie me siguiera. El problema es que desembarazarnos de los dispositivos aquí dejaría claro que los he encontrado, y eso eliminaría opciones futuras, así que necesitamos una solución diferente.

—Fácil —dijo Hardwick—. Deja aquí el coche y camina hasta el punto de reunión. Sin problema.

—Sin problema, a menos que nos esté fotografiando uno de esos drones programados que acabas de mencionar. ¿Sabes cuántos miles de esos trastos hay operativos actualmente?

—Dios —dijo Madeleine—. ¿Estás diciendo que algo en el cielo nos puede estar observando?

—Estoy diciendo que deberíamos actuar como si fuera así.

Hardwick volvió a esbozar aquella mueca de disgusto.

—¿Qué significa?

—Nada complicado. Solo que hemos de procurar que no se nos vea.

Después de un silencio, Madeleine dijo:

—El hotel que hemos pasado… ¿no tenía uno de esos aleros delante, como el nuestro? Estoy segura de que vi uno.

Gurney asintió lentamente.

—Creo que tienes razón. Y eso podría resolver nuestro problema.

Al cabo de diez minutos, siguiendo un plan hasta cierto punto improvisado, el GTO se encontraba en el aparcamiento de huéspedes situado junto al hotel y el Outback estaba aparcado en un lugar a resguardo, debajo del soportal delantero. Tras exhibir las credenciales de detective privado de Hardwick, explicar que necesitaban realizar una inspección de emergencia del vehículo y afirmar que no tardarían casi nada, habían logrado asegurar la posición del Outback y mantener alejado al chico encargado del aparcamiento.

Hardwick subiría el Outback con el gato y evaluaría sin que nadie pudiera verlo los dispositivos de vigilancia; por su parte, Gurney seguiría a pie a través del hotel y saldría por la entrada trasera para ir a Tabitha's Dollhouse.

Madeleine entró en el vestíbulo con Gurney. Localizaron la tienda de regalos del hotel, donde él se compró una sudadera de recuerdo de la zona absurdamente cara y una gorra de béisbol. Se sentó en el vestíbulo, se puso la sudadera y la gorra, y le dejó su chaqueta a Madeleine.

—Debería volver dentro de una hora. Quédate a la vista de la puerta principal, por si acaso Jack te necesita.

Madeleine respondió con un asentimiento tenso, sosteniendo la chaqueta contra su cuerpo.

—Todo irá bien —dijo Gurney, demasiado entusiasta—. Creo que esta reunión con Angela Castro finalmente nos pondrá en la pista correcta. —Puso sus brazos en torno a Madeleine y la abrazó.

—Será mejor que te vayas —dijo ella con una sonrisa tensa.

—Sí.

Se volvió y caminó a través del vestíbulo hasta un pasillo en el que había un cartel rojo en el que ponía: SALIDA.

El pasillo conducía a una puerta de cristal. La abrió y salió a un camino adoquinado que se curvaba en torno a un parterre de plantas ornamentales, mustias y descoloridas. El sendero conducía a otro más ancho a lo largo de la orilla del lago; más o menos, discurría en paralelo con Woodpecker Road y daba una visión intermitente de sus tiendas y restaurantes.

Manteniendo un ritmo firme, pasó junto a unas cuantas personas que paseaban a sus perros, encogidos para protegerse de las ráfagas que llegaban del lago. En cuestión de unos minutos, divisó un edificio que reconoció de su foto de Internet. Tabitha's Dollhouse parecía más extraño todavía en su entorno mundano de lo que le había parecido bajo el foco suave de fantasía de su sitio web.

Cruzó una suerte de parque adjunto al sendero hasta Woodpecker Road. Sacó su teléfono, activó la grabación de audio y se lo guardó en el bolsillo de la sudadera. La entrada en el aparcamiento de Tabitha's Dollhouse se hacía a través de un arco ornamentado donde se leía la misma frase que recordaba del sitio web: «Hogar de muñecas fabulosas, encantadoras y coleccionables». Había cuatro coches en el aparcamiento. Uno, se fijó Gurney, tenía matrículas de vehículo de alquiler, de Nueva York. Dos gnomos de jardín que le llegaban a la altura de la cadera flanqueaban la puerta de la tienda.

Cuando la abrió, lo recibió un aroma dulce que le recordó a los chicles rectangulares que no había visto ni olido desde secundaria. Decenas de caras de muñequitas lo miraron desde un mundo de habitación infantil de tonos pastel rosas, azules y amarillos.

Frente a la entrada, una mujer joven le estaba sonriendo desde detrás de un expositor central con una cordialidad vidriosa que hizo que Gurney la confundiera con una muñeca de tamaño real. Hasta que habló.

—Bienvenido a Tabitha's. ¿En qué puedo ayudarle?

Él miró a su alrededor, a la profusión de muñecas en los mostradores, en estantes, en cajas de cristal; muñecas de todas las formas, tamaños y estilos, desde niños angelicales hasta criaturas raras que podrían habitar en cuentos de hadas. O pesadillas.

—¿La escalera al piso de arriba? —preguntó.

La mujer lo miró con creciente interés.

—¿Ha venido a ver a la señorita Castro?

Teniendo en cuenta el carácter reservado de la reunión, lo sorprendió oír su nombre.

—Sí. ¿Está aquí?

—Está con Tabitha. —Su voz sugería que eso era, en cierto modo, especial—. Le mostraré el camino. —La mujer lo condujo a través de un laberinto de expositores de muñecas hasta una escalera con una barandilla rosa—. Puede subir directamente, señor.

El piso de arriba era muy parecido a la planta baja, salvo que las muñecas allí eran, en apariencia, más uniformes, y muchas estaban organizadas formando retablos. No lejos de la parte superior de las escaleras había una pequeña zona para sentarse con una mesa amarilla brillante y dos sillas blancas lustrosas. Una silla estaba ocupada por una mujer joven pálida de aspecto aniñado, con un peinado enorme, exageradamente perfecto y rubio. A Gurney le sorprendió la incompatibilidad de ese peinado con el rostro tímido y estrecho que enmarcaba, así como la notable similitud con el peinado rubio de una muñeca encerrada en un armario de cristal de la esquina.

Había una mujer de pie al otro lado de la mesa; era completamente diferente de la que estaba sentada. Su cuerpo grande estaba envuelto en un maxivestido granate muy plisado y bordado en el cuello. Tenía los dedos cubiertos de anillos brillantes, y el rostro maquillado de manera brillante, casi teatral. Y todo ello estaba rematado, literal y figuradamente, por su peinado. El de la mujer aniñada llamaba la atención, pero el de la otra te dejaba boquiabierto. Una explosión vertical de cabello ondulado negro y de mechas plateadas que chocaban en ángulos dramáticos, recordando un turbulento paisaje marino de Turner.

«Era una mujer a la que le gustaba dejarse ver», pensó Gurney.

Se volvió hacia él con un gesto amplio de su mano cargada de anillos.

—Señor Gurney, supongo.

—Sí. ¿Y usted es…?

—Tabitha. —Lo hizo sonar como un conjuro—. Estaba a punto de traerle un vaso de agua mineral a la señorita Castro. ¿Puedo ofrecerle algo también a usted? ¿Agua mineral? ¿Una infusión?

—No, nada, gracias.

—Si cambia de opinión, si necesita cualquier cosa, si tiene alguna pregunta, solo toque la campana. —Señaló un pequeño dispositivo en forma de campana en medio de la mesa—. Es plata pura. Tiene el sonido más diáfano que haya oído jamás.

—Gracias.

Con un remolino de tela sedosa y una vaharada de perfume floral, pasó a su lado para bajar por la escalera de barandillas rosas.

Cuando su asombro disminuyó, Gurney volvió su atención a la mujer joven que estaba a la mesa.

—¿Angela?

Ella respondió con un asentimiento minúsculo.

—¿Puedo sentarme?

—Claro.

—Primero de todo, quiero darle las gracias por permitirme hablar con usted.

Ella respondió mirándolo con los ojos como platos.

—No sabía qué otra cosa hacer. La carta que el otro detective dejó en la casa de mi hermano daba mucho miedo. Lo que dijo al teléfono asustaba.

—Solo tratábamos de ser sinceros y honestos respecto a un caso que aún presenta muchas incógnitas.

—De acuerdo.

Miró a su alrededor a los exhibidores de muñecas.

—Es un sitio poco habitual el que ha elegido para que nos reunamos.

Ella abrió la boca con expresión de alarma.

—Por teléfono entendí que me decía que una tienda sería buena idea.

—Es una buena idea. —Sonrió y trató de sonar tranquilizador—. Solo quería decir que, antes, nunca había estado en una tienda como esta.

—Oh, no. Por supuesto que no. Es totalmente única.

Gurney continuó sonriendo, y siguió con su tono tranquilizador.

—Tabitha parece muy… complaciente.

Angela asintió, al principio con entusiasmo, luego con algo que parecía vergüenza. Se inclinó hacia Gurney y habló en un susurro ansioso.

—Cree que vamos a comprar otra Barbie.

—¿Qué es lo que cree?

—Que vamos a comprar otra Barbie.

—¿Otra Barbie?

—Oh. Sí. Perdón. No sabe eso. Cuando Stevie y yo nos quedamos aquí, me compró una Barbie. —Sonrió con una dulzura infantil—. La especial que siempre quise.

—¿Usted y Stevie se quedaron aquí?

—Bueno, no aquí en la tienda. En el Dollhouse Inn. Calle abajo. Es como un motel, pero no uno cualquiera. Es fantástico. Las habitaciones tienen temas. —Sus ojos se iluminaron.

—¿Cuándo fue eso?

—Cuando vino a ver a ese espeluznante hipnotista.

—¿Ese espeluznante hipnotista?

—Ya sabe, para dejar de fumar. Para acabar con su vicio de fumar.

—¿Conoció usted al hipnotista?

—No, eso era una cosa personal de Stevie. Yo me quedé aquí. En el motel.

—Dice que el hipnotista era espeluznante. ¿Cómo lo sabía?

—Fue Stevie el que lo dijo, que era un tipo realmente espeluznante.

—¿Dijo algo más de él?

La chica frunció el ceño, como si, tensa, tratara de recordar algo.

—Que era repugnante.

—¿Repugnante? ¿Explicó que quería decir con eso?

—¿Qué quería decir? —Ella negó con la cabeza—. No, solo lo dijo. Espeluznante y repugnante.

—¿Le dijo algo respecto a haber tenido pesadillas?

—Sí, pero fue después cuando me habló de eso. Algo sobre un lobo gigante que le clavaba un cuchillo caliente. Cosas así. Un lobo con ojos al rojo vivo que se le subía encima. —Un temblor visible le recorrió el cuerpo—. Dios, ¡qué asqueroso es eso!

—¿Le dijo que tuvo el sueño más de una vez?

—Muchas. Creo que lo tenía cada noche después de ver al hipnotista. Dijo que era repugnante.

—¿El sueño era repugnante igual que el hipnotista era repugnante?

—Sí, supongo.

—¿Stevie usaba mucho esa palabra?

La pregunta dio la impresión de incomodarla.

—No mucho. Solo a veces.

—¿Puede recordar algo de las otras veces que la usó?

—No.

La respuesta fue demasiado rápida. Sin embargo, sabía que insistir sería un error. Tendría que encontrar una forma de volver sobre ello más tarde.

Por el momento, lo mejor sería reducir la tensión, no aumentarla. Y eso significaba moverse despacio en torno a las dificultades; no era solo cuestión de atravesarlas. A su mente lineal, un estilo de interrogatorio tortuoso le parecía antinatural, pero, en ocasiones, era la mejor forma de avanzar.

—¿Qué problema tenía Stevie con el tabaco?

—¿Qué quiere decir?

—¿Había tratado de dejarlo antes?

—Supongo. —Se encogió de hombros—. No estoy segura.

—¿Hablaba mucho de que quería dejarlo?

—Nunca hablaba del tabaco.

Gurney asintió, sonrió.

—Supongo que la mayoría de la gente no lo hace.

—No. Quiero decir… ¿para qué? Es una estupidez hablar de eso.

—Después de su sesión de hipnosis con el doctor Hammond, después de que volvieran a casa, ¿Stevie pudo dejar de fumar?

—No.

—¿Estaba enfadado con eso?

Ella parecía confundida.

—Supongo. Puede ser. No estoy segura. A lo mejor, en realidad, no quería dejarlo. Sobre todo habló del sueño horrible y de lo repugnante que era Hammond.

—¿Parecía enfadado de que el viaje hubiera resultado una pérdida de tiempo y de dinero?

—¿Una pérdida?

—Bueno, solo me estaba preguntando que si ver a Hammond no le ayudó a dejar de fumar…, si… ¿eso le enfadó?

Angela parecía perpleja, aunque había estado pensando en ello.

—Cuando le pregunté por eso, dijo que estaba enfadado.

—Pero…

—Pero cuando Stevie se enfada de verdad…, supongo que debería decir cuando Stevie se enfadaba de verdad…, sus ojos cambiaban, como…, no sé cómo describirlo, pero…, pero incluso los tipos grandes se echaban atrás ante él.

—¿Y él no parecía enfadado de ese modo cuando le preguntaba por el tiempo y el dinero?

—No. —Se quedó en silencio, con aspecto triste e inquieto.

Gurney ponderaba cuál era la mejor manera de plantear su siguiente pregunta cuando oyó un frufrú de tela; con el rabillo del ojo vio a la formidable Tabitha subiendo por la escalera con una notable ligereza de pies.

Llegó a la mesa sonriendo y colocó entre ellos una bandeja lacada negra con una botella de agua de diseño, un bonito bol de cubitos de hielo y dos vasos relucientes. Lanzó a Gurney un guiño de disculpa.

—He traído un vaso de más por si cambia de idea.

—Gracias.

Tabitha hizo una pausa un segundo o dos antes de volverse y bajar por la escalera con un garbo que debía de ser su estilo habitual.

Se fijó en que Angela observaba la partida de Tabitha con una mezcla de ansiedad y asombro. Esperó hasta que ella se perdió de vista antes de comentar:

—Interesante mujer.

—Quizá no debería haberle dicho que podríamos estar interesados en comprar una muñeca.

—¿Por qué le dijo eso?

—Bueno, no puedo decir la verdad. No podía decirle que iba a encontrarme con alguien aquí para hablar de la horrible muerte de mi novio.

—¿A quién dijo que iba a ver?

—A usted.

—Sí. Pero ¿quién dijo que era yo?

—Oh. Solo le dije su nombre y que era amigo mío, no que fuera detective ni nada parecido. ¿Espero que esté bien que dijera que era mi amigo?

—Por supuesto. Fue una buena idea. —Hizo una pausa—. ¿Había alguna razón especial para que quisiera que nos viéramos aquí?

Ella asintió vigorosamente.

—Me encanta esto.

Gurney miró a su alrededor, tratando de ponerse en la mente de alguien capaz de sentirse a gusto en un entorno tan exótico y basado en la fantasía.

—¿Le gusta por todas las muñecas?

—Sí, claro. Pero sobre todo porque fue aquí donde Stevie me compró mi Barbie favorita.

—¿Fue una ocasión especial?

—¿Se refiere a si era mi cumpleaños o algo?

—Exacto.

—No. Simplemente, me la compró. Y eso lo hizo todavía más especial, ¿sabe a qué me refiero?

—Parece que quería hacerla feliz.

Los ojos de Angela comenzaron a llenarse de lágrimas.

Gurney continuó.

—Así que este es un lugar muy especial para usted. Puedo entenderlo.

—Y no podía quedarme en casa de mi hermano. Si el detective Hardwick me encontró, otra gente también podría hacerlo. Así que mi hermano me prestó algo de dinero y un coche de alquiler y vine aquí anoche. Mi hermano me dijo que, si tenía tanto miedo de que me encontraran, debería pagar en efectivo, porque los polis y otras personas pueden localizarte a través de la tarjeta de crédito. ¿Es verdad o es solo cosa de la tele?

—Es verdad.

—Caray, es como si alguien te estuviera vigilando siempre. Es espeluznante. Pero el caso es que eso es lo que hice, pagué en efectivo, como me dijo mi hermano. Estoy en la misma habitación en la que estuve con Stevie.

—¿Piensa quedarse allí un tiempo?

—A menos que piense que es mala idea.

A Gurney no se le ocurrió otra mejor. Y estaba doblemente contento de haber tomado la precaución de dejar su coche geolocalizado en el hotel. La tranquilizó diciéndole que podría ser el mejor lugar para ella, dadas las circunstancias.

—Cuando estoy aquí, siento como si Stevie estuviera conmigo. —Se tocó los ojos; el rímel se le había corrido.

Gurney pasó a otra pregunta que le había estado inquietando desde el principio.

—Angela, he estado preguntándome, ¿le pareció raro que Stevie estuviera dispuesto a viajar hasta el Wolf Lake Lodge solo para ver a un hipnotista?

Angela gimoteó.

—Un poco.

—Tiene que haber lugares más cercanos a Floral Park que ofrezcan sesiones de hipnosis.

—Supongo.

—¿Alguna vez le preguntó qué le parecía tan especial del doctor Hammond?

Ella dudó.

—Puede que se lo recomendaran.

—¿Quién?

Angela abrió desmesuradamente los ojos. Parecía estar buscando una salida de una habitación en la que hubiera entrado por error.

—No lo sé.

Gurney actuó con cautela. Suavizó su voz.

—Todo esto la asusta, ¿no?

Ella asintió en silencio, mordiéndose el labio.

—Estoy seguro de que Stevie quería mantenerla a salvo.

Ella siguió asintiendo.

—¿Tiene miedo ahora por lo que le ocurrió a él?

Angela cerró los ojos.

—Por favor, no hable de eso.

—Muy bien, entiendo. —Esperó hasta que ella abrió los ojos antes de continuar—. Creo que está siendo muy valiente.

—No lo soy.

—Sí lo es. Está aquí. Está hablando conmigo. Está intentando ser sincera.

Ella pestañeó ante la última palabra.

—Eso es porque estoy asustada, no porque sea valiente.

—Está tratando de hacer lo correcto. Está ayudándome a comprender lo que sucedió realmente.

Angela le sostuvo la mirada con una expresión que tenía un toque de esperanza.

Gurney sonrió con suavidad.

—La persona que le recomendó al doctor Hammond…

Ella lo interrumpió.

—No sé quién fue. De verdad que no. Ni siquiera estoy segura de que la llamada fuera por eso. —Dudó con los ojos fijos en la campana de plata situada en medio de la mesa.

¿La llamada? ¿Qué llamada? Gurney se recostó en su silla y aguardó. Tenía la sensación de que la chica estaba tratando de reunir valor para continuar. Debía ser paciente.

Después de mucha vacilación, Angela continuó:

—Lo único que sé es que Stevie recibió una llamada de alguien; cuando le pregunté quién era, se puso muy raro y dijo que no era nadie. Pero eso era una locura, porque estuvo mucho rato al teléfono con esa persona. Le dije que no podía ser nadie y que por qué me estaba diciendo eso. Entonces se quedó muy callado. Pero esa misma noche empezó a hablar de un doctor especial del que había oído hablar que podía ayudarle a dejar de fumar.

—¿Y usted sumó dos y dos y supuso que fue la persona del teléfono la que le habló del doctor?

—Sí. Eso es. Me pareció bastante obvio. Así que se lo pregunté. Le pregunté si era así.

—¿Qué dijo él?

—Solo sacudió la cabeza, como si lo estuviera negando. Luego se cabreó, pero estaba más nervioso que realmente cabreado; dijo que la persona que le habló del doctor no era alguien del que tuviera que saber nada, que no era importante quién se lo había dicho y que yo no tenía derecho de incordiarle con cosas así.

Por la expresión en los ojos de Angela, Gurney supo que la chica estaba tratando de decidir hasta dónde podía contar.

—Y cuando él dijo eso, ¿qué le dijo usted?

—Le dije que, al menos, debería decirme quién estaba al teléfono.

—¿Y qué respondió él?

—Al principio nada. A veces, Stevie podía ser muy callado. Pero yo seguí preguntando, porque estaba muy raro con todo el asunto. Al final, dijo que la llamada era de alguien que conocía de hacía mucho tiempo, pero que el nombre no significaría nada para mí, que era solo un chico con el que había estado de campamento.

—¿Dijo algo más sobre él? Piénselo bien.

—No, nada. —Ahora se estaba mordiendo el labio más intensamente; sus ojos estaban fijos en la campana de plata, con una expresión que a Gurney le pareció algo así como de un pánico incipiente.

—Cálmese, Angela, está bien. No voy a dejar que le pase nada malo. ¿Recuerda lo que hablamos por teléfono?

Ella parpadeó desconcertada.

—¿Recuerda lo que le dije del miedo? En ocasiones, hemos de hacer algo que nos asusta para protegernos de un peligro mayor. Veo que tiene miedo de hablar de esto, pero, si me dice todo lo que sabe, todo lo que le contó Stevie, estará más a salvo. Porque cuanto más sepa, mejor podré protegerla.

Ella cerró los ojos otra vez y pareció obligarse a seguir:

—Vale, la cuestión es que fue muy muy raro. Esa tarde, la forma en que hablaba de la llamada telefónica…, era como si estuviera simulando que no era nada, una llamadita tonta sin importancia. Yo no tenía que preguntarle, porque no valía la pena. —Hizo una pausa y respiró profundamente—. Entonces, hacia las cinco de la mañana, como si hubiera estado toda la noche pensando en ello, me despertó. Me preguntó tres veces si estaba de verdad despierta, si de verdad le estaba escuchando. Y entonces me dijo, muy serio, que tenía que olvidarme completamente de esa llamada. Dijo que nunca debería mencionarla otra vez y que nunca, nunca, nunca le hablara a nadie de ella, que si alguien más lo descubría, los dos podríamos terminar muertos.

Cuando Angela abrió los ojos, unas lágrimas rodaban por sus mejillas.

—Y nunca lo hice, lo juro. Nunca le dije nada a nadie. Ni una palabra.

38

Un enemigo formidable

$\mathcal{M}$ientras volvía al trote hasta el hotel, analizaba su reunión con Angela Castro, tratando de separar los hechos que importaban de lo puramente accesorio.

No estaba seguro de qué pensar sobre Tabitha. Había algo curioso en ella: esa mujer físicamente dominante mostrando semejante deferencia respecto a la pequeña y ansiosa Angela.

Luego estaba la extraña personalidad que proyectaba la propia Angela, con su peinado rubio rígido y su físico casi anoréxico. Parecía asustada, infantilmente romántica, desesperada por perderse en un mundo de fantasía. Sin embargo, era lo bastante pragmática para haber obtenido un préstamo y un coche de su hermano.

Y estaba el sueño de Steven Pardosa, con sus elementos ahora familiares: el lobo, el cuchillo y la insinuación de sexo forzado. Y el desprecio que Pardosa sentía hacia Richard Hammond: «espeluznante» o «repugnante», lo había llamado.

Lo más importante era la misteriosa llamada telefónica, su efecto sobre Pardosa, su posible relación con Hammond y cómo le había dicho a su novia que debía ser un secreto. Gurney se preguntó si se había producido una amenaza directa de quien había llamado o si Pardosa había llegado a esa conclusión él solo. Por lo que le había contado Angela, esto parecía lo más probable.

Y había un punto más, algo que se le escapaba. Tenía la sensación de que algo que Angela le había contado no cuadraba del todo. Trató de reproducir el encuentro en su mente. Pero la pieza fuera de lugar permanecía esquiva.

Cuando volvió al hotel, encontró a Madeleine y a Hardwick en extremos opuestos de un sofá de tres plazas del vestíbulo. Madeleine tenía los ojos cerrados, pero la posición erguida de su cabeza insinuaba concentración más que sueño. Hardwick estaba hablando por teléfono en voz baja.

Se sentó en una silla frente a ellos, separada del sofá por una mesa de cristal baja.

Madeleine abrió los ojos.

—¿Apareció la jovencita?

—Como prometió.

—¿Con información útil?

—Con información estrambótica.

—¿Cómo era?

—Una criaturita extraña. Obsesionada con las muñecas. Ella también parece una muñeca. ¿Problemas mientras he estado fuera?

Madeleine señaló con la cabeza a Hardwick, que sonaba como si estuviera a punto de terminar la conversación.

—Él te lo contará.

Hardwick terminó la llamada. Tocó una serie de iconos, pasó varias imágenes, hizo algunos ajustes al final de una y deslizó el teléfono sobre la mesa en dirección a Gurney.

—Echa un vistazo a esto.

En la pantalla vio una foto de lo que parecía ser alguna clase de marco mecánico; Gurney reconoció la parte de los bajos de un automóvil.

—¿Mi Outback?

Hardwick asintió.

—Haz *zoom*.

Gurney hizo el movimiento y la porción central de la foto se extendió hasta llenar la pantalla.

—Otra vez —dijo Hardwick.

Gurney repitió el movimiento. Ahora la pantalla se llenó con una barra estructural y la mano de un hombre entrando por un rincón en sombra de la foto, con el pulgar junto a lo que parecía ser el borde saliente de un tornillo.

—Otra vez.

La ampliación final mostró solo el pulgar y el objeto que sobresalía. La referencia del pulgar indicaba que el objeto era aproximadamente del tamaño de cuatro o cinco monedas de cinco centavos apiladas.

Gurney le lanzó una mirada de incredulidad a Hardwick, incapaz de creer del todo lo que sospechaba.

—Créelo —dijo Hardwick.

—Joder. —Gurney examinó la foto con más atención—. Puede que sea diez veces más pequeño que el localizador más pequeño que he visto.

—De acuerdo.

—¿Lo has dejado puesto?

—Sí. No tiene sentido anunciar nuestro descubrimiento hasta que sepamos con qué nos enfrentamos.

—¿El de cerca del parachoques trasero es igual?

—Para nada. Ahí es donde la cosa se pone interesante. El otro es un elemento común. Ni siquiera le he sacado una foto. La misma mierda que usaba el DIC. La misma mierda que cualquiera puede comprar por unos cientos de dólares en su tienda de espías favorita de Internet. Entonces, ¿qué coño está pasando aquí? ¿Ideas, Sherlock?

—Me gustaría mandarle la foto del pequeño a Wigg.

—Ya lo he hecho.

—Bien. Ella conoce este material de memoria. Y su nueva posición solo puede ayudar.

—De acuerdo. ¿Alguna idea entre tanto?

—Claro, pero es lo único que hay, ideas. Que los dos dispositivos sean tan diferentes uno de otro sugiere que los colocaron entidades diferentes.

Madeleine le lanzó una mirada.

—¿Entidades?

—Ahora mismo no sé cómo llamarlo. Podríamos estar tratando con dos agencias, dos unidades de una agencia, investigadores autorizados o no, etcétera. La única cosa clara es que hay una brecha tecnológica entre ellos.

—¿Por qué dices eso?

—Diferentes grados de miniaturización generalmente implican niveles diferentes de sofisticación. Pero espero que Wigg pueda aclarar más ese aspecto.

—Entre tanto —dijo Hardwick—, ¿quieres ponernos al día sobre tu reunión con la novia de Pardosa?

Gurney pasó el siguiente cuarto de hora relatando los detalles de su reunión.

Hardwick se centró en la descripción de la llamada telefónica que había recibido Pardosa.

—Parece que eso lo puso todo en marcha, o al menos le puso en marcha a él.

Gurney asintió.

—Hemos de seguir la parte de «alguien que conocía del campamento». Sus padres deberían poder contarnos a qué campamento asistió de niño y cuándo. Incluso podrían conocer los nombres de sus amigos del campamento. ¿Crees que puedes investigar eso?

Hardwick tosió y escupió en su pañuelo.

—Un gran grano en el culo y, probablemente, un callejón sin salida. Pero ¿qué otra cosa estoy haciendo...? —Lo interrumpió su propio teléfono.

Miró la pantalla y pareció sorprendido.

—Joder, qué rapidez. Es Wigg.

De inmediato le dio las gracias por contestarle, luego escuchó aproximadamente un minuto antes de hablar otra vez.

—Espera un segundo, Robin. Tengo aquí a Gurney. Vamos a un lugar más privado, donde pueda poner esto en el altavoz. —Se volvió hacia Gurney y Madeleine—. ¿Y si vamos a tu coche?

Madeleine parecía escéptica.

—¿Nuestro coche pinchado?

Hardwick le aseguró que el escáner no había detectado micrófonos de audio, solo los localizadores. Fueron hasta el automóvil, todavía aparcado bajo el alero, y ocuparon los mismos asientos que antes. Hardwick conectó el altavoz del teléfono.

—Vale, Robin. ¿Quieres repetir lo que habías empezado a decir hace un minuto?

—Te estaba preguntando si estás seguro de que el dispositivo fotografiado estaba recopilando información geolocalizada y luego transmitiéndola.

Aunque Gurney no había visto a Robin Wigg desde hacía más de un año, su voz característica de contralto hizo que la imaginara vívidamente: una pelirroja nervuda, atlética, con aspecto y maneras andróginas, cuya edad podría estar en cualquier punto entre los treinta y los cuarenta. Era lista, lacónica, profesional.

Hardwick respondió:

—Según el escáner que me prestaste, no hay duda de eso.

—Dave, ¿el dispositivo sigue fijado a su coche?

—Sí. No queremos quitarlo todavía.

—¿Quiere saber más de él?

—Exacto. Lo avanzado que es, etcétera.

—¿Y qué podría decirle eso de la gente que lo colocó allí?

—Exacto. También me estoy preguntando si había visto algo así antes.

Se hizo el silencio. Sintiendo que tal vez estaba atravesando una sutil frontera, añadió:

—Lo que pueda contarnos sería útil.

—¿Qué grado de detalle quiere en relación con las cuestiones técnicas y económicas implicadas en este nivel de miniaturización?

—Todo lo que nos ayude a comprender con qué y con quién estamos tratando.

—Vale. Lo que tiene ahí está dos generaciones más allá de lo que la mayoría de las agencias de la ley consideran lo último. El noventa y nueve por ciento de los operativos de vigilancia del mundo ni siquiera saben que existe un dispositivo así. —Hizo una pausa—. ¿Se hace una idea?

—Joder —dijo Gurney—. ¿Qué hace una cosa así en mi coche?

—No quiero sonar dramática, pero está muy claro que está en el punto de interés de alguien con recursos más que importantes.

—¿Cuánto costaría ese articulito? —preguntó Hardwick.

—Mucho —dijo Wigg—. Pero la barrera real no es el dinero, sino el acceso.

—¿Estamos hablando de algún chisme de espionaje de alto nivel?

Otro silencio, tan significativo como el primero.

Gurney notaba que Wigg les había contado todo lo que les iba a contar y que insistir más sería contraproducente.

—Gracias, Robin. Esto ha sido muy útil. Se lo agradezco.

—Deje que le diga una última cosa: sea extremadamente cauteloso. Cualquiera que utilice esa clase de tecnología juega en una liga muy superior a la que usted está acostumbrado.

39

Espías

*E*l comentario final de Wigg volvió a centrar a Gurney en una pregunta esencial para comprender la fijación del DIC con Richard Hammond, una cuestión que confiaba que Hardwick investigara.

—Simple curiosidad, Jack..., ¿algún progreso sobre quién está guiando desde arriba la forma en que Fenton maneja el caso?

Hardwick se inclinó hacia delante desde su posición en el asiento trasero.

—Una pregunta extraordinariamente oportuna. Cuando empiezo a pensar que estás tan perdido como todos nosotros, llega una carta paranormal como esa. La cadena de mando de Fenton era el tema de esa llamada telefónica que estaba haciendo cuando llegaste al vestíbulo del hotel de tú *tête-à-tête* con la chica muñeca.

—¿Qué has descubierto?

—Que la cadena jerárquica de Gilbert Fenton ha quedado un poco oscura. Lleva en asignación especial desde el descubrimiento de la relación de Hammond con los aparentes suicidios.

—¿Esta «asignación especial» está fuera de su unidad o fuera también del DIC?

—Buena pregunta. Nadie parece saber, a ciencia cierta, lo que está pasando, ni siquiera la gente que siempre lo sabe todo.

—Pero...

—Corre el rumor de que está bajo la protección del enlace interagencias para cuestiones de seguridad nacional.

Madeleine se volvió en su asiento para mirar a Hardwick.

—Seguridad nacional. ¿Qué significa eso?

—Otra buena pregunta. Desde el 11-S, su significado se ha extendido hasta significar lo que el pequeño cabrón al mando de las tropas de asalto quiera que signifique.

—Pero, en este caso...

—En este caso, ¿quién coño sabe lo que significa?

Madeleine puso mala cara.

—¿Estás diciendo que alguien relacionado con la seguridad nacional piensa que Richard Hammond es una especie de terrorista? ¿O espía? ¡Eso no tiene sentido!

Hardwick soltó una risa carente de humor.

—Muy poco de lo que ellos piensan o hacen tiene sentido, hasta que ves que es una forma de inflar su propia importancia. Entonces todo cobra perfecto sentido.

Madeleine lo miró.

—Hablas completamente en serio, ¿no?

—No empecemos con esto. Me he encontrado con demasiados de estos cabrones vanidosos enloquecidos de poder y de sus interesadas sandeces. La llamada Ley Patriótica, Seguridad Nacional y todos los cerdos corporativos que chupan de esa teta gigante han hecho más daño a este país de lo que Osama bin Laden podría haber soñado. ¿Conclusión? Estados Unidos se ha jodido a sí mismo, por arriba, por abajo y de costado. Espías y cabrones dirigen el cotarro, con acceso ilimitado a tu vida personal. Bin Laden se estará partiendo el culo, muerto y todo.

Gurney esperó hasta que el impulso de la rabia de Hardwick remitiera.

—Aparte del cambio en la cadena jerárquica de Fenton, ¿has podido descubrir algo más?

De nuevo, Hardwick expectoró y escupió en su pañuelo sucio.

—Recogí unos pocos chismes que podrían ser relevantes. Por ejemplo, antes de ingresar en la policía del estado, Fenton cumplió tres periodos de servicio en el ejército, el último en inteligencia militar.

Madeleine no daba crédito a lo que oía.

—¿Esto se está convirtiendo en una película de espías?

Hardwick se encogió de hombros.

—Con todo esto del hipnotismo y del control del comportamiento, está empezando a parecerse a *El mensajero del miedo*.

—Eso era una película —dijo Gurney—, no algo que ocurrió realmente.

Hardwick se echó más adelante en su asiento.

—No hay razón para creer que no pudo ocurrir. Apostaría a que hay unos cuantos cabrones en las agencias de inteligencia ahora mismo tratando de descubrir cómo ejercer esa clase de control mental.

Pero a Gurney lo que le interesaban eran los hechos.

—El tiempo de Fenton en la inteligencia militar podría estar relacionado con su nueva situación jerárquica. Pero aún no sabemos lo suficiente. ¿Más descubrimientos?

JOHN VERDON

—Es todo por ahora.

—¿Nada más desde el ángulo de la homosexualidad?

—¿Como qué?

—No lo sé. Pero ha surgido de maneras que son difíciles de pasar por alto: la terapia de afloramiento homosexual de Hammond, la demonización que Bowman Cox hace de ella, la insinuación de violación homosexual en las pesadillas. Me gustaría saber si hay alguna prueba de homosexualidad u homofobia en los historiales de Muster y Balzac.

—Darryl Becker en Palm Beach podría darnos algo sobre Muster. No tengo línea directa con el Departamento de Policía de Teaneck, así que conseguir una respuesta sobre Balzac es harina de otro costal. Conozco a algunas personas que conocen a algunas personas. Pero llevará su tiempo. ¿Alguna pregunta más?

—Las mismas que he planteado antes. ¿Hay alguna bandera de alerta en el historial de Norris Landon? ¿O en el de Austen Steckle, aparte de ser un delincuente reformado, camello y desfalcador? Y tengo otra pregunta: puesto que Pardosa recibió una peculiar llamada telefónica que aparentemente lo envió al Wolf Lake Lodge, me estoy preguntando si Muster y Balzac recibieron llamadas similares.

Hardwick suspiró.

—Sería más fácil responder esas preguntas si tuviéramos placas que mostrar. El puto peso de la ley puede tener sus ventajas.

Gurney exhibió una sonrisa para ocultar su impaciencia.

—Creo que acordamos que el siguiente punto en tu agenda sería una visita a los padres de Pardosa.

—Exacto. Con la esperanza de que hubieran memorizado los detalles de las cartas de Stevie desde el campamento de verano, incluidos los nombres de toda la gente que conoció allí.

—Si no te conociera mejor, Jack, pensaría que lamentas tener que hacer un poco de trabajo de campo.

—Que te den, Sherlock.

40

Decisiones peligrosas

*D*espués de que Hardwick arrancara el GTO y se dirigiera al sur, hacia aquella misión casi imposible en Floral Park, Gurney y Madeleine se quedaron un rato sentados, en silencio, en el Outback aparcado.

—¿Estás bien? —preguntó él.

—No.

—¿Qué pasa?

—¿Todo se está volviendo más oscuro y más complicado?

Una ráfaga de viento arrastró restos de granizo bajo el soportal del hotel y rebotaron en el parabrisas. Madeleine pestañeó, como si el sonido la sacara de algún otro lugar.

—Será mejor que volvamos al lago del Lobo antes de que el tiempo empeore.

Dave asintió, arrancó y se dirigió a Woodpecker Road en dirección a la Northway.

—Maddie, ¿estás completamente segura de que no deberíamos olvidarnos de esta situación?

—Estoy segura. Y no es porque me caiga bien Hammond, que no me cae bien. Es un genio malcriado con una dependencia enfermiza de su hermana que lo cuida. A juzgar por esa historia del cadáver en el maletero, también está un poco loco. Pero no creo que sea un asesino que controla las mentes. Y ahora sé que apartarse de un desastre no lo resuelve.

Dave sintió que una placa tectónica de su vida se desplazaba. Desde que había dejado el Departamento de Policía de Nueva York, Madeleine había sido predecible en un aspecto: siempre lo había presionado para que se apartara del mundo del crimen y caos que le atraía y se centrara en su nueva vida en el campo. Nunca le habría aconsejado que se quedara empantanado en la investigación de un homicidio.

Aquel cambio era radical e inquietante.

Después de detenerse en un restaurante tailandés en Lake Placid y disfrutar de una comida tranquila (ninguno de los dos tenía mucho apetito), llegaron al lago del Lobo poco después de las cuatro. El atardecer era cada vez más evidente y la temperatura estaba bajando.

Cuando llegaron a la recepción del hotel, Austen Steckle estaba saliendo del Salón del Hogar. Detrás de él, Gurney pudo ver las llamas incipientes de un nuevo fuego.

La sonrisa de Steckle parecía tensa y tenía la cabeza perlada de sudor.

—Eh, justo la gente que quería ver. —Después de saludar con la cabeza a Madeleine, se dirigió a Gurney—. Le he preparado lo que pidió. Pero la cuestión es que Peyton tenía planes para la noche. Para mañana también. Y después de eso, es difícil de decir, no sé si me explico. —Se echó atrás el puño de la camisa y echó un vistazo a su brillante Rolex—. Así que la cuestión es que, si quiere hablar con él, tiene que ser ahora. ¿Eso le iría bien?

Gurney miró a Madeleine.

Ella se encogió de hombros.

Miró de nuevo a Steckle.

—Ahora está bien. De hecho, dentro de quince minutos sería mejor. Tengo que subir antes a nuestra habitación. ¿Peyton me espera?

—Sí, más o menos. Llamaré y lo confirmaré con él. Le diré que llegará dentro de quince minutos. ¿Conoce el camino?

—Conozco el camino.

—La conversación con Peyton puede ser difícil. No diga que no le he avisado.

—Estoy acostumbrado a conversaciones difíciles.

—Eso es bueno.

Steckle se metió en su oficina.

Los Gurney subieron a la *suite*.

La sala principal estaba casi en plena oscuridad. El viento gemía en la puerta del balcón. Dave encendió la luz del techo en la zona de entrada, luego cruzó la habitación y encendió la lámpara al lado del sofá. Pensó en encender también la lámpara de querosene del fondo, la que tenía el lobo grabado en la base, pero decidió que era mejor no hacerlo. Mejor mantenerla de reserva, por si había otro corte de luz.

Sacó del bolsillo de la chaqueta el escáner de vigilancia de amplio espectro que Hardwick le había prestado y lo encendió. La pantalla de bienvenida imitaba la de un *smartphone* de gama alta.

Madeleine, todavía envuelta en su chaqueta, con bufanda y su gorro de esquí, lo estaba observando.

—¿Vas a buscar en nuestra habitación?

Él le lanzó una mirada de advertencia: debían andarse con cuidado con lo que decían.

Siguiendo las instrucciones de Hardwick, navegó a través de una serie de opciones de configuración. Al cabo de menos de un minuto, el aparato estaba completamente operativo: exhibía un diagrama esquemático de la habitación en la que se encontraba.

Mientras caminaba por la habitación, apareció un punto rojo en la pantalla, y luego otro. Dado el trazado gráfico de las paredes de la *suite* en la pantalla, la localización de cada punto y el transmisor de radiofrecuencia que representaba eran claros. La indicación visual se completaba mediante datos sobre la distancia de cada transmisor desde las superficies horizontales y verticales más cercanas (en este caso, el suelo y las paredes de la habitación), el tipo, frecuencia e intensidad de la señal. Una línea en la parte inferior de la pantalla lo resumía: «Dispositivos detectados en la zona escaneada: 2 audio, 0 vídeo».

Hizo otro pase por la habitación para asegurarse. También quería ver si aparecía algún otro micrófono, pero el escáner solo encontró esos dos. Lo apagó y se lo guardó en el bolsillo de atrás. Volviéndose a Madeleine, que había estado observando el proceso con preocupación, señaló en silencio las dos ubicaciones.

El primer micrófono estaba en el retrato a tamaño natural de Warren Harding, colgado sobre el bar de la *suite*. El segundo era el propio teléfono móvil de Madeleine, que estaba en el extremo de la mesa, junto al sofá.

La expresión de Madeleine pasó del desconcierto a la ira.

Gurney estaba ansioso por inspeccionar aquellas dos ubicaciones y confirmar lo que había mostrado el escáner. Y, como los dos patrones de transmisión eran muy diferentes, sentía curiosidad por comprobar si pasaba igual que con los dispositivos de su coche, que eran tan dispares en cuanto a estar a la última en tecnología. Necesitaba hacer alguna clase de ruido de distracción para poder manipular los transmisores sin levantar muchas sospechas.

Ya había hecho esto antes. La regla básica era que el camuflaje de audio tenía que ser apropiado al entorno. Una licuadora o un robot de cocina podría enmascarar casi cualquier otro sonido, pero había muy pocas situaciones en las que pudiera utilizarse con cierta credibilidad. La conversación ordinaria carecía del volumen necesario. Música de percusión, carcajadas, agua corriente, cualquiera de esas cosas funcionaría en el entorno adecuado, pero ninguno parecía encajar en las circunstancias actuales.

Estaba examinando la habitación en busca de inspiración cuando

Madeleine le proporcionó la solución en forma de un estornudo repentino. Después de un momento de sopesarlo, fue a su mochila, sacó una libretita y la abrió por una página en blanco. Escribió mientras Madeleine lo observaba: «Sigue la corriente con lo que te sugiera. Responde con naturalidad. Cuando te haga una señal con la cabeza, haz un sonido de estornudo o aclárate la garganta o tose varias veces. Empieza ahora estornudando y tosiendo».

Ella le lanzó una mirada inquisitiva.

Él señaló a la petición de estornudar y toser.

Ella estornudó ruidosamente y se aclaró la garganta.

Dave puso tono preocupado.

—Vaya. Me lo temía cuando íbamos en el coche.

—¿Qué temías en el coche?

—Que estabas incubando algo. O quizá que ya estaban aquí tus alergias.

—Creo que podría ser una alergia.

—¿Alguna idea de la causa?

—No lo sé. ¿Algo de la habitación? ¿El coche? ¿El aire? Lo único que sé es que tengo esta sensación de irritación en la nariz y la garganta.

Madeleine habló con tal convicción que él casi la creyó.

—¿Has traído algo que puedas tomarte?

—Creo que no.

—Tal vez encontremos algo mañana. —Le hizo una seña para que se acercara más a él cuando se aproximaba al retrato de Harding. Se estiró por encima de la fila de botellas del bar y le hizo una seña con la cabeza al agarrar el marco.

Cuando ella estalló en una serie de estornudos, él levantó la parte inferior del marco para alejarlo de la pared y miró debajo, prestando particular atención al cable del que colgaba el retrato. Se fijó de inmediato en que sus extremos estaban encajados en fundas tubulares, cada una de las cuales podía albergar fácilmente un dispositivo tan grande como un mechero no recargable. El cable en sí sería un disfraz ideal para una antena. Nada sugería que no fuera un micrófono de audio estándar y fácil de encontrar. Con la protección de otra serie de estornudos de Madeleine, volvió a colocar el marco contra la pared.

Inspeccionar el teléfono de su mujer sería más complejo.

Señaló a Madeleine hacia el final del sofá, junto a su teléfono. Intentó poner tono de preocupación.

—Cariño, ¿por qué no te sientas un rato y tratas de relajarte? ¿Por qué no te echas una manta por encima?

—No estoy cansada. Es solo esa sensación de picor incómoda en la garganta. ¿Sabes?, como reseca. A lo mejor he pillado un resfriado, después de todo.

—Al menos siéntate. Puedes poner los pies encima del cojín. Relajarte no te hará daño.

—Está bien. No puede hacer que me sienta peor.

Madeleine sonó malhumorada y auténtica. Según la experiencia de Gurney, un tono irritado siempre hacía que una conversación falsa pareciera más real.

Madeleine se sentó en el sofá, estornudando y aclarándose repetidamente la garganta.

Gurney fue al extremo de la mesa y colocó una mano sobre el teléfono de ella para comprobar la temperatura. Estaba bastante frío; no era lo que esperaba.

La manipulación más común de un móvil se conseguía generalmente entrando en su *software*; eso permitía al *hacker* manipular de manera remota las funciones del teléfono, por ejemplo, activar las funciones de micrófono y transmisión; así el móvil se convertía en un dispositivo de escucha controlado por el *hacker*.

Pero esta estrategia dejaba señales concretas, la más simple de las cuales era la generación de calor en la batería. Como el escáner había indicado una transmisión activa desde el teléfono, Gurney había esperado encontrarlo caliente. Que no lo estuviera significaba que algo extraño estaba ocurriendo.

Descubrir más requeriría meterse dentro del propio teléfono.

Madeleine y él tenían el mismo modelo de la misma marca, así que sacó el suyo para comprobar cómo examinarlo. Estudiando el panel trasero, intuyó que lo primero que iba a necesitar era un destornillador muy pequeño.

Por suerte, Madeleine siempre metía en la maleta un *kit* para arreglar sus gafas, que incluía unos pequeños tornillos que sostenían la montura y el pequeño destornillador correspondiente.

Parecía del tamaño adecuado.

Para mantener una conversación que sonara apropiada, dijo:

—Ha de haber alguna diferencia entre la sensación de resfriado y la sensación de alergia. ¿No estás segura de qué es?

Madeleine respondió como él había esperado que lo hiciera: con una laberíntica y desdeñosa descripción de los malestares asociados con cada problema. Entre tanto, él se entretuvo abriendo su propio teléfono; así tendría una referencia visual con la que comparar el de ella y conocer las anomalías.

Una vez que tuvo el suyo abierto, lo dejó en el extremo de la mesita y cogió con cuidado el de Madeleine. Tras hacerle una señal para que empezara a estornudar y toser, sacó el panel trasero y dejó el teléfono con sus componentes internos expuestos en la mesa.

A primera vista parecían idénticos. Sin embargo, al mirar con más atención, se fijó en una diferencia entre ellos en la esquina donde estaba situado el micrófono.

Sacó fotos de cerca desde varios ángulos. Con Madeleine alternativamente tosiendo y quejándose con brusquedad de la sensación de picor en la garganta, volvió a colocar las tapas de los dos teléfonos y apretó los tornillos.

—Te sentirías mejor si te echaras una siesta —propuso.

—Si duermo ahora, no podré dormir por la noche. —Sonó tan abatida que tuvo que recordarse que estaba fingiendo—. ¿No tenías que ir a algún sitio? —preguntó.

Dave miró el reloj. Tenía que estar con Peyton dentro de cinco minutos. Se apresuró a enviarle un mensaje de correo a Robin Wigg y adjuntó las fotos del interior del teléfono de Madeleine. Añadió marca, modelo y número de serie, indicó la frecuencia de transmisión que se había detectado y añadió un breve mensaje: «El escáner indica transmisión activa. Pero no hay calor discernible en la batería ni se agota rápido. ¿Posible implantación de un dispositivo en zona de micrófono? Necesito orientación». Pulsó el botón de enviar.

Miró su reloj otra vez e hizo un guiño a Madeleine.

—Hora de ir a ver a míster Cocaína. Puede que sea interesante.

41

Flores de invernadero

*L*a puerta de seguridad que daba entrada a la imponente residencia de Gall, al final del camino del lago, ya estaba abierta cuando Gurney llegó. Un vigilante de aspecto adusto, apenas visible con aquella escasa luz, señaló un sendero curvo que conducía hacia la amenazante estructura gris.

—Zona de aparcamiento junto a la puerta principal. No aparque en ningún otro sitio.

La voz distaba mucho de ser amable. Gurney supuso que era la voz de un poli pluriempleado, pero no la clase de policía con la que él se sentía a gusto.

Siguió el sendero varias decenas de metros hasta una zona pavimentada e iluminada delante de un porche de piedra y una enorme puerta de madera. Cuando Gurney bajó del coche, soplaba un viento cortante y arremolinado.

En cuanto alcanzó la puerta, esta se abrió a un vestíbulo amplio de techos altos y pino pulido. El diseño era una versión más espléndida del ubicuo estilo Adirondack. La iluminación procedía de una serie de tres enormes lámparas instaladas en ruedas de carro.

Desde esa posición en el umbral, Gurney divisó, alto en la pared del fondo del vestíbulo, un retrato enmarcado de un hombre arrogante con traje oscuro. Pensó que quizá se tratara del desventurado protagonista de la leyenda de los Gall. Había una desalentadora frialdad en la frente de aspecto intelectual y en aquellos ojos separados. Una mandíbula de voluntad férrea daba la impresión de un hombre dedicado a salirse con la suya.

—Adelante, por favor —dijo una voz femenina con un marcado acento.

Gurney entró.

La puerta se cerró lentamente detrás de él. Para su sorpresa, apareció una mujer rubia que no llevaba nada más que la parte inferior de un bikini de tanga. Sostenía un pequeño control remoto, tal vez para activar aquella enorme puerta. Su cuerpo, demasiado suntuoso para ser completamente producto de la naturaleza, estaba mojado. Sus ojos, grises, como los más fríos que Gurney hubiera visto, le recordaban la frase de Steckle: «zorras con las mismas posibilidades de matarte que de follarte».

Mientras Gurney intentaba procesar la presencia de aquella chica y lo que eso indicaba sobre Peyton, ella parecía evaluarlo como una mujer podría evaluar la posible compra de un bolso.

—Me sigue ahora.

Con una sonrisa sugerente, se volvió: una espalda brillante y desnuda; lo condujo por un pasillo que se desviaba desde el vestíbulo de entrada. Al final del pasillo, la mujer abrió una puerta de cristal a lo que era evidentemente un añadido a la casa original.

Por la vestimenta de su guía, o más bien ausencia de vestimenta, a Gurney no le habría sorprendido encontrar una piscina cubierta. En cambio, se vio envuelto por el aire caliente y fragante de un invernadero tropical. Un trasfondo de música rítmica y primitiva creaba una atmósfera lo más alejada de las Adirondack que cabía imaginar.

Gruesas plantas leñosas se alzaban hacia un alto techo de cristal. Macizos de helechos, bordeados de troncos musgosos de los que brotaban orquídeas, rodeaban una zona circular con un suelo de caoba pulida. Senderos sinuosos de la misma caoba irradiaban desde ese centro para desaparecer detrás de macizos de follaje selvático. En algún lugar en medio de todas esas plantas leñosas, Gurney oyó el borboteo de una fuente o una pequeña cascada.

En el centro de la zona abierta había dos sillones de ratán de respaldo alto, uno frente al otro, con una mesa baja del mismo material entre ambos. Uno de los sillones lo ocupaba un hombre de cabello oscuro que llevaba una bata blanca de aspecto lujoso.

La mujer casi desnuda se acercó al hombre y le dijo algo, pero la música de fondo hizo que Gurney no distinguiera sus palabras.

El hombre, respondiendo a la joven con una sonrisa floja, deslizó lentamente una mano entre sus piernas.

Gurney se preguntó si estaba a punto de ser testigo de un espectáculo de sexo en directo. Sin embargo, al cabo de un momento, la mujer semidesnuda medio rio, medio ronroneó a algo que dijo el hombre y se alejó con naturalidad por uno de los senderos de caoba, entre los macizos de plantas. Justo antes de que desapareciera en la miniselva, se volvió para mirar a Gurney, moviendo la punta de la lengua entre sus labios carnosos en una imagen tan reptiliana como seductora.

Una vez que la mujer se perdió de vista, el hombre de la bata hizo un gesto a Gurney hacia el sillón de ratán vacío.

—Siéntese. Tome algo.

La voz era intensa, de barítono; la articulación, lenta y cansada, como si el hombre estuviera borracho o sedado. Señaló de manera incitante hacia una mesita de café en la cual Gurney vio una botella de vodka Gray Goose, una cubitera de hielo y dos vasos.

Gurney permaneció de pie donde estaba.

—¿Señor Gall?

El hombre sonrió lentamente, luego rio.

—Austen me dijo que un detective llamado Gurney quería hablar conmigo. Le pregunté quién coño era. ¿Y sabe lo que me dijo? Dijo que era usted el detective privado de Jane Hammond. ¿Es eso cierto?

—Es una forma de decirlo.

—¿Así que su trabajo consiste en demostrar que el cabrón del hermano de Jane no mató al cabrón de mi hermano?

—La verdad es que no.

—Si esa es su misión secreta aquí, no tiene que negarlo, porque me importa un huevo que sea de una forma o de otra. Así que siéntese y tome una copa.

Gurney aceptó la invitación a sentarse, lo cual lo colocó lo bastante cerca para discernir en el rostro lánguido y autoindulgente que tenía delante de él la misma estructura ósea que había visto en la cara enérgica del retrato del vestíbulo. Eso confirmaba, al mismo tiempo, el poder y las limitaciones de los genes compartidos.

Gurney se recostó en su sillón y miró a su alrededor en el gran espacio cerrado y acristalado. Fuera ya estaba oscuro; las luces del interior —procedentes de focos halógenos orientados hacia arriba y ocultos entre las plantas— proyectaban extrañas sombras por doquier. Cuando su mirada alcanzó a Peyton Gall, se encontró con los ojos del hombre fijos en él.

Gurney se inclinó hacia delante.

—Le diré por qué estoy aquí. Quiero descubrir por qué cuatro personas murieron después de ver a Richard Hammond.

—¿Tiene dudas sobre la versión oficial? —dijo Gall con un tono travieso, como si ridiculizara un cliché.

—Por supuesto que tengo dudas sobre esa versión, ¿usted no?

Gall bostezó, rellenó su vaso de vodka y bebió un trago lento. Luego sostuvo el vaso delante de la cara, mirando por encima del borde.

—Entonces, ¿no cree que lo hiciera el doctor brujo?

—Si se refiere al doctor Hammond, no, no creo que lo hiciera, al menos no de la manera que insinúan las hipótesis de la policía. Y, francamente, señor Gall, usted tampoco parece pensarlo.

Gall estaba mirando por encima del borde de su vaso a Gurney con un ojo cerrado, como si estuviera apuntando por la mirilla de un rifle.

—Llámeme Peyton. Mi santo hermano era el señor Gall. No tengo ninguna aspiración de asumir ese cargo. ¿Sabe lo que digo? Digo que a la mierda las aspiraciones. Así que, por favor, llámeme Peyton. El bueno de Peyton. El amable Peyton, amante de la diversión.

A Gurney el tono le sonó altivo, resentido y ridículo. Era el tono de un borracho egoísta y arrogante, un niño peligroso en el cuerpo de un adulto. No era un hombre con el que le gustaría estar en la misma habitación si pudiera evitarlo, pero había preguntas que necesitaba que se contestaran.

—Dígame algo, Peyton. Si Richard Hammond no fue responsable de la muerte de Ethan, ¿quién cree que lo fue?

Gall bajó su vaso de vodka unos centímetros y lo estudió como si pudiera contener una lista de sospechosos.

—Le aconsejo que se centre en la gente que lo conocía bien.

—¿Por qué?

—Porque conocer a Ethan era odiarlo.

A pesar de lo teatral de aquella declaración, Gurney percibió detrás de las palabras un sentimiento real.

—¿Qué era lo más odioso de él?

La rabia pareció atravesar toda la neblina alcohólica de Gall.

—La ilusión que creaba.

—¿No era lo que aparentaba?

Gall soltó una risa corta y amarga.

—A distancia era como un puto dios. De cerca, no tanto. Tan pagado de sí mismo de la peor manera; del modo rebosante de virtud, en su mejor manera. ¡Un puto cabrón fanático del control!

—Tuvo que cabrearle que cambiara los términos de su testamento a su costa.

Se quedó un buen rato en silencio.

—¿De eso se trata?

—¿Qué quiere decir?

—Quiero decir que si esta conversación trata de eso. Está pensando que la policía se equivoca…, que Richard, el hipnotista maricón, es inocente… y que yo hice que esa puta gente se suicidara. ¿Es eso lo que está pensando?

—No creo que hiciera que nadie se suicidara. Eso parece imposible.

—Entonces, ¿qué coño está insinuando?

—Me estaba preguntando simplemente si el hecho de que Ethan cambiara su testamento le cabreó.

—La respuesta es sí. Por supuesto que sí. San Ethan era un capullo puritano que odiaba la forma en que yo disfrutaba de mi vida y siempre estaba buscando formas de castigarme. «Haz lo que te digo o terminarás sin nada. Haz lo que te digo o te lo quitaré todo. Haz lo que te digo o le daré la herencia al primer asqueroso que aparezca.» Un puto cabrón del control. ¿Quién lo puso a cargo del mundo?

Gurney asintió.

—La vida debería ser más fácil para usted ahora que no está.

Gall sonrió.

—Sí.

—Aun con el cambio en su testamento, terminó con un montón de dinero. Y si la policía puede demostrar que Hammond estuvo implicado en la muerte de Ethan, la herencia irá a parar a sus manos. Recibiría cincuenta y ocho millones de dólares en total.

Gall bostezó por segunda vez.

Bostezar, Gurney lo sabía, era ambiguo: con la misma frecuencia, era producto de la ansiedad que del aburrimiento. Se preguntó qué sentimiento estaba en juego.

—¿Tiene algún plan para todo el dinero?

—Los planes me aburren. El dinero me aburre. El dinero hay que vigilarlo, controlarlo, masajearlo. Hay que invertirlo, equilibrarlo, apalancarlo. Hay que pensar en él, hablar de él, preocuparse por él. Es un aburrimiento gigante. La vida es demasiado corta para toda esa mierda. Toda esa planificación.

—Gracias a Dios de Austen, ¿eh?

—Desde luego. Austen es un cabrón aburrido, pero es un planificador por naturaleza. Presta atención al dinero. Cuida bien el dinero. Así que sí, gracias a Dios, hay cabrones como Austen.

—Piensa mantenerlo entonces, ¿controlando los bienes de los Gall?

—¿Por qué no? Puede vigilar las cuentas mientras yo vivo como me gusta. —Hizo un guiño a Gurney. Un guiño cansado, malévolo, lascivo—. Así todo el mundo es feliz.

—Salvo las cuatro personas muertas.

—Eso es cosa suya, detective. Austen invierte los millones de los Gall. Yo me follo a las mujeres más hermosas del mundo. Usted se pasa la vida preocupándose por muertos. —Otro guiño—. Cada uno tiene su especialidad. Es lo que hace que el mundo gire.

Como si fuera una señal, apareció la rubia mojada. La única diferencia era que se había quitado su minúsculo tanga y se paseaba como Dios la trajo al mundo.

42

La muerte del doctor hechicero

*G*urney encontró a Madeleine en el Salón del Hogar, en un sillón junto al fuego. Tenía los ojos cerrados, pero los abrió cuando él se acomodó a su lado, en otro sillón.

—¿Ha ido bien tu reunión?

—No puedo decidir si Peyton es el mocoso más ególatra del mundo o si solo lo simula.

—¿Por qué iba a hacer eso?

—No estoy seguro. Pero me ha dado la impresión de alguien que representa un papel.

—¿Qué papel?

—El aristócrata harto sumergido en alcohol que cree que las reglas solo se aplican a los demás.

—¿Un hombre que puede hacer lo que quiera?

—Lo que quiera y cuando quiera.

—¿Estaba solo?

—No exactamente.

—¿Con compañía femenina?

—Definitivamente femenina.

Ella miró al fuego.

—Entonces, ¿qué has averiguado?

—Que odiaba a Ethan. Que lo consideraba un insoportable fanático del control. Que no puede importarle menos cómo murió o quién puede haberlo matado. Que el dinero le aburre. Que confía totalmente en que Steckle se ocupe de la pesada carga de la fortuna de los Gall. Y que lo único que quiere hacer con su vida es follar hasta reventar con una puta siliconada en un invernadero.

—Pero ¿no estás seguro de creer lo que dice?

—No sé si es tan indisciplinado como simula, una hoja hedonista al viento. Creo que hay un lado de él que se me escapa.

—Entonces..., ¿qué harás a continuación?

—¿A continuación? Bueno, Jack me dio ese escáner para examinar la casa de Hammond. Cree que está pinchada. En su opinión, es así como Fenton descubrió su implicación. Pero quiere estar seguro.

—¿Cuándo?

—Lo antes posible.

—¿Ahora?

Miró su reloj.

—Es un momento tan bueno como otro cualquiera, a menos que quieras que me ocupe de conseguir cena.

—No tengo hambre —Madeleine vaciló—, pero quiero ir contigo.

—¿A ver a los Hammond?

—¿Es un problema?

—En absoluto.

Sacó su teléfono y marcó el número de móvil de Jane.

Veinte minutos más tarde, Madeleine y él estaban en el vestíbulo del chalé, sacudiéndose cristales de hielo de la ropa.

Jane, con los ojos como platos de preocupación, tomó sus chaquetas y sombreros, y los colgó en un perchero junto a la puerta.

—¿Ocurre algo?

Gurney sonrió al darse cuenta de que esas palabras eran el equivalente verbal de las líneas de su rostro.

—Solo quiero informarle sobre el progreso de mis investigaciones y plantear unas cuantas preguntas, si le parece bien.

—Por supuesto, pasen.

La siguieron a la zona de estar principal del chalé, donde Richard se ocupaba de un fuego modesto. Su expresión era tan anodina como la de Jane aprensiva.

—Lamento presentarme sin previo aviso —dijo Gurney—, pero pensaba que sería útil ponerles al día.

Con una notable falta de entusiasmo, Hammond hizo una señal para que Gurney y Madeleine se acomodaran en el sofá. Cuando estuvieron sentados, él y Jane ocuparon los dos sillones de enfrente. En la mesa de al lado del sillón de Hammond había dos ordenadores portátiles, ambos abiertos.

—Bueno —dijo Hammond. Sus ojos aguamarina, que parecían no pestañear jamás, resultaban tan desconcertantes como siempre.

Gurney hizo un gesto hacia los ordenadores.

—Espero no interrumpir nada.

—Solo un poco de vudú.

—¿Disculpe?

—En su última visita cuestionó mi interés por las maldiciones empleadas por los brujos africanos. Me recordó mi último trabajo sobre el tema, uno que nunca completé. He decidido terminarlo ahora. Con mi nueva reputación en el campo del asesinato mágico, el interés debería ser alto.

—Me encantaría saber más de ello —dijo Gurney—, suponiendo que no sea demasiado académico.

—Es una descripción práctica de cómo puede romperse el poder de una maldición. La clave está en comprender cómo funciona una maldición de vudú, cómo ocasiona la muerte de la víctima.

Madeleine enarcó una ceja.

—¿Está diciendo que esas maldiciones matan realmente a gente?

—Sí. De hecho, la maldición de vudú podría ser el arma asesina más elegante.

—¿Cómo funciona? —preguntó Gurney.

—Empieza con la fe. Creces en una sociedad donde todos creen que el doctor hechicero posee poderes extraordinarios. Te dicen que sus maldiciones son fatales y oyes historias que lo prueban. Confías en la gente que te cuenta esas historias. Y, finalmente, ves la prueba por ti mismo. Ves a un hombre al que han maldecido. Lo ves marchitarse y morir.

Madeleine parecía aterrorizada.

—Pero ¿cómo ocurre eso?

—Ocurre porque la víctima cree que está ocurriendo.

—No lo entiendo.

—No es tan complicado. Nuestras mentes buscan constantemente relaciones de causa y efecto. Es necesario para sobrevivir. Pero, en ocasiones, nos equivocamos. El hombre que sabe que está maldito, que cree en el poder de la maldición, se siente aterrorizado porque cree que la maldición lo ha condenado. En su terror, su apetito disminuye. Empieza a perder peso. Ve la pérdida de peso como una prueba de que el proceso de morir ha comenzado. Su terror aumenta. Pierde más peso, se debilita poco a poco, queda físicamente enfermo. Ve esta enfermedad (el producto de su propio miedo) como el resultado de la maldición del doctor hechicero. Cuanto más se aterroriza, peores son los síntomas que alimentan su terror. Con el tiempo, esta espiral descendente lo mata. Muere porque cree que está muriendo. Y su muerte solidifica la fe de la tribu en el poder de la maldición.

—Estoy impresionado —dijo Gurney—. El asesino nunca toca a la víctima, el mecanismo de asesinato es psicológico y la muerte sería esencialmente autoinfligida.

—Sí.

—Casi como la teoría de Fenton de los cuatro suicidios.

—Sí.

Se produjo un silencio frágil, que rompió Madeleine:

—¿No empezó diciendo que había una forma de romper el poder de la maldición?

—Sí, pero no es del modo que se podría imaginar. Una persona con mentalidad científica podría intentar convencer a la víctima de que el vudú es absurdo y que solo funciona con gente dispuesta a creer ese absurdo. El problema de esa estrategia es que normalmente fracasa, y la víctima muere.

—¿Por qué? —preguntó Madeleine.

—Porque subestima el poder de la fe. Cuando colisionan, los hechos no son rivales para las creencias. Podríamos pensar que nuestras creencias se basan en hechos, pero la verdad es que los hechos que aceptamos se basan en nuestras creencias. El gran engreimiento de la mente racional es que los hechos son en última instancia convincentes. Pero eso es una fantasía. La gente no muere por defender los hechos, muere por defender sus creencias.

—Entonces, ¿cuál es la respuesta? Si ve a la víctima de una maldición sufriendo, realmente marchitándose, ¿qué hace?

La miró un momento con esos ojos sobrenaturales.

—El truco es aceptar el poder, no desafiarlo.

—Aceptarlo… ¿cómo?

—Cuando estuve en África, una vez me pidieron que hablara con un hombre al que había maldecido el doctor local y que, predeciblemente, se estaba consumiendo. Un psiquiatra occidental había tomado la estrategia de la lógica y el desprestigio, pero no había logrado efecto positivo alguno. Yo tomé un camino diferente para llegar a la mente de ese hombre. Para abreviar, le dije que, en el pasado, el doctor hechicero local había utilizado mal el poder tremendo del vudú para su propio enriquecimiento y que los espíritus le habían arrebatado el poder. Le expliqué que, para mantener su posición, para impedir que la tribu se diera cuenta de que le habían privado de su magia, el doctor hechicero había recurrido a envenenar a sus víctimas. Inventé una historia completa que incluía los detalles de la muerte reciente de una víctima. Describí un proceso creíble del envenenamiento: cómo se hizo exactamente, cómo sus síntomas imitaban los efectos de una maldición clásica. Mientras hablaba, veía que los detalles de la nueva historia arraigaban en su mente. Al final, funcionó. Lo hizo porque el hombre podía aceptarlo sin abandonar su creencia fundamental en el poder del vudú.

Madeleine parecía luchar con lo que todo aquello implicaba.

—¿Qué ocurrió con el doctor hechicero? —preguntó Gurney.

—Poco después de que se extendiera el rumor de que había perdido su poder, una serpiente venenosa apareció en su hamaca. —Se encogió de hombros—. Los doctores hechiceros tienen demasiados enemigos. Y hay demasiados peligros en África. Demasiadas vías para la venganza.

—¿Se siente responsable de su muerte?

—No tan responsable como me siento de salvar la vida del hombre al que estaba tratando de matar.

A Gurney le sorprendió reparar en aspectos de la personalidad de Hammond en los que antes no se había detenido: lo formidable, la inteligencia pragmática y la disposición a ensuciarse las manos en una situación peligrosa. Cuando estaba considerando formas de demostrar más estas cualidades, sonó su teléfono.

Miró la pantalla. El mensaje de texto, de un número que no reconoció, era conciso, inquietante y, al principio, incomprensible:

TECNOLOGÍA RESTRINGIDA. SE ACONSEJA UNA RETIRADA INMEDIATA. W.

Era una respuesta a la foto que le había enviado a Wigg del interior del teléfono de Madeleine. Al reparar en la singularidad del micrófono del teléfono, Wigg le estaba diciendo, otra vez, que la naturaleza del dispositivo indicaba la implicación de gente con la que no debería meterse.

Quería hablar con ella, estuvo tentado de llamarla, pero le contuvo el tono críptico del mensaje. No obstante, se le ocurrió que podía usar la llegada del mensaje como pretexto para escanear en busca de micrófonos, que era el propósito real de su visita al chalé.

Se levantó del sofá con aspecto avergonzado.

—Lo siento, pero tengo que ocuparme de algo.

Al alejarse cambió su teléfono por el escáner que llevaba en el bolsillo (tenía un aspecto similar). Caminó lentamente hacia el rincón de la sala, como si buscara intimidad. Encendió el escáner, lo configuró paso a paso y empezó a vagar por la sala, con los ojos en la pantalla, como si esperara una conexión de Internet esquiva.

Entre tanto, Jane se levantó de su silla para ir a ocuparse de algo en la cocina.

Gurney vio que la silueta de la sala cobraba forma en la pantalla: tres puntos rojos; representaban fuentes de transmisión distintas, cada una funcionando en su propia frecuencia.

Al mismo tiempo, no pudo evitar oír la conversación de Madeleine con Hammond.

—Entonces, ¿está diciendo que salvó la vida de la víctima inventando una historia?

—Dándole una alternativa a la forma en que comprendía su dolor.

—Pero era mentira.

—¿Y eso le molesta? Tal vez sea demasiado idealista.

—¿Porque valoro la verdad?

—Quizá la valora demasiado.

—¿Cuál es la alternativa? ¿Creer mentiras?

—Si le hubiera contado la verdad a ese hombre obsesionado (que el vudú no tiene ningún poder inherente, que no es nada más que una ilusión que lleva a la víctima a un suicidio lento), no me habría creído. Dado su historial y su cultura, no hubiera podido creerme. Habría desdeñado mi verdad como un absurdo herético. Y como resultado habría muerto.

—Entonces, ¿la verdad es irrelevante?

—No es irrelevante, pero no es lo más importante. A lo sumo, nos ayuda a funcionar. En el peor de los casos, nos destruye. —Hammond, todavía en su sillón junto al fuego, se inclinó hacia Madeleine—. La verdad está sobrevalorada. Lo que en realidad necesitamos es una forma de ver las cosas que haga que la vida sea vivible.

Hubo un silencio prolongado. Cuando Madeleine habló por fin, sus palabras siguieron sonando desafiantes, pero su tono ya no era tan combativo.

—¿Es lo que hace como terapeuta? ¿Buscar falsedades creíbles con las que sus clientes puedan vivir?

—Historias creíbles. Formas de comprender los sucesos en sus vidas, sobre todo sucesos traumáticos. ¿Una historia que sostiene una vida más feliz no es mejor que una verdad con la que no se puede vivir?

Después de otro silencio, ella concedió en voz baja:

—Podría tener razón.

Por un lado, Gurney luchaba para digerir lo que Hammond había dicho, así como la reacción de Madeleine, que le resultaba desconcertante. Por otro lado, trataba de concentrarse en los datos del escáner.

Dando otra vuelta por la sala para localizar las ubicaciones exactas de los micros, descubrió que los habían colocado de manera más o menos central, dentro del ámbito donde era más probable que se produjeran conversaciones: la zona de asientos en torno a la chimenea, la mesa del comedor y un escritorio con un teléfono fijo.

El patrón de puntos rojos del escáner mostraba un dispositivo de escucha en la estructura de una maceta de madera con un filodendro. Localizaba otro, con una firma de frecuencia similar, a menos de tres metros del primero, en una lámpara rústica. Pero era el tercero el que llamó más la atención de Gurney. Con una frecuencia de transmisión en el mismo rango superalto que el dispositivo de micrófono de Madeleine, parecía estar dentro del delicado remate de una antigua lámpara de pie antigua.

Apagó el escáner y se lo guardó otra vez en el bolsillo. Se acercó más a la lámpara para examinar el pequeño remate, que parecía estar tallado de una piedra preciosa opaca en forma de jarrón minúsculo. Era de color verde profundo, salpicado de puntos irregulares de carmesí brillante.

Jane regresó de la cocina.

—¿Ha podido ocuparse de lo que tenía que ocuparse?

Gurney se apartó de la lámpara.

—Está todo arreglado. Lo siento por la interrupción. Necesito ponerle al día de unas cuantas cosas. Y plantearle unas cuantas preguntas.

Ella miró a su hermano.

—¿Has oído eso, Richard?

Estaba recostado en su sillón, con los dedos en campana bajo la barbilla. Volvió su atención, al parecer a regañadientes, de Madeleine a Gurney:

—Le escucho.

Ahora que estaba seguro de que los espiaban, Gurney estaba calculando cuánto debería decir. Una cosa estaba clara: no quería poner en riesgo la seguridad de Angela Castro. Con el resto tendría que improvisar. Se le ocurrió que podría ser interesante conocer la opinión de Hammond sobre la cuestión de la vigilancia.

—¿Se le ha pasado por la cabeza que podría haber micrófonos en su casa?

—Me asombraría que no los hubiera.

—Entonces, ¿está tomando precauciones?

—No. No tengo nada que ocultar.

—Bien. Otro tema. ¿Está muy loco Peyton Gall?

Hammond mostró una sonrisa fugaz.

—¿Lo ha conocido?

—Esta misma tarde. En su invernadero. En compañía de una mujer desnuda.

—¿Solo una?

—¿Eso es común?

—Oh, sí, es rutina.

—¿Así que no estaba actuando para mí?

—¿Quiere decir simulando que está loco para que lo borre de su lista de sospechosos?

—Algo así.

—Diría que lo que vio es lo que es.

—Aseguró que el dinero le aburre, que no tiene ningún interés en él. ¿Verdad o mentira?

—Verdad, hasta el punto de que controlar el dinero requiere un nivel de atención y paciencia que él, simplemente, no tiene. Mentira, hasta el punto de que tiene un enorme interés en lo que puede comprar.

—Así pues, ¿Peyton tiene la cocaína y las putas, y Austen se lleva los informes de inversiones?

—Algo así.

—De acuerdo, a otro tema. Según una fuente fiable, al menos una de las víctimas recibió una extraña llamada telefónica procedente del Wolf Lake Lodge. El que llamó podría haber recomendado que lo visitara.

—¿Qué hay de extraño en eso?

—Esta persona tuvo la impresión de que tenía que mantener la llamada en secreto y que, si hablaba de ello, podrían incluso asesinarla.

Hammond parecía desconcertado.

—¿Asesinada? ¿Si hablaba de una recomendación para verme?

—Eso dijo él. ¿Significa algo para usted?

—Nada en absoluto.

—¿Alguna vez fue a un campamento de verano?

—¿Qué?

—Un campamento de verano. ¿Alguna vez fue a uno? ¿De niño…, como psicólogo, de alguna manera?

—No. ¿Por qué lo pregunta?

—Es una larga historia. Pero, si nunca ha estado en un campamento, es irrelevante.

—Si usted lo dice. —Su tono transmitía la petulancia de un hombre acostumbrado a ser quien decide lo que es relevante y lo que no—. ¿Más preguntas?

—Solo un comentario. Creo que el caso está empezando a aclararse. No puedo decir que el final esté cerca, pero no creo que las teorías de Gil Fenton vayan bien encaminadas.

Jane, que había estado observando en silencio la conversación, tomó la palabra.

—¡Gracias! Nunca había tenido dudas sobre su capacidad para descubrir la verdad, pero me alegra oír sus palabras. Gracias.

—Tengo una pregunta —le dijo Madeleine a Hammond—. Es un recuerdo que tengo de algo que ocurrió hace mucho no lejos de aquí. Pensaba que venir aquí me ayudaría a afrontarlo, pero no está funcionando. De hecho, ha empeorado. El recuerdo ha salido de su caja. Pero no sé qué hacer con él. No puedo librarme de él. Y no puedo tolerarlo. No sé qué hacer.

—Y su pregunta es… —Hammond estaba sonriendo, su voz era suave.

—¿Alguna vez ha ayudado a alguien con un problema como ese?

—A veces ayudo a cierta gente a aceptar sucesos pasados.

—¿Cree que podría ayudarme?

Gurney apenas pudo controlar el impulso de intervenir. Pero no dijo nada. Más valía ser prudente. Se quedó en un silencio pétreo, estupefacto ante la idea de que Madeleine pudiera querer desnudar su alma ante un hombre que podría estar implicado en cuatro asesinatos.

Madeleine y Hammond acordaron reunirse en el chalé a las nueve de la mañana del día siguiente. Luego, al cabo de unos minutos se dieron las buenas noches. Hammond se acercó a la chimenea, recogió un atizador y empezó a remover las ascuas. Jane salió con Gurney y Madeleine al porche.

Había dejado de granizar, pero el aire era gélido.

—¿Todo bien?

Gurney estaba tan absorto en sus propios pensamientos que tardó unos segundos en darse cuenta de que era Jane quien se lo había preguntado.

—Oh…, sí…, bien.

Notando la incredulidad en los ojos de Jane, pero sin estar dispuesto a discutir lo que realmente le molestaba, lo de Madeleine, buscó otra explicación. Encontró una con suficiente rapidez. Era una cuestión que, fuera como fuera, pretendía discutir con ella.

—Esto podría parecer una pregunta extraña, Jane, pero me ha intrigado ese remate verde en una de sus lámparas, ¿sabe a cuál me refiero?

—¿La de heliotropo? ¿Verde con motas rojo sangre?

—Sí. Esa. ¿Venía con la lámpara o era algo especial que consiguió en otro sitio?

—Siempre formó parte de la lámpara, que yo sepa. Algunas cosas de aquí son de Richard, pero la lámpara y los muebles pertenecen al hotel. ¿Por qué lo pregunta?

—Bueno, nunca había visto nada parecido.

—Es poco frecuente. —Vaciló—. Tiene gracia que pregunte por ese elemento en particular.

—¿Por qué?

—Hay un pequeño misterio ligado a él. Hace un año o así desapareció. Reapareció al cabo de un par de días.

—¿Nunca descubrió la razón?

—No. Pregunté, por supuesto. Al personal de mantenimiento, al personal de limpieza, nadie sabía nada. Incluso se lo mencioné a Austen. Nadie tenía ni idea de cómo o por qué podía haber ocurrido algo así. —Miró a Gurney con expectación, como si él pudiera ofrecer una solución.

Como no dijo nada, Jane continuó.

—Y ahora ha vuelto a ocurrir.

—¿Qué quiere decir?

—Hace un mes o así. Me fijé porque es mi lámpara favorita. La uso cada noche.

—¿Ocurrió lo mismo? ¿Del mismo modo?

—Sí. Me fijé en que una tarde había desaparecido. Dos días después, allí estaba otra vez.

—¿Y nadie sabía nada de ello?

—Nadie sabía nada.

—¿Fue más o menos alrededor del momento del primer suicidio?

—Antes de nada de eso. Antes de que nuestro mundo se pusiera patas arriba.

—¿Está segura? ¿Que fue antes del primer suicidio, quiso decir?

—Completamente segura.

—En torno a primeros de noviembre, pues.

—Sí.

—¿Y cuándo ocurrió la primera vez? Dijo que fue hace más o menos un año. ¿También a principios de noviembre?

—Sí. Tuvo que ser entonces. Recuerdo que Austen hizo algún chiste tonto sobre que Halloween traía consigo *poltergeists*.

43

Desorientación

$\mathcal{D}$urante su trayecto de regreso al hotel, en lugar de cuestionar de inmediato el plan de Madeleine de reunirse con Hammond, Gurney trató de concentrarse en por qué le molestaba tanto.

Quizá fuera la sensación de que ella estaba cambiando. O la posibilidad más inquietante de que no estaba cambiando en absoluto, sino que la Madeleine que él creía conocer era una ficción y que solo en ese momento estaba viendo a la persona real. Había imaginado que ella era una torre de fortaleza y buen juicio. Ahora parecía asustada y errática, dispuesta a depositar su confianza en un terapeuta que podría ser un asesino.

Al aparcar el Outback bajo el soportal del hotel, el sonido del teléfono puso freno a sus sombrías cavilaciones.

Jack Hardwick empezó a hablar nada más descolgar.

—Tengo una buena pista para ti, un hombre al que has de ver mañana por la mañana. En Otterville, carretera abajo.

Gurney tardó un momento en concentrarse.

—Otterville está al menos a tres horas de carretera desde aquí. ¿Quién es ese hombre y por qué es tan importante?

—El hombre es Moe Blumberg. Es el anterior propietario y director de Camp Brightwater, que ya no existe. Lo convirtió en una especie de colonia de bungalós que llamó Brightwater Cabins. Pero cuando era Camp Brightwater, era el campamento al que asistió el pequeño Stevie Pardosa. Moe se va mañana por la tarde a Israel, donde pasa los inviernos, así que tiene que ser mañana por la mañana, a menos que quieras buscarlo en Tel Aviv.

—Parece que ya lo tienes en marcha. ¿No quieres seguirlo tú?

—Lo haría con gusto (el único propósito de mi vida es hacerte la tuya más fácil), pero mañana por la mañana estaré en Teaneck, Nueva Jersey. Un amigo de un amigo me ha preparado una cita con el detective al que le tocó el caso de suicidio de Leo Balzac. El hombre no hablará conmigo por teléfono, así que he de hacer el viaje. Supongo que yo me encargo de eso y tú de Moe. Lo justo es justo. ¿Qué dices, Sherlock?

Antes de que pudiera responder, Madeleine bajó del coche, cosa que desvió su atención.

—Me estoy congelando —dijo—, voy a entrar.

El aire que se colaba en el coche a través de la puerta abierta era extremadamente frío.

—¿Adónde vas?

—Donde se esté caliente. —Cerró la puerta y entró rápidamente en el hotel.

Pese a su brevedad, la conversación con Madeleine devolvió a Gurney todos los pensamientos negativos que había estado incubando antes de la llamada de Hardwick. Volvió al teléfono y trató de obligar a su mente a regresar a la cuestión que le ocupaba.

—¿Has hablado con este tal Blumberg?

—Brevemente. Pero primero hablé con los Pardosa. La madre y el padre de Steven. Cara a cara en Floral Park. Mucho dolor. Mucha fantasía. Se están diciendo a sí mismos que su Steven por fin se estaba enderezando. Embarcándose en una nueva vida. Grandes perspectivas para el futuro. No pueden comprender que se suicidara. Tenía demasiadas cosas por delante. Todo eso. Creo que contármelo a mí era su forma de que les pareciera verdad. Si no dejas de decir algo, termina pareciendo real. Siguieron hablando y yo continué asintiendo y negando con la cabeza con tristeza, y sonriendo en los momentos adecuados. Todo ese rollo de la empatía.

—Joder, Jack…

—De todos modos, cuando más asentía, más hablaban. Eso sí, todo tomó un giro divertido cuando les pregunté si alguna vez Steven había ido a un campamento de verano. La conversación se congeló. Obviamente, no es su tema favorito. Parece que solo fue un año, pero han pasado trece. Algo raro ocurrió ese verano, aunque se negaron a hablar sobre ello. Pero con unos empujoncitos, en realidad unos cuantos, me dieron el número de teléfono y la dirección de Moe Blumberg, que resultó ser el de su colonia de bungalós, que era su campamento. ¿Estás siguiendo esta fascinante historia?

—Lo intento. Sigue.

—Así que llamé a Blumberg, que sonó bastante anciano por teléfono. Le conté que estábamos investigando la reciente muerte de un antiguo participante de su campamento y que necesitaba cierta información sobre el verano que pasó en Brightwater. Me contó que un gran incendio hace mucho tiempo destruyó la oficina y todos sus registros, manuscritos en fichas de cartón guardadas en cajas de zapatos. Pero cuando mencioné el año en concreto (hace trece años) que el pequeño Stevie estuvo allí, tuvo una reacción curiosa, igual que la tuvieron los padres de Stevie. No quería hablar de nada ni de nadie relacionado con ese verano, al menos por teléfono. Tenía que ser cara a cara. Así que preparé una cita para ti. Mañana por la mañana a las once. El hombre se va a las dos en punto al JFK, camino del soleado Israel.

—¿Qué le dijiste de mí?

—Que eras un detective de Nueva York que trabajaba en el caso.

—¿Un detective privado de Nueva York?

—Puede que no hiciera énfasis en el adjetivo en concreto.

—¿Le dijiste que estoy en el Departamento de Policía?

—Creo que mencioné la conexión.

—¿En presente o en pasado?

—Esa es una pregunta difícil. Es fácil confundirse con los tiempos. Como dijo Bill Clinton, todo depende de cuál es el significado de la palabra «es».

—Si me pregunta, no voy a mentirle.

—Naturalmente. Las mentiras son malas. La verdad es nuestra amiga.

Gurney suspiró.

—¿Quieres darme la dirección?

—Es el 2799 de Brightwater Lane, Otterville. —Hizo una pausa, para dar a Gurney tiempo de anotarlo, antes de cambiar de marcha—. Deja que te pregunte una cosa: ¿estás convencido de que estás hablando desde un entorno no pinchado?

—Bastante seguro, salvo por los geolocalizadores. Estoy en mi coche y mi teléfono está limpio, que yo sepa. Pero el chalé de Hammond es otra historia.

—¿Qué encontraste?

—Tres transmisores de audio.

—Joder. ¡Lo sabía!

Sacó el escáner y recuperó el escaneo archivado del chalé. Le dio a Hardwick la localización, frecuencia e intensidad de señal que había recogido. Luego le contó la peculiar historia de Jane en relación con las desapariciones y reapariciones en los dos últimos meses de noviembre del remate de heliotropo que contenía uno de los micrófonos.

—Joder. —Hardwick silbó suavemente—. Alguien estaba espiando a Hammond al menos un año antes de que saltara todo esto. ¿Por qué?

—Es una pregunta interesante. Si podemos responderla, tendremos la mitad del trabajo hecho.

—La mitad podría no servir para una mierda llegados a este punto. Por cierto, buena suerte mañana con Moe. A las once en punto en Otterville. No querrás seguir al cabrón a Tel Aviv.

—Exacto. Ya te contaré cómo va.

Colgó. Luego cerró el coche y se dirigió al hotel.

Localizó a Madeleine agachada junto al fuego en el Salón del Hogar.

Austen Steckle salió de su oficina.

—Señor Gurney, necesito hablar con usted.

Estaba mirando a su alrededor, de manera casi furtiva, como para hacer hincapié en lo delicado de la situación. Su cabeza afeitada brillaba por el sudor.

—El investigador jefe Fenton vino a buscarle. No parecía muy contento. De hecho, parecía muy cabreado. Más cabreado de lo que le gustaría que esté un hombre en su posición. Solo para que lo sepa.

—¿Dijo cuál era su problema?

—Estaba soltando términos legales. «Obstrucción a la justicia» era uno de ellos. «Interferir en la investigación de un delito» era otro. En resumen, tuve la sensación de que esperaba que ya se hubiera marchado y está cabreado de que siga aquí. Lo único que estoy haciendo es pasarle la información. Aviso para navegantes. El hombre tiene el poder de alborotar el avispero.

Gurney pestañeó, casi rio ante la imagen.

—Aprecio el consejo. Por cierto, ¿Peyton le informó de nuestra pequeña reunión?

—Sí, hace un rato. Lo llamé para asegurarme de que había llegado… y eso. Y que él no había hecho nada, bueno, totalmente inapropiado. Dijo que fue todo bien. Sin problemas. ¿Es cierto?

Gurney se encogió de hombros.

—Supongo que todo es relativo. ¿Sabe por casualidad quién era la mujer desnuda que estaba con él?

Steckle sonrió.

—¿Qué mujer desnuda? Peyton tiene muchas mujeres desnudas.

—Entonces supongo que no importa mucho.

Fue el turno de Steckle de encogerse de hombros.

—Así que, básicamente, está diciendo que su entrevista fue bien.

—Supongo que podría decirse eso. Pero hay una pregunta que olvidé plantearle.

—¿Sí? ¿Cuál es?

—¿Qué opina de la homosexualidad?

La sonrisa de Steckle se ensanchó.

—A Peyton no le importan detalles como ese.

Gurney asintió.

—No lo creo.

—Entonces, ¿tiene alguna idea de cuándo se van a marchar? Cuando Fenton vuelva, me gustaría saber qué decirle.

—Pronto. Dígale que nos marcharemos pronto.

Se sostuvieron la mirada un momento. Steckle asintió, se volvió y regresó a su oficina.

Gurney fue a reunirse con Madeleine en el Salón del Hogar.

Ocupó el sillón a su lado, de cara al fuego. Cerró los ojos, buscando la forma correcta de plantear la cuestión que le estaba carcomiendo. Al final, fue ella misma quien habló:

—¿De verdad crees que es mala idea que hable con Richard?

—Desde luego, creo que es una idea cuestionable.

—En el chalé parecías a punto de explotar.

—¿Sinceramente? Estaba anonadado. Que quieras compartir algo tan privado con alguien en su situación parece una locura. ¿No es el mismo tipo con el que te pusiste furiosa ayer? ¿Me dijiste que era un mentiroso porque afirmaba que no tenía ninguna perspicacia sobre sí mismo? ¿El tipo del que me dijiste que estaba tratando de manipularnos y de tomarnos el pelo?

Madeleine suspiró.

—Estaba enfadada porque pinchó en hueso. En realidad, era yo la que no tenía perspicacia. Era yo la que pensaba que había que afrontar el pasado. Él no fue deshonesto, y yo sí que lo fui. —Lanzó una sonrisita irónica—. Nada te hace más vulnerable a tu pasado que la ilusión de que estás afrontándolo.

Gurney pensó que eso era verdad. Pero seguía sin creer que su plan de discutir su pasado con Hammond fuera una buena idea.

Como respuesta a esta objeción silenciosa, ella lo miró a los ojos con una expresión de súplica.

—Tengo que hacer algo. Ahora. Venir aquí me ha traído recuerdos. No puedo quitármelos de la cabeza.

¿Recuerdos del suceso fatal en el lago? De la relación —la aventura amorosa— que vino antes. ¿De Colin Bantry? ¿De lo que podría haber ocurrido si Colin Bantry no hubiera muerto?

Quería saber de qué recuerdos estaba hablando. Pero temía preguntarlo. Tenía miedo de descubrir que esa parte de Madeleine que jamás había conocido fuese, en realidad, la parte que más importaba.

Ella se volvió hacia Gurney, con las manos aferradas al reposabrazos de cuero de su sillón.

—Tengo que hacer algo. Y ver a Hammond mañana por la mañana es algo.

44

Una curiosa cuestión cronológica

*U*n sonido de zumbido en su sueño, que se transformó en una imagen de algo brillante. Los ojos azul verdosos brillantes de Richard Hammond. Brillando. Zumbando.

—David, es tu teléfono. —Madeleine estaba al lado de la cama con un albornoz blanco.

Tenía el cabello húmedo. Le pasó el teléfono.

—Tu teléfono —repitió.

Gurney lo cogió. Pestañeó para concentrar su visión y vio que era un número oculto. Eran las 6.46. Se incorporó en el lateral de la cama.

—Gurney.

—Siento despertarle, David. Soy Robin Wigg.

—No hay problema. Ya debería haberme levantado.

—Desde que me envió ese mensaje de texto he estado planteándome si hacerle una llamada de seguimiento.

—Supongo, por la expresión, que es una zona delicada.

—Eso es quedarse corto. Por cierto, le estoy llamando extraoficialmente, desde fuera de la oficina. Iré al grano. Primero, en relación con esa foto de un teléfono abierto. El transmisor insertado en lugar del micrófono normal es un dispositivo altamente restringido. No me refiero a restringido a los federales en general. Quiero decir restringido al *sancta sanctorum* de la seguridad nacional. ¿Escucha lo que le estoy diciendo?

—¿Que estoy en el radar de alguna gente peligrosa?

—Otra vez se queda corto. Deje que sea clara y breve. Lo que, en general, se sabe del FBI, de la CIA, de la NSA y de las operaciones de inteligencia militar ni siquiera araña la superficie de lo que está ocurriendo en realidad. La clase de gente que se está interesando en usted tiene acceso a registros de todos los sitios web que ha visitado, de todos los números de teléfono que ha marcado alguna vez, de todas las compras que haya hecho con una tarjeta de crédito, de todos los libros que haya sacado de una biblioteca. A menos que haya desactivado el GPS de su teléfono móvil, conocen todas las rutas por las que ha conducido alguna vez, todas las direcciones en las que se ha detenido alguna vez, cada amigo, cada doctor, cada abogado, cada terapeuta. Y eso solo para empezar. Si deciden que podría impedir una operación relacionada con la seguridad nacional, pueden grabar sus llamadas telefónicas, poner micrófonos en su casa. Pueden revisar sus registros bancarios, sus declaraciones de impuestos, sus notas en el instituto y la universidad, su historial médico. Y pueden hacerle desaparecer para someterlo a largos interrogatorios sin límites legales, simplemente inventándose una relación entre usted y alguna organización terrorista que podría no existir. «Proteger la patria» se ha convertido en un cheque en blanco en manos de alguna gente muy despiadada. ¿Alguna pregunta?

—Un centenar. Pero no creo que quiera oír las respuestas.

—Buena suerte, David. Y tenga mucho mucho cuidado.

Le quiso dar las gracias por correr ese riesgo por él, pero ya había colgado.

Dada la imagen que Wigg había pintado de un archienemigo gubernamental en la sombra, sería fácil caer en las conspiraciones paranoides. Por otra parte, dada la naturaleza de la masiva intrusión gubernamental en sus vidas privadas, ¿podía desdeñarse cualquier escenario como paranoide? Los avances en el campo de la recopilación y manipulación de datos iban muy por delante de cualquier consenso ético. Poner herramientas tan poderosas en manos de burócratas ambiciosos y farisaicos era como dar armas de destrucción masiva a los matones de la clase.

Esa catástrofe social en ciernes escapaba a su control. Pero sí tenía control sobre dónde invertir su tiempo y su esfuerzo. Mantener su foco o dividirlo de manera apropiada entre las cuestiones del caso y las cuestiones de Madeleine sería su principal reto. En ocasiones podía olvidar, cuando estaba completamente inmerso en una investigación, que era el marido de alguien.

—¿No deberías estar preparándote para irte? —Madeleine había vuelto a la parte del dormitorio donde estaba la cama reproduciendo en su iPad una ruidosa pieza de música, una de las técnicas para esquivar la vigilancia que él había sugerido.

—Voy bien —dijo, levantándose de la cama—. Si salgo a las ocho, puedo llegar a Otterville a las once. Por cierto, ¿cómo pensabas ir a casa de Hammond?

—No tenía ningún plan. Podría coger uno de los todoterrenos del hotel, o incluso ir caminando, siempre que no esté granizando o nevando. No queda muy lejos.

—¿Has de estar allí a las nueve?

—Richard dijo que podía ir antes, para desayunar con ellos. En realidad, dijo que podíamos ir los dos, pero no creo que quieras. Además, tienes este otro asunto entre manos.

La mejor respuesta que se le ocurrió a Dave fue asentir, con los labios apretados. Murmuró algo respecto a ducharse y a afeitarse, fue al cuarto de baño y cerró la puerta.

Sabía que la rabia que sentía era absurda, pero tampoco podía negar que la sentía.

Mientras estaba preparándose para partir hacia Otterville, le explicó a Madeleine dónde había localizado los tres micrófonos, así como dónde debería tratar de sentarse con Hammond para que no fueran del todo efectivos.

—Mantente de espaldas a los transmisores y habla lo más bajo que puedas. Hasta puedes llevar el iPad y poner música. Puedes decirle a Hammond que te ayuda a relajarte.

Madeleine extendió los brazos hacia él, con los ojos llenos de lágrimas. Durante un buen momento, se aferró a él con lo que parecía desesperación.

—¿Qué pasa? —preguntó Dave.

—Venir aquí fue un error terrible. Quizá la peor decisión de mi vida.

—Podemos irnos cuando quieras.

—No. El problema está dentro de mí. Huir ahora no ayudará. Deberías ponerte en marcha. Quizás el señor Blumberg tenga la clave para resolver tu misterio del lago del Lobo.

Estar solo en su coche facilitó que Gurney se concentrara en el caso. Durante la primera parte intentó averiguar qué era exactamente lo que le chirriaba de lo que le había contado Angela Castro. Cuando tenía la sensación de que las cosas no encajaban, solía funcionarle seguir esa intuición. Sacó su teléfono, localizó la grabación que había hecho de la entrevista y pulsó el icono de PLAY.

El sonido de la grabación lo trasladó enseguida a aquella casa de muñecas. Al oír la voz de Tabitha, volvió a reparar en aquella extraña combinación entre arrogancia y deferencia; también le sorprendió que Angela le explicara que tal vez estaba esperando que comprara otra Barbie.

Sin embargo, no fue capaz de dar con aquello que realmente no acababa de encajar.

Reprodujo otra vez la grabación.

Entonces dio con ello. Solo una palabra extraña: «después».

No era la palabra en sí, sino cómo Angela la dijo.

Gurney preguntó qué había dicho Pardosa sobre Hammond: que era repugnante.

Entonces le preguntó si Pardosa le había hablado de sus pesadillas.

Ella respondió: «Sí, pero fue después cuando me habló de eso».

Lo dijo como si hubiera pasado mucho tiempo. Pero ella también había dicho que Pardosa le contó su pesadilla la primera vez que la tuvo, la noche después de conocer a Hammond.

Presumiblemente, lo más pronto que Pardosa podía haberle contado que Hammond era «repugnante» fue la tarde del día de la sesión de hipnosis. Y esa misma noche o a la mañana siguiente, le habló de su pesadilla. Así que habían transcurrido entre doce y dieciocho horas, no mucho tiempo.

Quizás estuviera especulando demasiado: todo lo basaba en cómo le había sonado una palabra. Necesitaba saber exactamente lo que Angela quería decir con «después». Y solo había una forma de descubrirlo. Paró en el arcén de la carretera, encontró el número del móvil de Angela en su lista de teléfonos y llamó.

Le respondió con una voz débil y asustada.

—¿Hola?

En el fondo se oían voces de la tele, risas, aplausos.

—Soy Dave Gurney, Angela. ¿Todo bien?

—¿Bien? Eso creo. ¿Pasa algo malo?

—Nada malo. Solo tenía curiosidad por algo que dijo y he pensado que tal vez pudiera ayudarme. ¿Puede hablar ahora?

—¿Qué quiere decir?

—¿Puede hablar con libertad? ¿Está sola?

—Oh, sí, claro. ¿Quién más iba a estar aquí? Estoy en mi habitación.

—¿En el Dollhouse Inn?

—Sí.

—Vale. Deje que le explique en qué necesito ayuda.

Tras ponerla en situación, le dijo:

—Me estoy preguntando cuánto tiempo pasó entre esas dos cosas que le contó Stevie.

—No le entiendo.

—En un momento dado, Stevie le contó que el hipnotista era re-pugnante. Y luego, después, le contó la pesadilla que tuvo. ¿Cuánto más tarde fue ese después?

—Dios, no lo sé. Quiero decir que no estaba contando los días ni nada.

—¿Fueron días y no horas?

—Oh, no, horas no. Fueron días.

—Vale. Si no recuerdo mal, ¿Stevie le habló de la pesadilla justo después de que la tuvo la primera vez, el mismo día que tuvo la se-sión con Hammond?

—Seguro. Eso seguro. Estábamos aquí cuando me lo contó.

—¿En el Dollhouse Inn?

—Sí.

—Entonces eso significa que tuvo que contarle que Hammond era repugnante al menos un par de días antes de eso. Antes de que hicieran el viaje al lago del Lobo. Tuvo que habérselo dicho mientras todavía estaban en Floral Park, ¿no?

Hubo un silencio, salvo por el sonido de la televisión.

—¿Angela?

—Sí, estoy aquí.

—¿Ha oído mi pregunta?

—La he oído.

Pasó otro largo momento.

—Angela, esto es importante. ¿Cómo sabía Stevie que el hipno-tista era repugnante antes de conocerlo?

—Supongo que alguien se lo contó.

—¿La persona que lo llamó?

—No puedo decir nada de eso.

—¿Porque Stevie le advirtió que podría acabar muerta si decía algo de eso?

—¿Por qué lo sigue preguntando? —Su protesta salió como un gemido desesperado.

—Porque existe la posibilidad de que terminemos todos muertos a menos que empiece a confiar en mí y contarme lo que sabe.

Otro silencio.

—Angela, cuando Stevie usaba la palabra «repugnante» para describir a una persona, ¿qué quería decir normalmente?

—¿Cómo iba a saberlo? —Parecía al borde del pánico.

—Pero lo sabe, ¿verdad, Angela? Lo percibo en su voz.

Su silencio era como una confirmación.

—Sabía a qué se refería con esa palabra, pero le molestaba, ¿no?

255

Su silencio se rompió con un gimoteo. Luego otro. Después un sonido de tragar saliva. Gurney esperó. La maldición se estaba rompiendo.

—Stevie... tenía prejuicios con algunas cosas. Con alguna gente. Tiene que entender que era una buena persona. Pero, a veces..., bueno, tenía alguna clase de problema con los homosexuales. A veces decía que lo que hacían era repugnante.

—¿Y que ellos mismos eran repugnantes?

—En ocasiones decía eso.

—Gracias, Angela. Sé que era difícil para usted contarme esto. Solo para asegurarme de que no estoy cometiendo un error, deje que le haga una pregunta más. La persona que llamó a Stevie por teléfono (la persona que supone que le dijo que fuera al lago del Lobo a ver a Hammond) ¿fue la misma que le dijo que Hammond era homosexual?

Un largo silencio.

—Es sumamente importante, Angela. ¿Fue el que le dijo a Stevie que Hammond era homosexual?

—Sí. Fue quien se lo dijo.

—¿Le preguntó a Stevie por qué estaba dispuesto a ir a ver a un terapeuta que sabía que era gay?

—Sí, se lo pregunté.

—¿Y qué dijo?

—Que debería dejar de hacer preguntas, que era peligroso seguir haciendo preguntas.

—¿Le dijo por qué era peligroso?

—Repitió lo que dijo la noche que recibió la llamada telefónica, que podríamos terminar muertos.

45

El verano del terror

*C*uando Gurney llegó al cartel de salida hacia Otterville, la capa de nubes se había hecho más fina; el pálido sol del invierno iluminaba la mayor parte del paisaje.

Se planteó si hacer lo que había hecho en Lake George Village para ocultar a donde iba, pero no valía la pena. Si los geolocalizadores de su coche revelaban que estaba visitando la colonia de bungalós de Otterville, pues que así fuera. Había buenas razones para mantener en secreto el paradero de Angela Castro, pero el caso de Moe Blumberg era completamente diferente.

Condujo a través de la población de Otterville: una tienda de reparación de coches abandonada y en ruinas, un puesto de *hot dogs* cerrado y una gasolinera de dos surtidores. Un par de kilómetros más adelante, su GPS lo dirigió a Brightwater Lane, un camino de tierra que lo llevó a través del bosque a una zona abierta donde alrededor de una docena de cabañas se extendían a orillas de un pequeño lago. En medio de ese claro, había unos cimientos de piedra y unos pocos troncos ennegrecidos por el fuego, que en tiempos habían sostenido un edificio. Había un viejo Toyota Camry aparcado a un lado.

Gurney se detuvo detrás del Camry. Cuando estaba bajando del coche, oyó una voz que lo llamaba.

—Aquí.

Tardó un momento en localizar el origen, una figura en la ventana de una de las cabañas.

—Dé la vuelta por el fondo. La puerta da al lago.

Cuando Gurney llegó al lado de la cabaña que daba al lago y estaba saliendo al porche cubierto, un hombre viejo pero de aspecto robusto y de cabello blanco le abrió la puerta. Llevaba pantalones de deporte de color habano y un *blazer* azul. La ropa, junto con las dos maletas que había junto a la puerta, encajaba con la partida inmediata que Hardwick había mencionado.

—¿Señor Blumberg?

—Ya ve, el lago lo es todo —dijo el hombre, como si Gurney hubiera preguntado por la orientación del porche—. Así que tiene sentido que las cabañas estén orientadas hacia allí. Usted es el detective Gorney, ¿no?

—Gurney.

—Como las vacas.

—Creo que las vacas son Guernsey.

—Exacto. Guernsey, pues. Pase, pase. ¿Entiende que no tengo mucho tiempo?

—Entiendo que se marcha a un clima más cálido.

—Quince o veinte grados en esta época del año. Mucho sol. Es mejor que helarme el *tujes* aquí. Hubo un tiempo en que los inviernos no me molestaban, me parecían estúpidos todos esos viejos que se iban corriendo a Florida y a sitios así. Pero basta con unos pocos años de artritis para verle el sentido. Si te duelen las articulaciones aquí, pero no te duelen allí, cielos, eso simplifica mucho la decisión. Para responder a su pregunta, sí, soy Moe Blumberg. Puede que esté confundido con algunas cosas, pero todavía estoy seguro de eso.

Al estrecharse las manos, Gurney asimiló la cabaña con unas pocas miradas rápidas. La sala de estar, que era todo lo que podía ver desde donde se hallaba, estaba configurada en parte como oficina, en parte como zona para sentarse en torno a una antigua estufa de madera. Los muebles estaban un poco maltrechos.

—Siéntese. El otro detective (¿Hardtack? ¿Hardball?) no fue claro al teléfono. ¿De qué se trata?

Blumberg no hizo ningún movimiento para sentarse, así que Gurney tampoco lo hizo.

—Un hombre joven llamado Steven Pardosa murió recientemente en circunstancias sospechosas. ¿Puede que viera algo al respecto en la tele?

—¿Ve alguna tele aquí?

Gurney miró a su alrededor.

—¿No tiene tele?

—Nada de lo que dan por la tele merece el tiempo de nadie que tenga al menos medio cerebro. Ruido y estupideces.

—¿Así que se enteró de la muerte de Steven Pardosa por la llamada del detective Hardwick?

—Mencionó ese nombre. Pero sigo sin saber adónde va todo esto.

—¿Le dijo que Steven Pardosa asistió a su campamento hace trece años?

—Algo así.

—Pero ¿no recuerda el nombre o a la persona?

—Dirigí el campamento treinta y ocho años, ciento veinte niños cada verano. El último verano fue hace doce años. ¿Cree que debería acordarme de todos los chicos que estuvieron aquí? ¿Sabe qué edad tengo, detective?

—No, señor, no lo sé.

—Cumpliré ochenta y dos el mes que viene. Tengo problemas para recordar mi propio nombre. O qué día es. O para qué he entrado en la cocina.

Gurney sonrió comprensivamente.

—Dijo que la última temporada que funcionó el campamento fue hace doce años.

—Eso seguro.

—Y Steven Pardosa estuvo aquí hace trece. Eso sería el año antes de que cerrara.

—Simple aritmética.

—Da la impresión de que el campamento fue muy exitoso durante muchos años.

—Eso es un hecho.

—¿Por qué lo cerró?

Blumberg negó con la cabeza, suspiró.

—¿Respuesta sencilla? Perdimos los clientes.

—¿Los chicos dejaron de venir?

—Los chicos dejaron de venir.

—¿Por qué?

—Una situación trágica. Un suceso terrible. Todo se descontroló. Historias, rumores, locuras. Como dicen ahora, una tormenta perfecta. Eso es lo que fue. Un año éramos oro puro. Al año siguiente, mierda de la buena.

—¿Qué ocurrió?

Blumberg soltó una risa abrupta y amarga.

—Responda eso y se llevará el premio.

—No le sigo.

—Nadie sabe lo que ocurrió.

—Lo ha llamado «tormenta perfecta». ¿A qué se refería?

—Todo lo que podía ir mal fue mal.

—¿Puede hablarme de eso? Podría ser importante.

—¿Podría ser importante? Fue lo bastante importante para destruir Camp Brightwater, un campamento que, para su información, llevaba cincuenta años funcionando, antes de los treinta y ocho años que yo lo dirigí. Una institución. Una tradición. Todo destruido.

Gurney guardó silencio. Esperó. Sabía que Blumberg contaría la historia.

—Había de todo: años mejores, años peores. No me refiero al negocio, al aspecto económico. Eso era siempre sólido. Estoy hablando de la mezcla de personalidades. La química emocional. El espíritu del grupo. Hablo de cómo las manzanas podridas afectaban al resto del cesto. Algunos años el espíritu era más limpio, más brillante, mejor que otros años. Cabía esperarlo, ¿no? Pero entonces, hace trece años, la variable cayó del lado malo. Aquel verano, la sensación en el aire era diferente. Más inquietante. Más desagradable. Se percibía el miedo. Los terapeutas se marcharon. Algunos chicos escribieron a sus padres para que vinieran a recogerlos. Hay una expresión que la gente usa hoy en día: «Entorno tóxico». Así era. Condenadamente tóxico. Y todo eso fue antes del suceso en sí. —Blumberg negó con la cabeza otra vez y pareció perdido en sus propios recuerdos.

—¿El suceso? —instó Gurney.

—Uno de los chicos desapareció.

—Desapareció... ¿permanentemente?

—Permanentemente. Estaba presente en la comida. En la cena ya no estaba. Nunca se lo volvió a ver.

—¿Intervino la policía?

—Claro que intervino. Durante un tiempo. Perdieron interés cuando empezó a calar la impresión de que el chico simplemente se había fugado. Oh, buscaron en el bosque, pusieron esos anuncios de personas desaparecidas, comprobaron las paradas de autobús, colocaron su foto en periódicos locales. Pero no llegaron a nada.

—¿Por qué pensaron que se había fugado?

—¿Nostalgia? ¿Odiaba estar aquí? ¿Quizá le empujaron un poco? Ha de comprender algo: fue hace trece años, antes de que empezara todo ese rugido sobre el acoso. No me interprete mal. Lo desalentábamos. Pero, entonces, la cuestión es que el acoso era algo que formaba parte de hacerse adulto. Era parte de la vida.

Parte de la vida, pensó Gurney. Y, en ocasiones, de la muerte.

—Así que una vez que la policía adoptó la teoría de que se había fugado... Bueno, ese fue el final.

—¿El final? —Blumberg rio otra vez, con más amargura que antes—. Ojalá hubiera sido el final. No. Faltaba mucho para el final. Un chico que desapareció, que posiblemente huyó, esa fue la realidad. El campamento podría haber sobrevivido a la realidad, por desafortunada que fuera. A lo que el campamento no podía sobrevivir era a las mentiras descabelladas.

—¿A qué se refiere?

—Los rumores. Los susurros.

—¿Rumores de qué?

—De todas las maldades que pueda imaginar. Le he dicho que el espíritu del campamento ese verano era desagradable incluso antes de la desaparición y que solo empeoró después. Las historias que algunos de los chicos estaban extendiendo, incluso algunos de los padres... ¡Iban más allá de lo creíble!

—¿Por ejemplo?

—Cualquier cosa que pueda imaginar, cuanto más horrible mejor. Que, en realidad, el chico desaparecido había sido asesinado. Que lo habían usado como sacrificio humano en un ritual satánico. Que lo ahogaron y trocearon su cuerpo para alimentar a los coyotes. Mentiras increíbles. Incluso había una historia de que algunos de los chicos, algunas de las manzanas podridas, estaban obsesionados con que era un sarasa y que lo apalearon hasta matarlo y lo enterraron en el bosque.

—¿Solo porque era gay?

—¿Gay? —Blumberg negó con la cabeza—. Qué palabra, ¿eh? Como si fuera una forma de ser feliz. Mejor debería llamarlo «jodidamente pervertido», para ser más preciso.

Gurney no pudo evitar sentirse mal al pensar en la experiencia de aquel chico en un campamento donde la autoridad máxima pensaba de ese modo.

—¿La policía investigó alguna de esas historias desagradables?

—De eso no surgió nada. Circulaban tantas ideas descabelladas que ninguna parecía real. Los adolescentes tienen una imaginación grotesca. ¿Mi opinión? Tendría que estar de acuerdo con la policía, se fugó. No hay pruebas reales de nada más. Solo charlatanería delirante. Por desgracia, la charlatanería delirante es como la electricidad: tiene un montón de energía peligrosa.

—¿La charlatanería delirante acabó con el campamento?

—Lo fulminó. El verano siguiente llenamos menos de un tercio de las literas, y la mitad de esos chicos se marcharon antes de que terminara la temporada. La charlatanería volvió, como un virus. El campamento estaba muerto, desaparecido. Una pena.

—Las manzanas podridas... ¿Recuerda sus nombres?

Blumberg negó con la cabeza.

—Reconozco caras. Con los nombres no soy tan bueno. Recuerdo que algunos de ellos tenían apodos. Pero tampoco puedo recordarlos.

—¿Recuerda el nombre del chico que desapareció?

—Ese es fácil. Surgió miles de veces. Scott Fallon.

261

Gurney tomó nota.

—Respecto al incendio que destruyó todos los registros de los nombres y direcciones de los chicos, ¿hubo una investigación?

—Una investigación que no llegó a ninguna parte.

—Pero usted se quedó aquí, a pesar de todo. Y reinventó el campamento como una colonia de bungalós. Ha de tener mucho apego al lugar.

—Camp Brightwater fue un lugar mágico. Un lugar feliz. Trato de recordar eso.

—Parece buena idea. ¿Cómo va el negocio de la colonia de bungalós?

—Es una mierda. Pero paga las facturas.

Gurney sonrió y le entregó una tarjeta con su número de móvil.

—Gracias por su tiempo. Si recuerda algo más de ese mal año, algo que ocurriera, algunos nombres, apodos, por favor, llámeme.

Blumberg frunció el ceño al mirar la tarjeta.

—Se llama Gurney.

—Sí.

—No como las vacas.

—No, no es como las vacas.

46

Campo minado

*E*n el trayecto de regreso al lago del Lobo, Gurney trató de relacionar lo que había averiguado a través de Moe Blumberg con todo lo que sabía del caso.

La homofobia parecía un eje importante. Tendría que preguntarle a Hardwick si el tema había salido en su reunión con el detective de Teaneck, en relación con el suicidio de Leo Balzac.

Se detuvo en el arcén, sacó su móvil y marcó el número de Hardwick. Le respondió al primer tono, una buena señal.

—¿Qué pasa, campeón?

—Solo me preguntaba si has logrado llegar a nuestro tipo en Teaneck.

—Llegué a él, me senté con él, lo escuché. ¿Quieres que te cuente?

—Por favor.

—Conclusión, el hombre está cabreado como una mona con la política del caso.

—¿La política?

—Órdenes de arriba no explicadas. Órdenes lo bastante serias para que sea mejor obedecerlas, pero lo bastante ambiguas para poder negarlas. La única cosa clara es que descienden de la estratosfera, donde el movimiento de un dedo puede enviar tu carrera al retrete como una mosca muerta.

—¿Qué tiene que hacer tu nuevo amigo detective para evitar el manotazo fatal?

—Alejarse, quedarse fuera del campo minado y confiar en que la situación está en buenas manos.

—Ahí está ese campo minado otra vez.

—¿Eh?

—Fenton me dijo que estaba entrando en un campo minado.

—Qué bonito que todos estén en la misma longitud de onda.

—¿Le has preguntado si sabía en qué buenas manos estaba ahora el caso?

—Dijo que le habían dejado ver que eso era mejor ni insinuarlo.

—Eco de Robin Wigg advirtiéndonos que retrocedamos. ¿Qué crees que está pasando?

—Que me jodan si lo sé. Que me jodan si el tipo de Teaneck lo sabe. Lo único que sabe es que se supone que no ha de saber nada. Que no debe decir nada ni hacer nada. Y eso le resulta muy irritante.

—Su irritación podría resultarnos útil.

—Estaba pensando lo mismo. Mencioné que nos encantaría saber si Leo Balzac había estado alguna vez en Camp Brightwater o si se sabía que tenía opiniones controvertidas sobre los gais, o, incluso, si podría haber tenido contacto en el pasado con Gall, Muster o Pardosa.

—¿Y?

—Dijo que estaría encantado de descubrir lo que pudiera, siempre que su participación se mantenga en secreto. Le dije que por supuesto, que estaría encantado de llevarme todo el mérito personal por hacer explotar el caso en los culos de los chicos de la estratosfera.

—Eso tuvo que llegarle al corazón.

—Veremos qué clase de información encontrará. Entre tanto, ¿cómo ha ido tu reunión con Moe?

—Me contó que el verano en que Pardosa estuvo allí fue espantoso. Uno de los chicos desapareció. Y después circularon rumores desagradables de que podrían haberlo matado porque era gay. El problema es que no hay ninguna prueba de ello.

—Pero otra vez suena la misma maldita campana.

—Sí.

—¿Algo más?

—No dejaba de hablar de las «manzanas podridas» del cesto. Pero no podía recordar ningún nombre. Aseguró que el de Pardosa no significaba nada para él. Puede que lo llame por teléfono antes de que coja su avión a Tel Aviv, a ver si los nombres de Balzac, Muster y Gall le suscitan algún recuerdo.

—¿Está pasando algo más? ¿Cómo le va a Madeleine?

—Está bastante tensa, lo que me recuerda que tengo que ponerme en marcha. Me han dicho que hay una tormenta enorme en camino.

—La nieve es nieve. Todo depende de cómo la mires.

—¿Eh?

—Es como la tinta del test de Rorschach. La nieve puede significar lo que tú quieras que signifique.

—¿De qué demonios estás hablando?

—Está todo en la mente. Hace que un tipo se preocupe porque se le caiga la polla congelada. A mí, en cambio, me da ganas de cantar la canción de Rodolfo el Reno. Ves lo que quiero decir. Opciones. Tú eliges, campeón. Tienes que decidir. Eres un tipo de polla congelada… o un elfo de Santa Claus. Pregunta profunda. Piensa en ello.

47

El muerto se levanta

*C*uanto más al norte se dirigía, más oscurecía. Cuando llegó a lo alto de la última subida antes del lago del Lobo, se detuvo a un lado del camino. Al final, en una zona en la que aún había cobertura, llamó al número de Moe Blumberg.

La llamada fue a parar al buzón de voz. Dejó un mensaje que incluía los nombres de las víctimas que no había mencionado durante su reunión en Otterville, además del de Richard Hammond, por si acaso. Le preguntó si alguno de aquellos nombres le traía recuerdos de ese verano terrible de trece años atrás.

Al volver al camino, el cielo tenía el azul negruzco de un hematoma; caían unos pocos copos de nieve dispersos visibles a través de los haces de luz de sus faros.

A medio camino del descenso serpenteante que conducía desde la cumbre hasta el lago, sus faros barrieron un gran bosque de pinos y vio algo que se movía. Frenó para detenerse y puso las largas justo cuando la criatura, fuera lo que fuese, desaparecía en la profundidad del bosque. Bajó las ventanas un par de dedos y escuchó. Pero el silencio era profundo e inquebrantable. Siguió conduciendo.

Cuando llegó al aparcamiento bajo el soportal del hotel, el lago del Lobo y las cumbres que lo rodeaban estaban envueltos en una oscuridad antinatural y la nieve caía en abundancia.

El reloj de la recepción marcaba las 16.30. Miró en el Salón del Hogar para ver si Madeleine estaba allí y luego se apresuró a subir por la escalera.

Al entrar en la *suite* encontró la sala principal iluminada solo por la lámpara de queroseno que había junto al sofá. Lo primero que pensó fue que había un problema con la electricidad, hasta que Madeleine le dijo:

—No enciendas las luces.

La encontró en el dormitorio, sentada muy quieta, en pijama, en el centro de la cama, con los ojos cerrados y las piernas cruzadas en posición de loto. Una segunda lámpara de queroseno en el escritorio bañaba la estancia con un brillo ámbar. Una pieza de guitarra clásica sonaba en el iPad, que estaba en el reposabrazos de un sillón, cerca del retrato de Harding y el micrófono.

Madeleine levantó tres dedos, que Dave interpretó que representaban el número de minutos que ella pretendía permanecer en su postura de yoga antes de hablar con él. Se sentó en una silla entre la cama y el escritorio, y esperó. Finalmente, ella abrió los ojos.

—¿Está bien que hablemos aquí? —Su voz sonó menos tensa de lo que había sonado en días.

—Sí, aquí, con tu música sonando allí. —Estudió su cara—. Pareces… relajada.

—Me siento relajada.

—¿Por qué las lámparas de queroseno?

—La luz suave calma.

—¿Cómo fue tu reunión con Hammond?

—Muy bien.

Dave la miró, esperando más.

—¿Nada más?

—Es bueno.

—¿En qué?

—En reducir la ansiedad.

—¿Cómo lo hace?

—Es difícil de expresarlo con palabras.

—Suenas como si te hubieras tomado un Valium.

Ella se encogió de hombros.

—¿No te lo has tomado, supongo?

—Por supuesto que no.

—Entonces, ¿de qué habéis hablado?

—De la locura de Colin Bantry.

Dave la volvió a mirar, esperando más.

—¿Y?

—Y de la mía.

—¿Tu propia locura?

—La locura de culparme por lo que él hizo.

Un silencio. La mirada de Madeleine parecía concentrada en la lámpara.

—¿Qué estás pensando? —preguntó él.

—Estoy pensando que Richard es inocente y que tienes que ayudarle.

—¿Qué quiere decir con que tengo que ayudarle?

—No puedes dejar que lo destruyan.

—¿Y nuestro viaje a Vermont?

—He llamado esta mañana y lo he cancelado.

—¿Que has hecho qué?

—No simules que estás furioso. Nunca has querido ir allí. —Enderezó las piernas lentamente desde su postura de yoga y bajó de la cama—. Voy a darme un baño antes de que vayamos a cenar.

—Antes de que vayamos a cenar adónde.

—A casa de Richard y Jane.

—¿Richard y Jane?

—¿Es un problema?

Era la última cosa en el mundo que quería hacer.

—Ningún problema.

—A lo mejor podrías dormir una siesta mientras me doy un baño.

—¿Otro baño?

—¿Disculpa?

—Parece que has tomado unos seis en tres días.

—Me relaja. Deberías probarlo.

Madeleine sacó el cepillo y la pasta de dientes de la mochila, fue a la zona de los sillones, cogió la otra lámpara de queroseno de la mesa del fondo y se metió en el cuarto de baño. Dave la oyó abriendo los grifos y el agua cayendo en la bañera.

Respiró profundamente varias veces y trató de masajearse el cuello y los hombros para relajar la tirantez de sus músculos. Se preguntó de dónde procedía esa tensión. No le gustó la primera explicación que se le ocurrió, que estaba celoso y resentido por que otro hombre estuviera ayudando a Madeleine de un modo que a él le resultaba imposible.

Oyó que se cerraba el grifo de la bañera. Al cabo de un par de minutos, Madeleine regresó. De pie, ante la luz suave que proyectaba la lámpara de la cómoda, sin ninguna prisa, se quitó el pijama y lo dejó sobre la cama.

Como siempre, la belleza de su cuerpo desnudo tuvo un efecto poderoso en Dave.

Ella pareció reparar en ello.

Volviéndose a la cómoda, abrió un cajón y sacó un sujetador y unas bragas. Los dejó en un banco, a los pies de la cama. A continuación, abrió un segundo cajón y sacó un suéter y unos vaqueros. Los dejó también en el banco, acercándose a él con naturalidad.

Dave se estiró y rozó la suave curva de sus caderas con las yemas de los dedos.

Madeleine sostuvo su mirada con una expresión que era desafiante e irresistible.

Ninguno de los dos dijo ni una palabra. Ella apartó el pijama de la cama, retiró las mantas y se tumbó sobre la sábana. Luego observó como él se quitaba la ropa.

Hicieron el amor con pasión. En esos momentos, sintieron que en el mundo no había nada más.

Cuando Dave se tumbó junto a ella, aturdido, Madeleine se inclinó sobre él y lo besó una vez más en la boca. Luego se levantó. Al cabo de unos segundos, Dave oyó que se cerraba la puerta del cuarto de baño.

Sintiéndose profundamente en paz por primera vez desde hacía varios días, se permitió cerrar los ojos.

En retrospectiva, al revisar lo que ocurrió a continuación, en busca de detalles que pudieran explicarlo, le costó recordar cuánto tiempo había pasado desde que Madeleine cerró la puerta del cuarto de baño hasta que llegó aquel horror traumático que lo cambió todo.

¿Cinco segundos? ¿Diez segundos? ¿Posiblemente treinta segundos?

Un sonido agudo lo atravesó por completo y le produjo un escalofrío terrible. Algo se removió en su interior. Hasta le costó comprender que aquello era un grito. Fue un sonido atroz de terror, seguido por el ruido de un traspié y el duro impacto de un cuerpo al golpear el suelo.

Se levantó de la cama de un salto y corrió hacia el cuarto de baño sin apenas notar que su espinilla desnuda chocaba con una silla por el camino, derribándola hacia atrás.

—¡Madeleine! —gritó, agarrando el pomo de la puerta del cuarto de baño y girándolo—. ¡Madeleine!

La puerta no se abrió. Algo la bloqueaba. Bajó el hombro, propulsó su peso y golpeó con todas sus fuerzas.

La puerta cedió.

Gurney miró a su alrededor frenéticamente, bajo la luz tenue de la lámpara de queroseno. Encontró a Madeleine desnuda en el suelo, tumbada de costado, envolviendo las rodillas con sus brazos.

—¿Qué pasa? —gritó Dave, cayendo de rodillas a su lado—. ¿Qué pasa? ¿Qué ha ocurrido?

Ella trató de decir algo, pero se perdió en un gemido ahogado.

Dave le sostuvo la cara entre las manos.

—Maddie. Dime. ¿Qué ha pasado?

Ella no lo estaba mirando. Su mirada aterrorizada permanecía fija en otra parte del cuarto de baño. Dave siguió la línea de su mirada, hasta la gran bañera con patas. La bañera que ella acababa de llenar.

—¿Qué pasa? ¿Qué ha ocurrido?

Su respuesta sonó más como un gemido que como una palabra.

—¿Qué? ¡Dilo otra vez!

Esta vez, Dave lo entendió. No era una palabra. Era un nombre.

—Colin.

—¿Colin? ¿Colin Bantry? ¿Qué pasa con él?

Ella respondió con un grito medio contenido.

—¿Maddie? ¿Qué? ¿Qué pasa con Colin?

—Su cuerpo.

—¿Qué pasa con su cuerpo?

—Mira.

—¿Que mire?

—En la bañera.

TERCERA PARTE

El horror del lago del Lobo

48

El cuerpo en cuestión

*C*uando Gurney se acercó a la bañera y miró en ella, no vio nada. Solo agua y unas pocas volutas de vapor. Miró primero a la débil luz de la lámpara; luego encendió la luz cenital, para ver mejor. Nada fuera de lo normal.

Miró a Madeleine, acurrucada en el suelo, con las rodillas todavía contra sus pechos.

—Ahí no hay nada —dijo.

—Colin.

Dave le habló con la máxima calma posible.

—No hay nada en la bañera, Maddie. Solo agua.

—¡Debajo del agua! —gritó ella—. ¡Mira!

—He mirado. Créeme, no hay nada.

Los ojos de ella se ensancharon de terror.

—¿Crees que podrás levantarte si te ayudo?

Parecía no comprender lo que le decía.

—Puedo levantarte y llevarte, ¿vale? Te levantaré del suelo y te sacaré de aquí.

—¡Mira debajo del agua!

—De acuerdo. Miraré otra vez.

Se acercó a la bañera y fingió inspeccionarla a conciencia. Cuando pasó un brazo por el agua, Madeleine ahogó un grito de alarma.

—¿Lo ves, Maddie? No hay nada aquí. Solo agua.

Dave regresó y se arrodilló junto a ella.

—¿Y si te levanto y salimos del baño?

Sin esperar una respuesta, pasó los brazos por debajo de su cuerpo acurrucado. Su extraña posición desequilibrada hizo que levantar a su mujer se convirtiera en un reto; estuvo a punto de caer encima de ella. Al final, logró llevarla a la cama.

Encendió las lámparas de las dos mesitas y exploró su cuerpo en busca de huesos rotos, abrasiones o cualquier otra herida. Solo encontró una zona enrojecida en la cadera, fruto de la caída.

Dave se acuclilló junto a la cama, poniendo su rostro a la altura del de ella.

—Maddie, ¿puedes decirme exactamente lo que ha ocurrido?

—Colin. En el agua. Hinchado. —Medio volvió la cabeza hacia la pared que separaba la zona del dormitorio del cuarto de baño—. ¡Lo vi! —Un pequeño músculo temblaba en su mejilla.

—Está bien, Maddie. Ahí no hay nada. Ha sido una especie de ilusión óptica. El agua, el vapor, la luz tenue…

—Su cuerpo estaba en la bañera, ¡no era vapor, no era luz tenue! La cara hinchada, la cicatriz en la ceja. ¡La cicatriz del fútbol! ¿No escuchas lo que te estoy diciendo? —Su cuerpo empezó a temblar.

—Te escucho, Maddie. De verdad que sí. —Se levantó, fue a buscar la sábana y la manta de franela que estaban a los pies de la cama y la cubrió.

Gurney se dio cuenta de que, en ese momento, petrificada y temblando, sería absurdo tratar de convencerla de que la imaginación, los recuerdos y tal vez el veneno de la culpa habían conspirado para crear aquella terrible ilusión. Madeleine se sentiría completamente incomprendida.

La miró hasta que cerró los ojos. Ya llegaría el momento de abordar aquello de manera racional, quizá con una terapia. Pero por el momento…

Un sonido procedente del cuarto de baño interrumpió sus pensamientos. Un crujido apenas audible.

Un escalofrío le recorrió la espalda.

Se vistió con los vaqueros y un jersey, sacó la Beretta del bolsillo de la chaqueta y quitó el seguro. Después de lanzar una mirada ansiosa a Madeleine, se movió en silencio y descalzo hacia el cuarto de baño.

Cuando llegó, oyó otra vez aquel leve crujido; pero ahora parecía proceder del pasillo exterior. De hecho, parecía aproximarse a la puerta de la *suite*. Se situó al lado de la puerta con unas zancadas largas y silenciosas. El pestillo no estaba echado. Había olvidado cerrar al entrar.

Esperó sin apenas respirar. Estaba justo como en la noche del corte eléctrico, cuando el rostro de Barlow Tarr, morbosamente desconcertante con la luz de la lámpara que sostenía, le había dado aquel terrible susto.

Agarró el picaporte con fuerza, dudó un segundo y abrió la puerta.

Ver a Barlow de pie en el pasillo no supuso un *shock*. Pero había algo en la mirada intensa del hombre que hizo que Gurney sintiera un escalofrío.

—¿Qué quiere?

Tarr habló en un medio susurro rasposo.

—Cuidado.

—No deja de advertirme, pero no entiendo cuál es el peligro. ¿Puede decírmelo?

—Cuidado con el halcón que baja como el lobo. Cuidado con el mal que los mató a todos.

—¿El mal que mató a Ethan Gall?

—Sí. Y los lobos lo devoraron, como al viejo antes que a él.

—¿Cómo murió Ethan?

—El halcón lo sabe. Al sol, a la luna…

—¡Basta de eso! ¡Basta de locuras! —Una voz enojada llegó desde el extremo no iluminado del pasillo.

El rostro de Tarr se movió como si lo hubieran abofeteado. Retrocedió alejándose de la puerta de la *suite*. Miró atrás a lo largo del pasillo como un animal asustado y se escabulló por la escalera principal.

Alguien caminó hacia la luz. Era Norris Landon, que se acercaba con rápidas zancadas, mirando en la dirección por la que Tarr había partido. Se detuvo en el umbral y se volvió hacia Gurney.

—¿Se encuentra bien?

Gurney asintió.

—Sí, gracias.

—Ese maldito loco no tendría que estar en el hotel. Probablemente es una estupidez por mi parte, abordarlo así. Dios sabe de lo que es capaz, sobre todo cuando se avecina una tormenta.

—¿Las tormentas lo agitan?

—Oh, sí. Es un fenómeno bien conocido en los pabellones psiquiátricos. Hay una interacción entre el lado primitivo de la naturaleza y la mente desequilibrada. Cosas que se desatan, supongo. Trueno y terror. Extremos de emoción. Hablando de eso, no fue el delirio de Tarr aquí en el pasillo lo que me hizo venir a su habitación. La verdad es que pensaba que había oído un grito. —Miró inquisitivamente a Gurney.

—Mi mujer se ha asustado. Ya está bien.

Landon dudó.

—Ah. Bueno. Disculpe, no es asunto mío, pero… —Se detuvo en seco al fijarse en la pistola que Gurney llevaba medio escondida—. Veo que va armado.

—Sí.

—¿Es por… lo que ha asustado a su mujer?

—Solo una precaución. Deformación profesional.

—Ah. ¿Y su mujer? ¿Está bien?

—Perfectamente.

—Por favor, no me interprete mal. No sé cómo expresar esto. —Dudó otra vez.

—¿Cómo expresar qué?

—Ah. Bueno. Podría parecer una pregunta disparatada, pero...

—Pero ¿qué?

—Solo me estoy preguntando..., por casualidad su mujer ha... ¿visto algo?

—¿Qué quiere decir?

—Ha visto algo... ¿Algo que podría no haber sido real?

—¿Por qué pregunta eso?

Landon parecía estar buscando las palabras correctas.

—El hotel tiene... una historia extraña..., una historia relacionada con lo que podrían llamarse visiones desagradables.

—¿Visiones?

—Ahora ve por qué era reticente a sacar este tema. Debería haber mantenido la boca cerrada.

—Dígame a qué se refiere con visiones.

—¿Avistamientos? ¿Presencias espectrales? ¿Apariciones? Todo suena bastante estúpido, lo reconozco, pero me han dicho que los individuos envueltos en estos... incidentes... eran gente muy sensata, no la clase de imbéciles que suelen hablar de este tipo de cosas.

—¿Cuándo ocurrieron esos incidentes?

—Varias veces... a lo largo de los años.

—¿Todos los individuos informaron de haber visto lo mismo?

—No. Según me lo contaron, cada uno...

Gurney lo interrumpió.

—¿Quién se lo contó?

—Ethan. Recuerdo que estaba casi susurrando. No era algo que quisiera pregonar a los cuatro vientos. Según me contó, la visión de cada mujer (eran todo mujeres, por cierto, quienes tuvieron estas experiencias)... Cada visión era de alguien cercano a ellas que había muerto. O, para ser más concreto, alguien cercano a ellas que se había ahogado.

Gurney no mostró ninguna reacción más allá de una sana curiosidad.

—¿Todas estas visiones tuvieron lugar aquí, en el hotel?

—Bueno, he dicho en el hotel, pero también en los alrededores. En un caso, la mujer vio una cara sumergida en el lago. Otra aseguró que había visto a su hermano muerto bajo una capa de hielo que se fundía junto a uno de los chalés. El peor incidente, según Ethan, fue el de una anciana que tuvo una crisis mental después de ver a su primer marido (que había muerto en un incidente con una barca treinta años antes) de pie en la ducha. Según Ethan, nunca se recuperó.

—Agua.

—¿Eh?

—Hay agua en todas las visiones. Gente que se ahogó. Gente ahogada que regresó en circunstancias que otra vez implicaban agua.

Landon asintió reflexivamente.

—Cierto. El agua siempre tuvo un papel. —Hizo una pausa—. Bueno, no debería entrometerme, siento ocupar su tiempo con historias de fantasmas. Estoy seguro de que todas tienen una explicación razonable. Oír ese grito me las ha recordado. He sentido que debería comprobar si estaban bien. Pero…, bueno…, no se ha hecho ningún daño, espero.

—Ninguno. Le agradezco su preocupación. Pero tengo curiosidad por una cosa. ¿Por qué sigue aquí?

Aquello pareció pillarlo desprevenido.

—¿Aquí? ¿Ahora? ¿Hablando con usted?

—No. Me refiero a aquí, en el hotel. Después de todo lo que ha ocurrido. La muerte de Ethan. Las de otros huéspedes. El hotel está prácticamente cerrado. Desierto. La atmósfera es inhóspita. La historia escabrosa y el ambiente fantasmagórico general… Todo son buenas razones para no estar aquí.

Landon sonrió.

—Todo es relativo, ¿no? La razón de un hombre para marcharse es la razón de otro hombre para quedarse. Me gusta el clima invernal, cuanto más extremo mejor. El aspecto fantasmagórico del lugar me atrae. La ausencia de otros clientes me parece un plus y no algo que resta.

—¿Y las cuatro muertes no explicadas?

—Ah, bueno. Esto es otra cosa… Pero la cuestión es que los misterios en general me intrigan, y esas cuatro muertes me fascinan. Eso hace que me plantee una pregunta interesante. Solo he de preocuparme de mí mismo. Pero su situación es más complicada. Hay otra vida en juego. No se está sometiendo solo usted a estos problemas. Si se aplican a mí, se aplican, sin duda, a usted. Así que la verdadera pregunta es por qué está usted aquí.

—Me invitaron a venir para hacer un trabajo. Siento que debería quedarme hasta que el trabajo haya concluido.

Landon alzó una ceja, escéptico.

—Si yo estuviera casado, creo que ya no estaría aquí.

Gurney exhibió una sonrisa educada.

—Agradezco su punto de vista. Pensaré en ello. Por cierto, si tiene alguna idea sobre las cuatro muertes, espero que la comparta conmigo. —Retrocedió, con la mano en la puerta, a punto de cerrarla.

—¿Qué clase de ideas?

—Ideas sobre quién podría ser el responsable. Cómo lo hicieron. Por qué lo hicieron.

Landon se encogió de hombros.

—Supongo que uno tiene que permanecer abierto a la posibilidad de que Richard lo orquestara. ¿No es un hombre famoso por forzar los límites de la persuasión hipnótica?

Había algo juguetón en la mirada brillante e inteligente de Landon. Y algo provocativo en su tono displicente. Por no mencionar la desconexión entre sus comentarios y su aparentemente afable relación con Jane Hammond.

Sin embargo, Gurney resistió el impulso de perseverar en todo eso. En aquellos momentos, tenía cosas más importantes de las que preocuparse.

49

Conectando los puntos

*D*espués de cerrar la puerta y correr el pestillo, Gurney fue al dormitorio para ver si Madeleine se estaba recuperando del *shock*.

Se sobresaltó al encontrar las sábanas arrugadas y la cama vacía.

Estaba seguro de que no había visto ninguna señal de ella al pasar por delante de la puerta abierta del cuarto de baño.

Se dirigió al balcón, pero la puerta estaba cerrada. Una fina capa de nieve se había acumulado en el cristal.

—Maddie —la llamó.

¿Cómo podía haber desaparecido?

—¡Maddie!

Miró el suelo a ambos lados de la cama, luego se apresuró a volver a la habitación principal, frenético, mirando en todas partes.

La música de guitarra que sonaba en el iPad había adoptado un estilo dramático, con recargados ritmos españoles.

Comprobó otra vez el cuarto de baño, aunque estaba seguro de que ella no estaba allí.

Pero allí estaba, de pie en un rincón, en la sombra, escondida.

Se había envuelto en una manta blanca. Estaba despeinada y con la mirada otra vez fija en la bañera.

—¿Maddie? ¿Estás bien?

Ella no paraba de negar con la cabeza, lentamente.

—No lo entiendo.

Dave se acercó más a la bañera y miró.

—¿Qué es lo que no entiendes?

—Lo que ha pasado. Cómo pudo haber pasado.

—Podría ser más simple de lo que crees —sugirió.

Intuyó que su desconcierto podía ser una buena señal, como si dejara una puerta abierta a encontrar una explicación razonable a todo aquello. Gurney le intentó explicar que la mente humana puede ver cosas que no son.

Madeleine mostró escaso interés por lo que decía, pero, aun así, él insistió.

—A menudo dos testigos ofrecen descripciones contradictorias sobre algo. Ambos están completamente seguros de que vieron lo que vieron. El problema es que lo que vieron ocurrió sobre todo en sus circuitos cerebrales y no en el mundo externo.

—El cuerpo de Colin estaba en la bañera.

—Maddie, todo lo que «vemos» es una combinación de datos nuevos procedentes de nuestros ojos y vieja información almacenada en nuestros cerebros. Es como lo que ocurre en Internet. Tú escribes las primeras letras de una palabra y el buscador salta a una palabra en la memoria de su base de datos que empieza con esas letras. Eso es lo que hacen nuestros cerebros, con todo, incluidas las imágenes visuales. Ahorra una enorme cantidad de tiempo. Pero cuando estamos estresados y nuestros cerebros están tratando de trabajar más deprisa, en ocasiones saltan a la conclusión equivocada. Crean la imagen equivocada. Estamos seguros de lo que estamos viendo. Pero, en realidad, eso no está ahí. Juraríamos que está ahí, pero solo existe en nuestro cerebro.

La mirada de Madeleine vagaba por las paredes del cuarto de baño.

—¿Estás diciendo que deliro?

—Estoy diciendo que estamos preparados para ver más que la información que nos proporcionan nuestros nervios ópticos. Y, en ocasiones, la factoría de imágenes del cerebro se adelanta a los datos ópticos y convierte la cuerda del suelo en una serpiente de cascabel.

Madeleine se ciñó la manta como si fuera una capa.

—Lo que vi no era una cuerda. ¿Cómo pude ver el cuerpo de Colin… sacado del lago Grayson… en esa bañera? Esa es la cuestión.

—Maddie, ¿tal vez deberías vestirte?

—¿Sabes?, nunca encontraron su cadáver. ¿Te conté eso?

—Sí, me lo contaste.

—Nunca encontraron su cadáver —repitió lentamente, como si eso pudiera explicar lo que acababa de ocurrir.

—¿Maddie? ¿Cariño? Has sufrido una caída. Podría ser una buena idea que te tumbases.

—Nunca encontraron el cadáver. Y luego estaba ahí. —Señalaba la bañera, dejando que la manta se deslizara y cayera al suelo, a sus pies.

Ni siquiera pareció darse cuenta de ello.

Se quedó allí desnuda, mirando la bañera, desconcertada.

—Colin…, con su chaqueta de cuero…

Gurney se acercó y la envolvió con sus brazos. No paraba de temblar. Los efectos posteriores a un terremoto.

La abrazó con fuerza durante un buen rato.

Más tarde, después de convencerla para que saliera del cuarto de baño, después de que ella finalmente cayera en un sueño inquieto, después de que la música de guitarra de su iPad llegara a un final frenético, Gurney se sentó delante del hogar frío. ¿Qué debía hacer a continuación?

El sonido de fondo del viento era como un lamento suave. Todo lo que pasaba en aquel lugar tenía cada vez menos sentido. Además, con su mujer en ese estado, apenas podía pensar con claridad.

Tal vez necesitara ayuda psiquiátrica, pero descartó la idea con una sensación de mareo. No le gustaba la legión de profesionales ansiosos por experimentar con sus juegos de química en la mente de sus pacientes.

Solo quería que ella estuviera bien.

Que volviera a ser ella.

Sonó el teléfono. En la pantalla apareció el nombre de Morris Blumberg.

—¿Señor Gurney?

—Pensaba que estaría camino de Tel Aviv.

—Lo estoy y no lo estoy. Estamos entrando en el avión, todavía en la puerta del JFK. Un puto loco de Hamás se hizo saltar por los aires en el aeropuerto Ben Gurión. Así que aquí estamos. Nadie sabe nada.

—Siento oír eso.

—Yo también, junto con las otras trescientas sardinas de este avión. Pero es el mundo en el que vivimos. Hay que acostumbrarse, ¿no?

—Supongo que sí. ¿Qué puedo hacer por usted?

—Nada. Solo una idea que he tenido. Su pregunta… de si reconocía algunos nombres.

—Un segundo. Mi mujer está durmiendo. Deje que me meta en el cuarto de baño para no despertarla.

Quería situarse a salvo del alcance de los dispositivos de vigilancia de la habitación.

—No hay prisa. Tengo tiempo. Más del que me gustaría.

Gurney cerró la puerta del cuarto de baño tras de sí.

—Muy bien. Estaba diciendo…

—En ocasiones, un rincón de mi cerebro se ilumina cuando lo

dejo en paz un rato. Las cosas saltan cuando dejo de intentar hacerlas saltar.

—¿Los nombres que mencioné? ¿Recuerda algo de ellos?

—No, esos nombres no significan nada para mí. Pero le diré lo que recordé. Ese verano, ese maldito verano, había un club secreto. Había cuatro chicos: León, Araña, Lobo y Mustela.

—No le sigo.

—León, Araña, Lobo, Mustela. Esos eran sus apodos. Pintaron con aerosol esas cuatro malditas palabras, en pintura roja, como sangre, en cabañas, tiendas, árboles. Hasta en mi maldita canoa.

—¿Alguna vez descubrió quiénes eran?

—No. Cabrones escurridizos. Quizás alguno de los otros chicos sabía quiénes eran, pero creo que tenían miedo de ellos. Nadie decía nada.

—¿Cree que había alguna relación entre esos cuatro chicos de los apodos y el chico que desapareció?

—¿Quién sabe? No tengo ninguna razón para decir que sí, pero ninguna razón para decir que no. Solo que su visita me hizo reactivar los engranajes en mi cabeza, y me he acordado de esto, de los nombres de esos animales. Así que pensé que debería llamarle. Lo siento si le he hecho perder el tiempo.

—¿La policía que investigó la desaparición de Scott Fallon siguió la pista de este «club secreto»?

—No que yo sepa. Como le dije, para ellos el incidente Fallon era solo el de alguien que se escapó de casa. Y los chicos siempre están formando clubes secretos y mierdas de este tipo. Así que quizá tenían razón y le estoy haciendo perder el tiempo.

—En absoluto, señor Blumberg. Esto podría ayudar mucho. Ya que le tengo al teléfono, deje que le pregunte algo más: ¿recuerda a los padres de Scott Fallon, sus nombres, dónde vivían?

—Ah. ¿Cómo iba a olvidarlo? La madre (no había padre, solo la madre) venía cada fin de semana al campamento. A buscarle. Caminaba por el bosque. Gritaba el nombre de su hijo, durante semanas. Patético.

—¿Recuerda el nombre de la madre?

—Kimberly. No Kim, siempre insistía en el nombre completo: Kimberly Fallon.

—¿Por casualidad tiene una dirección suya?

—Claro. Dirección, correo electrónico, número de teléfono, todo. Después de que dejó de venir a Brightwater me llamaba una vez por semana, luego una vez al mes, ahora tal vez una vez al año. Patético. Absurdo. Pero ¿qué puedo hacer? Hablo con ella.

Guardaba su número de móvil. Gurney introdujo toda la información en su propio teléfono, dio las gracias a Blumberg y le deseó un buen viaje.

Tomó nota de los cuatro apodos: León, Araña, Lobo, Mustela.

Tal vez eligieron esos nombres en función de la personalidad de cada uno: si describía alguna característica del chico que lo eligió. Y no pudo evitar pensar que el número de chicos en el club podría resultar significativo.

Cuatro.

Cuatro chicos alborotadores que estaban en el campamento cuando Scott Fallon desapareció.

Ahora, en el extraño caso que le ocupaba, había cuatro hombres muertos.

Y al menos uno de ellos, Steven Pardosa, había estado en Brightwater ese verano.

Gurney todavía tenía el teléfono en la mano cuando sonó otra vez.

Jack Hardwick.

—Buenas noticias. Mi colega en Teaneck está aún más cabreado de lo que pensaba.

—¿Sobre la orden de apartarse del caso Balzac?

—Sobre el hecho de que la orden venía de tan arriba que no está autorizado a saber de dónde venía. Eso le congeló las pelotas.

—¿Y eso va a servirnos de ayuda?

—Diría que sí. Después de verlo esta mañana, hizo otra visita al terapeuta con el que Balzac compartió ese sueño raro de cojones. Le preguntó por lo de la homosexualidad.

—¿Y?

—Primero solo repitió que el sueño estaba lleno de imaginería homoerótica, lo cual ya sabíamos. Pero luego añadió que era especialmente inquietante para Balzac, por sus fuertes sentimientos antihomosexuales.

Gurney sonrió. Era esperanzador ver que una esquina del puzle comenzaba a tomar forma.

—Hay más —añadió Hardwick.

—¿Del terapeuta?

—De mi colega, que está ansioso por ayudar de todas las formas en que se supone que no debe hacerlo. Me contó que Balzac dimitió de su trabajo unas horas antes de cortarse las venas. Envió un mensaje de correo electrónico al propietario de la tienda de tabaco: «Efectivo de manera inmediata, renuncio a mi puesto de dirección en Smokers Happiness. Respetuosamente, Leo Balzac». Breve y entrañable, ¿verdad?

—Suena extraño.

—Eso pensó mi amigo detective.

—¿Lo investigó?

—Le dijeron que los detalles del caso ya no eran de su incumbencia.

—¿Porque mentes más sabias situadas por encima se hacían cargo?

—No sé si con esas palabras.

—La gente al borde de cortarse las venas normalmente no pierde tiempo en escribir educadas notitas de renuncia a su trabajo.

—No.

—La cuestión es ¿por qué dimitió? La gente suelte tener dos razones: no pueden soportar lo que están haciendo, o les han ofrecido otra cosa más atractiva.

—¿Y adónde nos lleva todo esto?

—Quizás a ninguna parte. —Gurney hizo una pausa—. Supongo que, si quería dejar de fumar, habría renunciado a su trabajo para estar lejos del tabaco. Por otro lado, ¿no te dijeron los padres de Pardosa que Steven estaba a punto de darle una vuelta a su vida, que había proyectado hacer grandes cosas…, algo así?

—Lo hicieron, pero lo descarté como mentiras posfactuales. «Si hubiera vivido nuestro maravilloso hijo, habría encontrado una cura contra el cáncer.» Chorradas de este tipo.

—Pero supongamos que Pardosa estuviera verdaderamente esperando algo. Y supongamos que Leo Balzac dimitiera porque también estaba esperando algo. Siento curiosidad por saber si Christopher Muster, en Florida, tenía el mismo sentimiento de felicidad sobre su futuro. Quizá podrías llamar a Darryl Becker en Palm Beach y preguntarle si había pruebas de eso.

—Supongamos que sí. ¿Qué estás tratando de demostrar? ¿Que los muertos eran todos unos capullos homófobos con grandes expectativas?

—Estoy tratando de encontrar piezas que encajen en el rompecabezas. Y hablando de cosas que encajan, hace unos diez minutos he recibido una interesante llamada de Moe Blumberg.

—¿Algo útil?

—Tal vez. Recordaba cuatro apodos. Los apodos de los chicos que pertenecían a un club secreto de Brightwater el verano en que desapareció Scott Fallon. Se llamaban León, Araña, Lobo y Mustela.

—¿Mustela? ¿El animal sanguinario al que le gusta meterse en los corrales y despedazar pollos?

—Es lo que he oído al respecto, sí.

—¿Y qué significa para ti?

—Los nombres concretos de los animales no significan mucho, salvo el hecho de que son todos depredadores. Por supuesto, está el eco del lobo, pero eso podría ser una coincidencia. Si un chico quería escoger un apodo salvaje, esa sería una elección obvia. Lo que me parece significativo es que fueran cuatro y que los otros chicos del campamento los temían. Me pareció que a Moe no le habría sorprendido que tuvieran algo que ver con la desaparición de Scott Fallon. Y sabemos que Steven Pardosa estaba en Brightwater ese verano. Hemos de descubrir si nuestras otras tres víctimas «suicidas» estuvieron al mismo tiempo. Dadas sus edades, es posible.

—¿Ethan no era algo mayor que los otros tres?

—Unos años. Podría haber estado allí como líder de cabaña o monitor..., o como fuera que los llamaran.

—Pregúntale a Peyton. Debería saberlo.

—Lo intentaré, pero no tendría mucha fe en nada de lo que dice. Entre tanto, Blumberg me ha dado información de contacto de la madre de Scott. Si habla conmigo, tal vez pueda descubrir si estoy en la pista correcta.

—Buena suerte, Davey. Tengo la sensación de que la vas a necesitar.

50

Tormento

*D*urante sus conversaciones telefónicas con Blumberg y Hard-wick, Gurney había estado paseando arriba y abajo por el cuarto de baño. Con la puerta cerrada y hablando en voz baja, se sentía a salvo de los micrófonos de la otra sala. Supuso que sería un buen sitio para llamar a Kimberly Fallon.

Pero antes quería ver cómo estaba Madeleine.

A la luz de la lámpara de la mesita vio que estaba durmiendo, pero no de manera apacible. Reparó en minúsculos movimientos en las comisuras de su boca y ojos. Algunas de sus respiraciones iban acompañadas de pequeños sonidos quejumbrosos.

Mientras la estaba observando, sintió que goteaba algo caliente en la parte lateral de su pie.

Era sangre.

El golpe que se había dado antes en la espinilla con la silla le había producido un corte que seguía sangrando. No tenía ni idea de si Madeleine había traído material de primeros auxilios. No pensaba hurgar en sus bolsas para descubrirlo, de modo que cogió uno de sus calcetines y se lo ató en torno a la pierna. Era un sustituto pésimo, pero tendría que servir por el momento.

Volvió al cuarto de baño para llamar a Kimberly Fallon.

Después de cerrar la puerta en silencio detrás de él, marcó el número que le había dado Moe Blumberg. Le sorprendió que contestara una animada voz femenina.

—*Tashi deleck*.

—¿Disculpe?

—*Tashi deleck*. ¿Quién llama?

—Me llamó Dave Gurney. Estoy tratando de localizar a Kimberly Fallon.

—Soy Kimberly.

—Lo siento, Kimberly, no entendí lo que dijo al contestar.

—*Tashi deleck*. Paz y buena fortuna. Es un saludo tibetano.

—Ya veo. Bueno, le deseo lo mismo.

—Gracias.

Había algo extraño en su tono, una nota descentrada que asociaba a los aficionados a la marihuana.

—Kimberly, soy detective. La llamo por su hijo, Scott.

Hubo un silencio.

—La llamo por lo que ocurrió en Camp Brightwater el verano en que desapareció. Me estaba preguntando si estaría dispuesta a ayudarme respondiendo algunas preguntas.

Más silencio.

—¿Kimberly?

—Tengo que verle.

—¿Perdón?

—No puedo hablar de Scott a menos que le vea.

—¿Está diciendo que quiere que vaya a su casa?

—Solo quiero mirarle a los ojos.

—¿Los ojos?

—Los ojos son la ventana del alma. ¿Tiene Skype?

Gurney solo tardó unos minutos en sacar el portátil de su mochila, apartar una pila de toallas de una mesita baja del cuarto de baño, colocar el ordenador encima, abrir el programa Skype y posicionarse delante de la cámara incorporada.

Le había dado su dirección de Skype a Kimberly Fallon. Quería ser ella quien estableciera la videollamada, explicando en el tono vago de su voz que al hacerlo así se aseguraría de que Gurney era realmente Gurney y que estaba donde estaba. Nada de eso tenía demasiado sentido práctico, pero no valía la pena discutir sobre ello.

Así que lo dejó todo listo y esperó.

Cuando estaba pensando que la mujer ya no iba a contactar, recibió la llamada.

Vio en su pantalla de ordenador a una mujer delgada de algo más de cincuenta años, con una sonrisa drogada y grandes ojos azules. Su color de cabello estaba entre el rubio ceniza y el gris plateado. Una blusa blanca de campesina y un abalorio de grandes cuentas de cristal de colores en torno al cuello le daban un aspecto *hippy* retro. Había una pintura enorme que cubría la mayor parte de la pared detrás de ella, una espiral impresionista de estrellas blancas y amarillas contra un cielo violeta.

Con la cabeza ligeramente inclinada hacia un lado, parecía estar estudiando el rostro de Gurney.

—Tiene unos ojos asombrosos —dijo.

No sabía cómo responder a eso, así que mejor sería no decir nada.

—Hay mucha tristeza en su alma.

Gurney siguió en silencio.

Los ojos de ella tenían la expresión medio hacia dentro de alguien que ve el mundo a través de la lente de algún conocimiento secreto, tal vez de inspiración psicodélica.

—¿Qué quiere saber de Scott?

Debería haber preparado una respuesta cuidadosa para esa pregunta evidente, pero no había tenido tiempo para eso.

—Creo que… lo que ocurrió ese verano… podría haber tenido algunos efectos… retardados. Se han producido algunas muertes sospechosas… de gente que creo que podría haber estado en Camp Brightwater hace trece años, al mismo tiempo que Scott. Podría haber una relación entre lo que está ocurriendo ahora y lo que sucedió entonces. Me doy cuenta de que estoy haciéndole revivir recuerdos tristes. Lo siento.

Silencio.

—¿Kimberly?

—No hay nada de lo que lamentarse.

A pesar de lo extraño de su comentario, Gurney insistió.

—Moe Blumberg me contó que después de que Scott desapareciera continuaba volviendo a Brightwater para buscarlo. ¿Es cierto?

Ella asintió de manera casi imperceptible.

—Fue estúpido por mi parte.

—¿Logró encontrar algún rastro de él?

—Por supuesto que no.

—¿Por supuesto que no? ¿Por qué lo dice?

—Estaba buscando en el sitio equivocado, ¿no?

—¿El sitio equivocado?

—Ya había cruzado al otro lado.

—¿Quiere decir que había llegado a la conclusión de que…, de que su hijo ya no estaba vivo?

—No, no fue eso. La vida nunca termina. Scott había cruzado a un lugar de paz y felicidad.

Algo en su tono le hizo preguntar.

—¿Un lugar más feliz que Brightwater?

La sonrisa confusa de «en contacto con el universo» se desvaneció.

—Brightwater no fue más que un tormento desde el principio hasta el final. Scott odió cada minuto que pasó allí.

—¿Por qué lo envió allí?

—Fue idea de su padre. Los deportes, tener que enfrentarse con la brusquedad y la dureza, eso se suponía que tenía que convertirlo en un hombre de verdad. Scott no era bueno en los deportes. ¿Cómo te va a hacer un hombre que te golpeen, se rían de ti y te insulten? Podría haberlo matado.

—¿Al padre de Scott?

—Quería matarlo. Pero se fue. ¿Sabe por qué se marchó? Se marchó porque yo seguía volviendo a Brightwater a buscar a Scott. No podía soportarlo. Sabía que era todo culpa suya. Es una suerte que se marchara. Si se hubiera quedado, lo habría matado. Quizá no debería decir eso…, lo diré de una forma diferente: la persona que yo era entonces lo habría matado.

—En cuanto a los chicos del campamento que se metían con Scott, ¿cree que tenía miedo de alguno en particular?

Ella asintió lentamente.

—Los que tenían nombres de animales.

—¿Araña, León, Lobo y Mustela?

—Eso es.

—¿Él conocía sus verdaderos nombres?

Kimberly negó con la cabeza.

—No estaba seguro. Llevaban capuchas negras para taparse la cara.

—¿No estaba seguro de quiénes eran? ¿Tenía alguna hipótesis?

—Solo me dijo un nombre, una vez, en una llamada telefónica. Era un nombre desagradable. Pero no puedo recordarlo ahora. Me mantengo lo más lejos que puedo de toda esa oscuridad. Mi consejero espiritual dice que esa oscuridad llena el alma incauta. Hemos de dejar la oscuridad atrás y movernos hacia la luz.

—Entiendo, Kimberly. Pero, por favor, trate de recordar ese nombre. Sería una ayuda enorme.

Con un suspiro reticente, levantó la cara hacia una luz situada en algún lugar por encima de ella. Bajo ese brillo, su pelo parecía de un color blanco puro.

—Creo que empezaba con P… o quizá por B.

Ella levantó las manos a la luz, como si esperara que una respuesta más plena pudiera iluminarse en las palmas de sus manos. Gurney, impaciente, estaba a punto de instarla con los nombres de los cuatro hombres muertos. Sin embargo, justo entonces, una voz que de repente estaba cargada de odio liberó su recuerdo:

—Balzac.

51

Algo en el desván

*D*espués de concluir su videollamada con Kimberly Fallon, Gurney miró su teléfono y encontró en el buzón de voz mensajes de Jack Hardwick y Jane Hammond.

Ver el nombre de Jane y sentir una punzada de inquietud fue todo uno. Reprodujo el mensaje:

> ¿Dave? ¿Madeleine? ¿Va todo bien? Creía que venían a cenar. Espero que todo vaya bien. Llamen, ¿vale?

Otra víctima de la tensión y la confusión de la tarde. Tendría que llamarla, disculparse, dar explicaciones. Estaba a punto de escuchar el mensaje de Hardwick cuando le detuvo un extraño sonido en el techo del cuarto de baño, justo encima de él.

Un crujido débil.

Levantó la mirada y vio, o creyó ver, unas pocas manchitas de polvo de yeso cayendo del borde del aplique de luz de encima de la bañera. Se concentró en el punto, esperando que ocurriera otra vez.

Al cabo de unos segundos sin que pasara nada, se subió al borde de la bañera para observar de más cerca, apoyando una mano en la pared de baldosas para equilibrarse.

Desde allí, vio que el medallón decorativo estaba alineado de manera imprecisa en torno al aplique, por encima del agujero para los cables del techo; dejaba un hueco de un milímetro o dos a lo largo de un borde. Desde el suelo, el hueco no parecía nada más que una línea en sombra.

Su primera idea fue que la abertura podría proporcionar acceso a un dispositivo de audio o de vídeo. Sin embargo, el escáner debería haber captado cualquier actividad electrónica de esa naturaleza, y no lo había hecho. Y, desde luego, no era el único medallón de aplique de luz mal centrado que había visto. Lo habría descartado como una cuestión por la cual no valía la pena preocuparse de no haber sido por ese sonido ahogado de crujido que había oído y por la voluta casi invisible de yeso que había visto caer.

Regresó a donde estaba la cama y se puso los zapatos. A continuación se colocó la funda de tobillo y guardó en ella su Beretta. Escuchando la respiración de Madeleine, se sintió aliviado de que sonara más regular. Pero el tic continuaba activo en su mejilla. Cuando se estaba preguntando si había algo más que pudiera hacer por ella, sonó su teléfono.

Hardwick otra vez.

Decidió contestar la llamada antes de inspeccionar el techo, pero el cuarto de baño ya no parecía un lugar seguro para hablar. Cogió la llave de la *suite*, salió al pasillo y cerró la puerta tras de sí.

—¿Qué pasa? —respondió en voz baja.

—He recibido algunas respuestas del Departamento de Policía de Palm Beach. Preguntaste si había pruebas de que Christopher Muster tuviera grandes expectativas de futuro. Según Darryl Becker, justo antes de dirigirse al lago del Lobo, Muster dio un adelanto para comprar un Audi nuevo.

—¿Cómo lo relaciona Becker con el suicidio de Muster una semana más tarde?

—Interesante pregunta sin respuesta. Para empezar, Becker no era el detective al que le tocó el caso de Muster, así que todo esto es un poco de segunda mano. Pero parece que al detective que estaba en ello lo apartaron casi de inmediato. Así que nadie tuvo que ocuparse de relacionar la compra con el suicidio.

—¿Alguna explicación para que lo retiraran del caso?

—Le dijeron que había implicadas cuestiones de seguridad nacional. Fin de la historia.

—Así que tenemos un patrón.

—¿De tipos optimistas que terminan muertos?

—E investigaciones locales bloqueadas. ¿Algo más de Becker?

—Una gran cuestión. Preguntaste si alguien, además de Pardosa, recibió una extraña llamada telefónica antes de hacer los preparativos para ir al lago del Lobo. Bueno, según Becker, hay un registro telefónico que confirma que Muster recibió una llamada desde un teléfono móvil prepago una semana antes de irse al lago del Lobo. Y él llamó al número de reservas del hotel ese mismo día.

—¿Cómo sabemos que hay una relación entre las dos llamadas?

—Déjame terminar. Recibió dos llamadas desde ese número móvil prepago. Una el día que hizo la reserva; la segunda, el día que se cortó las venas. El punto de origen de las dos llamadas fue la torre de telefonía del lago del Lobo. Estaría dispuesto a apostar a que Balzac y Pardosa recibieron el mismo par de llamadas desde ese mismo teléfono ilocalizable.

Gurney se quedó en silencio un buen rato.

—Está bien que las cosas converjan, en lugar de volar en direcciones diferentes. Simplemente, no estoy seguro de lo que significa esta convergencia en concreto. Parece implicar que alguien del hotel (o al menos alguien en el ámbito de la torre de telefonía del hotel) podría haber convencido a tres de las cuatro víctimas para que vinieran a ver a Hammond.

—Exacto. Y llamó otra vez el día que cada uno de ellos murió.

—Esa sería la llamada que Fenton asegura que podría actuar como un dispositivo de desencadenamiento posthipnótico, signifique eso lo que signifique. —Mientras estaba hablando, Gurney paseaba por el pasillo, delante de la *suite*. Los apliques de luz de la pared estaban apagados; en la penumbra, el carmesí de la alfombra era tan opaco como sangre seca—. Esta cuestión de la llamada telefónica podría ser importantísima, Jack, pero necesito asimilarla, ver adónde lleva. Entre tanto, deja que te cuente lo que descubrí de la madre de Scott Fallon.

—¿Habló contigo?

—Sí. Está definitivamente en el lado excéntrico, pero me habló de algunos hechos y confirmó algunas hipótesis. Su hijo era gay. Vivía constantemente acosado y aterrorizado. Pero aquí está la gran noticia: había un chico al que su hijo temía en especial. Se llamaba Balzac.

—¡Joder!

—Así que ahora sabemos que, al menos dos de nuestras actuales víctimas, estuvieron en Brightwater al mismo tiempo: Steven Pardosa y Leo Balzac.

—Si dos de ellos estuvieron allí, apuesto a que también lo estuvieron los cuatro. Esa podría ser la conexión que hemos estado buscando. Y esa historia homófoba seguro que sigue.

—Sí —dijo Gurney—. Y no deja de ponerse más desagradable.

—¿Crees que nuestros cuatro hombres muertos podrían haber estado detrás de la desaparición de Scott Fallon?

—Es una hipótesis que podría funcionar.

—Para llamar a las cosas por su nombre, ¿podemos estar de acuerdo en que «desaparición» en este caso significa muerte, aunque el cadáver del chico nunca se encontró?

La pregunta le hizo pensar en Madeleine, en su traumática visión del cadáver de otro chico al que nunca encontraron.

Hardwick se aclaró la garganta.

—¿Sigues ahí?

—Estoy aquí.

—Cuando decimos que Scott Fallon desapareció, estamos diciendo que lo mataron, ¿no?

—Es el escenario más probable.

—¿Estás bien, campeón? Suenas un poco raro.

Mientras Gurney sopesaba los pros y los contras de hablarle de lo que le había pasado a Madeleine, oyó un sonido procedente del piso de arriba.

Un crujido apenas perceptible.

—Lo siento, Jack, he de colgar. No paro de oír a alguien o algo moviéndose arriba, donde no hay ninguna habitación de huéspedes. Necesito comprobarlo.

—¿Alguien o algo? ¿Qué coño significa eso?

—No tengo ni idea. Pero voy a descubrirlo. Volveré a llamarte lo antes posible.

Colgó y empezó a buscar una escalera trasera u otra vía de acceso a la planta de arriba. Continuó por el pasillo. Pasó por delante de ocho puertas ampliamente espaciadas que, supuso, conducían a habitaciones de huéspedes, cuatro en cada lado. Al fondo de la última de la derecha, se divisaba una fina línea de luz. Oyó música sonando, algo barroco.

Como no había más huéspedes en el hotel, supuso que tenía que ser la habitación de Norris Landon.

Cuando alcanzó lo que esperaba que fuera el final del pasillo, comprobó que este giraba en ángulo recto a una zona sin salida y sin iluminar. Aquella extensión claustrofóbica terminaba en una puerta metálica como las que uno podría encontrar en el trastero de un conserje. Como no quería perder tiempo yendo a buscar una linterna al coche, siguió adelante sin ella.

Le sorprendió descubrir que la puerta no estaba cerrada con llave. La abrió y se llevó una sorpresa positiva al comprobar que no se trataba de un trastero. Al fondo, logró distinguir los peldaños inferiores de una escalera estrecha que tenía que conducir al desván.

Reparó en los olores a polvo y humedad, y a algo levemente podrido. Localizó un interruptor y lo encendió. Una bombilla de escasa potencia se encendió en un portalámparas de porcelana en lo alto de la escalera.

Gurney llegó al descansillo superior y descubrió que conducía a otra puerta.

La puerta estaba ligeramente entornada.

Llamó en voz alta.

—¿Hay alguien ahí?

Seguramente eran cosas de su imaginación, pero el silencio detrás de la puerta pareció hacerse más intenso.

Llamó otra vez con aquel tono autoritario, heredado de tantos años de policía.

—Si hay alguien ahí, que hable y se identifique.

No hubo respuesta.

Abrió un poco la puerta con el pie.

El olor a humedad se intensificó. La bombilla débil en el rellano del techo iluminaba muy poco del desván que tenía ante sí. Buscó a tientas en la pared interior hasta que encontró un interruptor.

El aplique de luz que se encendió estaba unido a una inmensa viga en lo alto del techo en pico de lo que parecía ser una gran sala de almacenamiento. Varios objetos angulosos grandes, quizá muebles sin usar, estaban envueltos con sábanas. Había un cubo corroído para las goteras, situado debajo de una viga, brillante de humedad. El aire en la sala era frío y húmedo.

Hizo una pausa para situarse. Pensó en cómo había sido su avance por el pasillo, desde la puerta de su *suite* hasta el lugar en el que se encontraba, para formarse una imagen del desván en relación con el piso de abajo. Su instinto para esas cosas era bueno: estaba seguro de que pronto localizaría la porción del desván situada encima del cuarto de baño de la *suite*.

Después de desandar mentalmente sus pasos y calcular los ángulos y las distancias, se encaminó con cautela hacia una puerta situada al fondo.

Igual que la puerta anterior, estaba entornada unos pocos centímetros. La superficie de la puerta tenía una gruesa capa de polvo, pero el pomo estaba limpio.

—¿Hay alguien ahí?

El silencio le puso la carne de gallina, una sensación que se intensificó con el chirrido agudo de una bisagra cuando empujó la puerta para abrirla.

Palpó en torno a la jamba en busca de otro interruptor, pero no logró encontrarlo. Sin embargo, oyó algo que lo dejó paralizado. Un sonido suave. El sonido de una respiración.

En lugar de dar un paso atrás hacia una zona más iluminada, dio un rápido paso adelante en la sala oscura, para no caer en desventaja; luego caminó de lado unos cuantos metros a lo largo de la pared interior. Se dejó caer sobre una rodilla, sacó la Beretta de la funda del tobillo y quitó el seguro.

Mirando absurdamente en aquella oscuridad casi total, le pareció oír otra respiración, no tan cerca de él como la primera.

Se quedó completamente quieto y aguardó.

Un pequeño movimiento captó su atención, tan ligero que se preguntó si de verdad había visto algo. Entonces sintió un movimiento de aire y el sonido de una puerta cerrándose a cierta distancia.

Se puso en pie rápidamente, empuñando la Beretta y con el cañón levantado. Después de prestar mucha atención durante al menos otro minuto, empezó a moverse de forma vacilante en la dirección donde suponía que estaba la puerta, que imaginaba situada en el lado opuesto de la estancia.

No había dado más de tres o cuatro pasos hacia delante cuando algo le tocó la cara. Desconcertado, saltó hacia atrás; como un acto reflejo, levantó el brazo libre en una posición defensiva de combate.

Al cabo, comprendió que lo que le había tocado la cara era probablemente solo otra forma del interruptor que había estado buscando.

Se estiró y cerró la mano en torno a una cuerda colgada.

Dio un tirón suave. Una luz pálida se encendió en el techo de maderos. Eso le hizo mirar hacia arriba. En el suelo de aquel oscuro salón le esperaba algo que no olvidaría.

52

Lo más estúpido que puede hacer un hombre

Colmillos blancos y brillantes, ojos ambarinos de mirada penetrante, pelaje gris y patas flexionadas para atacar: un lobo enorme estaba agazapado a menos de tres metros de Gurney. Un solo salto y sería su presa.

Con la mirada fija en el animal y la mano tensándose en la empuñadura de la Beretta, se dio cuenta de que el lobo no estaba solo.

Había cuatro más, colocados en semicírculo detrás del primero, todos mostrando los dientes y con ojos malevolentes, inmóviles, como si aguardaran una señal.

Gurney asimiló todo esto cuando estaba bajando el arma a una posición de disparo firme y estable.

Y entonces, cuando estaba dirigiendo el cañón a la cabeza del monstruo que encabezaba la manada, con el dedo colocado en el gatillo, de repente comprendió por qué los lobos a los que se enfrentaba estaban inmóviles.

Estaban todos muertos.

Muertos, eviscerados y conservados.

Habían colocado sus cuerpos disecados en una actitud de ataque asombrosamente vívida.

De un modo extraño, su ferocidad no parecía disminuida por la muerte.

Fuera quien fuese quien hubiera reunido ese diorama salvaje era claramente todo un maestro en su peculiar arte. Pero ¿cuál era el propósito del diorama? ¿Y para quién se había preparado?

¿No eran los lobos una especie protegida en esa parte del mundo? ¿Cuánto tiempo hacía que los habían matado? ¿Cómo los habían matado? ¿Quién los había matado? ¿Y por qué estaban ahí en el hotel?

Absorto en esas preguntas, ante esos… cadáveres disecados…, Gurney volvió poco a poco al presente y recordó su propósito en el desván al ver una puerta en el fondo de la sala. Estaba seguro de que era la puerta que había sentido que se abría y que se cerraba en la oscuridad antes de que encontrara el cordón de la luz.

Con el arma todavía en la mano, pero con el seguro puesto otra vez, pasó con cautela en torno a la manada de lobos, cuyo fiero realismo lo mantuvo tenso. Se dirigió a la puerta.

Antes de llegar, lo detuvo el sonido de pisadas aproximándose.

Al cabo de un momento, se abrió la puerta y Austen Steckle apareció empuñando una potente linterna de LED.

El haz intenso de la luz barrió la estancia adelante y atrás, proyectando sombras de lobos por el suelo y las paredes del desván, para descansar finalmente en la pistola en la mano de Gurney.

—¡Joder! —Levantó el haz de luz a la cara de Gurney—. ¿Qué coño está pasando aquí?

Gurney pestañeó.

—¡Aparte eso de mis ojos!

Steckle mantuvo la posición de la linterna hasta que Gurney comenzó a moverse hacia él, entonces la bajó enseguida.

—Lo siento. Tranquilo. ¿Cuál es el problema?

—¿Se ha cruzado con alguien?

—¿Qué? —Parecía desconcertado.

—Alguien estaba aquí y ha salido por esa puerta hace menos de un minuto. ¿Ha oído o visto algo?

—No ahora, no mientras subía.

—¿Qué quiere decir?

—Lo que oí desde abajo fue a alguien que gritaba «¿Hay alguien ahí?» un par de veces. Muy alto. Sonaba como si hubiera un problema. Nadie debería estar aquí. Esto no es una zona pública. No hay razón para que haya nadie aquí.

—Me lo imagino. Por eso pensaba que era raro oír pisadas aquí.

—¿Qué pisadas?

—Pisadas sobre nuestro cuarto de baño. Sobre nuestro dormitorio. Lentas, silenciosas, como si alguien estuviera tratando de que no lo oyeran. ¿Tiene alguna idea de por qué alguien estaría merodeando aquí?

—¿Merodeando? ¿Aquí arriba? —Negó con la cabeza, como si aquella idea fuera lo más descabellado del mundo.

—Fuera quien fuese, estaba aquí. Y se ha marchado por esa puerta menos de un minuto antes de que usted entrara. ¿Está seguro de que no vio ni oyó a nadie?

—Ni un alma ni un sonido. Nada.

—Esta zona de aquí es la parte del desván que estaría justo encima de la Suite Presidencial, ¿no?

Steckle se pasó una mano por la cabeza, llena de sudor, como de costumbre, a pesar del frío del desván.

—Podría ser.

—¿No está seguro?

—¿Por qué iba a saberlo?

—Esa puerta por la que he venido, ¿adónde conduce?

—Escalera trasera, salida de incendios, planta baja, puerta de salida, sótano. A muchos sitios. —Hizo una pausa—. Así que aquí tiene la explicación que busca. Si alguien salió por ahí, quizá por eso no lo vio.

Gurney se guardó la Beretta en el bolsillo de atrás de los vaqueros e hizo un gesto hacia los lobos agachados, cuyas sombras continuaban moviéndose de manera siniestra sobre la pared con cada movimiento de la linterna de Steckle.

—¿Cuál es la historia del zoo privado?

—¿Zoo privado? —Steckle emitió un ruido brusco y gutural, una de las risas más desagradables que Gurney había oído jamás—. Está bien. Eso me gusta. ¿Quiere saber del zoo privado? Le diré lo que es. Es una broma, eso es lo que es.

—¿Los lobos son una broma?

—Sí, pero sin gracia. —Apuntó con el haz de luz a cada uno de los lobos de un modo curiosamente intencionado—. Es una larga historia. ¿Cuánto quiere saber?

—Lo que pueda contarme.

—¿Ha oído hablar de la descabellada leyenda de los Gall?

—¿Se refiere a que a Dalton Gall lo mataron unos lobos después de que soñara con ellos?

—Lo despedazaron unos lobos, exactamente como soñó que ocurriría.

—Sí, conozco la historia.

—Muy bien. Pues el hijo de Dalton hereda la propiedad. Elliman Gall. Elliman nunca se casó. Un chupapollas que no salió del armario, en mi humilde opinión. Pero en público se comportó como muy macho. Aficionado a la caza mayor. Escalador de montañas. Todas esas tonterías. Los lobos mataron a su padre, así que Elliman lo ve como una oportunidad de demostrar algo. Va a matar a los putos lobos. No los mismos lobos, por supuesto. Pero lobos. Y eso es lo que hace. Mata una gran cantidad de lobos.

Había un brillo en los ojos de Steckle que sugería que a él mismo no le importaría matar a un montón de lobos.

—Hace disecar unos cuantos. Disecados, por el amor de Dios. Se hace retratar con ellos. Elliman Gall, cazador de lobos. Pone los putos lobos en el Salón del Hogar, junto con el retrato, a tamaño natural, para que todos lo admiren. Elliman Gall. Hombre al mando.

—Tengo la sensación de que esta historia no tiene un final feliz.

Otra vez Steckle soltó esa risa como de sierra.

—Después del gran triunfo con los lobos, se le ocurre la idea de plantar el escudo de la familia Gall en el pico del Colmillo del Diablo. El gran escalador Elliman lo intenta en pleno invierno, un día horrible como hoy, resbala en el hielo, cae dos metros y medio en la cara de la roca, rebota de un saliente en la caída y ¿sabe qué? Nunca encontraron su cabeza. En realidad, se decapitó en la caída. —Steckle sonrió, radiante—. Cosas que pasan.

—Da la impresión de que ese hombre quería que lo admiraran.

—Moría por ello. —Aquella espantosa risa otra vez.

—¿Cómo terminaron los lobos aquí en el desván?

—Esa fue la primera sugerencia que le hice a Ethan cuando empecé a trabajar aquí, que sacara las malditas cosas repulsivas del Salón del Hogar. Ya hay bastante vida salvaje fuera, no hace falta que la tengamos delante de nuestras narices dentro.

—No parece un gran amante de la naturaleza.

—Soy un tipo de números. Los números son bonitos, predecibles. La naturaleza, en mi humilde opinión, es una puta historia de terror.

—Un hotel en las Adirondack parece un lugar extraño para que usted trabaje.

—El trabajo es el trabajo. Esa es la cuestión. Uno se concentra en el trabajo y no en el lugar donde trabaja.

Gurney se dio cuenta de que la filosofía de Steckle no estaba tan alejada de su propia forma de ver las cosas. Sus años en la sección de Homicidios del Departamento de Policía de Nueva York lo habían llevado repetidamente a lugares horrendos. Pensar en ello le dio ganas de cambiar de tema.

—El escudo de la familia que ha mencionado, ¿qué había en él?

—¿El famoso escudo de los Gall? Véalo usted mismo.

Steckle giró el haz de luz blanca de su linterna hacia el fondo de la gran sala. En lo alto de una pared de pino rugosa, colgada de una zona triangular delimitada por las vigas oscuras, había una placa en forma de escudo. Exhibía un grabado en relieve del puño de un hombre, levantado en lo que podría ser un símbolo de poder o desafío, o de ambas cosas. Debajo del grabado se leían tres palabras en latín:

VIRTUS. PERSEVERANTIA. DOMINATUS.

Gurney, recordando las clases de latín del instituto, sopesó las cualidades elegidas para representar los referentes de la familia: masculinidad, perseverancia, dominio.

Miró a Steckle.

—Una divisa interesante.

—Si usted lo dice.

—¿Esos ideales no le impresionan?

—Son solo palabras.

—¿Y las palabras no significan mucho?

—Las palabras no significan nada. Cualquiera puede decir cualquier cosa, ¿no? Decir esto, decir lo otro, decir lo que quieran. Todo mentira.

El tono amargo que utilizó parecía arraigado en una parte peligrosa de la psique de Steckle; pero no debía profundizar en ella en ese momento, solo con ese hombre en un desván oscuro.

—Entiendo lo que está diciendo. La confianza puede ser un problema. ¿Cuál es la solución?

—En la vida todo depende de quién eres, ¿no? La capacidad de ver la oportunidad. No hay nada más. ¿Qué más hay? No importa lo que alguien te diga, lo único que tienes eres tú mismo y el camino que tú mismo labres. —Su mirada volvió al escudo de la familia Gall en lo alto de la pared del fondo—. Todo lo demás son chorradas.

—¿Como que Elliman Gall buscara admiración? —preguntó Gurney.

Steckle asintió.

—Buscar admiración es lo más estúpido que puede hacer un hombre.

53

Apetito controlador

Steckle guio a Gurney por la escalera de atrás hasta la puerta que se abría a un amplio pasillo.

—Esto conduce a la planta de recepción. Tendrá que usar la escalera principal para subir a su *suite*.

Gurney respondió en el tono frío que Madeleine llamaba su «voz de policía».

—Puede que examine el desván una vez más esta noche antes de acostarme. Para tranquilizarme respecto a esas pisadas.

—¿No acababa de hacer eso?

—¿Hay algún problema si echo otro vistazo?

Steckle dudó.

—No tiene nada que ver conmigo. Es una cuestión de responsabilidad legal.

—¿Responsabilidad por qué?

—Problemas legales de la edificación. No es una zona pública. Podría haber planchas del suelo sueltas. Cables expuestos. Mala iluminación. ¿Quién demonios lo sabe? La verdad es que no debería estar allí arriba.

—No se preocupe por eso. Me ha dicho dos veces que no es una zona pública. Si me hago un esguince en el tobillo, será problema mío por infringir las normas, no suyo.

La expresión de Steckle se agrió, pero no dijo nada más. Cuando llegaron a la recepción, entró en su oficina y cerró la puerta.

Gurney fue a su coche. Iba a necesitar una linterna, pero no quería pedirle una a Steckle.

Soplaba un fuerte viento lateral debajo del soportal. Corrió desde el hotel al Outback, cogió su Maglite de la guantera y otra linterna más pequeña del equipo de emergencia y volvió corriendo.

Le sorprendió encontrar a Madeleine sentada en el sofá delante del hogar con un pequeño fuego ardiendo. Sonaba música de guitarra clásica en su iPad. Llevaba uno de los albornoces grandes del hotel y unos calcetines de lana gruesos. Estaba un poco despeinada. En la mesita baja entre el sofá y el hogar había dos platos cubiertos con papel de aluminio.

Madeleine le lanzó una mirada angustiada.

—¿Dónde estabas?

—Oí ruidos arriba mientras estabas durmiendo. Quería descubrir qué era.

—¿Ruidos?

No quiso inquietarla con los detalles.

—Los edificios viejos hacen ruidos extraños. Me sorprende verte levantada. ¿Cómo te encuentras?

—Nos olvidamos de los Hammond. Teníamos que ir a cenar allí esta noche. Jane vino para ver si estábamos bien. Nos trajo dos platos de la cena a la que no nos presentamos. Estaba preocupada. Dijo que tenía cara de frío. Encendió el fuego.

—Jane la cuidadora al rescate. —En cuanto pronunció esas palabras lo lamentó.

—Quería asegurarse de que estábamos bien. Se ha desvivido por ser útil.

—Tienes razón. No debería encasillar a la gente. Detestaba que mi padre hiciera eso.

Madeleine le lanzó una mirada astuta, como si viera a través de su intento de achacar su mala conducta al mal ejemplo de su padre.

—¿Qué razón le diste? —preguntó.

—¿Razón?

—Para no presentarnos.

—Estrés, agotamiento, que me quedé dormida. —Su mirada se desplazó a las linternas que Dave tenía en la mano—. ¿Para qué son?

—Hay una pequeña grieta en el yeso del cuarto de baño. Quiero asegurarme de que no se usa para otro micrófono.

—¿En el cuarto de baño?

—Estoy seguro de que no es nada, pero, si no lo compruebo, no me quedaré tranquilo.

La expresión de Madeleine pasó de escéptica a preocupada.

—¿En qué sitio del cuarto de baño?

—En el techo. Una grieta junto al aplique de luz.

Sus ojos se ensancharon.

—Mira en todo el cuarto de baño. Tiene que haber una explicación.

Estaba hablando del cuerpo de Colin en la bañera. No aceptaría ninguna explicación que implicara a su imaginación.

Le preocupaba que su actual estado no se convirtiera en algo permanente.

—Maddie, ¿por qué no nos vamos de aquí?

Ella no dijo nada, solo lo miró.

Dave insistió.

—Tras haber pasado por lo que hemos pasado…, aquí, en esta habitación… —Negó con la cabeza en un gesto de desconcierto—. Si yo hubiera visto un fantasma…, un cadáver…, una aparición…, el sitio donde lo vi sería el último en el que querría estar. El último lugar en el que querría quedarme. No puede ser bueno para ti. ¿Por qué no nos vamos a casa?

—Eso no es verdad.

—¿Qué no es verdad?

—Que te alejarías de algo así.

Lo intentó otra vez.

—¿Sabes?, es posible que estar demasiado cerca de algo nos impida ver las cosas como son. Si nos vamos de este hotel espantoso y volvemos a casa…

Madeleine lo cortó.

—Vi su cuerpo aquí, no en casa. La explicación está aquí.

Dave se sentó en el sofá, a su lado. Observó los dos platos cubiertos con papel de aluminio en la mesita de café. La música de guitarra del iPad caminaba hacia otro *crescendo*. Su mirada se posó en el fuego agonizante.

—¿Te gustaría que añadiera un par de troncos más?

—No. Voy a volver a la cama. ¿Hemos de mantener esa música encendida?

—La apagaré. Luego registraré el desván, encima del cuarto de baño.

Madeleine se ajustó más el abornoz y cerró los ojos.

El desván parecía ahora menos amenazador. Quizá fuera el efecto de llevar a cabo una tarea sencilla. Incluso en ese momento, en la misma sala que esos lobos agazapados, su sensación de determinación parecía mantener a raya las imágenes siniestras.

Antes de subir al desván había colocado la más potente de sus dos linternas en vertical sobre el borde plano de la bañera, con el haz de luz apuntando a la fisura del techo.

Apagó la linterna más pequeña que había usado para encontrar el camino hacia la zona que creía que estaba encima de su *suite*. Durante varios segundos, la oscuridad fue absoluta. Cobró conciencia del viento soplando contra el tejado inclinado encima de él, tensándose contra los troncos centenarios.

Entonces, cuando sus ojos se adaptaron a la nueva luz, captó un destello de lo que esperaba ver, una línea fina de luz entre dos tablones del suelo, a unos cinco o seis metros. Volvió a encender su linterna y avanzó en torno a los lobos hasta el punto donde había localizado esa línea fina.

El suelo estaba formado por planchas de pino anchas, algunas de las cuales estaban sueltas bajo sus pies, sobre todo en la fuente de la luz. Colocándose la parte posterior de la linterna en la boca para liberar las manos mientras seguía manteniendo el control direccional del haz de luz, Gurney se arrodilló, metió las uñas en la rendija entre las planchas e inclinó ligeramente una de ellas para separarla de las vigas en las que descansaba. Cuando estuvo lo bastante inclinada para agarrarla, la levantó y la dejó a un lado. La siguiente salió con la misma facilidad.

Había dejado al descubierto una porción de la estructura de vigas serradas toscamente que separaba los tablones del suelo del desván del techo de yeso de la zona situada debajo. Lo que resultaba más significativo, había dejado al descubierto los cables y las piezas de sujeción de un aplique de luz en el techo de la habitación del piso de abajo. Vio que el medallón redondo diseñado con el fin de tapar la abertura en el yeso, necesaria para pasar los cables del aplique, no la cubría del todo. Había un hueco estrecho, de solo unos milímetros de ancho. Una fina línea de luz se filtraba por ese hueco desde la habitación de abajo.

Sintiendo la excitación del progreso, Gurney examinó la zona que rodeaba la parte superior del aplique, así como la viga a la que estaba sujeto. Concluyó que no había dispositivos de vigilancia. Había, no obstante, claros signos de que habían instalado y retirado después dos aparatos de alguna clase. Probablemente lo habían hecho de manera apresurada, puede que esa misma tarde.

Casi con total certeza, uno de ellos era una cámara de vídeo de fibra óptica con su transmisor asociado. Vio varios trozos pequeños de cinta aislante todavía pegajosa que colgaban del lado de la viga más cercana a la abertura del techo. Había una pequeña abrazadera enganchada justo por encima de la abertura. Gurney supuso que habría sostenido en su lugar la lente situada al extremo del cable óptico. Supuso que los trozos de cinta habrían asegurado el resto del cable a la viga para impedir que se moviera o creara presión de torsión en la abrazadera. Unas marcas como de cables en la cinta apoyaban esa hipótesis. Dos trozos de cinta más grandes en lo que habría sido el extremo del cable probablemente sostenían la cámara y los componentes de transmisión.

Eso planteaba una pregunta: ¿por qué el transmisor no había aparecido cuando, el día anterior, escaneó la *suite*? ¿Ya lo habían eliminado entonces? ¿O todavía no lo habían instalado? En este último caso, ¿por qué eliminarlo con tanta rapidez?

Las pruebas de la presencia de un segundo aparato eran convincentes, pero poco ilustrativas. Había un par de pequeñas abrazaderas fijadas a la viga, por encima de la abertura en el yeso; pero no había forma de saber qué clase de aparato sostenían.

Utilizando su índice como referencia, calculó el tamaño del aparato. Era más o menos del diámetro de un lápiz de labios y de longitud desconocida.

Volvió a colocar en su lugar las planchas de madera, satisfecho de haber descubierto tanto como había por descubrir. Se levantó y echó otro vistazo alrededor de la estancia en penumbra. Al hacer un movimiento de barrido con la linterna, las sombras de los lobos se abalanzaron salvajemente por la pared.

Comprobó que en aquel espacio no había nada más que los lobos y el escudo de los Gall.

Levantó la linterna hacia la placa en la pared.

Virtus. Perseverantia. Dominatus.

Aquellas palabras parecían dirigidas directamente a los animales que estaban en el suelo. Lo que más le llamó la atención fue la última palabra: *dominatus*.

Podía traducirse de muchas maneras. Pero siempre tenía que ver con el control.

Era algo recurrente en aquel caso: desde la obsesión de Elliman Gall por matar lobos hasta la obsesión de Ethan Gall por reformar el mundo rehabilitando personalidades criminales, pasando por la desenfrenada obstinación de Peyton Gall.

E iba más allá de la familia Gall. Según Gilbert Fenton, la esencia del caso implicaba el control total de Richard Hammond sobre sus cuatro víctimas.

La propia estrategia de Fenton con los medios, por supuesto, se basaba en controlar lo que la gente pudiera pensar sobre el caso, en controlar sus consecuencias penales, en controlar el destino de Richard Hammond.

Las fuerzas en la sombra que había muy por encima de Fenton controlaban la investigación en cuatro jurisdicciones distintas.

Entonces pensó en ese infame campamento de verano en Camp Brightwater, en aquellos cuatro nombres: León, Araña, Lobo y Mustela. Moe Blumberg dijo que sus compañeros de campamento los temían. ¿Qué clase de control ejercían sobre esos chicos? ¿Y sobre Scott Fallon?

Pensó en los cuatro asesinatos recientes. Ya estaba convencido de que «asesinato» era el término apropiado. Fueran los que fueran los oscuros caminos que condujeron a sus muertes, el asesinato había sido el objetivo final.

Y el asesinato era el acto de control definitivo.

54

¿Fenton podría tener razón?

—*E*ntonces, ¿qué demonios estás diciendo? —preguntó Hardwick—. ¿Que era una lucha de poder? ¿Y que los muertos perdieron? ¿Quién coño ganó?

Gurney estaba sentado en el Salón del Hogar. En lugar de volver directamente a la *suite* desde el desván, se había parado allí para llamar a Hardwick y ponerlo al día de sus descubrimientos y acerca de su sospecha de que el elemento de control podría ser crucial en el caso.

Fue la última noción que Hardwick había puesto en entredicho. Le encantaba lo concreto, odiaba lo conceptual. Su reacción era predecible

—Se trate de lo que se trate, Sherlock, tengo una fe absoluta en que lo descubrirás y nos lo revelarás a nosotros, los meros mortales, a su debido tiempo. Entre tanto, ¿quieres oír mi propia idea sobre Camp Brightwater?

—Nada me gustaría más.

—Vale, pues. Leo el León.

—¿Leo el León?

—Exacto.

Una pausa.

—¿Estás diciendo que Leo Balzac era uno de los cuatro anónimos porque Leo significa León?

—Es una conexión directa, ¿no? Y estoy pensando que Lobo probablemente era Ethan Gall.

—¿Por la propiedad de la familia en el lago del Lobo?

—Tiene sentido, ¿no?

—Salvo que no tenemos pruebas de que Ethan estuviera en Brightwater. ¿Tienes alguna conexión más?

—¿Qué tal Muster la Mustela?

—Puede ser. Hay otra víctima y otro apodo más. Pardosa y Araña. ¿Ves alguna forma de conexión?

—Todavía no. Pero tres de cuatro… Tiene que significar algo.

—Podría significar que estamos desesperados por buscar conexiones. Pero digamos por el bien de la discusión que nuestras cuatro víctimas son las cuatro manzanas podridas de Brightwater, y que fueron responsables de la muerte de Scott Fallon. ¿Es ahí adonde quieres ir con esto?

—¿Por qué no? Supongo que es allí adonde pretendían ir Moe Blumberg y Kimberly Fallon. Tiene sentido. —Hardwick sonó excitado.

—Muy bien —dijo Gurney con calma—. Pero, aunque eso sea cierto, ocurrió hace trece años. ¿Cuál es la relación con los sucesos presentes?

—Quizás alguien más sabía lo que ocurrió. O lo descubrió después. Supón que Richard Hammond descubrió lo que pasó ese verano en Brightwater. Supón que descubrió que Gall, Balzac, Muster y Pardosa apalearon a un adolescente homosexual hasta la muerte. —Hizo una pausa—. Supón que decidió hacer algo al respecto.

—¿Algo distinto a comunicar lo que sabía a la policía?

—Exacto. Viendo lo inútil que fue la policía la primera vez, imagínate que decidió vengar él mismo la muerte de Fallon y desembarazarse de cuatro cabrones homófobos. Piensa en ello. Hammond consagró la primera parte de su carrera a hombres y chicos gais. ¿Cómo podría reaccionar si descubriera a cuatro personas que mataron a un chico porque era gay? Quizá Hammond aceptó el puesto en el lago del Lobo para tener un acceso fácil a Ethan. Quizá fue él quien hizo esas llamadas telefónicas que atrajeron a los otros tres a venir al hotel. Tal vez hasta urdió alguna clase de zanahoria financiera para atraerlos a la trampa.

Eso pulsó una tecla. Encajaba con las historias de Muster, Balzac y Pardosa, cuyas perspectivas económicas parecían haber mejorado más o menos en torno al momento de sus respectivas reuniones con Hammond. Pero, aun así, no lo acababa de ver claro.

Hardwick pareció percibir su escepticismo.

—Mira, no estoy tratando de venderte nada. La verdad sea dicha, espero equivocarme.

—¿Por qué?

—Porque, si tengo razón, Fenton tiene razón. Y esa es una idea repulsiva.

—Pero no vas tan lejos como Fenton. Quiero decir, ¿no te crees la idea de gente hipnotizada para que se suicide?

Hardwick no respondió.

—Joder, Jack, *El mensajero del miedo* es una buena película, pero no tiene nada que ver con la realidad.

—¿Estás seguro de eso, campeón? En mi larga y gloriosa carrera combatiendo el crimen he visto cosas muy locas convirtiéndose en realidad.

De repente, un gemido pareció surgir del hueco de la chimenea vacía. Gurney se dijo a sí mismo que solo era el viento.

55

Advertencia final

*E*ncontró a Madeleine en la cama, con una de las lámparas de la mesita todavía encendida. Miró para ver si el tic en su mejilla había remitido, pero tenía ese lado de la cara contra la almohada.

Para no sentirse tan impotente, trató de concentrarse en la teoría de Hardwick de que Hammond había convencido a Muster, Balzac y Pardosa para que fueran al hotel. Había ciertas pruebas de que la posición económica de todos ellos había mejorado en torno al momento de sus visitas, pero parecía un salto lógico demasiado grande suponer que Hammond era responsable de eso.

Pensar en el aspecto financiero le recordó el comentario de Angela Castro en la tienda de muñecas de que las atenciones de Tabitha podrían haber surgido de su hipótesis de que iban a comprar otra muñeca. Nunca había tenido mucho sentido para Gurney, pero no lo investigó.

Se llevó el teléfono al cuarto de baño, donde encontró la linterna todavía apuntando hacia arriba, al borde de la bañera, aún iluminando el techo. La apagó y cerró la puerta con cuidado.

Marcó el número de Angela.

Cuando ella contestó, lo primero que oyó fue una tele, ese mismo ritmo de voces, risas y aplausos que había oído de fondo durante su última conversación telefónica. Se preguntó si alguna vez apagaba la tele.

—¿Detective Gurney? —Su voz débil sonaba somnolienta.

—Hola, Angela. Lo siento si la despierto.

—¿Ha pasado algo?

—Nada nuevo. ¿Sigue en el mismo sitio?

—¿Qué? Oh, sí, el mismo sitio.

—Deje que le diga por qué he llamado. Cuando la vi, mencionó que Tabitha podría estar pensando que íbamos a comprar otra Barbie. ¿Recuerda eso?

—Claro. Apuesto a que es lo que estaba pensando.

—¿Porque Stevie le compró una?

—Ya se lo dije.

—Lo que me estoy preguntando… ¿Sabe cuánto pagó por ella?

—¿Cómo iba a olvidarlo? Ocho mil dólares. Más impuestos.

—¿Ocho mil?

—Más impuestos. Es lo que cuestan. Si es que puede encontrar una.

—¿Una muñeca Barbie?

—Una muñeca Barbie original. Del primer año que las fabricaron. En perfecto estado y con la ropa original.

—Es un montón de dinero.

—Es lo que le dije a Stevie. Pero dijo que sabía que era algo que siempre había querido y que debería tenerla. Dijo que podríamos tener un montón de cosas bonitas.

—¿Explicó de dónde sacó el dinero?

—Dijo que no debería preocuparme por eso, que no era asunto mío, que no era asunto de nadie.

—¿Igual que la llamada que recibió del lago del Lobo no era asunto suyo?

—Supongo.

—¿Así que nunca le habló de la fuente del dinero?

—No. Pero dijo que la Barbie era solo el principio.

—¿Solo el principio?

—Exacto. Y que no debería contárselo nunca a nadie.

—¿Hay algo más que le dijo que no debía contar nunca a nadie?

—No recuerdo nada.

—Si se le ocurre algo, lo que sea… —Se detuvo a media frase; alguien estaba llamando a la puerta de la *suite*—. Angela, he de colgar, pero la llamaré pronto.

—¿Hay algún problema?

—Solo alguien en la puerta. Hablaré con usted pronto.

Cuando salió del cuarto de baño, volvieron a llamar, más agresivamente.

Se ajustó la Beretta en el bolsillo de atrás para poder sacarla con más facilidad. Se acercó a la puerta.

—¿Quién es?

—¡Policía!

Reconoció la voz de Fenton y abrió la puerta.

El hombre de cara plana y hombros pesados que tenía delante parecía una copia gastada y arrugada del Fenton que le había visitado menos de cuarenta y ocho horas antes. Llevaba la americana abierta, como para dejar ver la empuñadura de una Glock en la cartuchera de hombro. Miró a Gurney con frialdad.

—Tenemos que hablar.

—¿Quiere pasar?

—No. Tiene que bajar.

—¿Por qué?

—Porque yo se lo digo. Baje o le detendré aquí mismo por obstrucción.

—¿Obstrucción de qué?

—No se haga el listillo. Si tengo que esposarlo, transportarlo a Plattsburgh y procesarlo, le garantizo que lo lamentará.

Estuvo tentado de decirle que eso le traería problemas, pero mejor no decir nada.

—Estaré con usted dentro de un minuto.

Dejó a Fenton en el umbral y se acercó a la cama. Madeleine continuaba allí, pero tenía los ojos abiertos.

—Maddie, he de bajar para una pequeña reunión con…

—Lo he oído. Ten cuidado.

—¿Estás bien?

—Sí.

Gurney se obligó a sonreír.

—No debería tardar mucho.

Se ajustó la parte inferior del jersey para ocultar la Beretta que llevaba en el bolsillo antes de regresar con Fenton.

—Vale, ¿dónde quiere tener esta conversación?

—Abajo. Vamos.

Resultó que «abajo» significaba el asiento delantero de un avejentado FJ Cruiser, aparcado en el extremo exterior del soportal del hotel. Sus faros alcanzaban la tormenta de nieve. El motor estaba en marcha y la calefacción encendida.

Gurney supuso que era el vehículo personal de Fenton; probablemente eso quería decir que estaba fuera de servicio.

Fenton, después de un silencio frágil durante el cual miró la nieve a la luz de los faros, se volvió hacia Gurney.

—¿Lleva encima el teléfono?

—Sí.

—Sáquelo y apáguelo. Apagado del todo. Luego déjelo en la consola, donde yo pueda verlo.

Obedeció. A la luz tenue proyectada por los medidores iluminados del salpicadero, vio que la mandíbula de Fenton se tensaba.

—Estoy confundido —dijo Fenton, pero en su tono había más acusación que confusión—. Tuvimos una conversación bonita y franca…, el otro día. Pensaba que estaba siendo claro. Le expliqué que si se implicaba en esta historia no sería nada útil. En absoluto. De hecho, resultaría muy dañino. Pensaba que se lo había dejado claro. Fallo mío, ¿eh? Déjeme intentarlo otra vez. Escuche con atención.

Hizo una pausa, como si buscara las palabras correctas.

—Su interferencia está dando falsas esperanzas al sospechoso. Está ilusionándolo con que hay una salida, una salida distinta a una confesión detallada y sincera. Alimentar esta ilusión es destructivo, extremadamente destructivo. Quizá no fui claro en este punto en nuestra última conversación. Espero estar siendo claro ahora. ¿Lo soy? ¿Se lo estoy dejando claro?

—Muy claro.

—Bien. Me alegra oírle decir eso. —Miró la nieve—. Hay mucho en juego en este caso. No es algo con lo que andar jodiendo.

Gurney sabía que provocarlo podía ser peligroso, pero también podía resultar instructivo.

—Las órdenes que está recibiendo sobre cómo debería manejarse el caso llegan desde tan arriba que supone que tienen que ser correctas. La gente que quiere que Hammond sea culpable es tan importante que supone que debe ser culpable.

—¡Váyase al cuerno, Gurney! Nadie me dice quién es culpable o inocente. No acepto esa clase de órdenes de nadie. Richard Hammond es un homicida mentiroso. Eso es un hecho, no una puta orden de nadie.

—Oí que pasó la prueba del polígrafo.

—Eso no significa absolutamente nada.

—Es un pequeño punto a su favor.

—No conoce muy bien a su cliente, ¿verdad? —Se inclinó hacia el asiento del pasajero y sacó de debajo un maletín abierto—. No le vendrá mal que le ilustre un poco. —Sacó unos papeles grapados y los tiró sobre el regazo de Gurney—. Material de lectura, para que se ponga al día.

A la luz tenue del salpicadero, lo único que pudo ver fue el titular en negrita de lo que parecía ser una copia de un artículo científico: «Neuropsicología de la poligrafía: parámetros utilizables».

Fenton lo señaló.

—Los test del detector de mentiras no significan nada cuando el sujeto es experto en explotar sus debilidades.

Parecía que Hammond era un experto en los temas que lo dejaban en mal lugar.

Como un abogado remachando el argumento final de su recapitulación, Fenton buscó debajo de su maletín y sacó una sola hoja de papel.

—Es una copia de la descripción que hizo Ethan Gall de su sueño, el mismo sueño que todas y cada una de las víctimas comenzaron a tener después de que Hammond las hipnotizara. La hizo de su puño y letra. —Le entregó la hoja—. Llévesela a casa. Léala para ser consciente de que nunca antes había elegido tan mal a un cliente.

Gurney la cogió.

—¿Alguna posibilidad de que sea una falsificación?

—Es más fácil que nieve en el Infierno. Se ha analizado y reanalizado. Patrones de presión, aceleraciones y deceleraciones sobre ciertas combinaciones de letras, cosas que ningún falsificador podría duplicar. Además, ¿quién demonios es ese hipotético falsificador que puede acceder a la oficina de Gall? Peyton, por lo general, está tan jodido que apenas camina. El propio Hammond solo estaría clavando otro clavo en su ataúd. Lo mismo que su encantadora hermana. Austen Steckle tenía la mano enyesada entonces, una mierda del túnel carpiano. ¿Quién más podría hacerlo? ¿Barlow Tarr? Dudo que ese chiflado sepa escribir. Lo que está claro es que esto es la descripción de Gall de su sueño. Y todos los repugnantes datos son coherentes con los sueños de las otras tres víctimas. —Lanzó una mirada dura a Gurney—. He terminado. No se entrometa más en este caso. Está convirtiéndose en un problema. Está rozando la obstrucción a la justicia. ¿Entiende lo que le digo?

—¿Hemos terminado?

—Más vale que haya terminado. Es un hecho. —Fenton miró en silencio la tormenta que se cernía sobre ellos, luego empezó a negar muy despacio con la cabeza—. No le entiendo, Gurney. ¿Qué es usted, alguna clase de egomaníaco que siempre cree que tiene razón y que el resto del equipo se equivoca?

—Eso dependería de los antecedentes del equipo.

Fenton tenía la vista clavada en la nieve arremolinada. Sujetaba el volante con ambas manos.

—Deje que le pregunte algo. ¿Dónde estaba el 11-S?

Gurney parpadeó, sorprendido.

—Mi mujer y yo estábamos de vacaciones cuando cayeron las torres, pero volvimos enseguida. Estuve en la zona cero esa noche. ¿Por qué lo pregunta?

—Yo estaba en el bajo Manhattan esa mañana. En una sesión de formación conjunta entre la policía de Nueva York y la del estado. Nos enviaron a las torres en cuanto impactó el primer avión. —Los nudillos del hombre se estaban poniendo blancos por la fuerza que ejercía en el volante—. Hace un montón de años y todavía tengo pesadillas. Aún puedo oír el ruido.

Gurney sabía a qué ruido se refería. Otros policías y bomberos que habían estado allí antes de que las torres se derrumbaran le habían hablado de ello. Cuando los incendios se extendían de piso en piso. Cuando la gente estaba saltando desde las ventanas.

«El ruido» era el ruido de los cuerpos al golpear el suelo. Nadie que lo hubiera oído podía olvidarlo.

Gurney no dijo nada.

Al final Fenton rompió el silencio.

—¿Entiende a lo que voy, Gurney? Así es el mundo ahora. Es la nueva realidad. Ya nadie puede sentarse en la valla. Se trata de la supervivencia de todo aquello en lo que creemos. Se trata de la supervivencia del país. Esto es una guerra, no un juego. Hay que estar en un lado o en el otro.

Gurney asintió, en una muestra vaga de estar de acuerdo.

—Dígame una cosa, Gilbert. Esas personas importantes, poderosas y anónimas que se han interesado por el caso Hammond, ¿está seguro de que están del lado de los ángeles?

—Hemos terminado, Gurney. Fin de la historia. Es hora de que vuelva a casa.

—¿Y si no lo hago?

—¿Si no lo hace?

Fenton se volvió en su asiento, con expresión incrédula y furiosa.

—Dios, qué estúpido es.

56

Un posible aliado

Gurney se detuvo en el Salón del Hogar para llamar a Hardwick. Cuando le estaba dejando un mensaje, Hardwick contestó.

—Solo estaba echando una meada, campeón. ¿Qué pasa?

—Las cosas se están poniendo tensas. He recibido otra visita de Fenton. Al parecer, le están presionando mucho para que se libre de mí.

—¿Qué quieres decir con eso de «librarse de ti»?

—No estoy seguro. Lo provoqué un poco, para ver cómo reaccionaba: me soltó una amenaza que no era particularmente sutil. Además sacó a colación el 11-S. Lo ve como el suceso que cancela todas las reglas. La batalla por la supervivencia. El equipo Estados Unidos.

—¡Esa mierda otra vez! Somos los buenos, así que hemos de hacer toda clase de maldades cuando nos apetezca. Cuestiona nuestros motivos y eliminaremos tu culo de traidor.

—Más o menos el mensaje que estoy recibiendo.

—¿Y cuál es la conclusión? ¿Quieres dejarlo y volver con tu puercoespín?

—Todavía no. Pero hemos de hacer avances, conseguir algo de ventaja. Fenton y sus jefes podrían estar a punto de tomar alguna medida desagradable.

—¿Alguna idea de qué estás haciendo para que se estén poniendo tan nerviosos?

—Están desesperados por lograr que Hammond confiese, y creen que yo lo estoy impidiendo.

—¿Esos cabrones creen de verdad que hipnotizó a cuatro hombres para que se suicidaran?

—Eso parece.

—No lo entiendo. Bueno, ¿qué quieres que haga?

—Estar disponible. No demasiado lejos. En caso de que se líe la de Dios.

—No hay problema. ¿Algo más que debería saber?

Pensó en Madeleine. Pero no se sentía preparado para hablar de eso con nadie.

—Ahora mismo no.

Colgó y subió a la *suite*. Debajo del brazo llevaba el artículo de Hammond sobre la poligrafía y la descripción de Gall de su pesadilla.

Encontró a Madeleine dormida, con la lámpara de la mesita encendida. Los platos cubiertos con papel de plata seguían tal cual los había traído Jane Hammond. Se aposentó en el sofá con el artículo del polígrafo y la descripción del sueño. El artículo tenía once páginas. La descripción del sueño solo tenía una. Empezó por ahí:

Según tu solicitud, estos son los detalles principales del sueño que he estado teniendo desde nuestra última sesión. Empieza con la ilusión de que estoy despierto, en mi propia cama. Cobro conciencia de otra presencia en la habitación. Me siento asustado y me levanto, pero descubro que estoy paralizado. Quiero pedir ayuda, pero no me salen las palabras. Entonces veo, emergiendo de la oscuridad, una cosa cubierta de pelo erizado. De alguna manera sé que es un lobo. Lo oigo aullar. Veo que le brillan los ojos, de color rojo brillante en la oscuridad. Entonces siento su peso sobre mí y su aliento caliente. El aliento tiene olor a podrido. Hay un fluido viscoso que gotea de su boca. Entonces el lobo se transforma en una daga. En la empuñadura está la cabeza de un lobo con ojos rubí brillantes. La daga me está apuñalando. Siento que algo se clava en mí. Estoy empapado de sangre. Entonces veo a un hombre que empuña la daga y me ofrece pastillitas brillantes. Cuando me despierto, me siento fatal. Tan mal que deseo estar muerto.

Gurney dio la vuelta a la copia y descubrió en la parte de atrás una anotación escrita con una clase diferente de bolígrafo y con una letra más dura, presumiblemente de Fenton: «Dagas similares a la aquí descrita se encontraron en las escenas de los cuatro suicidios».

Volvió al anverso de la página y leyó otra vez el relato del sueño.

Demasiados detalles morbosos. Demasiadas imágenes que sugerían una violación real o imaginada. Indicios circunstanciales muy gráficos para apoyar una acusación de mala praxis o algo peor.

¿Era posible que Hammond hubiera plantado ese sueño en las mentes de cuatro personas?

¿Era siquiera concebible que el sueño literalmente las hubiera matado?

La idea era extraordinaria.

Tan extraordinaria que Gurney no podía creerla.

Dejó de lado la descripción del sueño y continuó con el artículo del polígrafo de Hammond.

Empezó a leerlo con atención, luego empezó a hojearlo. No encontraba nada fundamental. Escrito años atrás, cuando Hammond preparaba su doctorado, examinaba factores que contribuían a provocar errores del polígrafo, tanto accidentales como inducidos. Entre los factores simples había trucos tales como usar una chincheta escondida en la ropa para producirse dolor en momentos concretos, para desviar las lecturas de respuesta fisiológica de la máquina. En el extremo más complejo, se podía recurrir a ciertos estados mentales, relacionados con la meditación o con trastornos, que emborronaban la diferencia entre las respuestas sinceras y engañosas de un sujeto.

—¿Qué hora es?

Desconcertado por el sonido de la voz de Madeleine, Gurney se volvió y la encontró de pie junto al sofá. Lo miraba con la expresión típica de alguien que despierta de un mal sueño.

Miró su teléfono.

—Poco más de las nueve.

—¿Las nueve de la noche?

—Sí.

Madeleine pestañeó, dudó.

—¿David?

—¿Sí?

—¿Crees que me estoy volviendo loca?

—¿Por lo que viste en la bañera?

—No puedo dejar de verlo, en mi mente. No desaparece.

—Por eso deberíamos marcharnos de aquí y volver a casa.

—Eso no funcionaría. Ocurrió aquí. He de enfrentarme a esto aquí.

—Vale. Nos quedaremos. Lo afrontaremos juntos.

—¿Crees que me estoy volviendo loca?

—Por supuesto que no. —Deseaba estar tan seguro como trataba de aparentar.

—Vi a Colin en la bañera. Estoy segura de ello. Pero eso no tiene sentido. ¿No significa que estoy perdiendo el juicio?

—Solo significa que todavía no hemos encontrado una explicación, pero lo haremos.

—¿Crees que todo se puede explicar?

—No lo creo. Lo sé.

—¿Ver un fantasma? ¿Eso tiene explicación?

—¿Ahora crees que viste un fantasma? ¿No un cuerpo de verdad?

—No lo sé. Solo sé que era Colin. Eso lo sé. Pero había algo como de espíritu en él. Una especie de brillo, como si estuviera mirando no solo su cuerpo, sino también su alma. ¿Crees que seguimos existiendo después de que nuestros cuerpos mueren?

—No puedo responder a eso, Maddie. Ni siquiera estoy seguro de lo que significa la pregunta.

Había una expresión perdida en sus ojos.

—Nunca antes te había pasado algo parecido, ¿no?

—No.

Sonó el teléfono de Dave.

Lo dejó sonar tres veces más antes de mirar el identificador.

Era Rebecca Holdenfield.

Por más urgente que fuera darle un empujón al caso Hammond, no podía dejar de mirar a su mujer. Dejó que la llamada fuera al buzón de voz.

Madeleine se estremeció.

—Tengo frío. Debería volver a la cama. —Empezó a apartarse del sofá, luego se detuvo—. Olvidé contártelo. Jane nos invitó a desayunar.

—¿Cuándo?

—Cuando estuvo aquí.

—Me refiero a cuándo nos invita a desayunar.

—Mañana. Le dije que sí. ¿Está bien?

Tal y como estaban las cosas con Fenton, visitar a los Hammond parecía una mala idea. Por otro lado, intuía que sería bueno para Madeleine salir del hotel, aunque solo fuera una hora.

—Claro, está bien.

Madeleine asintió y se dirigió a la cama.

Dave se quedó en el sofá, tratando de calmarse. Hacer cosas sencillas solía tranquilizarlo, así que se levantó para hacer fuego.

Al llegar a la chimenea, le sobresaltó un ruido sordo en la puerta del balcón.

Lo primero que pensó era que había entrado un pájaro. Pero los pájaros no vuelan de noche entre tormentas de nieve.

Fue a la puerta y miró por el cristal. Una capa de hielo apenas dejaba ver nada. Abrió la puerta con precaución.

Vio algo sobre la nieve, algo que habían lanzado al balcón.

Salió para mirar de más cerca.

Parecía un paquete de forma irregular, de unos treinta centímetros de largo y ocho de ancho, envuelto con torpeza en papel de periódico y cinta aislante.

Dio otro paso hacia la barandilla del balcón, mirando lo más lejos posible para ver en ambas direcciones, a lo largo del camino del lago.

No vio a nadie ni escuchó nada, salvo el viento.

Recogió el paquete y calculó que pesaba menos de medio kilo.

Lo llevó dentro, lo puso sobre la mesa de café, que acercó al sofá y se sentó. Apartó los dos platos cubiertos con papel de aluminio y sacó la cinta aislante que sujetaba el paquete. Cayó más envoltura de papel de periódico con la cinta.

Ante él, dos artilugios electrónicos.

Uno lo reconoció al instante: una cámara de vigilancia de fibra óptica.

Con el otro dispositivo no estaba nada familiarizado. Era un objeto negro mate del tamaño de un tubo de monedas. En un lado, había algo que parecía ser un número de serie. En un extremo, vio ocho agujeros muy pequeños; en cada agujero, un pequeño trozo de cristal curvado.

¿Alguna especie de lentes? Nunca había visto lentes tan pequeñas. Pero ¿qué otra cosa podía ser?

No obstante, había una cosa sobre la que Gurney estaba cada vez más seguro al estudiar las dimensiones de ambos aparatos: eran los objetos que habían estado instalados (y que luego alguien había retirado) en el espacio de la viga que había inspeccionado en el desván, el espacio de encima del aplique de luz del cuarto de baño.

Pero ¿quién los había retirado y arrojado al balcón? ¿Y por qué?

¿Era obra de un aliado secreto?

Y, en ese caso, ¿quién era el enemigo?

De repente, se fijó en algo que había pasado por alto en su apresurado examen de los dispositivos.

Una palabra garabateada en letras mayúsculas en el interior de una de las hojas de periódico.

CUIDADO.

57

Probablemente inocente

*P*or el lenguaje del mensaje era lógico pensar en Barlow Tarr.

Pero si se trataba de Tarr, ¿por qué se había arriesgado de ese modo? ¿Y cuál era exactamente ese mal contra el que le advertía una vez más?

Y si no se trataba de Tarr, ¿por qué alguien quería hacerle pensar lo contrario?

Esas preguntas lo mantuvieron despierto hasta bien entrada la noche. Se despertó antes del amanecer. Perdido de nuevo en esos pensamientos, decidió levantarse, ducharse y vestirse.

Se acercó al balcón para comprobar qué tiempo hacía. Los focos del hotel iluminaban el paso de cristales de nieve que destellaban en el aire seco. El termómetro montado en la barandilla del balcón, medio incrustado en hielo, indicaba que estaban a veintidós grados bajo cero. Gurney salió para asegurarse de que lo estaba viendo bien.

Y así era: veintidós bajo cero.

Al volverse, algo llamó su atención. Algo en el camino que descendía hacia el hotel.

Un destello de luz.

Aguzó la vista en la oscuridad y vio un segundo destello, a poco más de un metro del primero. Los dos se movían en tándem, como faros, uno más pequeño y más débil.

Eran luces de posición.

Esperó, observó, escuchó.

Las luces se acercaron. Cuando estuvieron lo bastante cerca, comprobó que era una furgoneta.

El vehículo giró en el camino del lago, pasó muy despacio más allá del alcance de las luces del hotel y continuó hacia… ¿Hacia dónde?

¿Al cobertizo de las barcas?

¿A uno de los chalés?

¿A la mansión de los Gall?

Cuando empezaba a perderse en la tormenta, Gurney se fijó en que no llevaba ninguna luz trasera.

Entró y cerró la puerta.

Pasó la siguiente media hora con su portátil en la mesita de café, examinando los productos que ofrecían los suministradores de equipos de vigilancia y contravigilancia en Internet, con la esperanza de encontrar algo que se pareciera al extraño dispositivo tubular que tan desconcertado lo tenía.

Se encontró con una industria floreciente. Centenares de empresas, muchas con la palabra espía en sus nombres, comercializaban material sofisticado a precios asequibles.

Lo que vendían se encuadraba en dos categorías principales: dispositivos que supuestamente permitían al usuario observar y grabar cualquier cosa hecha o dicha en casi cualquier parte; y dispositivos diseñados para frustrar todas las características de la primera categoría. El discurso de venta subyacente parecía ser: espía a todos, que no te espíe nadie.

La industria perfecta para un mundo paranoide.

No logró encontrar nada que se pareciera al pequeño artefacto negro con las ocho lentes minúsculas, si es que eran lentes.

Lo examinó otra vez. No parecía haber forma de abrirlo. No pudo detectar en él el calor de una batería. El número grabado en el lateral no le daba pista alguna. No obstante, le sugirió una posibilidad remota. Introdujo el número de serie en su buscador de Internet.

Dio con un sitio web que tenía una oscura dirección: www.a1z-2b3y4c5x.net.

Entró en el sitio y no encontró nada allí, salvo una página en blanco con un formulario de entrada de datos que solicitaba identificación actual, identificación anterior, contraseña actual y contraseña anterior.

En cierto modo, era un callejón sin salida. El muro de seguridad era notable. Eso, como mínimo, reforzaba la advertencia de Robin Wigg. Y la de Gilbert Fenton. Por no mencionar la advertencia garabateada que había llegado con el paquete.

Pensar en Wigg le hizo sacar su teléfono, hacer fotos del dispositivo desde varios ángulos y enviarlas por correo electrónico, junto con el número de serie y la URL del sitio web.

Recibió una respuesta al cabo de menos de dos minutos: «Imágenes inadecuadas. Sitio cerrado. Envíe ítem». Le gustó el interés de Wigg, pero no vio forma de cumplir con su petición.

—¿Cuánto llevas levantado? —La voz de Madeleine le sobresaltó.

Se volvió y la vio de pie junto a la puerta del cuarto de baño con su camiseta y la parte de abajo del pijama.

—¿Quizás una hora o así?

—Hemos de estar en casa de los Hammond a las ocho. ¿Está bien?

—Sí, está bien.

Madeleine entró en el cuarto de baño, dejando la puerta abierta del todo. Evitó la bañera y fue directamente a la ducha del rincón.

Aun así, que empleara ese cuarto de baño era una buena señal.

Mientras se estaba duchando, él empezó a pensar en el desayuno que iban a compartir con Richard y Jane, cómo sacarle partido. Había preguntas que deseaba plantear, reacciones que podía evaluar. Podía sacar la teoría de las cuatro muertes como forma de venganza de una tragedia ocurrida muchos años atrás. Una tragedia que implicaba la desaparición de un adolescente homosexual. Sería interesante ver qué tenía que decir Richard al respecto.

Él y Madeleine no hablaron durante el trayecto al chalé. La situación era tan tensa que el silencio parecía algo natural.

El viento que soplaba sobre el camino cubierto de nieve solo había tapado en parte las marcas de los neumáticos de la furgoneta que Gurney había visto aquella mañana. En un momento dado, las huellas se desviaban del camino hacia el chalé de Richard y seguían hacia la parte de atrás. La furgoneta seguía ahí. Le tentó investigarlo en ese preciso momento, pero cambió de idea al ver la cara de frío de Madeleine.

Jane, como de costumbre, los recibió en la puerta con una sonrisa ansiosa. Después de colgar sus chaquetas, los condujo al salón de techos catedralicios.

—Pedí al chef del hotel que nos preparara diferentes cosas para desayunar: huevos revueltos, salchichas, beicon, tostadas, gachas, macedonia. Lo ha traído todo él mismo. Con este clima tan terrible, el ayudante de cocina y la asistenta se han quedado en su casa de Bearston. Él se marchará a casa antes de que la cosa empeore aún más. Le pedí que lo dejara todo en la sala recreativa a sugerencia de su amigo.

—¿Perdón?

—Yo lo llamo sala recreativa, pero no se preocupe; en realidad, es más bien una sala de estar con una mesa lo bastante grande como para que nos sentemos todos.

—Eso está bien. Pero ha dicho algo sobre mi amigo…

—Cuando le dije que vendrían a desayunar, insistió en que estaríamos más cómodos abajo. Dijo que usted lo entendería.

Intervino una voz familiar.

—Dije que lo entenderías, porque eres un tipo comprensivo.

Jack Hardwick, sonriendo animadamente, se levantó de una silla que había junto a la chimenea.

—En realidad —dijo, mirando de manera significativa la lámpara con el remate de heliotropo que Gurney le había dicho que albergaba uno de los micrófonos—, pensaba que podrías preferir abajo. Más cerca de la caldera. Se está más caliente.

Jane añadió:

—Richard se estaba dando una ducha rápida. Voy a ver si está preparado.

En cuanto salió de la habitación, Hardwick bajó la voz.

—Tu primera pregunta sería qué coño hago aquí. Estoy aquí porque me pediste que estuviera cerca y no me quedaban muchas opciones más para cumplir tus deseos. Si los dos estamos aquí, avanzaremos el doble de rápido.

—¿No te preocupa que Fenton descubra que estás aquí?

—A la mierda Fenton. Ya no me preocupa. En cuanto lleguemos a la verdad de este caso, su barco se hunde. Y, si intenta nadar, me mearé en su cara.

—Suponiendo que nuestra verdad sea diferente de su verdad.

—Tiene que serlo. No va a terminar teniendo razón, de ninguna manera. No me importa lo culpable que Hammond pueda parecer ahora mismo, sigue...

En ese momento, Jane los llamó desde el umbral, en el lado más alejado del hogar de piedra.

—Richard casi está listo. Vamos a bajar antes de que el desayuno se enfríe.

Una vez que Jane desapareció, Madeleine se volvió hacia Hardwick. Habló en voz baja, con calma.

—Richard Hammond no es culpable de nada.

—¿No lo crees? —La miró un buen rato—. Pareces pálida, ¿estás bien?

—No, no estoy bien. En absoluto. Pero eso no tiene nada que ver con Richard.

—¿Estás enferma?

—Tal vez.

—¿Te sientes enferma?

—No de la forma a la que te refieres.

Hardwick estaba desconcertado. Hizo una pausa.

—¿Qué te hace decir eso de Hammond?

—Solo lo sé.

—¿Solo lo sabes?

—Sí.

Hardwick miró a Gurney como si le pidiera que le tradujera qué estaba pasando allí.

—¿Madeleine? ¿Dave? ¿Jack? Bajen, todo está listo —dijo Jane desde el piso de abajo.

La llamada sala recreativa era un gran espacio cuadrado. Había una zona de ejercicios con una máquina de pesas y un par de cintas de correr; una zona de televisión con asientos acolchados delante de una gran pantalla; una zona de conversación con un sofá y sillones; y una zona para comer con un aparador, una mesa de comedor y media docena de sillas Windsor.

Richard y Jane estaban sentados frente a Dave y Madeleine, y Jack en una punta. Todos habían cogido lo que les apetecía del aparador y habían hablado brevemente sobre aquel espantoso clima y la horrible tormenta que se acercaba. Enseguida quedó claro que nadie tenía mucho interés en hablar de ello. Se hizo un silencio nervioso.

Al final, fue Jane la que habló. Su garganta sonó dolorosamente seca.

—Me estaba preguntando…, con todo lo que han estado investigando…, si podría haber alguna buena noticia para nosotros. —Miró a su hermano—. No nos vendría mal.

—Tenemos algunas noticias —dijo Gurney—. Hemos descubierto que las cuatro muertes podrían estar relacionadas con la desaparición de un adolescente en el estado de Nueva York hace trece años.

Richard parecía interesado; Jane, desconcertada.

Gurney les contó la historia del trágico verano en Camp Brightwater, con todos los detalles que le habían proporcionado Moe Blumberg y Kimberley Fallon.

Ante la mención de la casi segura muerte de Scott Fallon, Jane se llevó la mano al corazón.

—¡Qué espantoso! Y su madre, oh, Dios mío, su pobre madre.

La expresión de Richard era difícil de interpretar.

—Está diciendo que Muster, Balzac y Pardosa estuvieron todos en Brightwater ese verano.

Gurney asintió.

—Entonces, ¿cuál es la conexión con Ethan?

—Pensamos que quizá también estuvo.

—Bromea.

—¿Por qué?

—Ethan pasó los veranos desde los doce a los veintiuno en Suiza. Luego, cuando su madre murió y heredó la propiedad del lago del Lobo, trabajó día y noche, cincuenta y dos semanas al año, convirtiendo el hotel en la empresa solvente que es hoy en día.

—¿Qué estaba haciendo en Suiza?

—Escuela ecuestre, clases de francés y alemán, tiro al plato, pesca con mosca, etcétera. Oportunidades para mezclarse con otros jóvenes de buena cuna. La idea de que hubieran enviado a Ethan Gall a un campamento de obreros en los Catskills es ridícula. —Hammond hizo una pausa y su débil sonrisa se esfumó—. Espere un segundo, su pregunta sobre Brightwater, ¿cuál era el sentido? ¿En serio está pensando que Ethan podría estar implicado con esos otros tres hombres en algo tan podrido, tan despreciable?

—Una posibilidad que había que considerar.

Richard miró acusadoramente a Hardwick.

—¿Usted también? Estaba planteándose esa descabellada idea de que Ethan podría… haber sido esa clase de persona.

—Mi experiencia me dice que cualquier persona puede ser la clase de persona que nunca pensaste que sería. —Había frialdad en la mirada de Hardwick.

Eso hizo cambiar el tono de Hammond.

—Estoy de acuerdo, en teoría. Pero la idea de que pudiera formar parte de una banda de matones homófobos es tan…, tan… Deje que le dé un poco de perspectiva sobre el Ethan real. Hace un par de años, más o menos cuando él me convenció de venir al lago del Lobo, estuvo a punto de renunciar a todo, a todos sus bienes: la propiedad del lago del Lobo, el hotel, su cartera de inversiones, todo. Pretendía transferir toda la propiedad a la Gall New Life Foundation en forma de fondo fiduciario irrevocable. Solo unos modestos ingresos anuales de los beneficios de la inversión irían a parar a sus manos y a las de Peyton mientras vivieran.

Hardwick levantó una ceja.

Gurney sonrió alentadoramente.

—Eso suena muy generoso.

—A eso me refiero. Ese era Ethan. Un hombre rico sin ningún amor por la riqueza. Le importaba hacer el bien en el mundo.

Hardwick soltó una tos ruidosa.

—Dijo que estuvo «a punto» de hacerlo. Eso significa que, en realidad, no lo hizo, ¿eh?

—Le convencieron de que podía ayudar más si mantenía el control de los bienes de los Gall.

Gurney intervino otra vez.

—¿De qué clase de ayuda estamos hablando?

—Si todo iba a un fondo irrevocable para la fundación, Ethan habría perdido el escaso poder que tenía sobre la conducta de Peyton.

—¿No podía amenazarlo con desheredarlo si no había herencia?

—Exacto. Y el argumento final de Austen, el que realmente decantó la balanza con Ethan, fue que el apoyo principal de la fundación no debería salir de la generosidad de su fundador, sino de las contribuciones de los exitosos «graduados» de su programa de rehabilitación. Austen hizo mucho hincapié en el concepto de devolución.

—¿Por qué participaba Austen? —preguntó Gurney.

—Austen participaba porque había dinero de por medio. Por supuesto, Ethan tomó su propia decisión. Nadie le decía nunca a Ethan lo que tenía que hacer. Pero siempre respetaba la opinión de Austen.

Jane no paraba de retorcer su servilleta.

—Esos tres jóvenes que estaban juntos en ese campamento y que vinieron a ver a Richard, ¿pudieron descubrir algo más sobre ellos?

—Cosas extrañas. Los tres despreciaban a los homosexuales. Y al menos uno fue informado de que Richard era gay antes de pedir una cita con él. Es posible que los tres tuvieran la misma información, porque todos recibieron llamadas del mismo número de móvil antes de venir aquí.

Hammond y Jane se miraron uno al otro, desconcertados.

—¿Por qué alguien así iba a querer ver a Richard? —preguntó ella.

—Hay pruebas de que los tres experimentaron mejoras económicas drásticas en sus vidas justo en el momento de sus sesiones con Richard.

Hammond parecía desconcertado.

—¿Quiere decir que alguien les pagó para venir a verme? ¿Y qué demonios tiene eso que ver con que los tres estuvieran en Brightwater hace trece años?

—Deje que le haga una pregunta —intervino Hardwick—. Supongamos que usted descubriera la identidad de tres cerdos que habían apaleado a un chico hasta la muerte solo por ser homosexual. Supongamos que no tuviera duda sobre su culpa. Pero la prueba, por alguna cuestión técnica, no iba a ser admitida en un juicio, por lo que esos cabrones escaparían sin castigo. ¿Qué haría?

Hammond lo miró con tristeza.

—Puede que pretendiera hacer de esto una pregunta trampa, pero es una cuestión muy dolorosa.

—Y la respuesta es...

—Nada. No haría nada. Me gustaría matarlos, pero no podría.

—¿Por qué no?

Las lágrimas se agolparon en aquellos increíbles ojos azul verdosos.

—Simplemente no tendría valor.

Un silencio envolvió la mesa.

Hardwick asintió, como si la respuesta tuviera sentido para él, como si confiara en Hammond un poco más de lo que se había fiado antes.

Gurney sintió lo mismo. Sentía que, muy probablemente, Hammond era inocente.

Y, si no era inocente, era el mejor mentiroso del mundo.

58

Una hipótesis perfectamente razonable

*J*ane negó con la cabeza, frustrada.

—Fenton lo mismo podría acusar a Richard de levitar.

—Lo extraño —dijo Gurney— es que hay gente poderosa que respalda el punto de vista de Fenton, incluidos, parece, algunos tipos oscuros de seguridad nacional.

—¿Cómo lo sabe? —preguntó Hammond.

Gurney miró a Hardwick en busca de alguna señal de preocupación sobre jugar la carta de la vigilancia. No vio ninguna.

—Hemos descubierto algunos dispositivos de escucha que están más allá de lo disponible en el mercado abierto, incluso para departamentos de policía. Y a detectives de otras jurisdicciones les han advertido que se alejen del caso, tras insinuarles que hay cuestiones delicadas de seguridad en juego.

—Esos dispositivos… ¿dónde estaban? —preguntó Hammond.

Gurney les contó qué había encontrado y dónde. Añadió un relato de sus propias investigaciones en el desván y de los aparatos que contenía el paquete del balcón.

Jane se volvió hacia su hermano.

—Parece que tenías razón.

—Eso parece.

—Desde el principio, Richard tenía la sensación de que lo estaban vigilando.

Gurney se volvió hacia Hammond.

—¿Tenía la sensación de que lo vigilaban?

—Una sensación muy fuerte, basada en sospechas no tan sutiles de que me seguían en viajes de ida y vuelta a Plattsburgh. Reconozco que uno de mis defectos más persistentes es la paranoia, pero, de vez en cuando, una vez en la vida, aparece un cadáver en el maletero. O al menos algo que no debería estar allí. —Hizo una pausa—. El paquete que lanzaron a su balcón… ¿Quién cree que podría haber hecho una cosa así?

Gurney describió la nota de aviso en el envoltorio y les habló de las ocasiones en que Barlow Tarr había usado los mismos términos. Le preguntó a Hammond su opinión acerca de Tarr.

—Volátil, intenso, intuitivo. No tan loco como alguna gente cree. Barlow tiene una lucidez excéntrica que puede confundirse fácilmente con la locura, más bien como un profeta del Antiguo Testamento.

—¿Qué está haciendo aquí?

—¿Aquí en la propiedad del hotel? Hay dos respuestas a eso. Primero, los Tarr han vivido en estos bosques casi desde siempre, desde mucho antes de que los Gall compraran la tierra. Siempre ha habido algún miembro de la familia Tarr empleado por generaciones sucesivas de la familia Gall. Barlow ha sido una especie de manitas, carpintero, trabajador. Su excentricidad puede resultar desconcertante, eso sí. Ethan insistió en que mantuviera las distancias con los huéspedes del hotel. Esa excentricidad no ha hecho sino incrementarse desde la muerte de Ethan. Parece haberle afectado profundamente.

—Según Austen, Barlow crea confusión, es adicto a la agitación y el caos.

—Austen es el gran pragmático. No sabe cómo tratar con el salvajismo de Barlow. Barlow no es «adicto» a esos elementos, solo extraordinariamente sensible a su presencia.

—¿Cree que es peligroso?

Hammond hizo una pausa, incómodo.

—Hay aspectos de la situación que podrían resonar de maneras impredecibles con su forma de ver las cosas.

Hardwick le echó un vistazo.

—¿Qué demonios se supone que significa eso?

—El modo en que la siniestra leyenda de los Gall se reflejó en la muerte de Ethan, pesadillas que conducían a suicidios, imágenes de lobos, las reivindicaciones de Fenton sobre un control mental maligno… Todas estas cosas podrían exacerbar una forma ya oscura y misteriosa de ver el mundo.

Gurney asintió lentamente.

—Así pues, como mínimo, diría que es impredecible.

—Sí, como mínimo.

—Hablando de pesadillas, ¿ha leído el relato que escribió Ethan?

—Sí. Fenton me lo mostró. Parece la prueba número uno en el caso contra mí. Me lo sé casi de memoria.

—¿Qué opina de la primera frase de Ethan, sobre haber tenido ese sueño desde su última sesión con alguien, y que estuviera anotando los detalles a solicitud de esa persona?

—Si está preguntando sutilmente si ese alguien era yo, la respuesta es que no. Ethan y yo tuvimos algunas conversaciones profundas que podrían describirse como sesiones. Pero si hubiera tenido alguna pesadilla relacionada con alguna de ellas, desde luego me lo habría contado.

—Cuando Fenton le mostró el documento, ¿reconoció la caligrafía de Ethan?

—Sí.

—¿Ninguna duda?

—A Ethan no le gustaban los ordenadores, los mensajes de correo electrónico, los *smartphones*. Era un hombre joven que tenía la predilección del anciano por las formas del pasado. Sus comunicaciones casi siempre estaban escritas a mano. Conocía bien su caligrafía.

—Y sobre la persona a quien parece estar dirigida la nota, ¿alguna idea de quién podría ser?

—No. Fenton supone que soy yo.

—No es una hipótesis que no sea razonable.

—Lo sé. Es más que razonable. Pero resulta que no es correcta.

Hardwick se aclaró ruidosamente la garganta y escupió en su pañuelo.

—En mi humilde opinión, acabamos de centrarnos en la pregunta más importante del caso. Si Richard no provocó que Ethan tuviera esa pesadilla extraña…, ¿quién coño lo hizo? Esa, señoras y señores, es la cuestión. Para sacar a nuestro amigo de debajo de la cascada de mierda que se le viene encima, hemos de responder esa pregunta.

59

El ominoso caso de Sylvan Marschalk

*M*edia hora más tarde, sentado en el Outback delante del chalé, con Madeleine y Hardwick, Gurney insistió en que debían tratar de ser objetivos.

Hardwick enseguida se mostró de acuerdo.

—Solo hice esa referencia a sacar a Richard de debajo de la mierda porque me parecía bien en ese momento. Quería al hombre lo más relajado y abierto posible. Quería que sintiera que está entre amigos. Además, tuve la impresión de que estaba siendo franco con nosotros. ¿Tu instinto te dice algo diferente?

—Mi instinto dice, más o menos, lo mismo que tú —dijo Gurney—. Pero mi cerebro me está diciendo que mi instinto no debería ser la autoridad final.

Hardwick se volvió hacia Madeleine.

—¿Qué opinas tú?

—Lo siento, ¿qué?

—¿Cuál es tu opinión de Hammond?

—Es inocente.

—¿Alguna observación más?

—Tenéis que ayudarle.

Cuando quedó claro que no iba a decir nada más, Gurney sacó a relucir la razón por la que había pedido a Hardwick que subiera al coche. Buscó en la guantera y extrajo el pequeño dispositivo que le habían lanzado al balcón.

—Esto es de lo que te estaba hablando. ¿Alguna vez has visto algo así?

Hardwick encendió la luz cenital y examinó el aparato.

—Nunca. ¿Has enviado una foto a Wigg?

—Lo he hecho. Pero la cuestión es que quiere ver el objeto en sí.

Hardwick hizo una mueca.

—Mierda. ¿Estás sugiriendo que debería entregarlo en mano?

—Es solo una carrera a Albany.

—No está tan cerca.

—Más rápido que mi viaje a Otterville.

—No con este clima de mierda.

—Estaría bien saber con qué estamos tratando.

Hardwick se lo guardó en el bolsillo de la chaqueta.

—Maldito grano en el culo. ¿Te das cuenta de que eso contradice lo que me dijiste sobre que estuviera cerca de ti?

—Eso me pone nervioso. Pero no saber qué es esto me pone aún más nervioso.

—Será mejor que no sea una puta linterna.

—Por cierto, esa furgoneta de la parte de atrás del chalé es tuya, ¿no?

—Pertenece a Esti Moreno, el amor de mi vida.

—¿Aún vive contigo?

—¿Dudas de mi capacidad de mantener una relación estable?

—Sí.

—Que te den. Además, Esti está siendo útil de muchas maneras. Le di una lista de todos los implicados que conocemos. Está excavando todo lo que puede. De hecho, ella es la que sacó el historial de tráfico de drogas de Steckle. Y hoy me ha prestado su furgoneta. Odio dejar el GTO en casa, pero mi coche favorito es una mierda en la nieve. El pronóstico dice que hay una tonelada de nieve en camino… Por cierto, eso me recuerda a Moe Blumberg.

—¿Cómo?

—Escaparse del invierno. Largarse al soleado Israel. Interesante.

—¿Qué es lo interesante?

—El momento. ¿No debería preocuparnos que un hombre con ese pasado en Brightwater, que probablemente sabe más de lo que nos cuenta, se largue justo ahora del país?

—No lo había pensado, pero ahora que lo dices…

—¿Y qué hay de la madre del chico muerto?

—¿Kimberly Fallon? ¿Qué pasa con ella?

—Cuando piensas en posibles motivos, ¿no tendría ella el más fuerte de todos para cargarse a los cabrones que mataron a su hijo?

—Desde un punto de vista de móvil, supongo que no podemos dejarla de lado. El problema es que tendría un móvil creíble para matar a los tres que estuvieron en Brightwater. Pero ¿por qué matar a Ethan? ¿Y por qué ahora? ¿Por qué no hace trece años?

—Esa pregunta se aplicaría no solo a Fallon, sino a cualquiera que quisiera vengarse. Cuanto más pienso en aquello de que la venganza es un plato que se sirve frío, menos creíble parece como razón práctica para posponer algo tanto tiempo. Eso hace que el móvil de la venganza sea muy dudoso.

—No estoy en desacuerdo, Jack. Pero si la venganza no tiene nada que ver con esto, entonces, ¿cuál es la conexión de Brightwater con todo?

—Que me jodan si lo sé. Demasiadas preguntas. Y te plantearé otra: ¿cómo es que la descripción de Ethan del sueño, que escribió en forma de carta, nunca llegó a enviarse?

—Quizá pretendía entregarla en mano a la persona que se la solicitó.

—Quieres decir, como a algún terapeuta que estuviera viendo en Plattsburgh.

—O a Richard, una posibilidad a la que parecemos no dar importancia.

—Joder. En esta conversación no hacen más que surgir preguntas. Si he de ir a Albany y volver antes de que todo quede sepultado por la nieve, será mejor que me vaya. Haré saber a los Hammond que nos vamos.

—Mantente en contacto.

Hardwick asintió, bajó del coche y se dirigió al chalé.

Gurney arrancó para salir hacia el camino del lago.

—¡Para! —La voz de Madeleine sonaba llena de dolor.

Gurney pisó a fondo el freno y el coche resbaló antes de detenerse.

—¿Qué pasa?

—¿Qué más no me has contado?

—¿Qué quieres decir?

El dolor en la voz de Madeleine dio paso a la rabia.

—Estas cosas las estoy escuchando por primera vez, justo ahí dentro, lo que le has contado a los Hammond. Las cosas horribles que ocurrieron en ese campamento. El paquete en nuestro balcón. La advertencia. Una cámara de vídeo. La otra cosa, lo que le diste a Jack, eso que no puedes identificar. Dios, David, ¿qué más te estás guardando?

—No me estoy guardando cosas a propósito. Solo... No pensaba...

Madeleine alzó la voz:

—¿No te estás guardando cosas? ¿Cómo puedes decir eso?

Trató de pensar en cómo explicarse. Era cierto que había muchas cosas que no había mencionado. En parte, era una cuestión de deformación profesional: una cosa era el trabajo, y otra cosa era la familia. La mayoría de los polis organizaban así sus vidas. En general, funcionaba. Aunque a veces no, sobre todo cuando los sucesos irrumpían en la propia vida personal, como en ese momento.

Trató de explicarse.

—Las cosas han estado ocurriendo muy deprisa. Parte de ellas no las comprendo todavía. Y, no sé…, ya tienes bastantes historias en la cabeza, sin necesidad de que yo añada cada nuevo pensamiento o problema…

—David, me gustaría sentir que estamos en el mismo planeta. Por favor, no uses mis problemas como excusa para mantenerme alejada. No quiero descubrir cosas solo porque resulta que estoy en la misma habitación cuando se las cuentas a otro.

Gurney asintió con la cabeza ante aquella reprimenda. No obstante, no sabía cuánta información podría asimilar Madeleine, teniendo en cuenta la situación por la que estaba atravesando. Era irónico que se quejara de haberle ocultado detalles del caso cuando hacía poco había descubierto que ella le había estado escondiendo durante años un secreto personal tan terrible. Pero tuvo el mínimo buen sentido para no usar eso para defenderse. Sin decir nada más, salió al camino del lago a poner los quitanieves sobre los limpiaparabrisas.

Cuando llegaron otra vez al hotel, el reloj de pie de la recepción tocaba la nota final de las diez en punto. La calma era total, incluso había una sensación de vacío. Se dirigieron a las escaleras. Madeleine se abrazaba a sí misma con fuerza.

—¿Qué vas a hacer respecto al cuarto de baño?

—No hay mucho que hacer.

—Cuando estabas explicándoselo a los Hammond, dijiste que había una abertura junto a la luz.

—Solo un pequeño hueco entre el medallón del aplique y el techo.

—¿Pudiste cerrarlo?

Fue lo primero que hizo después de entrar en la *suite*. Bastó con empujar el medallón medio centímetro a un lado, lo que consiguió con unos golpecitos agudos con el mango de su cepillo de dientes.

Al salir del cuarto de baño, encontró a Madeleine al lado de una de las ventanas. Estaba mirando hacia el Colmillo del Diablo. El ángulo de la luz contra su mejilla hacía el tic más perceptible. Todavía llevaba puestos la chaqueta y los guantes.

—¿Puedes escribir un mensaje de correo para mí?

—¿Qué?

—¿Puedes hacerme el favor de escribir un mensaje para mi hermana?

—¿Porque no quieres quitarte los guantes para hacerlo?

—No me atrevo a quitármelos. Me duelen los dedos por el frío.

—Deja que vaya a buscar el portátil. Odio usar el teclado de pantalla de tu iPad.

Cuando estuvo preparado, Dave se sentó en el sofá delante de la mesita de café. Madeleine dictó:

«Ha pasado un tiempo desde que hablamos por última vez. Lo siento. Esto podría parecer una forma extraña de empezar después de un silencio tan largo, pero tengo una petición enorme que hacerte. Podría parecer una locura, pero es muy importante. Algún día nos sentaremos y te lo contaré todo. Pero ahora mismo lo que necesito que hagas es que recuerdes el tiempo en que era adolescente, cuando tenía catorce, quince, dieciséis, y tú veintiuno, veintidós, veintitrés. ¿Qué recuerdas de mí en esos años? ¿Puedes describirme cómo era yo entonces? ¿Qué clase de persona era? ¿Era sincera? ¿Confiabas en mí? ¿Te preocupabas por mí? ¿Cómo actuaba? ¿Qué parecía querer de ti, de mamá y papá, de mis amigas…, de los chicos? ¿Sobre todo de los chicos? ¿Recuerdas qué me enfadaba? ¿O qué me hacía feliz? ¿O qué me ponía triste? ¿O nerviosa? Puede que sea pedir demasiado, pero necesito saber estas cosas. Por favor, piensa en ello. Por favor, cuéntame lo que puedas. Necesito saber quién era entonces.»

Respiró profundamente y soltó poco a poco un suspiro. Se limpió la cara, parecía estar secándose las lágrimas, con los dedos todavía enguantados.

Dave se sentía impotente. Al cabo de unos minutos, preguntó.

—¿Quieres que lo firme de alguna manera en particular?

—No, solo guárdalo. Yo me ocuparé después, antes de mandarlo. Necesitaba poner todas esas preguntas por escrito para despejar la mente. —Finalmente se volvió de la ventana—. Voy a darme otra ducha caliente para quitarme el frío de los huesos.

Se metió en el cuarto de baño, dejando la puerta abierta, y abrió los grifos de la ducha. Fue al rincón del cuarto de baño más alejado de la bañera y empezó a quitarse la ropa.

Dave guardó el mensaje para su hermana y bajó la pantalla del portátil.

Recordó que había recibido una llamada de Rebecca, la llamada que había elegido no contestar la tarde anterior en medio de su conversación con Madeleine.

Sacó su teléfono y se lo llevó a la oreja:

David, cuando el otro día me preguntó si sabía algo del término «suicidio inducido por un trance» dije que me sonaba familiar. Acabo de recordar por qué. Lo he buscado en el archivo en línea del *New York Times*, para refrescar la memoria. Había un artículo en el periódico de hace casi cuatro años relativo a uno de esos casos de filtraciones del Gobierno.

Un antiguo empleado de la CIA aseguró que un grupo secreto de la Unidad de Investigación y Apoyo de Operaciones de Campo Psicológicas estaba llevando a cabo experimentos no autorizados en control mental hipnótico. No es ninguna gran sorpresa. Sin embargo, el propósito de los experimentos consistía en ver si un sujeto, por lo demás normal, podía convertirse en suicida. Según la persona que lo filtró, cuyo nombre era Sylvan Marschalk, se estaban destinando considerables recursos al proyecto. Supongo que la idea de convencer mágicamente a la gente de que quería suicidarse resultaba muy atractiva. Suena ridículo, pero quizá no más ridículo que su plan de asesinar a Castro con un cigarro explosivo. Aparentemente, el proyecto se tomó lo bastante en serio para generar su propio presupuesto clandestino y sus propias siglas, SIT: suicidio inducido por un trance.

Casi puedo oírle planteando la pregunta obvia: ¿qué pasó a continuación? La respuesta a eso es aterradora y muy poco sorprendente, teniendo en cuenta la gente a la que Marschalk estaba sacando los colores. Una semana después de que hiciera sus revelaciones lo encontraron muerto en Central Park, a consecuencia de una gran sobredosis de drogas. Por supuesto, la línea oficial fue que nunca existieron grupos secretos ni experimentos y que las afirmaciones de Marschalk eran los delirios desafortunados de un drogadicto paranoide.

Así que esa es la historia, David. Si por casualidad se cruza con esos tipos…, que Dios le ayude. Llámeme cuando pueda. Hágame saber que está vivo. No es broma.

Gurney cogió el portátil y escribió «Sylvan Marschalk» en su buscador. El artículo del *New York Times* fue lo primero que apareció. En realidad, un par de artículos. El primero se centraba en las «alegaciones de un antiguo analista de la CIA». El segundo, fechado una semana después, se centraba en la sobredosis de drogas. Leyó ambos con atención y no encontró en ninguno de ellos nada que Rebecca no hubiera mencionado ya. Comprobó los otros artículos de noticias que aparecieron en la búsqueda, todos más breves que los del *Times*. No había artículos de seguimiento.

La historia era enervante, no solo por la forma en que terminaba, sino porque las acusaciones de quien las había filtrado en relación con la investigación del «suicidio inducido» daban más credibilidad al concepto.

Todavía estaba sentado en el sofá cuando Madeleine salió del cuarto de baño, envuelta en una toalla.

—¿Puedes pasar el mensaje a mi hermana de tu ordenador al mío?

—¿No quieres enviarlo desde el mío?

—Están configurados con direcciones diferentes. Cuando conteste, quiero recibir la respuesta en mi iPad.

—Vale. Te enviaré lo que he guardado, para que lo redirijas a tu hermana y se lo envíes.

Fue al documento de correo guardado, introdujo la dirección de correo de Madeleine arriba y pulsó enviar. Su mano estaba en el borde de la pantalla, a punto de cerrarla, cuando se detuvo.

Inmóvil, casi sin aliento, pensó en tres desconcertantes preguntas que acababan de acudir a su mente.

Si alguien hubiera encontrado un documento sin dirigir a nadie en su archivo de correo, ¿no podrían haber supuesto que estaba escribiendo sobre sí mismo, acerca de su propia angustia, de sus propias preguntas?

¿A alguien se le habría ocurrido que le habían dictado el documento?

¿Acaso el documento manuscrito de Ethan Gall podría ser una descripción de la pesadilla de otra persona, alguien que, por razones todavía desconocidas, dictó su experiencia en forma de una carta que planeaba enviar a una tercera parte, exactamente como había hecho Madeleine?

Pronto se convenció de que debía ser así. Alguien había acudido a Ethan y le había pedido que escribiera una carta para él, una carta al terapeuta con el que había tenido la sesión que provocó su serie de pesadillas. Dictó y Ethan lo escribió para él.

Gurney estaba tan seguro de su hipótesis que empezó a dudar de su propia objetividad. Había aprendido en diversas ocasiones que la mejor manera de poner a prueba una idea de la que podría estar demasiado encariñado era exponerla al escepticismo de Hardwick.

Pero esa era una llamada que requería más intimidad de la que permitía una *suite* llena de micrófonos. La opción de usar el iPad de Madeleine para ahogar su conversación con música (al mismo tiempo que ella lo usaba para revisar el emocionalmente frágil mensaje que iba a mandar a su hermana) no parecía factible. Y el volumen que podía alcanzar su viejo portátil no era el adecuado.

Madeleine estaba sentada al borde de la cama, examinando la redacción de su mensaje en la pantalla del iPad, su boca convertida en una tensa línea de ansiedad.

—¿Maddie?

—¿Qué?

—He de bajar unos minutos.

Ella asintió vagamente.

—¿Me has oído?

—¿Qué? Sí. Te he oído.

—Estaré en el Salón del Hogar.

—Muy bien.

—Volveré enseguida.

Madeleine no contestó. Dave cogió la llave, salió y cerró la puerta tras de sí.

La recepción y el Salón del Hogar todavía conservaban la sensación fría y vacía que habían tenido antes. Gurney se acomodó en un sillón de piel contra la pared del fondo, un lugar desde donde podía controlar la recepción. Esperaba que Hardwick tuviera cobertura.

Respondió de inmediato, aparentemente ansioso por complacerle.

—La carretera saliendo de la propiedad del lago del Lobo era un horror. Ahora mismo estoy reptando por una carretera de condado detrás de un monstruo que echa sal. Imposible adelantarlo. Es la maravilla del invierno aquí. ¿Tienes más recados que quieres que haga para ti?

—Me interesa tu opinión sobre cierto aspecto del caso.

—¿Te refieres a lo absurdo que parece todo?

—Solo la narración manuscrita del sueño de Ethan.

Una pausa. Gurney pudo oír a través del teléfono el pesado rumor del quitanieves. Cuando Hardwick habló otra vez, su tono era más bajo.

—Un trasto viejo. ¿Qué estás pensando?

Gurney explicó su nueva teoría acerca de cuál podía ser el origen de la descripción manuscrita de la pesadilla, y sobre cómo el mensaje que le había dictado Madeleine lo había conducido a tal conclusión.

Otra pausa.

—Es… posible.

Gurney no se desanimó por su aparente falta de entusiasmo. Lo interpretó como una señal de que estaba considerando la idea en serio.

—Es posible —repitió Hardwick—. Pero si Ethan no estaba escribiendo su propio sueño, ¿de quién era el sueño? ¿Y por qué los detalles se reflejaron después en la forma en que murió?

—¿Como la daga que Fenton asegura que se usó para cortarle las muñecas? No lo sé. No estoy diciendo que esta hipótesis conduzca a la respuesta final, pero encaja con la idea de que el papel de Ethan fue distinto al de las otras tres víctimas. Siempre me pareció el extraño que no encajaba.

—Estás diciendo que tenemos a tres personas que tuvieron pesadillas y terminaron muertas y a una persona que transcribió la pesadilla de otra y terminó muerta. Pero sigo anclado en la pregunta básica. ¿Podía un hipnotista (Richard o cualquier otro) causar esas pesadillas y esos suicidios?

—Es interesante que saques el tema. Acabo de escuchar un mensaje de Rebecca Holdenfield sobre un hombre de la CIA que filtró que la agencia estaba investigando de forma activa ese mismo tema. Obviamente, creían que podía conseguirse.

—Por supuesto, lo negaron.

—Por supuesto. Pero las diversas referencias a la seguridad nacional con las que nos hemos topado en este caso podrían estar relacionadas con esa clase de programa.

Hardwick suspiró con impaciencia.

—Claro. Seguro. Pero el problema que tengo con la cuestión de la hipnosis fatal es que lo vuelve todo contra Hammond y hace que el puto Fenton tenga razón. Y, como dije antes, ese no es un resultado aceptable. Espera un segundo, campeón. Deja que aparte el teléfono. Tengo la oportunidad de adelantar al monstruo quitanieves.

Cuando Hardwick volvió al teléfono, medio minuto después, Gurney podía oír el rumor del quitanieves diluyéndose en la distancia.

—Entonces, ¿qué crees que sabemos, en realidad, Sherlock?

—Sacando a Ethan de la ecuación, por el momento, sabemos que a tres hombres que odiaban a los homosexuales se les ofreció alguna clase de incentivo económico para que visitaran a un hipnoterapeuta gay. Sabemos que todos ellos afirmaron después haber sufrido pesadillas y que poco después los encontraron muertos. Y sabemos que el investigador principal del caso ha decidido que Richard Hammond fue quien lo orquestó todo.

—Una decisión sobre la cual tenemos nuestras dudas…

—Exacto.

—Vale —dijo Hardwick, que empezaba a sonar exasperado—. Una vez más volvemos en círculo a la pregunta clave. Si Hammond no sembró esas pesadillas en sus mentes, ¿quién lo hizo? Es la única pregunta que importa. ¿Tengo razón?

Si Hammond no les dio esas pesadillas, ¿quién lo hizo?

Si Hammond no les dio…

¡Santo Dios!

Por segunda vez esa mañana, Gurney casi dejó de respirar. Miró recto hacia delante, pero no dijo nada. Estaba completamente abstraído por lo que Hardwick acababa de decir. Lo repitió para sus adentros.

Si Hammond no les dio esas pesadillas, ¿quién lo hizo?

—Eh, Sherlock, ¿sigues ahí?

—Oh, sí, estoy aquí. Estoy pensando en tu pregunta.

Se echó a reír.

—¿Qué demonios es tan divertido?

—Eres más listo de lo que crees, Jack.

—¿De qué coño estás hablando?

—Tu pregunta. Solo suena como una pregunta. En realidad, es una respuesta. De hecho, podría ser la clave de todo el maldito caso.

60

Avance

*H*ardwick entró en una zona sin cobertura antes de que Gurney pudiera contarle qué sucedía. Eso le permitió repensarlo todo desde diferentes perspectivas.

Veinte minutos más tarde, Hardwick le devolvió la llamada.

—Me alegro de que pienses que soy increíblemente brillante. Debo decir que no estoy en desacuerdo. Pero ¿cuál es exactamente la clave que te he dado?

—Dar. Esa es la palabra mágica.

—¿Qué coño se supone que significa eso?

—La formulación de tu pregunta original. Preguntaste si no fue Hammond quien les dio a sus víctimas las pesadillas.

—¿Y?

—Y esa es la solución al problema con el que nos estamos dando de cabezazos desde el principio. A las víctimas les dieron esas pesadillas, quiero decir que se las entregaron literalmente. —Gurney hizo una pausa, esperando una reacción.

—Sigue hablando.

—Vale. Dejemos a Ethan fuera por un momento, porque con él pasa algo diferente. En cuanto a los otros tres, creo que a cada uno se le dio una descripción de la pesadilla. Nunca tuvieron las pesadillas de las que se quejaron, nunca soñaron esas cosas. Solo memorizaron los detalles que les dieron y los contaron después como si los hubieran experimentado.

—¿Por qué demonios iban a hacer eso?

—Porque les pagaron para hacerlo. Tenemos pruebas de que se produjo algún beneficio económico relacionado con su visita al lago del Lobo; de repente, todo pintaba bien para esos tres hombres. No sabemos por qué. Pero eso lo explicaría. Estoy casi seguro de que les pagaron para venir al hotel, tener una sesión con Hammond y luego quejarse de sueños extraños relacionados con imágenes de una violación homosexual. No solo se trataba de quejarse en general, sino de informar de todos los detalles a testigos fiables: Muster, a un famoso pastor evangélico; Balzac, a un terapeuta; Pardosa, a su quiropráctico.

—Suena como un plan infernal. Pero ¿para qué? ¿Cuál era la finalidad del juego?

—Pueden ser varias cosas. Tal vez estaban preparando la base para tomar alguna clase de acción legal falsa contra Hammond. ¿Una demanda por mala praxis? ¿Falsos cargos de agresión sexual? Tal vez todo respondía a una trama urdida para destruir su consultorio terapéutico. Si los comentarios de Bowman Cox eran alguna indicación, Hammond generó suficiente animosidad en ciertos círculos para que algo como eso resultara creíble. De hecho, mientras pienso en ello, me pregunto si el reverendo Cox podría haber jugado un papel mayor del que reconoce.

—Joder, Davey, necesito un minuto para comprender todo lo que me estás diciendo. O sea, si nadie soñó nada, entonces...

—Espera..., espera un segundo.

Madeleine, vestida con pantalones de esquí, chaqueta, bufanda y gorro, se estaba encaminando hacia la recepción.

—Jack, te llamaré dentro de unos minutos. He de comprobar algo.

Atrapó a Madeleine en la puerta del hotel.

—¿Qué pasa?

—Quiero tomar un poco el aire. Ha parado de nevar un rato.

—Puedes salir al balcón.

Ella negó con la cabeza.

—Me siento encerrada. Quiero salir. Salir de verdad. Estoy segura de que va a volver a nevar, así que es mi oportunidad.

—¿Quieres que vaya contigo?

—No. Haz lo que estás haciendo. Sé que es importante. Solo necesito salir al aire libre. Deja de mirarme así.

—¿Cómo?

—Como si me estuviera derrumbando. No me pasará nada.

Gurney asintió.

—Estaré aquí..., por si necesitas algo.

—Bien, pero, por favor, no te quedes aquí mirándome. —Empujó la pesada puerta abierta y salió al aire gélido.

Con cierta reticencia, Gurney regresó al sillón de piel que había junto al hogar. Contactó otra vez con Hardwick por teléfono.

—Siento la interrupción. Bueno. ¿Qué piensas de la nueva teoría?

—Hay una parte que me gusta mucho. Me encanta librarme de

la idea de que alguien hizo soñar algo a ciertas personas, y que ese sueño hizo que se suicidaran. Para mí, eso era siempre la mosca en la sopa.

—Eso es asqueroso.

—Es la razón de que quiera librarme de ello.

—¿Qué parte no te gusta?

—Estás diciendo que había un plan elaborado que implicaba a tres cerdos homófobos, posiblemente los mismos cerdos homófobos que mataron al chico en Brightwater. ¿Correcto?

—Sí.

—Y vinieron al lago del Lobo para ver a Hammond y luego poder afirmar que les jodió las mentes y quizá los cuerpos, que les provocó sueños horribles y enfermizos. Y su objetivo secreto era destruir la reputación de Hammond... o demandarlo... o construir un caso criminal contra él... o quizá chantajearlo para que les pagara por cerrar la boca y largarse. ¿Voy bien?

—Mejor que eso, Jack. Creo que acabas de dar en la diana.

—¿Qué quieres decir?

—Chantaje. Creo que se trataba de eso. Encaja perfectamente. Les encantaría la idea de extorsionar y sacarle la pasta a un doctor homosexual, a un conocido cómplice de los pervertidos. Puede que incluso vieran su plan para enriquecerse como la obra del Señor. Apuesto a que solo pensar en ello les habría dado un subidón.

Hardwick se quedó en silencio un buen rato.

—Eso encaja, por el momento. Pero esto es lo que no entiendo: ¿cómo es que estos cabrones despiadados que odian a los gais están todos muertos, mientras que su pretendida víctima está vivita y coleando?

—Una pregunta interesante. Casi tan interesante como... —La voz de Gurney se apagó.

Austen Steckle con gorro ártico de piel y abrigo pesado estaba entrando por la puerta del hotel, empujando una carretilla cargada de troncos partidos. La empujó por la recepción, entró en el Salón del Hogar y se acercó a la leñera que estaba junto al sillón de Gurney.

Sorbió y se limpió la nariz con el dorso de uno de los guantes que llevaba.

—Amigo mío, tiene que hablar con su mujer ahí fuera.

—¿Disculpe?

—Su mujer. La he advertido del hielo.

—¿Qué hielo?

—En el lago. Hay hielo y nieve encima. No se puede saber el grosor que tiene.

—¿Está en el hielo?

—Se lo estoy diciendo. Le he dicho que no era sensato estar allí fuera, pero ella no....

Gurney no esperó a escuchar el final de la frase. Sin abrigo, se apresuró a salir del hotel y cruzar el camino del lago. Aunque no estaba nevando en ese momento, las ráfagas de viento levantaban remolinos de nieve en polvo desde la superficie del lago. Apenas se podía ver más lejos.

—¡Maddie! —gritó, aguzando el oído para escuchar una respuesta.

Lo único que oyó fue el viento.

Gritó una vez más su nombre.

De nuevo, no hubo respuesta.

Sintiendo una punzada de pánico, estaba a punto de gritar su nombre con todas sus fuerzas cuando las ráfagas de nieve se abatieron y la vio, muy quieta, de espaldas a él, a unos cien metros del hielo cubierto por la nieve.

La llamó otra vez, le preguntó qué estaba haciendo.

Ella no se movió ni respondió.

Gurney dio un paso para adentrarse en la superficie del lago.

Apenas había avanzado cuando algo que volaba sobre el cielo captó su atención.

Era un halcón, presumiblemente el mismo que había visto varias veces volando en círculos sobre el lago, sobre el pico afilado del Colmillo del Diablo, a lo largo del pico Cementerio. Pero esta vez describía círculos más bajos, a una altura de unos sesenta metros.

Miró de nuevo: el siguiente círculo le pareció más bajo.

Y el siguiente todavía más bajo.

Madeleine, con la cara inclinada hacia arriba, también lo estaba observando.

Gurney ya estaba seguro de que el ave planeaba en una espiral cada vez más concentrada, con un radio menor en cada órbita sucesiva. Era una conducta que había observado en rapaces en los campos de Walnut Crossing. En esos casos, el propósito de la conducta parecía ser la evaluación más cercana de la presa preparándose para atacar en picado con las garras abiertas. Sin embargo, el lago cubierto de hielo parecía un terreno de caza improbable. De hecho, con la excepción de la propia Madeleine, no había nada visible para Gurney en ningún lugar de la suave superficie blanca.

Aun así, el halcón voló más bajo.

Había descendido hasta situarse a no más de una docena de metros por encima del lago.

Gurney ya se estaba moviendo rápidamente hacia Madeleine.

El halcón pareció dudar por un momento en su senda de vuelo, balanceándose en sus alas anchas de lado a lado, como si valorara el significado de una segunda figura entrando en la escena.

Justo cuando Gurney estaba concluyendo que su presencia había asustado al ave, esta se lanzó rápidamente sobre Madeleine, precipitándose hacia ella con asombrosa rapidez.

Gurney trató de correr, pero resbaló y se cayó. Se puso de rodillas, sacó su Beretta y gritó:

—¡Al suelo!

Cuando Madeleine se volvió en su dirección, el halcón que caía en picado extendió sus garras. Gurney disparó.

El disparo hizo que Madeleine se encogiera, agachándose lo suficiente para que las garras pasaran sin hacerle daño.

Asombrosamente, el halcón dio la vuelta otra vez en un círculo amplio, elevándose diez o doce metros por encima de ella antes de iniciar un segundo descenso en picado.

Esta vez, Madeleine corrió, deslizándose, medio cayendo, hacia el centro del lago. Otra vez el halcón pasó muy cerca de su cabeza en un semifallo. Gurney se puso en pie y corrió tras ella, gritándole que se detuviera, que no se adentrara más en el hielo.

Cuando el halcón, en el extremo más alejado de otro círculo, se volvió hacia Madeleine, Gurney separó los pies en una posición de disparo sólida y enderezó el arma, sosteniéndola con las dos manos. Cuando el ave pasó junto a él, disparó. Atisbó una pluma de la cola partiéndose y girando en una ráfaga de viento antes de caer en el hielo.

El halcón pasó a solo unos centímetros de la cabeza de Madeleine. Entonces, en lugar de describir otro círculo, se elevó y se alejó poco a poco hasta desaparecer finalmente sobre las copas de los árboles del extremo del lago.

Madeleine había dejado de correr. Estaba unos quince metros por delante de él. Parecía estar sin aliento o llorando…, o ambas cosas.

Gurney la llamó.

—¿Estás bien?

Madeleine se volvió hacia él y asintió.

—¿Y tú?

—Sí. Bien. Vuelve aquí. Hemos de salir del hielo.

Madeleine empezó a caminar hacia él, lentamente. Cuando estaba a tres o cuatro metros de distancia, Dave oyó un sonido que volvió a dejarlo sin respiración.

61

El terror

*C*uando Madeleine cambió el peso a su pie más adelantado, justo detrás de ella, se oyó el crujido tenso del hielo a punto de partirse.

—¡Para! ¡No te muevas! —gritó Gurney.

Madeleine se detuvo como en una imagen de vídeo.

—¿Va a…?

—No te pasará nada. Solo trata de no moverte.

—¿Qué vamos a hacer?

Lo único que le vino a la cabeza a Gurney fue la secuencia de una película de acción y aventuras que había visto de niño. Un agente de la policía montada del Canadá había perseguido a un atracador de bancos hasta un río helado. El hielo empezó a resquebrajarse en torno al fugitivo. El agente le dijo que se tumbara en el hielo para extender su peso. Entonces le lanzó una cuerda y tiró de él hasta ponerlo a salvo.

La escena era estúpida, pero lo de distribuir el peso tenía sentido para Gurney. Convenció a Madeleine de que se agachara con cuidado, se tumbara y extendiera brazos y piernas.

Como necesitaba algo que ocupara el lugar de una cuerda, retrocedió a la orilla con la esperanza de encontrar una rama de pino caída lo bastante grande para que le sirviera. Agarró la más larga que pudo encontrar, la arrastró al lago y le tendió el extremo a Madeleine.

—Agárrate con las dos manos y no te sueltes.

Fue un proceso dolorosamente lento. Sentado en el hielo para tener la mejor tracción y empujándose hacia atrás con los talones, Gurney fue sacándola del peligro centímetro a centímetro.

Cuando finalmente se estaban acercando a la seguridad del terreno sólido y levantándose, Austen Steckle y Norris Landon llegaron corriendo desde el hotel.

Landon llevaba una larga cadena de grúa enrollada en torno al brazo.

—Están a salvo. ¡Gracias a Dios! Siento haber tardado tanto. Estaba sacando mi cadena. El maldito portón trasero del Rover estaba congelado.

Steckle parecía serio.

—¿Qué demonios ha pasado ahí?

—¿Ha visto a ese condenado halcón atacando a mi mujer?

Landon puso los ojos como platos.

—¿Halcón?

—Uno grande. Se precipitó sobre ella. Madeleine estaba tratando de escapar y terminó en medio del lago. No creía que los halcones atacaran a los humanos.

—Normalmente no lo hacen —dijo Landon.

—No hay nada normal en el lago del Lobo —murmuró Steckle—. El verano pasado, un búho atacó a una niña pequeña en la orilla, le desgarró la cara. Y el verano anterior a ese, un oso negro se ensañó con un excursionista, y se supone que los osos negros son inofensivos.

—¿Esos disparos que oímos? —dijo Landon—. ¿Fue usted quien disparó al halcón?

—Eso fue lo que le asustó.

—Lo peor de todo es que si matas a uno de esos bichos, es un crimen federal —dijo Steckle—. Si te pillan, pueden ponerte una multa enorme, incluso mandarte a prisión.

—No hay problema esta vez —dijo Landon—. Bien está lo que bien acaba. Pero tiene que estar congelado. ¿Sin abrigo? ¿Sin guantes? Dios mío, se va a congelar si no entra enseguida. —Se volvió hacia Madeleine—. Y usted, debe de estar destrozada después de todo esto. ¿El hielo bajo sus pies estaba empezando a ceder de verdad?

—Pensaba que iba a morir.

—¡Oh, Dios mío! ¿Es en eso en lo que estaba pensando? ¿En el hielo?

Como Madeleine no supo qué responder, Steckle llenó el silencio.

—Es bastante fácil morir ahí. Caes a través del hielo y estás acabado. No hay forma de salir una vez que estás dentro. Dos o tres minutos, no hacen falta más. Hipotermia. Es una forma condenadamente fácil de morir en estos lagos.

Gurney le lanzó a Steckle una mirada dura. Sentía que su rabia iba en aumento.

Estaba empezando a nevar otra vez. Madeleine se echó a temblar.

—Vamos, amigos —dijo Landon—. Hemos de entrar.

Steckle dio media vuelta y avanzó hacia el hotel.

—Hay que estar loco para salir ahí.

Gurney cogió el brazo de Madeleine. Con los hombros agachados contra el viento, cruzaron el camino del lago hasta el hotel y el Salón del Hogar, donde ardía un fuego que acababan de encender. Hasta que estuvieron de pie ante las llamas, Gurney no se dio cuenta de que le castañeteaban los dientes.

Landon fue directamente al bar. Al cabo de un minuto, se unió a ellos ante aquel fuego crepitante y les entregó a cada uno una copa de cristal medio llena de un líquido ámbar.

—Coñac. La mejor medicina para descongelar los huesos. ¡Salud!

Él y Gurney levantaron las copas. Madeleine olisqueó su coñac, dio un sorbito, puso mala cara (era demasiado fuerte) y luego le dio otro sorbo.

—¿Sabe? —dijo Landon—, Austen tiene razón sobre el asunto del halcón. Las leyes de protección de rapaces son increíblemente punitivas. La multa puede llegar a cien mil dólares, más un año de prisión. Le saldría más barato pegarle un tiro a un vecino molesto.

Gurney no dijo nada.

Landon apuró su copa.

—Este coñac no está nada mal. —Estudió el fondo de su vaso vacío un buen rato—. ¿Algún progreso en el caso?

—Las cosas se están aclarando un poco.

—¿Falta poco?

—Nos estamos acercando.

—Es bueno oír eso. Si hay algo que pueda hacer para ayudar…

—Gracias. Se lo agradezco. Se lo haré saber.

—¿Cómo pinta para Richard?

—Mejor que antes.

Landon pareció sorprendido.

—¿Le apetece otro coñac?

—Ahora no, gracias.

—Bueno. Muy bien. Manténgase caliente si puede. Después de todas las advertencias falsas, me temo que al final se nos viene encima la gorda. Es muy probable que el que esté aquí mañana tenga que quedarse una semana. —Hizo una pausa, lanzando una mirada de preocupación a Madeleine—. Bueno. Discúlpenme. Creo que haré unas llamadas, por si acaso nuestros temperamentales generadores se caen durante la tormenta. Disfruten del fuego. Hasta luego. —Se marchó levantando la mano en una suerte de saludo.

Madeleine estaba con las palmas hacia el fuego. Gurney se acercó a ella. Su tono era más suave que sus palabras.

—Maddie, ¿qué demonios estabas haciendo en el hielo?

—No creo que pueda explicarlo.

—Cuéntame lo que puedas.

—Solo salí a tomar el aire, como te dije.

—Pero entonces caminaste hacia el hielo.

—Sí.

—¿En qué estabas pensando?

—Estaba pensando que en mi mente, en mi recuerdo, siempre estoy en la orilla.

—¿En la orilla del lago Grayson?

—Sí.

—¿Así que decidiste entrar caminando en el hielo?

—Sí.

—¿Eso era algo que Hammond te había sugerido?

—No. No había ningún plan. Estaba de pie en la puerta del hotel. Miré hacia el lago. De repente, quería estar allí más que en la orilla.

—¿Allí como Colin?

—Tal vez. Tal vez quería sentir lo que él sintió.

62

La dulce y atenta Jane

A pesar del fuego intenso, el gemido del viento en la chimenea creaba una atmósfera triste en el Salón del Hogar. Aquello hizo que la perspectiva de retirarse a su habitación llena de micrófonos hasta les pareciera atractiva.

Cuando estaban pasando por recepción, Madeleine se detuvo junto a la gran puerta de paneles de cristal.

—¿Es cierto eso del halcón?

—¿Que pueden meterte en la cárcel por dispararle?

Se planteó explicarle qué sentido tenían aquellas penas extremas para delitos a cuyos infractores raramente se les detiene. Pero se limitó a decir:

—Es muy improbable.

Pensar en los disparos le trajo la imagen de la pluma arrancada que había caído dando tumbos.

—Espera un minuto. Quiero ir a buscar algo.

Al abrir la puerta, Gurney se encontró con una ráfaga de aire gélido, pero cruzó el camino corriendo y llegó hasta el lugar del lago donde recordaba haber visto caer la pluma. Seguía allí, sobresaliendo de la nieve recién caída, lo justo para resultar visible. La cogió y se apresuró a volver al hotel, donde la examinó brevemente: un fragmento de cola rojiza con una pluma destrozada. Se la guardó en el bolsillo y subieron a la habitación.

Justo antes de entrar en la *suite*, pidió a Madeleine que buscara en el iPad una selección musical movidita: debía llamar a Hardwick para terminar su conversación interrumpida, y quería hablar con libertad.

Ella eligió un concierto de piano atonal cuyo movimiento *agitato* podría sofocar hasta el ruido de un tiroteo. Gurney se sentó en el sofá, encendió la lámpara de la mesa para realzar la luz gris que llegaba de las ventanas e hizo la llamada.

Hardwick contestó al primer tono.

—¿Qué demonios es ese ruido?

—Es arte, verdad y belleza, Jack. ¿Cómo están las carreteras?

—Como cerdos engrasados. ¿No estabas hablando conmigo? ¿Qué cojones te ha pasado?

Gurney no hizo caso del exabrupto de rigor. De hecho, no hacer caso formaba parte del ritual.

—Estábamos hablando de lo extraño que era ver a todos esos tipos mordiendo el polvo mientras su pretendida víctima permanecía sana y salva. ¿Tienes alguna idea sobre eso?

—Sí. ¿Estás escuchando?

—Estoy escuchando.

—Cae más o menos en la categoría de lo contraintuitivo, pero tiene sentido.

—Vale. ¿Qué es?

—Jane Hammond.

—¿Qué pasa con ella?

—Estoy pensando que la dulce y atenta Jane podría haberse cargado a las cuatro víctimas. O al menos a tres.

Gurney esperó.

—¿Sigues ahí?

—Estoy esperando la parte que tiene sentido.

—Simple. Digamos que había una conspiración para urdir un caso sucio contra Richard, para chantajearle. Y supón que Jane lo descubrió. O quizá los chantajistas se pusieron directamente en contacto con ella. Le contaron que estaban planeando una gran demanda por mala praxis. Insinuaron que un acuerdo generoso fuera de los tribunales sería bueno para el interés de todos.

—¿Y entonces?

—Y entonces la dulce Jane entró en modo mamá osa protectora y decidió que los únicos chantajistas buenos eran los chantajistas muertos. Y ningún crimen, por sangriento que sea, sería en realidad un crimen si suponía salvar a su precioso hermano de unos malvados depredadores.

—¿Realmente ves a Jane cometiendo estos asesinatos?

—Mamá osa no tiene límites.

Gurney trató de imaginárselo.

—Entiendo el móvil. Pero no veo claro lo de los medios y la oportunidad. ¿Estás diciendo que ella pensaba que Ethan formaba parte de la conspiración y también lo mató?

—No puedo decir eso todavía. El papel de Ethan continúa siendo un misterio.

—Pero ¿por qué lo de los sueños?, Si estaba tratando de proteger a Richard, ¿por qué hacerlo de una manera que lo arrastraría más?

—Quizá trataba de crear escenas de suicidios creíbles. Tal vez pensaba que, si esos tipos soñaban con dagas, sería lógico que pareciera que se cortaban las venas con dagas.

—¿Te estás escuchando, Jack? ¿De verdad te imaginas a Jane Hammond recorriendo el país (Nueva Jersey, Long Island, Florida) drogando a esos tipos y cortándoles las venas? Y si hizo todo eso, ¿por qué estaría tan ansiosa por tenernos a ti y a mí escarbando y tratando de entenderlo todo?

—Esa última pregunta es fácil. No habría anticipado la dirección que tomaría la investigación oficial. ¿Quién coño iba a esperar que un detective se obsesionara con eso del suicidio inducido por un trance? Nadie. Así pues, cuando resultó que Fenton lo volvió todo contra Richard con ese concepto absurdo, ¿qué demonios iba a hacer? Creo que nos involucró para sacarlo del agujero en el que ella misma lo había metido. Aceptó el riesgo de que podría terminar pagando el precio. Sería mejor que ver a su hermano acusado por lo que ella hizo. Eso le haría saltar todos los circuitos.

—Estás defendiendo la hipótesis con entusiasmo, Jack, pero… —Se detuvo a media frase por el sonido, apenas audible detrás de la música, de la ducha al cerrarse.

¿Otra vez? ¡Joder! Primero una sucesión interminable de baños. Ahora, duchas.

—¿Estás ahí, campeón?

—¿Qué? Claro. Solo estaba pensando. Repasando lo que estabas diciendo.

—Sé que no hay nada preciso. Hay trozos y fragmentos que siguen sin encajar. La idea se me ha ocurrido hace solo veinte minutos. Hay que pensarla más. Pero a lo que voy es a que Jane, la cuidadora adorable, no debería tener un salvoconducto. Solo porque hable como una trabajadora social no significa que no pudiera cortar unas cuantas muñecas, dadas las circunstancias adecuadas.

Gurney no acababa de ver clara la hipótesis de que Jane fuera la asesina, pero no dijo nada más. Prefería tratar aspectos del caso que parecían más prometedores. Pero antes de que tuviera ocasión de hacerlo, su amigo dio en el clavo:

—¿Cómo es que tu mujer está tan desquiciada con todo esto?

63

Un éxito sangriento

$\mathcal{G}$urney no estaba seguro de cuánto contarle a Hardwick. O si quería revelar algo. Se volvió en el sofá y vio a través de la puerta abierta del cuarto de baño que Madeleine seguía en la ducha.

—¿Estás ahí, campeón?

—Estoy. ¿Crees que parece preocupada?

—El aspecto, cómo habla, cómo actúa. No me digas que no te has fijado. No es nada tan sutil. Parece extraño en una mujer como ella, con todo lo que ha pasado a tu lado. Por eso me preguntaba por esa expresión de ciervo atrapado en los faros.

Gurney hizo una pausa. Odiaba pensar en eso. Miró a su alrededor, buscando una salida, algo que le inspirara. Terminó mirando el retrato de Harding. Un hombre que jamás quiso enfrentarse a nada.

Suspiró.

—Larga historia.

Hardwick eructó.

—Todo es una larga historia. Pero cada historia tiene una versión corta, ¿no?

—El problema es que no es mi historia. No creo que deba contarla.

—¿Así que me estás diciendo que no solo está jodida, sino que está jodida con un secreto?

—Algo así.

—¿Ese secreto suyo está afectando a lo que estamos tratando de hacer?

Gurney vaciló. Le contaría algo, pero sin ser demasiado explícito.

—Ella pasaba sus vacaciones de Navidad con unos parientes en las Adirondack. El último año que estuvo aquí ocurrió una tragedia. Está enfrentándose a recuerdos difíciles.

—¿Quizá deberías llevarla a Vermont? ¿O a casa?

—Ella quiere conseguir alguna clase de cierre aquí. Y quiere que «salvemos» a Hammond.

—¿Por qué?

—Creo que para compensar... Por alguien que no se salvó... hace mucho tiempo.

—Eso suena jodido.

Gurney vaciló. Finalmente, decidió abrir una puerta que había decidido dejar cerrada hacía tiempo.

—Está viendo cosas.

—¿Qué clase de cosas?

—Un cadáver. O quizás un fantasma. No está segura.

—¿Dónde lo vio?

—En la bañera.

—¿Estás de broma?

—No.

Silencio.

—¿Algún cadáver en particular?

—Alguien de su pasado. Su pasado en Adirondack.

—¿Alguien relacionado con la tragedia?

—Sí.

—¿Y ella piensa que salvar a Hammond compensará lo que sucedió entonces?

—Creo que sí.

—Mierda. Eso no suena como la Madeleine que conozco.

—No. No es propio de ella en absoluto. Está atrapada en... No sé... No sé...

—¿Qué quieres hacer?

—Quiero entender lo que está pasando. Llegar a la verdad. Sacar a Madeleine de ahí.

Miró hacia el cuarto de baño, la vio de pie en la ducha, detrás de la puerta de cristal cubierta de vapor. Se dijo a sí mismo que eso estaba bien: el poder curativo y primigenio del agua caliente.

—Entonces..., aparte de que entregue el pequeño tubo negro a Wigg, ¿tienes un próximo paso *in mente*?

—Tengo una pregunta.

—Ya tenemos una tonelada de preguntas.

—Quizá no son las adecuadas. Acabamos de perder cinco días preguntándonos cómo cuatro personas podían haber tenido el mismo sueño. Pregunta equivocada. La pregunta adecuada habría sido: «¿Por qué tres personas dijeron que habían tenido el mismo sueño y por qué una persona escribió los detalles de ese sueño?». Porque, más allá de sus propias afirmaciones y de las convicciones de Gilbert

Fenton, nunca hubo ninguna prueba de que soñaran nada. Supusimos que los informes de las pesadillas eran veraces. Y como los tipos en cuestión murieron, aparecieron como víctimas, no como depredadores. Nunca se nos ocurrió que podían ser las dos cosas. No quiero caer en un error como este otra vez.

—Entiendo lo que dices. La cagamos. Así pues, ¿cuál es tu pregunta?

—Mi pregunta es… ¿estamos ante un fracaso o un éxito?

Se oyó el claxon de un coche, seguido por la voz aullante y truculenta de Hardwick:

—Muévelo, capullo.

Al cabo de un momento, había vuelto al teléfono.

—¿Fracaso o éxito? ¿Qué coño significa eso?

—Simple. Tu propia hipótesis sobre Jane la asesina es una hipótesis de fracaso. Implica pensar que las sesiones con Richard, junto con los posteriores relatos de pesadillas, fueron elementos planeados de una conspiración de chantaje, pero que las muertes no formaron parte del plan. En tu hipótesis, que a Richard lo culparan de los asesinatos es una consecuencia no querida de que Jane matara a los chantajistas. Conclusión, estás describiendo una conspiración fallida, cuyo final es irónico, pues la pretendida víctima de los chantajistas se convierte en víctima de la policía. Todo el mundo pierde.

—¿Y qué?

—Solo por discutir: en lugar de fracaso, supongamos que estamos contemplando un éxito.

—¿Cómo este desastre puede verse como un éxito?

—Sería un éxito si todo lo ocurrido responde a un plan. Supón que los falsos suicidios fueron el plan desde el primer día.

—¿El plan de quién?

—El plan de la persona que llamó a Muster, Balzac y Pardosa y los convenció para reunirse con Richard.

—¿Vendiéndoles la fantasía de un plan de chantaje que los haría ricos a todos?

—Sí.

—¿Cuando, en realidad, era un plan para matarlos?

—Sí.

—Pero ¿qué hay de la implicación de los espías de alto nivel? ¿Los dispositivos de vigilancia avanzados? ¿Las advertencias de Wigg de que nos apartemos? ¿Qué demonios es todo eso?

—He de comprender mejor las cuatro muertes antes de ocuparme de eso.

—Tengo mi propia idea de esas muertes. ¿Quieres oírla ahora o después?

—Ahora.

—No te ha encantado mi teoría de la Jane asesina, pero esta es más fuerte. Sigue asumiendo la trama del chantaje. Pero los chantajistas no se acercaron a Jane. Fueron directamente a Richard.

—¿Y?

—Y él los mata.

—¿A Ethan también?

—A Ethan también.

—¿Por qué?

—Por el dinero. Para conseguir los veintinueve millones de dólares antes de que Ethan pudiera cambiar el testamento otra vez a favor de Peyton. Ese es el elemento con el que creo que Fenton podría tener razón.

—Parece un poco más factible que tu versión de Jane.

—Pero…

—Pero va contra nuestro instinto, que nos dice que Richard es inocente. Además, deja grandes preguntas sin responder. ¿Quién preparó el plan de chantaje? ¿Cómo encaja eso con el relato del sueño escrito por Ethan? ¿Para quién lo escribió y por qué?

—Hasta donde puedo ver, tu teoría tampoco responde a esas preguntas.

—Creo que lo hará, si seguimos un poco más con ella.

—Marca el camino, campeón. Tengo la mente abierta.

—Para empezar, si vemos lo que ocurrió como algo bien planeado que resultó exactamente del modo previsto, eso significaría que Ethan y los otros tres hombres eran todos objetivos desde el principio. Objetivos del mismo asesino, pero probablemente por razones diferentes.

—¿Cómo llegas a eso?

—Muster, Balzac y Pardosa parecen haber sido cómplices de la persona que lo planeó todo (explicando esa historia de la pesadilla) hasta que se convirtieron en víctimas. Ethan, en cambio, parece haber sido manipulado para que escribiera el relato de la pesadilla, probablemente para que pareciera más relacionado con los otros tres de lo que de verdad estaba y para que se pensara que murió por la misma razón que ellos.

—He estado pensando en esta idea tuya del dictado, y hay un problema con eso. Le diste a Madeleine el mensaje que ella te dictó para que ella pudiera enviárselo a su hermana, ¿no? Eso es lo que se haría normalmente. Entonces, ¿por qué Ethan iba a guardarse lo que escribió?

—Me estaba preguntando eso yo también. Se me han ocurrido dos respuestas.

—Típico de ti. Dos siempre es mejor que una, ¿no?

Gurney no hizo caso del comentario.

—Una posibilidad es que se dictara por teléfono. La otra es que Ethan le diera el escrito a la persona que se lo dictó, que volvió a ponerlo en su oficina después de matarlo.

—Hum.

—¿No te convence la explicación?

—Ningún fallo, todo muy lógico. Pareces haber ordenado una pila de mierda imposible en una secuencia creíble de motivos y acciones. Muy razonable.

—Pero ¿no estás seguro de que sea cierto?

—Cualquier cosa puede ser lógica, pero que lo sea no la hace real. ¿Cómo propones que pasemos de toda esta lógica a atrapar al cabrón que está detrás de todo?

—En teoría, hay dos maneras.

—Naturalmente. ¿Y cuáles son?

—Está la forma larga, segura y metódica. Y la forma corta y arriesgada.

—Así que vamos a hacerlo de la segunda manera, ¿me equivoco?

—Por desgracia, no te equivocas. Carecemos de los recursos de personal sobre el terreno para hacerlo bien. No podemos interrogar a todos los huéspedes y empleados del hotel que estuvieron aquí el día que Ethan murió. No podemos ir a West Palm, Teaneck y Floral Park y hablar con todos los que conocían a Muster y Balzac y Pardosa. No podemos encontrar e interrogar a todos los que asistieron o trabajaron en Camp Brightwater. No podemos hacer un peinado fino de…

—Muy bien, muy bien, ya lo he entendido.

—Y la limitación más grande de todas es la falta de tiempo. El tiempo es un problema enorme. Fenton y la gente que tira de sus hilos están a punto de tomar medidas serias para sacarme de aquí. Y no es bueno para Madeleine seguir en este lugar. De hecho, es muy malo que siga aquí.

Se volvió en el sofá y miró al cuarto de baño. Madeleine continuaba en la ducha. Trató de convencerse de que era una buena señal, algo restaurador.

—Muy bien, Davey, lo entiendo. La opción larga y segura no es una opción. Está descartada. Nunca fue una opción. Así pues, ¿cuál es la forma corta y arriesgada?

—Lanzar una piedra, que el avispero se alborote y ver qué pasa. Odio decirlo, pero esa podría ser nuestra única opción.

—Suena jodidamente irresistible. ¿Y dónde está el avispero? ¿En qué clase de alboroto estás pensando?

De repente, la comunicación se cortó.

—¿Jack? ¿Estás ahí? ¿Jack?

Al parecer, Hardwick había entrado en otra zona sin cobertura.

64

Demasiadas buenas razones para matar

*C*uando en su mente se acumulaban preguntas sin responder, Gurney solía recurrir a hacer listas.

Mientras Madeleine salía por fin de lo que él calculaba que era su décima inmersión en agua en cuatro días, Dave sacó una libreta de su mochila. Se sentó en el sofá y empezó a escribir las cosas que creía que sabía sobre las muertes y la mente que había detrás de ellas.

Apuntó los hechos de los que le habían hablado Angela Castro, los padres de Steven Pardosa, Moe Blumberg, Kimberly Fallon, el investigador jefe Fenton, el reverendo Bowman Cox, el teniente Darryl Becker del Departamento de Policía de Palm Beach y el detective del Departamento de Policía de Teaneck con el que había contactado Jack Hardwick, además de las conclusiones que creía que apoyaban esos hechos. A continuación, creó una lista de lo que consideraba las preguntas sin respuesta fundamentales. La segunda lista era más larga que la primera.

Después de revisar todo lo que había escrito, decidió compartirlo con Hardwick. Abrió su portátil, copió la lista en un mensaje y se lo envió.

Estaba echando otro vistazo a sus hojas manuscritas, para asegurarse de que no se había saltado nada importante, cuando Madeleine se acercó al sofá envuelta en una toalla.

Decidió compartir con ella sus avances en el caso, por las quejas que antes le había formulado. Le habló de su convicción respecto a que aquellas pesadillas no eran sueños que nadie hubiera experimentado en realidad, sino elementos de una trama compleja; le contó que la pesadilla de Ethan se la habría podido dictar otra persona.

Madeleine le escuchó al principio con el ceño fruncido de escepticismo, que cambió lentamente a una expresión de interés real y, al final, a una especie de repugnancia.

—¿Crees que está todo mal? —preguntó.

—No. Creo que está bien. Pero me pregunto qué clase de persona podría urdir un plan tan espantoso. Tanta inteligencia, tanta mentira, tanta frialdad. Tanta crueldad.

—Estoy de acuerdo.

Había una gran diferencia entre ellos: Madeleine veía todo aquello como algo horrible, lleno de maldad y repulsivo, mientras que para él aquello era un desconcertante puzle por resolver.

Con desagrado, ella observó los papeles que había encima de la mesa.

—¿Qué es todo eso?

—Preparación —dijo.

—¿Para qué?

—Necesito hacer que ocurra algo, sacudir un poco el manzano. Estoy organizando todo lo que sé y lo que no sé del caso. Quiero que me sirva de guía para darle al asesino la sensación de que sé lo que está pasando. Pero quiero pisar terreno sólido. Si la cago, se sentirá a salvo. Quiero que se sienta amenazado.

—Pero sigues sin tener ni idea de quién es o de cuál es su motivo último.

—Sí, esa parte es complicada. Desde un punto de vista económico de *cui bono*, el único capital significativo es el de Ethan, y los únicos beneficiarios significativos son Peyton y Richard... Además, de Jane, por supuesto, en la medida en que está implicada en la vida de Richard.

—Diría que su implicación con él es absoluta y dañina.

Gurney asintió con la cabeza.

—Un móvil económico podría explicar el asesinato de Ethan, pero no funciona con los otros tres. Por otro lado, un móvil relacionado con Brightwater podría explicar esos tres, pero no funciona para Ethan.

—Entonces supongo que el que los mató tuvo más de un motivo.

Gurney asintió. Era una conclusión bastante simple. Obvia, en cierto modo.

Móviles diferentes para víctimas diferentes.

Desde su última conversación con Hardwick, aquella idea había empezado a ganar fuerza. Recordó un asesinato masivo, en un asunto de bandas; un caso en el que trabajó poco después de que le nombraran detective de Homicidios.

A primera vista, y era una primera vista sangrienta, parecía ser un enfrentamiento típico entre traficantes de drogas que luchaban por hacerse con el dominio de un territorio. Una facción en alza de la banda había controlado una casa de vecinos abandonada en el borde del territorio de una facción rival. Toda una provocación.

Cierta noche de julio, en la casa había cuatro miembros de la banda con metralletas. Un grupo de tres hombres de la facción rival, armados de manera similar, invadieron el edificio y entraron tras echar la puerta abajo. Menos de treinta segundos más tarde, seis de los siete tipos habían muerto. Uno de los asaltantes escapó a pie.

Después de un primer examen de los cuerpos destrozados, de aquel suelo empapado de sangre y de las paredes llenas de agujeros de bala, el compañero de Gurney en ese momento (un detective llamado Walter Coolidge) decidió que aquello era solo otro tiroteo en el que todos habían perdido. Incluso si alguien había tenido suficiente suerte para escapar, probablemente acabaría mal la siguiente vez.

Gurney se ocupaba de los interrogatorios de rigor; la rutina al principio de cualquier investigación de homicidios. Esa noche llamó al timbre de una mujer negra, menuda y nervuda, de mirada enérgica y oído fino, que insistía en que sabía exactamente lo que había oído y cómo lo había oído.

Describió una ráfaga de ametralladora que duró nueve o diez segundos, producida, aseguró, por tres armas similares. Eso fue seguido por unos diez segundos de silencio. Después, una segunda ráfaga, que duró siete u ocho segundos. Estaba segura de que la segunda ráfaga la había producido una sola arma.

Gurney se lo contó a Madeleine mientras ella seguía sentada en el brazo del sofá. Parpadeó, confundida.

—¿Cómo demonios sabía eso?

—Eso mismo le dije yo. Y ella me preguntó cómo demonios podría haber tenido éxito como batería de jazz si ni siquiera podía distinguir entre uno y tres instrumentos.

—¿Era batería en una banda de jazz?

—Lo había sido. Cuando hablé con ella, era organista de iglesia.

—Pero ¿qué tiene que ver…?

—¿Tiene que ver con motivos múltiples para un asesinato? Llegaré a eso. La cuestión es que la secuencia de disparos me hizo pensar. La ráfaga de tres armas para empezar. El silencio. La segunda ráfaga de un arma. Todos los participantes menos uno terminaron muertos. Insistí en un análisis concienzudo de la escena del crimen, análisis de trayectorias, balísticos y médicos. Y pasé un montón de tiempo hablando con pandilleros locales. Al final surgió un nuevo escenario.

Los ojos de Madeleine se iluminaron.

—El tipo que se fugó al final los mató a todos, ¿no?

—En cierto modo, sí. Cuando el grupo invasor irrumpió en el apartamento pillaron a la banda rival por sorpresa. Abrieron fuego con sus tres ametralladoras Uzi; en un momento, todo el trabajo oficial que habían venido a hacer estaba hecho. Pero un miembro del grupo, Devon Santos, tenía otras preocupaciones. En el interior de las bandas también hay luchas por ocupar un lugar más alto en el escalafón. Y uno de sus compañeros en el grupo de asalto aspiraba al mismo puesto que él. Así que después de acabar con los rivales, Devon se acercó al muerto más cercano, cogió su AK-47, se volvió y se cargó a su competidor, así como al hermano de banda que había sido testigo de lo que acababa de hacer. Luego volvió a poner el arma en las manos del muerto y salió zumbando de allí.

—¿Cómo podías estar seguro de que fue eso lo que ocurrió?

—Balística descubrió que esos dos tipos murieron a consecuencia de los disparos de una AK-47 que estaba en manos de un tipo que no tenía restos de pólvora en ellas. No pudo haber disparado el arma. El resto salió de un análisis de las heridas de entrada y salida. El último elemento convincente fue el intervalo entre las dos ráfagas de disparos, los diez segundos durante los cuales Devon se aseguró de que la otra banda había caído del todo y fue a buscar el AK-47.

Madeleine lo miró, reflexiva.

—Entonces tu argumento es que Devon tenía más de un motivo. Fue a aquella casa para eliminar al enemigo. Pero también para acabar con la amenaza de un competidor en su propia banda.

—Exacto. Y mató a uno de sus compañeros de banda para mantener en secreto que había matado al otro. Así que, en realidad, tenía tres motivos que variaban según la víctima. Para Devon, todas aquellas eran buenas razones para matar a gente.

—Y se habría salido con la suya de no ser por ti.

—De no ser por una testigo con un oído muy fino para la percusión.

Madeleine insistió.

—Pero no todos los polis habrían captado el significado de lo que dijo esa mujer. Y no todos habrían tomado el camino que tú seguiste.

Gurney miró con inquietud su cuaderno de papel amarillo.

El elogio tenía una contrapartida: aumentaba su temor al fracaso.

65

El mordisco de la araña

—*F*elicidades, campeón. He vuelto al país de la cobertura. ¿Qué demonios es ese ruido?

—Un concierto de piano atonal que nos protege de la vigilancia de audio.

—Suena espantoso.

—¿Has mirado tu correo?

—Si te refieres a esas listas penosas de semihechos y preguntas abiertas, las he recibido. También tengo una noticia que podrías añadir a tu lista de hechos.

—Ah.

—Una noticia de la radio. Un niño en un parque temático de Florida murió por la mordedura de una araña. Normalmente, esa araña no es tan peligrosa, pero este chico tuvo alguna clase de reacción alérgica. No ayudó que la araña estuviera en algo que el chico se estaba comiendo. El puto bicho mordió la lengua del chaval. Se le hinchó la garganta. Se asfixió. Joder. Ni siquiera quiero pensar en eso.

—Yo tampoco, Jack. ¿Y qué tiene esto que ver con...?

—Esa pequeña y desagradable noticia nos ha traído un regalo retrasado de la diosa fortuna.

—¿Qué significa?

—Pardosa.

—¿De qué estás hablando?

—Esa era la especie. El nombre de la araña. Era una araña Pardosa.

—¿Crees que Steven descubrió que su apellido era el nombre de la especie de araña y adoptó Araña como apodo?

—O alguno de sus colegas de Brightwater lo sabía y le puso esa etiqueta. O algún capullo del instituto empezó a llamarlo Stevie Araña. ¿Quién coño lo sabe? La cuestión es que tiene que ser más que una coincidencia.

—Leo el León, Muster la Mustela, Pardosa la Araña...

—Solo queda un capullo. El Lobo.

—Sí.

—Lástima que no sea Ethan. Eso habría cerrado el círculo limpiamente.

—Habría.

—Con un poco de suerte, la identidad del Lobo caerá en nuestro regazo como la de la Araña.

—Tal vez.

—Vale, Sherlock, cruza los dedos. Puede que estemos en racha. Te llamaré otra vez después de que vea a Wigg.

Lo de Pardosa era una buena noticia. Mantener los dedos cruzados, no obstante, era algo que nunca haría. No le gustaba eso de la suerte. Al fin y al cabo, no era más que una mala interpretación de la probabilidad estadística. O un término estúpido que se aplicaba cuando ocurría algo que se deseaba. Incluso para la gente que creía en ella, había una verdad desagradable en la suerte.

Inevitablemente, se agotaba.

Madeleine había aprovechado la llamada para vestirse. Se acercó al sofá, para que pudieran hablar por debajo de la música.

—Parece que estás progresando de verdad.

—Podríamos estar acercándonos.

—¿No estás contento con eso?

—Necesito que ocurra más rápido.

—Antes has dicho que querías que el asesino se sintiera… ¿amenazado?

—Sí. Dándole la idea de que conozco sus secretos. Por eso hice esas listas, para que me ayuden a decir lo que sé sin arriesgarme a cometer un error. Un error le haría saber que estoy en el camino equivocado y ahí se vendría abajo la estrategia.

Madeleine frunció el ceño.

—En lugar de preguntarte cuánto puedes decir, quizá deberías averiguar lo poco que puedes decir.

—¿Por qué?

—El temor crece en la oscuridad. Solo entreabre una puerta. Deja que imagine lo que podría haber del otro lado.

—«Solo entreabre un poco la puerta.» Me gusta.

—Tu plan es dejar que oiga algo a través de uno de los micrófonos, algo que lo inquiete.

—Sí. Si alguien piensa que está oyendo algo que tú no querrías que oyera… Bueno, eso le daría una enorme credibilidad. Una ilusión nos dice que cualquier cosa que uno quiere mantener en secreto ha de ser cierta. Por eso dejé los micrófonos en su sitio. No hay arma mejor para utilizarla contra quien los puso.

—¿Cuándo vas a hacerlo?

—En cuanto pueda. Tengo la sensación de que Fenton está a punto de detenerme por obstrucción a la justicia.

El tic en la mejilla de Madeleine era aún más evidente.

—¿Puede hacer eso?

—Puede. No se sostendría, pero dificultaría mucho las cosas. La única forma que tengo de neutralizarlo es demostrar que la teoría de la pesadilla fatal es absurda. Solo hay un camino: identificar al asesino y saber por qué lo hizo. Averiguar cuáles fueron sus motivos, en plural, porque estoy seguro de que hay más de uno.

—¿Como Devon Santos?

—Sí, muy parecido.

66

La trampa

$\mathcal{A}$ Gurney no le gustaba tomar decisiones rápidas. Generalmente prefería dejar reposar sus ideas y ver si tenían sentido a la luz de un nuevo día.

Pero no había tiempo para eso.

Con la música sonando a todo volumen en el iPad de Madeleine, le explicó su plan, elaborándolo mientras hablaba.

Se sentarían en el Outback y allí grabarían una conversación que luego reproducirían en la *suite*. Eso les permitiría crear la impresión de que estaban presentes y en situación vulnerable cuando, de hecho, estarían en otra parte, en un lugar seguro desde el cual podrían observar a cualquiera que se acercara a la *suite*.

Durante su conversación, lanzarían la piedra al avispero.

La conversación debería ser lo más natural posible, como si estuvieran en la *suite*, sentados en el sofá delante de la chimenea. Tendría que basarse en sus conversaciones reales sobre la naturaleza y el propósito de los asesinatos, pero Madeleine debería seguir la corriente a Gurney en relación con los puntos específicos que discutir y cuánta información deberían divulgar. Ella tendría que expresar curiosidad, ansiedad, irritación, incluso la rabia que sintiera en el momento, porque nada hacía más creíble una conversación preparada que los arrebatos de emoción impredecibles. Ella tendría que insistir para que le contara más acerca de sus progresos y qué pretendía hacer a continuación. Al principio, él se resistiría, pero al final respondería lo que fuera necesario para inquietar al asesino. Ese era el plan. No había más.

Gurney esperó cualquier pregunta u objeción que su mujer pudiera tener, pero le sorprendió descubrir que no tenía ninguna, o ninguna que quisiera expresar. Madeleine parecía decidida a representar el papel que había preparado para ella.

Quince minutos más tarde estaban vestidos con su ropa de esquí y sentados en los asientos delanteros del Outback. Gurney puso su *smartphone* en modo grabación y lo colocó sobre la guantera.

Sonando cansada y tensa (a sugerencia de Gurney), Madeleine fue la primera en hablar.

—¿Quieres que encendamos el fuego?

—¿Qué? —Gurney parecía preocupado, enfadado porque había interrumpido sus pensamientos.

—Un fuego.

—¿Qué pasa con el fuego?

—¿Que si quieres que lo encendamos?

—No lo sé.

—Es lo bastante inhóspito para hacerlo.

—¿Qué es inhóspito?

—El clima gris. El granizo. La nieve. El viento. Esta habitación miserable.

—Hum.

—¿No crees que un fuego ayudaría?

—Tal vez. Claro. ¿Por qué no?

—Bueno, pues, ¿quieres o no?

—Sí. Muy bien. Pero no ahora.

—¿Cuándo?

—Por el amor de Dios, tengo otras cosas en la cabeza.

Silencio.

—¿Quieres que haga yo el fuego? —preguntó Madeleine.

—Ya lo haré yo, ¿de acuerdo? Solo estoy repasando una cosa…, asegurándome de que tengo razón.

—¿Razón en qué?

—En toda la cuestión del móvil.

—¿Crees que sabes por qué los mataron? ¿Y quién los mató?

—A todos los mató la misma persona, pero no por la misma razón.

—¿Ahora sabes quién está detrás de todo?

—Estoy casi seguro.

—¿Quién?

Gurney no respondió.

—¿Quién?

Siguió sin responder.

—Dímelo.

—Antes de que te lo diga a ti o a quien sea, tengo que hacer una cosa más.

—No lo entiendo. Si sabes quién es el asesino, dímelo.

—Necesito comprobar mi lógica con Hardwick. Esta noche. Cuando vuelva de Albany.

—¿Él sabe quién es el asesino?

—No. Acabo de descubrirlo. Al menos creo que lo he descubierto.

Hubo otro silencio.

—David, es absurdo que no me cuentes quién es.

—Primero necesito repasar esto con Jack. He de estar seguro de que tiene sentido para él. Te lo contaré esta noche. Solo otras cuatro o cinco horas, nada más.

—¡Es estúpido! Si lo sabes, ¡dímelo ya!

—Por el amor de Dios, Maddie. Ten paciencia. Unas horas más.

—¿No deberías llamar a la policía?

—Es lo último que querría hacer. Iría a parar a manos de Fenton. Y eso lo complicaría todo.

—Odio que hagas estas cosas. —La voz de Madeleine estaba cargada de rabia—. ¿No sabes cómo me hace sentir? —Hizo una pausa—. ¿Y qué si es una situación complicada? Creo que deberías llamar al cuartel general del DIC en Albany ahora mismo y contarles todo lo que sabes. —Hizo una pausa—. ¿Por qué no haces eso? ¿Por qué estas cosas tienen que terminar contigo enfrentado al criminal? Ya hemos pasado por esto antes, David. Dios sabe que hemos pasado por esto antes. Demasiadas veces. ¿Siempre has de convertir una investigación en el tiroteo de *OK Corral*?

—Pues si soy así, ¿qué le voy a hacer? ¿La verdad? La verdad es que no quiero que entre aquí la caballería del DIC con una flota de coches patrulla y helicópteros. La verdad es que quiero acabar con esta escoria yo mismo. Lo reconozco. Quizá soy retorcido. Pero ¿sabes qué? No hay nada en este mundo que me guste más que enfrentar mi ingenio con el de un oponente realmente listo, y luego pisarle las pelotas.

Temió haberse excedido con este último comentario, pero luego decidió que estaba bien: la clase de jactancia que podría provocar la discusión que estaban teniendo. Además, al mismo tiempo, podría empujar a su oponente a reaccionar con más emoción que inteligencia.

Por un momento, se preguntó si debería mencionar Brightwater o los apodos León, Araña, Lobo y Mustela, pero decidió seguir el consejo de Madeleine y decir lo menos posible. Había que dejar al que pudiera estar escuchando con más preguntas que respuestas. Dejar que el temor creciera en la oscuridad.

Cuando estaba empezando a pensar en la mejor manera de terminar su conversación, Madeleine añadió con voz enfadada:

—La misma vieja historia, una y otra vez. Siempre es cuestión de lo que quieres o no quieres, de tus objetivos, de tus compromisos, de tus prioridades. Nunca somos nosotros. ¿Qué pasa con nuestra vida? ¿Nuestra vida ocupa algún espacio en tu mente?

Dave se quedó perplejo. Había un fondo de verdad en sus palabras: en su día a día, siempre estaba eso del yo contra el nosotros. El detective frente al marido. Esperaba que la ira de Madeleine formara parte de la actuación. Al menos parecía espontánea y hacía que la conversación sonara creíble. Además, podría aprovecharlo para acabar la conversación.

Suspiró, de manera muy audible.

—Oye... No creo que sea el momento de hablar de eso..., no ahora mismo.

—No —soltó ella agriamente—. Por supuesto que no.

—Estoy un poco nervioso —concluyó Dave después de una breve pausa—, y anoche no dormí mucho. Voy a tomar uno de tus Valium y cerraré los ojos un rato.

Ella no respondió.

Gurney bostezó ruidosamente y apagó la función de grabación.

67

Lo mejor que podemos hacer

*Y*a en la *suite* trabajaron con rapidez. Ver que Madeleine coopera-
ba le convenció de que lo que había pasado en el coche formaba parte de la actuación. Quizá fuera una ilusión, pero ahora no había
tiempo para entretenerse con eso.

Madeleine sacó su teléfono del fondo del bolso, con el micrófono
tapado por una gruesa bufanda de lana. A propuesta de Gurney, lo
puso en una de las mesas auxiliares que había junto al sofá. Gurney
estaba convencido de que el dispositivo que había sustituido al micrófono original funcionaba como transmisor no solo de llamadas
telefónicas, sino de todo el audio circundante, tanto si el teléfono estaba en uso como si no.

Había decidido exponer su conversación grabada tanto al micrófono del teléfono como al del retrato de Harding. Suponía que uno
de ellos había sido colocado por el asesino y el otro por Fenton… o
por alguien que estaba por encima en aquella confusa jerarquía. Sabía que su suposición no era más que una suposición. Pero no veía
inconveniente en lanzar la piedra a los dos avisperos. Cuantos más
avispones aparecieran, mejor.

Recargó la Beretta, recolocando las dos balas que había disparado
al halcón, y se guardó la pistola en el bolsillo derecho de la chaqueta.
En el bolsillo izquierdo puso la más pequeña de sus dos linternas. Le
dio la más grande a Madeleine. Mientras estaba explicando cómo podía emplearse como un arma, llegó un mensaje de texto a su teléfono. Número oculto:

Bb770Ae
TellurideMichaelSeventeen
MccC919
LimerickFrancisFifty

Eso no tenía sentido. Más allá del hecho de que había ciertos elementos estructurales que se repetían, el significado de las secuencias de caracteres y palabras se le escapaba. Pero al menos el sonido le recordó que tenía que silenciar su teléfono.

Envió por correo electrónico el archivo de audio de su conversación del Outback al iPad de Madeleine. Cuando llegó, al cabo de un momento, colocó el iPad en la mesita de café.

Entonces escribió en su cuaderno amarillo: «Voy a poner tu iPad a reproducir lo que hemos grabado en el coche. Cuando empiece, sígueme al pasillo».

Madeleine asintió.

Dave seleccionó el archivo de audio y pulsó el icono de reproducir. Esperó hasta oír su comentario inicial: «¿Quieres que hagamos fuego?».

Hizo un pequeño ajuste de volumen. A continuación, hizo una seña a su mujer y salió de la *suite*. Cerró la puerta lo más silenciosamente posible.

Dave caminó por delante de Madeleine hacia el extremo del pasillo, apenas iluminado, y al rincón oscuro donde se encontraba la escalera que llevaba al desván. Abrió la puerta.

—Esperaremos aquí, donde no puedan vernos. Si alguien aparece en la *suite*, yo me encargaré. Lo único que tendrás que hacer es esperar aquí hasta que yo me ocupe de la situación. Vendré a recogerte en cuanto todo esté bajo control.

La tensión en la voz de Madeleine dejó claro que no la había tranquilizado del todo.

—Espera un momento. Esto… ¿Esto es todo?

—¿Qué quieres decir?

—Esto. Nosotros escondidos en la oscuridad. Esperando a que aparezca Dios sabe quién. ¿Es este el plan? Es como una película de terror: los adolescentes escondidos en el armario de la casa encantada.

Gurney no respondió de inmediato. Antes la estrategia le había parecido bastante sensata. Pero ahora todo empezaba a desmoronarse. Todo aquello tenía un punto de desesperación e improvisación, pero no tenían muchas opciones. El tiempo corría en su contra.

—David, dime una cosa. ¿Es este el plan? ¿Me escondo en un rincón oscuro mientras tú te enfrentas a un asesino en serie?

Durante un instante, estuvo a punto de corregirla: no estaban exactamente ante un asesino en serie, pero la vibración de su teléfono no le salvó de responder de aquella manera absurda.

Miró la pantalla. Era un mensaje de Hardwick.

Echa un vistazo a este SMS sin firmar que recibí hace unos minutos, presumiblemente de nuestra amiga tecnológica de Albany.

MAL MOMENTO PARA REUNIRNOS. PIDE A G LAS LLAVES DE LA CASA

¿Alguna idea de qué está hablando, salvo que no puede reunirse conmigo? ¿Qué llaves? ¿Qué casa? ¿Qué cojones? Estoy volviendo. Una tormenta del copón en camino.

¿Llaves? ¿Casa?

Por un momento, Gurney se sintió tan desconcertado por el mensaje que había recibido Hardwick como por el que había recibido él mismo.

Entonces vio la posible conexión; el posible significado.

Ambos textos habían llegado sin firmar por razones que no costaba mucho imaginar. El segundo, probablemente, se refería al primero. La «casa» podría ser el sitio web cerrado por el que le había preguntado. En ese caso, las «llaves» serían los nombres de usuario y las contraseñas del sitio, las secuencias alfanuméricas que ella le había enviado.

Abrió el mensaje que había recibido antes y miró otra vez las cuatro líneas.

Bb770Ae
TellurideMichaelSeventeen
MccC919
LimerickFrancisFifty

—¿Qué estás haciendo? —preguntó Madeleine mirando la pantalla del móvil.

Entre susurros le explicó su búsqueda de Internet para descubrir qué clase de dispositivo habían colocado en el techo del cuarto de baño.

Ella señaló al mensaje en la pantalla.

—¿Eso te lo dice?

—Son los datos de entrada para un sitio web que podría indicárnoslo.

Sacó una copia de su propio mensaje de correo a Wigg, con el número de serie del dispositivo y la dirección del sitio web al que le había conducido. Accedió a la página web con las cuatro casillas de entrada de datos e introdujo los dos identificadores alfanuméricos y las dos contraseñas. Al cabo de unos segundos, se abrió una nueva página en el sitio, que no consistía en nada más que una caja de entrada de datos y tres palabras: «introducir código instrumento».

Copió el número de serie del dispositivo del mensaje de correo electrónico que había enviado a Wigg y lo pegó.

Se abrió una nueva página. En lo alto había una foto reconocible del aparato. Debajo vio una tabla de abreviaturas científicas densas, símbolos matemáticos y cifras que suponía que serían especificaciones electrónicas y parámetros de rendimiento. Los términos que encabezaban las filas y columnas le resultaban tan desconocidos que ni siquiera sabía de qué rama de la tecnología procedían.

Estaba a punto de renunciar a cualquier intento de comprender lo que estaba mirando cuando localizó una palabra simple en la esquina inferior derecha de la tabla: COMPARAR.

Hizo clic sobre esa palabra.

Se abrió otra página con otra tabla densa. Parecía ser una comparación de las especificaciones de varios dispositivos. Esta página tenía un titular: VISUALIZACIÓN PSEUDOVOLUMÉTRICA POTENCIADA CON MICROLÁSER.

Madeleine miraba la pantalla con la misma intensidad que él.

—¿Qué significa eso?

—No tengo ni idea. —Copió el titular y lo pegó en una nueva pantalla de búsqueda.

No surgió nada que encajara con todos los términos del titular. Más de un millón de resultados cumplían con al menos uno de los términos; una montaña de datos inútiles, considerando la presión del momento.

Guardó el titular, cerró el navegador y empezó a escribir un mensaje de respuesta a Hardwick. Incluyó la dirección del sitio web, los nombres de usuario y contraseñas, así como aquel titular abstruso. Le pidió que lo investigara. También le explicó qué estaban haciendo Madeleine y él.

Leyó el mensaje, suspiró y lo envió.

Madeleine le puso una mano en el brazo.

—¿Estás seguro de que esto es lo que deberíamos estar haciendo?

Eso le hizo tener aún más dudas.

—No puedo decir que esté seguro de nada. Pero no creo que tengamos tiempo para otra cosa. Sospecho que la piedra sacará una avispa o dos. Podría ser nuestra única oportunidad de llegar a la verdad. —Entonces añadió con cierto desasosiego—: Y nuestra única oportunidad de salvar a Richard.

Abrió la puerta de la escalera del desván y examinó aquel lugar polvoriento con su linterna. No vieron ni oyeron nada raro, por lo que se sentaron en uno de los escalones más bajos, uno al lado del otro, en la oscuridad, esperando y escuchando.

Al cabo de un rato, Gurney pasó un brazo en torno a Madeleine, acercándola.

En su chaqueta de esquí acolchada, su mujer le pareció sorprendentemente pequeña.

68

El avispón

$\mathcal{E}$n la oscuridad y el silencio, Gurney solía hacerse preguntas que no tenían respuesta.

Sentado al lado de Madeleine, en la penumbra silenciosa de la escalera del desván, no podía dejar de pensar en algo que no había podido quitarse de la cabeza desde que había examinado el espacio en la viga sobre el cuarto de baño.

¿Aquel pequeño aparato sin identificar podría ser un proyector increíblemente miniaturizado?

Más allá del problema del tamaño, tendría sentido. La superficie reflectante e interior de la bañera serviría como pantalla. La distorsión sutil creada por la concavidad de su fondo, por el agua en sí y por las volutas de vapor que se alzaban podrían potenciar el «realismo» de una imagen proyectada. El entorno físico aportaría aún más credibilidad; es decir, la gente estaba acostumbrada a ver cuerpos (vivos) en bañeras. La mente tendería a aceptar semejante ilusión como real.

Pero ¿cuál sería el propósito de un truco tan cruel? ¿Empujar a Madeleine a una crisis emocional? Gurney se preguntó si Fenton podía estar tan obsesivamente decidido a desembarazarse de él. ¿Quién además de Fenton podría pensar que eso merecía la pena? ¿El asesino? ¿Uno de los superiores anónimos de Fenton? ¿Cómo podían conocer la existencia de Colin Bantry? ¿Cómo sabrían que Madeleine sería tan vulnerable a esa cuestión en ese momento?

Entonces se le ocurrió una pregunta personal incómoda. ¿Qué explicación preferiría que fuera cierta? ¿Que la experiencia de Madeleine se había formado en el humo y los espejos de su mente, o que todo había sido producto de una tecnología sofisticada?

Se cuestionó si se había concentrado en la primera posibilidad porque la segunda parecía cercana a la paranoia. O quizá porque traía muchas complicaciones adicionales a un caso que temía que podría escaparse de su capacidad como detective.

Sintió que la rabia crecía en su interior.

Rabia ante la posibilidad de que alguien dañara el equilibrio mental de Madeleine.

Rabia ante esa interminable acumulación de preguntas.

Rabia ante su propia frustración.

Suspiró.

—¿Estás bien?

—¿Qué? Sí. Claro.

—Pareces tenso.

—Estaba pensando en lo que viste en la bañera. Estaba pensando que podría…

El sonido de unas pisadas apresurándose desde la escalera principal, desde la recepción, cortó en seco su comentario.

—Oh, Dios, ¿quién es? —susurró Madeleine, poniéndose de pie.

—Quédate aquí.

Gurney salió de la escalera hasta un punto desde el cual podía ver a lo largo del pasillo. Miró su reloj. Apenas podía distinguir la hora, pero juzgó que la grabación que había puesto a reproducir en la *suite* habría acabado solo unos momentos antes.

Una figura baja, gruesa y que respiraba de manera pesada se acercó a la puerta de la *suite* y llamó. A continuación, volvió a llamar, más fuerte.

—¿Señor Gurney? —Era Steckle.

Llamó una tercera vez.

Gurney esperó y observó.

Steckle llamó una cuarta vez, esperó, luego abrió la puerta con una llave.

—¿Hola? ¿Hay alguien aquí? —Tras dudar un momento, entró y cerró la puerta tras de sí.

Gurney regresó con Madeleine.

—Es Austen Steckle. En nuestra *suite*.

—¿Qué está haciendo ahí?

—Lo descubriré. Pero me gustaría que te apartaras un poco más. Arriba de la escalera. —Sacó su linterna y señaló la puerta del desván en el rellano de arriba—. ¿Ves eso? Si oyes mucho ruido abajo, métete en el desván y cierra la puerta.

—¿Qué vas a hacer?

—Descubrir si Steckle es uno de nuestros avispones. —Iluminó la parte alta de la escalera con la linterna—. Sube ahora. No te preocupes. Puedo ocuparme de él.

—David…

—Sube. Estaré bien.

Madeleine le obedeció. Gurney salió al pasillo, moviéndose deprisa hacia la puerta de la *suite*.

No estaba cerrada. La abrió y entró.

En la luz fría y gris, Steckle se estaba moviendo por la sala de la *suite*. Llevaba algo en la mano.

—¿Señor Gurney? ¿Señora Gurney?

Gurney empuñó el arma en el bolsillo de su chaqueta.

—¿Me está buscando?

Steckle se volvió, con los ojos como platos.

—Señor Gurney. Pensaba…, quiero decir… ¿Está bien?

—Bien. ¿Qué está haciendo?

—He venido a avisarle. Está pasando algo muy loco. —Levantó el objeto que tenía en la mano—. Mire esto.

—Hágame un favor. Encienda la lámpara de al lado del sofá.

—Claro. Seguro.

La luz de la lámpara iluminó un hacha afilada muy brillante.

—Ese lunático de Tarr estaba cortando los cables de la batería de su Outback. Acababa de hacer lo mismo con los todoterrenos. Y con el Land Rover de Norris. Cuando salí a detenerlo, me lanzó esto. Podría haberme arrancado la cabeza. El hijo de perra salió corriendo en medio de la tormenta. ¡Joder! Quería asegurarme de que usted y la señora Gurney estaban bien. ¿Ella está bien?

—Sí.

Steckle miró hacia donde estaba la cama.

—Es un alivio. Joder. Podría haber pasado cualquier cosa. Sabía que no deberíamos quedarnos con ese hijo de perra. Sabía que podía hacer cualquier locura.

—¿Alguna idea de adónde fue?

—¿Quién demonios lo sabe? Después de lanzarme esto, se fue corriendo como un puto animal. Hacia la nieve, al bosque, como un animal. —Levantó el hacha—. Joder, mire esto.

—Déjela en la mesita de café.

—¿Por qué?

—Quiero mirarla, pero no quiero tocarla.

Steckle la dejó al lado del iPad de Madeleine.

—Es toda un arma, ¿eh?

Gurney se acercó unos pocos pasos, empuñando todavía la Beretta en el interior del bolsillo.

—¿Ha dicho que estaba cortando los cables de mi batería?

—Les estaba dando un hachazo justo cuando salí.

—¿Por qué demonios iba a hacer eso?

—¿Quién sabe? Ese tipo está loco.

Gurney se encogió de hombros.

Una mirada astuta apareció en los ojos de Steckle.

—¿Cree que podría estar conectado con todas las otras locuras que han ocurrido? ¿Podría estar Tarr envuelto en todo eso?

—Una pregunta interesante.

Sin embargo, más interesante que la historia de Steckle sobre los cables cortados de la batería, era que aquello sonaba totalmente irreal. Era imposible que Barlow Tarr fuera el avispón excitado por esa conversación, que fuera el cerebro del caso de asesinato más complejo que Gurney se había encontrado jamás.

—¿Qué cree que está pasando? —preguntó Steckle.

—Veamos... Tengo algunas preguntas con cuyas respuestas puede ayudarme.

La boca de Steckle se retorció con impaciencia.

—Quiero cerrar las puertas de fuera, por si acaso vuelve.

—No parece probable, tal y como ha descrito su huida. Seré breve. —Gurney hizo un gesto hacia la silla de respaldo recto que Fenton había usado en su primera visita.

Steckle vaciló, luego se sentó, reticente. Gurney se acomodó en el brazo del sofá frente a él.

—Primero, antes de que lo olvide... ¿Qué clase de nombre es Alfonz Volk?

—¿Qué quiere decir?

—¿Qué nacionalidad?

—No es mi nombre. Volk era el tipo que se casó con mi madre.

—Lo sé. Me lo contó. Pero ¿de qué nacionalidad era?

—No lo sé. De Eslovenia. De un sitio así. ¿Por qué?

—Curiosidad. —Por su larga experiencia con los interrogatorios, sabía que los cambios de tema repentinos solían traer buenos resultados—. Así pues, ¿de qué cree que iba ese asunto con Tarr, suponiendo que no fuera solo un maniaco que hace cosas que no tienen ningún sentido?

—No lo sé. Si cortas cables de las baterías, los coches no arrancan. Así que quizá no quiere que ninguno de nosotros se vaya.

—¿Y por qué querría que siguiéramos aquí?

Steckle negó con la cabeza.

—No lo sé. Nada bueno, eso seguro.

—¿Cree que podría haber matado a Ethan?

De nuevo aquella mirada astuta.

—Supongo que es posible.

—¿Por qué iba a hacer eso?

—A lo mejor pensaba que, por fin, Ethan iba a librarse de él.

—¿Cree que lo mató para que no le despidiera?

—Es posible.

—Salvo que Tarr nunca estuvo en Camp Brightwater. Y el asesino sí.

Durante una fracción de segundo, la expresión de Steckle se congeló.

—¿Que Tarr nunca estuvo dónde?

—Donde mataron a Scott Fallon. Donde empezó este lío.

Steckle desplazó el peso más cerca del borde de la silla.

—Me estoy perdiendo.

—Deme un minuto, trataré de explicarlo mejor.

Se tomó un minuto para considerar cómo le quedaría a Steckle el traje del asesino. Podría haber sido el cuarto matón de Brightwater, el chico conocido como Lobo. Podría haber invitado a sus tres viejos colegas del campamento al hotel. Podría haberles vendido la idea de la trama de chantaje. Podría haberlos matado después de que ellos siguieran sus instrucciones de extender la ficción de la pesadilla. Y, por supuesto, podría haber matado a Ethan. Habría tenido medios y oportunidad a su disposición.

La gran cuestión sería el móvil.

Gurney recordó la conversación que había tenido con Steckle en el desván, sobre el escudo y la historia de los Gall. La conversación acerca del poder y el control. Y recordó lo que Richard Hammond había dicho sobre Steckle: el «pragmático definitivo». Además, consideró las consecuencias prácticas de las cuatro muertes.

Cuanto más pensaba en ello, más se aclaraba el puzle. Y luego estaba el elemento final más simple y convincente. Había lanzado una piedra al avispero, y Austen Steckle había salido volando.

Todo empezaba a encajar.

Pero no podía demostrar nada.

De repente, oyó el suave zumbido de su teléfono. Sin perder de vista a Steckle lo cogió.

Era un mensaje de texto de Hardwick:

Carreteras de mierda. He aparcado y he investigado los términos técnicos de ese sitio misterioso. Ese chisme podría ser una microversión de un proyector de imágenes de alta definición utilizado por el Ejército.

Steckle se movió con inquietud en el borde de su silla.

—¿Estaba diciendo que Tarr no podría estar implicado? ¿Algo sobre un campamento al que no fue? ¿Bright Lake?

Gurney no hizo caso de la pregunta.

—¿Qué le hizo estar tan seguro de que estábamos en nuestra habitación?

—¿Qué? ¿Cuándo?

—Ahora mismo. ¿Por qué pensaba que estábamos aquí?

—¿Qué quiere decir? ¿Por qué no iban a estar?

—Porque la mayor parte del tiempo no hemos estado. Hemos entrado y salido, hemos estado abajo, en el lago, en el Salón del Hogar, en el chalé de los Hammond, en otros sitios. Y ha llamado. Cuatro veces. Cuatro llamadas fuertes. Incluso ha gritado nuestros nombres. Y no ha recibido respuesta. Nada en absoluto. Me sorprende que no concluyera que estábamos fuera.

—Pensaba que estaban dentro.

—Qué idea más extraña.

—¿Por qué le da tanta importancia a esto?

—Parecía tan sorprendido de verme entrar en la habitación detrás de usted (más que sorprendido, completamente desconcertado), como si no pudiera entender cómo estaba ocurriendo.

—¿De qué demonios está hablando?

Gurney sacó la Beretta del bolsillo; comprobó que tenía una bala en la recámara.

Los ojos de Steckle se ensancharon.

—¿Qué cojones…?

Gurney sonrió.

—Es casi gracioso, ¿eh? Toda esa planificación, todo ese engaño elaborado. Luego tropieza con un guijarro. La mirada equivocada en el momento equivocado. Y todo se derrumba. Estaba seguro de que estábamos aquí en nuestra *suite* porque nuestra conversación llegó a través del micrófono que colocó aquí. Así que teníamos que estar aquí. La vigilancia de audio es una herramienta muy fiable. El problema es que tiene una gran limitación. No puede distinguir entre voces en directo y voces grabadas.

El rostro de Steckle estaba tan pálido como la luz gris de las ventanas.

—Esto es completamente absurdo.

—Guarde el aliento, Alfonz.

—Austen. Me llamo Austen.

—No. Austen era el nombre del hombre nuevo, el hombre rehabilitado, el hombre que vio la luz, el buen hombre. Pero ese hombre nunca existió. Por dentro siempre fue Alfonz Volk. Desfalcador, manipulador y, en general, un mierda. Es un mal hombre que mató a buenas personas. Y eso es un verdadero problema. —Gurney se levantó del brazo del sofá—. No se mueva, Alfonz.

Se levantó y arrancó las cuerdas de dos de las persianas venecianas; luego cogió un atizador de hierro del hogar. Lanzó una de las cuerdas largas al regazo de Steckle.

—¿Qué es esto?

Gurney adoptó una actitud de calma siniestra.

—¿La cuerda? ¿La cuerda es la forma suave?

—La forma suave... ¿de qué?

—La forma suave de asegurar que no huye.

Miró vagamente al atizador, pero no dijo nada. La forma dura era fácil de imaginar y más aterradora en la imaginación de lo que podían expresar las palabras.

Gurney sonrió.

—Por favor, átese los tobillos, bien fuerte.

Steckle miró la cuerda.

—No sé lo que cree que hice, pero le aseguro que se equivoca.

—Tiene que atarse los tobillos ahora mismo. —Gurney apretó con fuerza el atizador.

Steckle estaba negando con la cabeza, pero obedeció.

—Más fuerte —dijo Gurney.

Otra vez obedeció. Le brillaba el cuero cabelludo de sudor.

Cuando sus tobillos estuvieron firmemente atados, Gurney le dijo que pusiera las manos en la espalda. En cuanto lo hizo, usó la segunda cuerda de la persiana para atarle las muñecas, pasando el extremo de la larga cuerda bajo el asiento de la silla y atándola a la cuerda del tobillo.

Steckle respiraba con dificultad.

—Todo esto es una pesadilla, ¿no?

Gurney lo rodeó y se colocó frente a él.

—¿Como el sueño que le dictó a Ethan?

—¿Por qué demonios iba a hacer eso?

—El porqué es obvio. Lo que no entendía al principio era por qué Ethan iba a hacer eso por usted. Entonces recordé algo que me contó Fenton para demostrar que usted no podía haber falsificado la carta. Me dijo que hasta la semana anterior llevaba un yeso en la mano. Suponía que eso le exoneraba. Pero resultó ser la respuesta a mi pregunta. Consiguió que Ethan escribiera su sueño porque llevaba ese yeso.

—Gurney, esto es una locura. Mentiras. Chorradas. No hay hechos. ¿Dónde están las pruebas?

—No tengo ninguna prueba. Cero. Nada.

—¿Es una broma? ¿Qué es esto?

Gurney sonrió.

—Las pruebas solo se necesitan en los tribunales.

Los músculos de la mandíbula de Steckle se tensaron.

La voz de Gurney sonaba dura como el hielo.

—El sistema legal no funciona. Es un juego. Los chicos listos ganan y los tontos pierden. Idiotas inofensivos acaban en la cárcel por tener unas pastillas en los bolsillos; por su parte, los tipos realmente malvados (los que matan a buenas personas) burlan al sistema con abogados elegantes.

Apuntó con la Beretta al ojo derecho de Steckle, luego al izquierdo, luego a su garganta, a su corazón, a su estómago, a su entrepierna. Steckle se estremeció.

—La gente mala que mata a buenas personas, esa es la que de verdad me molesta. A esa gente es a la que no puedo pasar por alto, no puedo confiar en que los tribunales castiguen a esos tipos.

—¿Qué quiere de mí?

—Nada, Alfonz. No tiene nada que ofrecer. No tiene nada que yo quiera.

—No lo entiendo.

—Es sencillo. Esto no es una negociación. Es una ejecución.

—Yo no maté a nadie.

Gurney aparentó no oírlo.

—Cuando malas personas matan a buenas personas, he de intervenir y hacer lo que los tribunales no pueden hacer. La mala gente no mata a buena gente y se salva. No bajo mi vigilancia. Ese es mi propósito en la vida. ¿Usted tiene un propósito en su vida?

Gurney levantó la Beretta en un movimiento brusco, apuntando a Steckle entre ceja y ceja.

—¡Espere! ¡Dios! ¡Espere un segundo! ¿Quién demonios son esas buenas personas de las que está hablando?

Gurney hizo todo lo posible para ocultar una sensación de victoria. Tal vez Steckle ya estaba pensando que podría escapar de aquel justiciero loco si le explicaba que sus víctimas no merecían justicia alguna. Se iba a incriminar en aquellos asesinatos para salvarse.

—Las buenas personas de las que estoy hablando son Ethan Gall y sus colegas de Brightwater. Pero sobre todo Ethan. Ese hombre era un santo.

—Vale, espere un segundo. No estoy reconociendo nada de lo que está diciendo aquí. Nada de eso. Pero necesito corregir algunas impresiones. Impresiones muy equivocadas. ¿Eso que está diciendo de Ethan? ¿Quiere conocer la verdad?

Gurney no dijo nada.

—Deje que le hable de Ethan. Ethan, el puto santo.

Steckle habló de él como un maníaco fanático del control, obsesionado con manipular las vidas de todos los que le rodeaban, un tirano que usaba la Gall New Life Foundation como una prisión en la que sus caprichos eran la ley.

Serio, Steckle se inclinó hacia delante.

—Cada día, cada minuto, trataba de humillarnos, de reducirnos en trozos pequeños que él podía volver a montar como le placiera, como si fuéramos unos putos juguetes en sus manos. El gran dios Ethan. El gran dios Ethan era un monstruo asqueroso. Hitler. Debería dar gracias de que Hitler está muerto. Todo el mundo debería estar agradecido.

Gurney frunció el ceño, como si estuviera asimilando esa información nueva y significativa. Bajó el arma, solo un poco. Fue un gesto minúsculo, pero que implicaba muchas cosas. Sugería que podía estar convenciéndolo.

—¿Qué hay de Muster, Balzac y Pardosa? ¿Va a decirme que también eran obsesos del control?

Steckle parecía estar calculando cuánto decir sin incriminarse a sí mismo de manera irremediable.

—Obsesos del control. No. No diría eso. ¿Mi impresión sincera de ellos? ¿De lo que vi de ellos aquí en el hotel? Hormigas en el pícnic. Criminales insignificantes. Ninguna pérdida para nadie. Confíe en mí.

Gurney asintió ligeramente. Un hombre aprendiendo verdades tristes.

—¿Nadie los echará de menos?

Steckle chascó la lengua.

—En resumidas cuentas.

—¿Qué pasa con Hammond?

—¿Qué pasa con él?

—Se le ha causado mucho daño con ese absurdo de las pesadillas.

—¿Sí? Bueno, ¿qué pasa con todo el daño que hizo ese mariquita de ojos brillantes, jodiendo las vidas de la gente con la chorrada de que es bueno ser gay?

—Entonces, ¿está diciendo que merecía que lo acusaran por cuatro asesinatos que usted cometió?

—¡Vaya! Lo único que estoy diciendo es que donde las dan las toman. Está diciendo que mataron a buena gente. Yo solo estoy tratando de corregirle. Esa gente era basura.

Gurney bajó la pistola un poco más, para dar entender que lo estaba convenciendo. Pero, de repente, frunció el ceño y enderezó el arma, como si, a pesar de todo, hubiera tomado una resolución.

—¿Qué pasa con Scott Fallon? ¿Me está diciendo que también era basura? —Apuntó con la Beretta directamente al corazón de Steckle.

—¡No tuve nada que ver con eso! —Su negación fue como un estallido de pánico; además, implícitamente parecía admitir su presencia en Brightwater.

Gurney levantó una ceja, escéptico.

—El León, la Araña y la Mustela…, pero no el Lobo.

Steckle se dio cuenta de que se estaba metiendo en arenas movedizas para escapar del fuego.

—¿Pero no el Lobo? —repitió Gurney.

Steckle negó con la cabeza.

—Estaban locos. Los tres.

—¿Sus colegas en el club secreto estaban locos?

—No me di cuenta de hasta qué punto. Era horrible. Hicieron cosas horribles y absurdas.

—¿Como lo que le hicieron a Scott?

Steckle estaba mirando al suelo, quizá preguntándose cuán profundas eran aquellas arenas movedizas.

Gurney repitió su pregunta.

Steckle respiró profundamente.

—Lo arrastraron al lago una noche.

—¿Y?

—Dijeron que iban a enseñarle a nadar.

Gurney sintió que retrocedía en el tiempo, a trece años antes, a aquella escena horrible. Se obligó a volver al presente.

—Oí que la policía dragó el lago, pero nunca encontraron el cuerpo.

—Lo sacaron y lo enterraron en el bosque.

—¿Muster, Pardosa y Balzac?

Steckle asintió.

—Putos cabrones. Odiaban a los gais. Quiero decir que los odiaban de verdad.

—Lo que los convertía en reclutas ideales para… su proyecto.

—Lo que estoy diciendo es que eran unos capullos inútiles sin nada en el cerebro.

Gurney asintió.

—No eran buena gente. Así que matarlos no…

En ese momento, se oyó un grito. Parecía proceder de otra parte del hotel, del piso de arriba.

Dejó a Steckle atado a la silla y salió corriendo de la *suite*. Recorrió el pasillo y se metió en la oscura escalera del desván donde había dejado a Madeleine.

69

Apagón

$\mathcal{N}$o estaba donde la había dejado.

La llamó. No hubo respuesta. Recordó que había un interruptor en la pared de la escalera. Lo buscó a tientas, lo levantó y la bombilla desnuda se encendió en el techo sobre el rellano de arriba. Gurney se precipitó por las escaleras, subiéndolas de dos en dos, con la Beretta todavía en la mano.

Abrió la puerta del desván y buscó a tientas el interruptor de la pared. Se encendió la bombilla situada en el tejado en pico. A la luz polvorienta, los objetos cubiertos por sábanas que ocupaban la sala —muebles sobrantes, supuso—, aparecieron como antes.

Recorrió rápidamente esa gran zona de almacenamiento hacia la puerta situada en el extremo opuesto.

Gritó otra vez el nombre de Madeleine.

Una voz tensa salió de algún lugar detrás de la puerta del fondo.

—Estoy aquí.

Gurney corrió hacia la puerta y la abrió.

Al principio, lo único que pudo ver fueron los lobos, agachados en el haz tembloroso de una linterna, así como sus sombras distorsionadas, que se movían de manera entrecortada en la pared detrás de ellos.

Entonces vio a Madeleine, acurrucada en un rincón, con la linterna en la mano; se maldijo por no haberle hablado de los lobos disecados. Había temido que eso solo provocara que se sintiera aún más ansiosa.

Localizó la cuerda que colgaba de la bombilla de la viga del techo y tiró de ella. El gran espacio, enorme como una cueva, se llenó con una luz tenue y de aspecto sucio.

Se acercó a Madeleine.

—¿Estás bien?

Ella señaló con su linterna.

—¿Qué son?

—Animales disecados. Taxidermia. Cosas extrañas.

—¿Sabías esto?

—Debería haberlo mencionado. Lo siento. Con tantas cosas ocurriendo…

—¿Qué son?

—Lobos. Los mató el abuelo de Ethan. Parte de esa extraña historia familiar. —Hizo una pausa—. ¿Cómo has terminado aquí?

—Estaba en lo alto de la escalera. Me pareció oír a alguien en el pasillo, cerca del pie de la escalera, así que entré primero en esa sala, la de las sábanas que lo cubren todo. Entonces estuve segura de que oí crujir las escaleras, así que me acerqué a esa sala. Al principio no vi los lobos. Pero luego, oh, Dios mío, ¡qué impresión! Pero, dime, ¿qué ha pasado en la *suite*? ¿Has descubierto lo que estaba haciendo Steckle aquí?

Gurney se lo contó lo más deprisa que pudo: desde que, supuestamente, Tarr había cortado los cables de las baterías hasta el momento en que Steckle, presa del pánico, había reconocido que conocía a Muster, Balzac y Pardosa de antes, que sabía cómo había muerto Scott Fallon, que odiaba a Ethan Gall.

Madeleine no daba crédito.

—¿Steckle está allí? ¿En nuestra habitación? Dios mío, ¿qué hacemos ahora?

—Para empezar, mantener la calma. Está neutralizado. No va a ir a ninguna parte. Podemos dejarlo atado por el momento, hasta que encuentre una forma mejor de ocuparme de él o de conseguir que alguien que no sea Fenton se haga cargo de su custodia.

—¿Qué pasa con Tarr? ¿Cortar todos esos cables y lanzarle esa hacha a Steckle?

—No estoy seguro de que eso haya ocurrido de verdad. Es posible que el mismo Steckle cortara los cables. Creo que lanzar la piedra en su avispero funcionó: Steckle vino a la *suite* para descubrir cuánto sabía exactamente y, al mismo tiempo, poner el foco en Tarr. Por supuesto, podría haber venido a nuestra habitación con esa hacha con otro propósito completamente distinto.

—¿Otro propósito? ¿Crees que él… iba de verdad a…?

—No lo sé. Lo importante es que ahora no puede hacer nada. Pero tengo curiosidad por esos cables de batería. Vamos a echar un vistazo.

Era tal y como Steckle le había dicho. Los capós del Outback, el Land Rover y los tres todoterrenos estaban levantados; habían cortado los cables positivos de las cinco baterías y sus cubiertas mostraban las huellas de golpes de un hacha o de un objeto parecido.

—Parece que está diciendo la verdad —dijo Madeleine, abrochándose la chaqueta hasta la barbilla contra el viento gélido.

—Sobre lo que se ha hecho, sí. Pero quién lo ha hecho sigue siendo una pregunta abierta.

—¿Y estás pensando que Steckle lo hizo para implicar a Tarr?

—Podría.

—Pero...

—Pero también podría haber tenido otra razón. La obvia, en realidad. Para mantenernos aquí.

—Quieres decir, ¿para impedir que huyamos de él?

—Sí.

Podrían marcharse por la nieve caminando con raquetas, pero el punto de civilización más cercano estaba al menos a veinticinco kilómetros. Además, con esas temperaturas gélidas y en medio de una tormenta que aumentaba su intensidad, emprender esa aventura parecía una locura que podría acabar muy mal.

Inquieta, Madeleine miró los vehículos.

—Entonces... ¿crees que Steckle estaba detrás de todo lo que ocurrió..., que los mató a todos?

—Sí.

—¿Por qué?

—Control. Ethan confiaba en Austen, pero probablemente era lo bastante listo para controlar de cerca las cosas y lo bastante obstinado para querer que todo se hiciera a su manera. Creo que Austen vio que el carácter de Peyton, con toda su ciega autocomplacencia, era más fácil de manipular. Si podía librarse de Ethan, todos los bienes de los Gall pasarían a Peyton, cosa que le daría el control efectivo a Austen, siempre y cuando mantuviera a Peyton bien suministrado de drogas, mujeres locas y cualquier otra cosa que pudiera antojársele.

—¿Qué pasa con la parte de la herencia de Richard?

—Eso iría también a manos de Peyton, si Richard acababa procesado por la muerte de Ethan. De eso trataba la falsa trama de chantaje.

—No veo cómo...

—Steckle no tenía un plan real de chantajear a Richard. Era una estratagema que urdió para engañar a sus colegas de Brightwater: que se reunieran con Richard y luego se quejaran de pesadillas. Les contó que con eso extorsionarían a Richard y le sacarían grandes sumas de dinero. Pero siempre pretendió matarlos. Primero, para crear una pantalla de humo en torno a la muerte de Ethan. Segundo, para asegurarse de que en un futuro las tornas no se dieran la vuelta y lo chantajearan a él.

Madeleine se estremeció.

—Qué listo. Y qué frío.

—Sí.

—Dios, me estoy quedando helada. ¿Podemos volver a entrar?

Se volvieron para dirigirse al hotel.

Pero, entonces, todas las luces se apagaron.

Desapareció el zumbido de fondo del generador.

Y el único sonido que quedó fue el de las ráfagas del viento gélido que se colaba a través de los pinos.

70

Cordura

*C*on la ayuda de sus linternas, volvieron al hotel.

En la recepción, Gurney pasó detrás del mostrador principal. Del viejo casillero de madera clavado en la pared cogió la llave del compartimento en el que ponía «Universal»; supuso que era la llave maestra que abría las puertas de todas las habitaciones de invitados. No le gustaba la idea de mantener a Steckle en su *suite* toda la noche. Lo mejor sería encerrarlo en una habitación contigua.

En el pasillo de arriba, en lugar de ir directamente a la *suite*, Gurney se detuvo ante la puerta de al lado y probó la llave. Funcionó. Explicó su plan a Madeleine y entraron en la habitación para examinarla.

Gracias al haz de luz de su linterna, Gurney localizó dos lámparas de queroseno en la repisa de la chimenea, junto con un mechero de propano, que usó para encender ambas lámparas. Subió las mechas para que proporcionaran la máxima luz posible. Pese a que la habitación era más pequeña que la *suite*, tenía características y muebles similares.

Con la calefacción central fuera de servicio, por el fallo en el sistema de generadores, empezaba a sentirse más y más el frío. Gurney pensó en encender el fuego. No estaba particularmente preocupado por la comodidad de Steckle, pero dejar que el hombre muriera congelado durante la noche conllevaría problemas innecesarios.

Madeleine lo observó con ansiedad cuando se dobló sobre la chimenea y empezó a construir una pirámide de troncos sobre un lecho de astillas.

—¿No deberíamos llamar a alguien? ¿A la policía del estado? ¿Al Departamento del *Sheriff*?

—No puedo. El generador alimenta la torre de telefonía.

—¿No hay líneas fijas?

—La más cercana está en Bearston. Dadas las circunstancias, es como si estuviera en la Luna.

—¿Qué vas a hacer con Tarr?

—¿Hacer con él?

—Bueno, supongamos que fue él quien destrozó las baterías, después de todo. Supongamos que Steckle estaba diciendo la verdad. ¿Quién sabe qué podría estar haciendo ahora, o pensando en hacer?

—El problema es que, en este momento, no podemos hacer gran cosa.

Madeleine asintió, aunque no del todo convencida.

—¿Y todos los demás?

—¿Qué quieres decir?

—¿Norris? ¿Richard? ¿Jane? ¿No deberías hablarles de Steckle? ¿Y advertirles para que estén alerta con Tarr, por si acaso es él quien quiere encerrarnos aquí?

Empezaba a sentirse agotado.

—Debería. Por supuesto. —Se enderezó y respiró profundamente—. Pero hay algo importante que necesito contarte primero. Algo que descubrimos con la ayuda de Robin Wigg. Recibí un mensaje de texto de Jack cuando estaba con Steckle. Es sobre lo que viste en la bañera.

Madeleine parecía inquieta.

—Lo que viste podría ser una imagen proyectada, proyectada en la bañera desde el espacio de encima del techo.

—¿Proyectada? —Madeleine parpadeó, desconcertada.

—Wigg nos dio acceso a un sitio web protegido con contraseña. Encontramos uno de los aparatos allí, un proyector restringido de alta tecnología.

Madeleine parecía anonadada.

—Es muy probable que lo que parecía un cuerpo real fuera una imagen manipulada. Posiblemente, una fotografía vieja de Colin Bantry digitalizada, afinada, coloreada…, y luego alterada de formas coherentes con los efectos del ahogamiento.

—Lo que vi no se parecía en nada a una fotografía.

—Seguro que no. Habría parecido muy real. Habría sido muy convincente.

La mirada sorprendida de Madeleine no parecía fija en él, sino en el recuerdo de lo que había visto.

—Dios mío, ¿quién haría una cosa así?

—Alguien empeñado en conseguir lo que quiere a toda costa.

—¿Alguien? ¿Te refieres a alguien distinto de Austen Steckle?

—No cabe duda de que Steckle es listo e implacable, y que está dispuesto a matar para conseguir lo que quiere, pero esto es diferente. Puede que sea la cuestión de la tecnología restringida, tal vez el hecho de que no encaja bien con las otras cosas que ha hecho. Steckle es un hombre práctico. Y preparar todo eso hubiera resultado demasiado costoso, en relación con lo poco provechoso que hubiera resultado para él. Y, además, ¿cómo podía conocer tu historia y la de Colin Bantry?

Madeleine asintió.

—Vale. Lo veo. Pero ¿adónde nos lleva todo eso?

—A un jugador oculto. Un jugador con recursos ilimitados.

—¿Estás completamente seguro de que no es Steckle?

—Estoy seguro. Todas sus otras acciones tienen sentido, para ocultar su responsabilidad en las muertes. Pero quien provocó esa ilusión de la bañera tenía un objetivo diferente.

—¿Qué objetivo?

—Que nos marcháramos inmediatamente del lago del Lobo.

—¿Aterrorizándome?

—Sí.

Madeleine negó con la cabeza. No sabía qué decir.

—Siento no haber llegado a la verdad de esto antes.

—Pero estás seguro, ¿no? Estás seguro de que era eso.

—Sí, lo estoy.

—Dios mío, estoy tan…, tan… No lo sé. ¿Confundida? ¿Furiosa? ¿Aliviada? —Soltó una risita nerviosa—. ¿Así que no estoy tan loca, después de todo?

—No, no estás loca. Ni mucho menos.

—Dios mío, una proyección. Ningún cuerpo ahogado en la bañera, ningún fantasma, ninguna alucinación. Solo una proyección. —Empezó a reír otra vez, luego se detuvo—. Una proyección podrida, cruel, manipuladora. Preparada por un cabrón podrido y malnacido que trataba de volverme loca. Pero no estoy tan loca, ¿no?

—No, Maddie, estás perfectamente cuerda.

—Hemos de atraparlo. Hemos de atrapar a ese cabrón despreciable.

—Hemos de hacerlo. Y lo haremos.

Ella asintió. En sus ojos se podía ver una nueva determinación.

71

Locura

$\mathcal{U}$na vez encendido el fuego, con los suficientes troncos para que se mantuviera vivo durante la noche, decidieron trasladar a Steckle desde la *suite*.

La manera más sencilla y más segura de hacerlo sería dejarlo en la silla en la que estaba atado y llevarlo así de una habitación a la otra. Desatarlo, trasladarlo y tener que atarlo de nuevo solo conllevaría correr un riesgo innecesario.

Eligió el lugar de la habitación donde quería situar a Steckle; con la ayuda de Madeleine, apartó unos cuantos muebles para despejar un camino recto desde la puerta.

—Vale —dijo, dando al espacio una revisión final—. Vamos a la *suite* y…

Un portazo en el otro extremo del pasillo, seguido por el sonido de pisadas que se acercaban, lo interrumpió. Las pisadas se detuvieron a cierta distancia. Un ruido. Alguien llamando a la puerta de la *suite*.

Gurney abrió la puerta de la habitación y salió al pasillo. Con la luz creciente de su linterna, vio un par de botas Wellington, un chubasquero Barbour y una bufanda escocesa.

Norris Landon llevaba una linterna en una mano y un rifle en la otra.

—¿Gurney? ¿Qué demonios? Pensaba que estaba en la *suite*.

—Es una larga historia. ¿Qué está pasando?

—Eso iba a preguntarle. Algunas cosas condenadamente raras.

—¿Qué cosas?

—Cosas muy inconvenientes. Con el maldito apagón, he bajado a usar mi vehículo para recargar uno de mis portátiles. Lo han saboteado, igual que el suyo, igual que los todoterrenos. Baterías cortadas con un hacha o algo parecido. Traté de encontrar a Austen, pero no sé dónde se ha metido. Sí encontré algunas huellas que se alejaban de la zona, que pienso seguir para conseguir algunas respuestas. Suponía que un poco de armamento no vendría mal. —Señaló con la cabeza al rifle—. Pensaba llamar a su puerta antes de salir, ver lo que sabía de la situación.

Gurney no vio razón para ocultarle qué había sucedido. Le contó breve pero lo suficiente sobre el interrogatorio en el que Steckle casi había admitido su culpa. Incluyó el relato del mismo Steckle sobre su encuentro con Barlow Tarr y el hacha. Añadió que, aunque Tarr podría ser el culpable, era posible que el propio Steckle hubiera causado los daños. Al final, le explicó que, en ese momento, Steckle seguía atado en la *suite*, en una suerte de detención improvisada, hasta que pudiera contactar con las autoridades correspondientes.

Landon parecía no salir de su asombro.

—Steckle. Austen Steckle. Maldita sea. Austen. El modelo de la reforma. No me lo puedo creer. Está seguro, ¿eh? ¿No hay ninguna duda?

—Ninguna duda razonable.

—Cielo santo. Entonces, ¿toda esa cuestión de las pesadillas fue solo una trama?

—Parecería.

—Pues convenció del todo a Fenton. Las ruedas de prensa, las noticias... ¿Estaba equivocado en todo?

—Al parecer.

—Diabólicamente inteligente.

—Sí.

—Maldita sea. Pero es bueno para Hammond, ¿no? Yo mismo me sentía un poco desconcertado al sospechar de ese hombre, pensando que podía ser responsable de todo eso. Uf. —Hizo una pausa, negando con la cabeza—. ¿Y ahora qué?

—Es difícil saberlo. Depende de lo que tarde en mejorar el clima. Y hablando de eso, ¿en serio va a salir para seguir esas huellas? ¿En la oscuridad? ¿En una tormenta de nieve?

—Soy cazador, señor Gurney. Me gustaría llegar al fondo del desastre que alguien ha causado en esos vehículos. Quiero descubrir si fue Tarr. Dijo que podría ser Steckle. Pero tiene pinta de haber sido Tarr. Instinto. El caos. El desastre. Parece obra de un loco. —Hizo una pausa—. También me gustaría echar un vistazo al generador. Puede que el apagón solo sea cosa de una acumulación de nieve en la entrada de la ventilación. —Otra pausa—. Además, me encantan las huellas.

—Tenga cuidado. Podría encontrarse con un hombre que lleva un hacha muy afilada.

Landon sonrió.

—¿Alguna vez ha cazado un jabalí en el monte al anochecer?

Gurney no dijo nada, esperando el final del chiste.

—Créame, puedo ocuparme de Barlow Tarr, con hacha o sin hacha. —La sonrisa desapareció y el hombre se perdió en el pasillo oscuro.

Gurney dejó la puerta entreabierta hasta que oyó a Landon bajando la escalera hasta la recepción y saliendo a la tormenta.

—Menudo personaje —dijo Madeleine—. Formidable... o insensato.

—Apostaría por lo primero.

Gurney se acercó a las ventanas que daban al exterior, sobre un balcón similar al de la *suite*. A través de la nieve que se arremolinaba, enseguida atisbó el haz de luz de la linterna de Landon emergiendo de debajo del soportal y luego alejándose del hotel, a medida que seguía las huellas que el viento todavía no había borrado.

—Bueno —dijo—, volvamos a lo que nos ocupa. Trasladar a Steckle.

—¿Crees que tendremos algún problema?

—No creo. Una vez que lo metamos aquí, doblaré el número de cuerdas, por si acaso.

Con la linterna en la mano, Gurney salió primero de la habitación y enfiló el pasillo oscuro hasta la puerta de la *suite*. La abrió y entró, seguido de Madeleine. El aire dentro era frío.

Gurney barrió el espacio con el haz de luz. Todo parecía en orden. Aunque una gran lámpara de pie bloqueaba parcialmente su visión de Steckle, vio sus brazos atados a la espalda en la estrecha silla de madera donde lo había dejado.

—La habitación está helada —dijo Madeleine.

De hecho, estaba más fría de lo que debería, incluso considerando la falta de calefacción central durante la última media hora.

Enfocó con la linterna cada una de las ventanas. Estaban todas cerradas, como la puerta del balcón. Sin embargo, entonces se fijó en el lugar de donde procedía aquel viento helado. En el gran cristal de la puerta del balcón había un agujero irregular, junto al mecanismo de cierre.

Alguien había entrado o había tratado de entrar. Barrió otra vez la habitación con la luz de la linterna.

—¡Steckle! —gritó—. Steckle, ¿está bien?

No hubo respuesta.

Con cierta sensación de mareo, Gurney rodeó la lámpara de pie y empezó a acercarse a la figura atada a la silla. No estaba seguro de estar viendo lo que estaba viendo.

Pero no había duda. Entonces, la sensación de mareo fue a más. Trató de apartar a Madeleine, que estaba detrás de él. Pero era demasiado tarde.

Vio exactamente lo mismo que él. Lanzando un gemido y conteniendo las arcadas, Madeleine le agarró del brazo.

El físico corpulento y la ropa parecían indicar que el cuerpo de la silla era el de Austen Steckle.

Pero no podían estar seguros: le habían arrancado la cabeza y se la habían cortado en pedazos.

72

El hombre halcón

Gurney trató de convencer a Madeleine de que regresara a la habitación de al lado, pero ella se negó.

Temblando y con los labios apretados, insistió en quedarse allí con él. Gurney registró la zona donde estaban los sofás, la cama, el cuarto de baño y el balcón. No había nadie. Con una mirada llena de horror, Madeleine observó como Gurney inspeccionaba aquel cuerpo desfigurado.

Aquello era lo más espantoso que había visto nunca.

Sacó su móvil y le hizo unas cuantas fotografías al cuerpo, desde múltiples ángulos. No había señal de móvil ni acceso a Internet, pero aún le quedaba batería para hacer unas cuantas fotos.

También fotografió la zona que rodeaba al cadáver, el cristal roto en la puerta del balcón y lo que pudo de este, pues no quería acercarse demasiado por si contaminaba posibles pruebas.

Carecía de sentido tratar de examinar el cuerpo en busca de lividez, descenso de temperatura o los signos de *rigor mortis* que pudieran indicar una hora de la muerte aproximada. Obviamente, lo habían matado durante el breve periodo en el que Gurney se había ausentado de la *suite*.

Con la ayuda de su linterna, examinó con más atención los restos de la cabeza. Por supuesto, la última palabra sería la del forense, pero no dudaba de que le habían asestado múltiples golpes con un arma de hoja pesada y afilada, como un hacha.

Como el hacha de Barlow Tarr.

El hacha que Austen Steckle había llevado a la *suite* con él.

El hacha que ya no estaba.

Para preservar mejor la escena del crimen, dejaron el cuerpo en el lugar exacto donde lo encontraron. No tocaron nada. Sin embargo, no iban a dormir en la *suite*, ni a ocuparla más tiempo del necesario, así que tendrían que llevarse sus cosas.

Gurney cogió una manta limpia de uno de los armarios y la tendió en la cama. Puso sus bolsas, ropa suelta, artículos de baño, el iPad y el portátil encima. Recogió las esquinas, creando una especie de fardo para llevarse todo lo que necesitaban en un solo viaje. Luego fueron a la habitación donde habían planeado llevar a Steckle. No es que fuera la forma ideal de tratar una escena del crimen, pero, dadas las circunstancias, era la mejor de las opciones.

Poco a poco, ya en la otra habitación, empezaron a calmarse. Gurney se sentía, aun así, más y más presionado. Parecía estar atado de pies y manos. Sabía que tenía que hacer muchas cosas, pero no podía.

Había que detener a un loco con un hacha cuanto antes. Tenían que alertar a la policía de inmediato. Había que avisar a los Hammond en cuanto fuera posible. Pero, sin poder llamar por teléfono, con la noche cayendo, con las carreteras obstruidas por la nieve y con los vehículos averiados, nada de aquello parecía posible.

Debía informar a Richard y a Jane, pero ¿cómo? No iba a dejar a Madeleine sola en el hotel con un asesino suelto por ahí. Y no iba a pedirle que lo acompañara en una caminata de casi dos kilómetros bajo una tormenta como aquella.

Resultaba frustrante, pero se tenía que centrar en aquello que podía hacer.

Al menos el fuego que había prendido estaba ganando fuerza y empezaba a calentar la habitación. Comprobó el suministro de queroseno para las lámparas; tendrían incluso para unos cuantos días. Se metió en el cuarto de baño, abrió los grifos de la bañera y logró recoger unos cuantos litros de agua antes de que se agotara la presión residual del depósito.

Corrió las pesadas cortinas sobre la fila de ventanas heladas para conservar el calor, cerró las puertas del balcón y la que daba al pasillo exterior; colocó sillas inclinadas bajo los pomos como puntales improvisados.

Mientras Gurney estaba ajustando el tiro de la chimenea para incrementar el tiempo de combustión de los troncos, Madeleine estaba de pie junto a la cama, mirando la manta llena de cosas que él había traído de la *suite*. Con una expresión de incredulidad, cogió lo que él había recuperado antes en el lago, lo que había supuesto que era una de las plumas de la cola del halcón.

—¿Esto es lo que salió de esa cosa cuando le disparaste?

Gurney miró desde la chimenea.

—Sí. Una pluma de la cola, creo.

—Puede que saliera de la cola, pero no parece una pluma.

—¿Qué quieres decir?

—Solo eso. Tócala.

Gurney se acercó y la tocó. La textura era dura, como de plástico. Pero él no sabía nada de plumas. Madeleine, en cambio, sabía mucho. Cada vez que encontraba una en el terreno de su casa de Walnut Crossing, se la llevaba e investigaba en Internet. Había acumulado una colección de plumas de pavo, urogallo, cuervo, urraca y cardenal; incluso unas pocas de halcón y de búho.

—¿Qué tacto debería tener?

—Este no. Y hay otra cosa. ¿Qué ocurrió allí, en el lago? Aquel comportamiento no es propio de un halcón. No se comportaría así a menos que su nido estuviera amenazado.

Recordó algo que Barlow Tarr había dicho. Algo sobre el «hombre halcón» soltando al halcón. Soltándolo «al sol, a la luna». En aquel momento, le habían parecido sandeces. Los halcones no volaban de noche: soltar uno «a la luna» no tenía sentido.

A menos, como Madeleine estaba sugiriendo en ese momento, que no fuera un halcón.

Resultaba difícil creer que se tratara de un aparato artificial. Configurar un dron en miniatura para que tuviera el aspecto de un ave y se moviera como tal no sería un desafío pequeño. Nunca había oído que se hubiera conseguido tal cosa. Pero sería un objetivo que bien merecería la inversión de tiempo y dinero. Para operaciones verdaderamente clandestinas, un dron que pasara por un ave ofrecería ventajas obvias, sobre todo si nadie creía que un aparato así era factible.

Madeleine frunció el ceño.

—Había un halcón volando en círculos sobre nosotros en el lago Grayson.

—Lo sé. Y sobre ese pequeño sendero hacia el lago. Y aquí, cada día, sobre ese lago.

—¿Vigilándonos?

—Posiblemente.

—Así que nos observan desde el aire, nos escuchan en nuestra habitación y siguen nuestro coche.

—Al parecer.

—La misma persona que…, ¿que proyectó esa imagen de Colin?

—Probablemente.

—Dios mío, David, ¿quién nos está haciendo esto?

—Alguien que está extremadamente preocupado con que estemos aquí. Alguien con grandes recursos. Alguien a quien Gilbert Fenton está dispuesto a obedecer.

—¿Alguien que quiere que juzguen y condenen a Richard por esas cuatro muertes?

Gurney casi estuvo de acuerdo. Pero entonces recordó algo extraño que Hammond les dijo durante su cena en el chalé. Les contó que lo que Fenton quería de él era que confesara. Fenton le había prometido que, una vez que confesara, todo iría bien.

A Gurney, en aquel momento, le había sonado como el clásico y engañoso incentivo para inducir una confesión, algo que cualquiera con medio cerebro calaría. Le sorprendió que Fenton tratara de hacer un juego como ese con un hombre tan sofisticado como Hammond; pero la parte realmente extraña era que Hammond estaba convencido de que Fenton estaba siendo sincero y que creía que una confesión sería el final de sus problemas.

«Si confiesa, todo irá bien.»

¿Qué podía significar eso? ¿De verdad Fenton lo creía? Había preguntas que Gurney había abandonado como callejones sin salida, pero decidió abordarlas otra vez, considerarlas a la luz de lo que había aprendido en el ínterin.

¿Y si el objetivo real era la confesión y no la condena?

—¿David?

—¿Perdón?

—Estaba preguntando quién pensabas que estaba detrás de toda esa vigilancia.

—Quizá sepa la respuesta cuando descubra por qué una confesión es tan importante para ellos.

Madeleine parecía confundida.

Dave le recordó lo que Hammond les había contado en la cena. Añadió algo más de lo que se acordó mientras hablaba, la airada queja de Fenton de que los esfuerzos de Gurney estaban dando a Hammond falsas esperanzas, prolongando la agonía; la única salida era hacer una confesión completa.

—Así que por eso quieren que te marches de aquí. Para que Richard se derrumbe antes. Es bastante simple. Te estás interponiendo en una confesión.

—Eso ya se me había ocurrido. Pero para llegar al fondo de todo el caso necesito comprender el significado de esa confesión.

Madeleine asintió y se quedó un rato en silencio. Dave estaba a punto de sentarse en el sofá a su lado cuando ella preguntó:

—¿Confías en Norris?

—¿Qué quiere decir si confío en él?

—¿Crees que lo que dice es cierto? ¿O tienes dudas sobre él?

—No dudas, exactamente, pero… Me sentía bien por la forma en que nos «salvó» de Barlow Tarr. Pero ahora no puedo evitar preguntarme por qué Tarr le tiene tanto miedo. Y la persona que colocó todos esos micrófonos aquí y en el chalé hubo de tener acceso fácil. Sé que nada de esto prueba nada. Estoy seguro de que otra gente tenía acceso. Es solo una sensación incómoda de la que no puedo desembarazarme.

—¿Tú o Jack conseguisteis algunos datos de su historial?

—Jack estaba trabajando en ello. No encontró nada significativo. Pero en eso se esconde una trampa. Cuanto más probable fuera que los hechos lo descubrieran como un espía, menos probable sería que esos hechos aparecieran en una búsqueda de antecedentes.

Madeleine soltó un suspiro de frustración.

—Estás preocupada por los Hammond, ¿no?

—Por supuesto. Hemos de avisarlos.

—La única forma es caminar hasta allí. Y no puedo dejarte aquí sola, después de lo que le ocurrió a Steckle.

—Entonces iré contigo.

—¿Con esta tormenta?

—Hemos traído nuestra ropa de esquí. Y pasamontañas. Y raquetas de nieve.

—Está oscuro.

—Tenemos linternas.

Madeleine parecía completamente determinada a hacerlo; discutir sobre ello sería una pérdida de tiempo. Diez minutos más tarde, contra todo sentido común, estaban junto a la recepción, atándose las raquetas de nieve a sus botas de invierno. Con sus pantalones de esquí sobre los vaqueros, chaquetas de plumas con capucha encima de sus jerséis y las caras cubiertas con pasamontañas, fueron hacia el camino del lago.

En los círculos de luz que proyectaban sus linternas, Gurney distinguió siluetas de pisadas medio borradas por el viento. Avanzaron por el camino cubierto de nieve y pasaron junto al extremo del edificio del hotel. Las huellas, apenas visibles, viraban hacia el lateral del edificio, hacia donde estaban los generadores. Landon había dicho algo sobre examinarlos cuando salió a buscar a Tarr.

Dada la remota posibilidad de que pudiera estar allí en ese momento, quizás intentando alguna reparación, convenció a Madeleine para que dieran un pequeño rodeo.

Avanzaron en torno al edificio a través de la nieve amontonada. Al borde de un claro que separaba el hotel del bosque que lo circundaba, el haz de la linterna de Gurney reveló dos grandes objetos rectangulares. Al acercarse más, vio las ranuras de ventilación, cables industriales y depósitos de propano que identificaban aquellos depósitos rectangulares como generadores. También vio que una estructura como de cochera —un techo de metal inclinado sobre postes altos cuya función era impedir que los generadores quedaran sepultados en nieve— había quedado parcialmente aplastada, al parecer por el árbol que había caído sobre ella durante el último apagón.

Madeleine soltó un grito ahogado cuando una rama cedió con un ruido sordo bajo la presión de la nieve y el viento.

Gurney, que no vio rastro de Landon y que entendió que examinar los generadores no serviría para nada, hizo una última batida de la zona con su linterna.

—¿Qué es eso? —preguntó Madeleine.

Miró adonde ella estaba señalando.

Al principio no vio nada.

Luego distinguió algo oscuro en el suelo, sobresaliendo de detrás del más cercano de los dos generadores.

Parecía una mano enguantada.

—Quédate aquí. Echaré un vistazo.

Se aproximó poco a poco. Dio un amplio rodeo para tener una mejor perspectiva del lado oculto del generador.

Cuando su ángulo de visión cambió, todo se volvió más claro.

Realmente, había una mano enguantada en la nieve. Estaba unida a un brazo, a su vez unido a un cuerpo boca abajo. La nieve se había acumulado contra un lado, semienterrándolo. Pero reconoció lo que vio. En particular, las botas Wellington altas hasta las rodillas. El elegante chubasquero Barbour. La bufanda escocesa.

Gurney se acercó enfocando con su linterna a lo largo del cuerpo, más arriba de la bufanda.

Entonces se estremeció.

Le habían cortado la cabeza en, al menos, una docena de trozos sanguinolentos.

—¿Qué es? —dijo Madeleine en voz alta, empezando a ir hacia él—. ¿Qué has encontrado?

—No te acerques. —Era su voz refleja de policía, una voz de mando. Añadió rápidamente en un tono más humano—. No querrás ver esto.

—¿Qué es?

—Una repetición de lo que vimos en la *suite*.

—Oh, Dios. ¿Quién...?

—Parece que Tarr ha encontrado a Landon antes de que este lo encontrara a él.

—Oh, Dios.

Gurney se obligó a inspeccionar bien la cabeza. Aquello era una auténtica carnicería. Parecían haberla cortado de un hachazo, como la de Steckle, probablemente con la misma arma. Un aro de sangre se había extendido en la nieve en torno a los restos; era como un extravagante halo de hielo rojo.

Al pasar la linterna atrás y adelante sobre el cuerpo, vio, en el lado cubierto de nieve, parte del cañón de un rifle. Se inclinó y apartó la nieve. Era un Wetherby personalizado con una culata de nogal claro, fabricada a mano. Trató de cogerlo para ver si lo habían disparado, pero estaba congelado en el suelo.

Se le ocurrió que el cuerpo en sí, incluida la cabeza desmembrada, también estaría casi congelado en el suelo.

Fueran los que fuesen los carroñeros de dientes afilados que pudiera haber en el bosque esa noche, y por más útil que pudiera ser para el forense conservar los restos intactos, trasladar ese cadáver al hotel por sí mismo no era una opción que estuviera dispuesto a considerar.

Regresó con Madeleine.

—Ven. Hemos de volver.

—Todavía hemos de advertir a Richard y Jane.

Negó con la cabeza.

—No después de lo que acabo de ver. No voy a arriesgarme a que te ocurra a ti, solo por que tal vez así podríamos ayudarles. El intercambio no funciona. Tú y yo vamos a volver al hotel, a la habitación. Antes de que podamos hacer nada por nadie, hemos de estar seguros nosotros mismos.

—Seguros… —repitió ella, como si tratara de ganar confianza.

—Esa ha de ser nuestra prioridad. Luego podremos hacer todo lo que haya que hacer.

Madeleine asintió, mirando el rifle de Landon, congelado en el suelo, apenas visible a través de la nieve arremolinada.

—¿Crees que podría tener otras armas en su habitación?

—Es bastante posible. Debería cogerlas, para defendernos, y para impedir que Tarr o algún otro las coja.

—¿Algún otro?

—Es bastante probable que Tarr haya matado a Landon y a Steckle, pero no lo sabemos a ciencia cierta. Siempre queda la posibilidad de Peyton o de alguien que trabaja para él. Aún no le veo la lógica a estos dos asesinatos. Trato de mantener la mente abierta.

73

El olor de la muerte

Además de localizar y recuperar cualquier otra arma que Landon pudiera haber llevado al hotel, Gurney esperaba encontrar entre sus pertenencias alguna pista sobre por qué lo habían asesinado, igual que a Steckle.

Si, de hecho, Tarr los había matado a los dos, la cuestión sería por qué. Tal vez respondía a un brote psicótico, pero Gurney no lo creía. El momento preciso de las muertes sugería que el asesino podría haber tenido acceso a las transmisiones de uno de los pinchazos de audio y que sabía no solo lo que Steckle había reconocido, sino que Gurney había salido de la *suite* temporalmente. Tal vez habían subestimado a Tarr desde el principio; incluso puede que Tarr se hubiera hecho el loco. Pero ¿qué propósito habría tenido eso? ¿Y por qué matar a Landon?

Mientras las preguntas se multiplicaban en su mente, sintió aún más ganas de registrar la estancia de Landon. Para su sorpresa, Madeleine optó por quedarse en su habitación.

Antes de salir al pasillo, revisó las ventanas y el balcón. Dos diferencias respecto a la *suite* (ambas positivas dadas las circunstancias): la puerta del balcón era de madera maciza, sin ningún cristal, y las ventanas eran mucho más pequeñas. Entrar en esa habitación sería más complicado.

Comprobó la Beretta; tenía una bala en la recámara y el cargador estaba lleno: quince balas. Pensó en guardarse la pistola en la funda tobillera, pero decidió mantenerla en el bolsillo de la chaqueta, un poco más a mano.

Cogió la Maglite grande y la llave maestra de la recepción y se encaminó en aquel pasillo oscuro. Esperó hasta que oyó a Madeleine cerrar la puerta con dos vueltas y se dirigió a la habitación de Landon.

La puerta estaba cerrada, como esperaba. Introdujo la llave maestra, la giró y abrió.

En cuanto entró, enfocó con su linterna: la estancia era una versión más pequeña de la *suite* y similar a la habitación que ahora estaban ocupando. La misma clase de muebles dispuestos de idéntica forma. Vio una lámpara de queroseno a cada extremo de la repisa de la chimenea. Había un mechero de propano en la leñera; lo usó para encender las lámparas.

En la mesita de café situada entre el sofá y la chimenea había tres portátiles, tres teléfonos móviles, un escáner y una caja metálica cerrada: un equipo sorprendente para un cazador de vacaciones.

La cama estaba bien hecha. Había un armario lleno de ropa deportiva de aspecto caro. Detrás de las camisas y chaquetas colgadas, Gurney vio un estuche de nogal para armas con un cierre de combinación. Todo muy aristocrático, muy de clase alta.

Salvo por el olor.

Era tenue pero repulsivo.

Como un sudor acre. Con un toque de descomposición.

Sacó el estuche de armas y lo llevó a la sala. Lo dejó en el suelo y sacó un atizador de la chimenea. Estaba a punto de abrir el cierre cuando uno de los portátiles de la mesita de café le llamó la atención. Una lucecita parpadeante indicaba que no lo habían apagado, sino que estaba en reposo.

Levantó la tapa. La pantalla se iluminó. Había unas veinte carpetas, así como decenas de iconos de documentos (archivos de fotos y vídeos) con designaciones alfanuméricas.

Antes de hacer clic en ninguno de ellos, abrió los otros dos portátiles y pulsó sus botones de encendido. Al cabo de unos segundos, cada uno de ellos mostró una pantalla que solicitaba nombre y contraseña. Después de unos segundos sin que él introdujera nada, ambas pantallas se quedaron en blanco y los ordenadores se apagaron por completo. Fue incapaz de reiniciarlos.

Un nivel de seguridad excepcional, como mínimo.

Volvió al primer portátil. Se preguntó si era más accesible que los otros dos porque sus archivos no importaban o porque Landon había salido con tanta prisa de la habitación que no había podido apagarlo adecuadamente. Empezó a abrir archivos de fotos, esperando que la segunda opción fuera la correcta.

Las nueve primeras eran imágenes aéreas de caminos rurales. El número de vehículos en cada imagen oscilaba entre uno y tres. Examinando las imágenes con atención, vio que había un factor común entre ellas: su Outback.

La siguiente media docena de imágenes mostraba el Outback en diversas ubicaciones del lago del Lobo: saliendo de debajo del soportal del hotel, en el camino del lago que iba hacia el chalé, aparcado en el chalé, regresando del chalé.

Cuando estaba a punto de pasar a la siguiente, le llamó la atención la fecha que vio en una de las carpetas. Ese mismo día. Dentro había un archivo de audio. Lo abrió e hizo clic en el icono de reproducción. De inmediato reconoció su propia voz y la de Steckle, el enfrentamiento que habían tenido en la *suite*. La voz de Steckle incriminándose, cómo reconocía que había estado en Brightwater, su historia con Muster, Pardosa y Balzac.

Gurney empezó a abrir el resto de los iconos de la pantalla. Había tres vídeos aéreos que habían grabado en el lago Grayson: él y Madeleine saliendo del Outback, luego de pie delante de una casa derruida, luego de pie junto al lago.

A continuación, un vídeo aéreo que parecía grabado desde la perspectiva de una cámara en rápido movimiento: Madeleine volviéndose, corriendo, aterrorizada en medio del lago del Lobo. Había también una imagen pasajera de sí mismo, con la Beretta apuntando a la cámara.

Por último, vio una carpeta que contenía una serie de imágenes retocadas con Photoshop de un chico joven con una sonrisa torcida y una cicatriz en una ceja, vestido con chaqueta de cuero. La serie empezaba con una imagen que podría haberse sacado de un anuario del instituto y, paso a paso, mediante modificaciones digitales, terminaba con una imagen que parecía la de un cadáver hinchado.

Gurney tensó la mandíbula, intentando controlar su rabia.

Así pues, toda esa vigilancia tan sofisticada había sido cosa de Norris Landon. Ese tipo era quien había infligido todo ese dolor a Madeleine. Sintió ganas de que estuviera vivo para poder matarlo con sus propias manos. De poder empuñar él mismo el hacha.

Cuando pudo dominar la ira, empezó a preguntarse por el papel de Landon en todo ese caso.

¿Qué relación tenía con los otros participantes? ¿Con Steckle? ¿Con Fenton? ¿Con Hammond? ¿Con los cuatro hombres muertos?

En última instancia, ¿qué los relacionaba a todos?

Pero algo lo distrajo de sus pensamientos: ¿qué demonios era ese olor?

74

Secretos por los que matar

$\mathcal{M}$ientras daba vueltas por la habitación, tratando de detectar dónde el olor era más fuerte, sintió que la claustrofobia que había sentido desde que había puesto un pie en ese hotel aumentaba.

Al principio, había sido el aislamiento físico del lugar, rodeado por los cuatro costados por cimas de montañas inhóspitas, el aspecto de confinamiento provocado por el mal tiempo, el contacto humano limitado, la iluminación tenue y los pasillos oscuros. Ahora la sensación creció por estar en una *suite* casi idéntica a la suya, aunque más pequeña. Era extraño. Era como si todo se hubiera contraído.

Pero ¿de dónde salía ese olor? Parecía estar en todas partes, más que emanar de un objeto, una alfombra o un mueble en particular. Comprobó el armario, los cajones de la cómoda, la cama, las sillas, el sofá, las mesitas, el bar, el cuarto de baño, la ducha, incluso los suelos, las paredes y las ventanas.

La tercera vez, miró debajo de la cama, debajo de los sillones, debajo del sofá, debajo de la mesita de café, debajo de las alfombras.

Incapaz de localizar su fuente, se centró en tratar de identificar el olor en sí. Era acre, levemente a podrido... y algo familiar. Pero era mejor no pensar en esa sensación de familiaridad. Como una palabra o nombre que se escapa, era más probable que se le ocurriera una vez que dejara de perseguirlo. Se sentó en el sofá delante de los portátiles de Landon y repasó las fotos y los archivos de vídeo.

Todo aquello sugería que Landon podría haber sido un representante de los intereses anónimos de la «seguridad nacional» a los que habían aludido tanto Fenton como Wigg. Si lo era, entonces también era quien había impuesto a Fenton su visión del caso y quien había insistido para que Hammond confesara.

Eso le recordó la historia del *New York Times* sobre el filtrador de la CIA, Sylvan Marschalk; su afirmación de que un grupo clandestino de la agencia estaba investigando formas de inducir el suicidio por medio de la hipnosis. La muerte de Marschalk al cabo de unos días de presentar sus acusaciones las hacían inquietantemente creíbles.

La cabeza de Gurney empezó a trabajar con los datos que había ido recopilando. Richard llevaba dos años en el lago del Lobo; Landon había estado haciendo visitas al hotel durante el mismo tiempo. Richard había escrito trabajos que jugaban con los límites de la técnica hipnótica. Su experiencia con el mundo del vudú. Lo que dijo Jane de que a Richard se le habían acercado varias veces entidades de investigación cuya estructura y objetivos no eran nada transparentes.

Todo aquello no era nada concluyente, pero, si se conectaban los diferentes puntos, se podía intuir que tal vez la experiencia de Richard hubiera llamado la atención de un grupo clandestino similar al que Sylvan Marschalk había denunciado. Landon encajaría como su representante secreto, el hombre cuyo propósito original sería monitorizar el progreso de Richard «en la vanguardia» de la hipnoterapia y, en última instancia, atraerlo a su órbita.

Cuando Gurney se sentó en el sofá de Landon, empezó a pensar que todo respondía a dos puntos de interés diferentes. Por un lado, el interés de Steckle en la fortuna de los Gall. Por otro, el del Gobierno en Richard Hammond.

Tales intereses quizá nunca se habrían cruzado si Austen Steckle no hubiera hecho que Hammond pareciera responsable de los cuatro suicidios, y si Norris Landon no se hubiera mostrado tan ansioso por creerlo.

Gurney estaba seguro de que comprendía lo que había hecho Steckle y por qué. Había actuado con astucia y, hasta cierto punto, había tenido éxito. Sin embargo, lo que no había previsto era el gran interés que el caso (sobre todo el asunto de las pesadillas) iba a despertar en esa parte oscura de la Administración que representaba Landon. Y cómo ese interés influiría en la investigación.

El olor parecía ser más intenso en esa zona, sentado en el sofá.

Se levantó y quitó los cojines. Cuando estaba examinándolos, oyó algo detrás de él: como una gota de agua golpeando en una superficie dura. Se volvió hacia la chimenea, para oírlo otra vez.

Estaba a punto de atribuirlo a su imaginación cuando lo oyó de nuevo.

Se acercó a la chimenea, enfocando su linterna al gran cajón de fuego cubierto de hollín, luego abajo, a la reja diseñada para aguantar los troncos. Había un pequeño punto oscuro y brillante en una de las barras polvorientas de la rejilla. Al inclinarse para verlo mejor, otra gota cayó en ese mismo lugar.

Algo caía de la chimenea. Un poco de hielo fundido, quizá.

Sin embargo, cuando movió la linterna más cerca, descubrió que el líquido de la rejilla era en realidad rojo oscuro. Lo tocó ligeramente con el dedo índice.

La pegajosidad inconfundible de la sangre.

Conteniendo cierta sensación de asco, se arrodilló y, con los dientes apretados, enfocó con la Maglite al tiro de la chimenea.

Era difícil saber lo que estaba mirando. Parecía ser algo con pelo apelmazado. En medio del pelo, había un charco irregular de sangre húmeda.

El primer pensamiento aterrador fue que estaba mirando la parte superior de una cabeza humana, lo cual implicaría que la cabeza de alguien —o, más improbable, todo su cuerpo— estaba incrustada boca abajo en la chimenea.

Eso parecía imposible.

Al inclinarse para hacer un examen más atento, el olor se volvió más repulsivo.

Sacando fuerzas de flaqueza, se tumbó en la piedra de la chimenea delante del cajón de fuego y apuntó directamente la linterna hacia arriba, a la cosa peluda y sangrienta.

Era más grande que una cabeza humana. Quizás un animal. En ese caso, era grande. El pelo apelmazado era gris.

¿Podía ser un gran lobo?

Los lobos habían estado rondando el caso desde el principio.

Había una forma de descubrirlo. Cogió unas pinzas del soporte de hierro, junto a la leñera, y las usó para agarrar con fuerza el objeto.

Cuando tiró hacia abajo, se soltó: cayó en el cajón de fuego. Por un momento, dio la impresión de que estaba vivo y que se expandía. Gurney retrocedió, pero enseguida se dio cuenta de que estaba mirando una pila enrollada de ropa tosca de invierno: un sombrero de pelo manchado, un abrigo de lona sucio, botas de piel gastadas. Con la ayuda de las pinzas, arrastró el sombrero de pelo desde el cajón de fuego, lleno de cenizas, hasta el suelo. La mitad posterior del sombrero estaba saturada de sangre medio coagulada.

A continuación, tiró del abrigo de lana y las botas.

No había duda, era la ropa de Barlow Tarr.

Pero ¿por qué demonios estaba escondida en la chimenea de Norris Landon?

¿Y dónde estaba Tarr?

¿También lo habían matado?

La cantidad de sangre que vio en el sombrero lo hacía algo más que probable.

Pero ¿quién lo había matado?

Gurney recordó lo que le había dicho a Madeleine: «Parece que Tarr ha encontrado a Landon antes de que este lo encontrara a él».

Pero ¿y si había sido al revés?

¿Y si aquella escena sangrienta que habían visto junto al generador no era lo que parecía?

Eso le hizo temer por la seguridad de Madeleine. Justo entonces oyó un ruidito detrás de él, el minúsculo crujido de una bisagra. Gurney se levantó rápidamente y se volvió hacia la puerta de la *suite*.

Medio en la oscuridad del pasillo, medio iluminado por la tenue luz ámbar proyectada por las lámparas de queroseno, apenas podía distinguir el rostro de Norris Landon.

El hombre dio un paso hacia el interior del umbral. Llevaba una elegante pistola de pequeño calibre en la mano, con un silenciador en miniatura, el arma de un asesino que da la cara: ligera, silenciosa, fácil de ocultar. Su mirada pasó lentamente de Gurney al portátil abierto encima de la mesa de café, luego al sombrero de pelo de coyote lleno de sangre que reposaba en el suelo, luego de nuevo a Gurney.

Su mirada desprendía un odio frío.

—¡Estúpido!

Gurney sostuvo su mirada con calma. No dijo nada. Mejor esperar y comprobar qué posibilidades tenía de salir con vida de esta.

—En un mundo ideal, le habría acusado de traición.

—¿Por resolver cuatro asesinatos y salvar a un hombre inocente?

—¿Salvar a un hombre inocente? —El rostro de Landon estaba arrugado en una especie de mueca atroz e incrédula—. Cielos, Gurney, no tiene ni idea de los problemas que está causando, el caos que estoy tratando de arreglar. No tiene ni idea de lo que está en juego. Es peor que ese lunático de Tarr.

—¿El lunático que me dio su proyector?

Landon lo miró desafiante.

—Gente como Tarr son arena en los engranajes. Personas como usted son los que crean los problemas reales.

—¿Como yo?

Gurney eligió ese momento para lanzar una mirada a su tobillo derecho; apenas duró una fracción de segundo. Luego parpadeó unas cuantas veces, como para enmascarar el movimiento de sus ojos. Quería que creyera que estaba pensando en la funda de su tobillo.

Pero llevaba la Beretta en el bolsillo de la chaqueta. Esperaba que Landon hubiera captado esas miradas. Era un juego sutil.

—¿Qué quiere decir, gente como yo?

—Gente que lleva anteojeras —dijo Landon—, gente que se niega a ver la imagen mayor, la realidad del mundo en el que vivimos.

Ecos de Fenton, pensó Gurney. O Fenton había estado siendo el eco de Landon.

—Es una guerra, Gurney, no un juego. Es la guerra más grande y mortal de todos los tiempos. El enemigo no tiene reglas, solo un odio homicida por todo lo que defendemos. Es una guerra que hemos de ganar. Nuestro enemigo está decidido a destruirnos. Es una obsesión. Perder ante los bárbaros no es aceptable. Necesitamos todas las ventajas que podamos conseguir.

—¿Como el SIT?

Gurney movió su tobillo derecho ligeramente hacia delante. Landon percibió ese movimiento, justo antes de parpadear cuando oyó las siglas del programa de investigación de la CIA.

Landon levantó su pistola, apuntando al centro del pecho de Gurney.

—Siéntese.

—¿Dónde?

—En el suelo. De cara a mí. Al lado de la mesita de café. Mantenga las manos por encima de las caderas. Odio disparar en un espacio cerrado. Deja un zumbido en los oídos.

Gurney obedeció.

—Ahora extienda las piernas hacia delante.

Volvió a obedecer. El movimiento reveló la mitad inferior de un centímetro de la cartuchera de tobillo. Esperaba que Landon se acercara para quitarle la pistola. En cambio, le ordenó que arrastrara la pesada mesa de café hacia sus piernas extendidas y colocara las manos encima de la superficie. Así lo hizo: era una forma eficaz de impedirle alcanzar la cartuchera del tobillo.

Landon pareció complacido, luego adoptó una expresión socarrona.

—¿Qué iniciales son esas?

—SIT. Suicidio inducido por un trance. El programa que Sylvan Marschalk filtró a la prensa. La filtración que hizo que lo asesinaran.

Landon miró a Gurney con desprecio.

—¿Ese drogata traidor es uno de sus héroes?

—No lo conocí.

—Pero ¿cree que su muerte fue una gran pérdida para la humanidad? Deje que se lo aclare. Cuando un mierda como Sylvan Marschalk pone en peligro un programa que podría salvar las vidas de miles de norteamericanos, pierde la suya. No hay ningún derecho en las leyes de Dios o en la Constitución que permita debilitar imprudentemente nuestras defensas en tiempo de guerra. Y no lo dude: estamos en guerra.

—¿Y Barlow Tarr era el enemigo?

—Tarr era una distracción. Arena en los engranajes.

—¿Y mi mujer? ¿Es el enemigo? ¿O es solo arena en los engranajes?

—Usted y su esposa han decidido apoyar al bando equivocado.

—¿Quiere decir que estábamos retrasando la confesión de Richard Hammond?

—Estaban interponiéndose entre su país y un individuo que era un potencial activo estratégico. No es un buen lugar. Se le advirtió. Más de una vez.

—Supongo que Hammond fue identificado como potencial activo estratégico porque usted creyó que podía inducir el suicidio, una técnica por la que usted y sus amigos morirían..., o al menos matarían.

Landon no dijo nada. Su expresión era distante, no dejaba ver ninguna emoción.

—Así que cuando se enteró de que alguien a quien Hammond había hipnotizado se quejó de pesadillas que le hacían desear quitarse la vida, y cuando después se suicidó, y cuando eso ocurrió no una, sino cuatro veces, supuso que el problema del SIT se había resuelto. Bueno, si podía lograr que Hammond explicara cómo lo había hecho. No le importaba nada que confesara que lo había hecho. Se trataba únicamente de que confesara cómo lo había hecho. «Solo confiese y todo irá bien. Solo díganos cómo lo hizo. Solo muéstrenos cómo hacerlo. Confiese y podremos trabajar juntos. Confiese y podrá ser un asesor de los héroes que están salvando el mundo.» Lástima que no tuviera nada que confesar. Lástima que usted se equivocara. Lástima que tenga que hacer limpieza. No le gustaría que nadie de la CIA descubriera el espantoso error que cometió, que un estafador de poca monta logró engañarlo. Al ser usted un tipo tan listo, debe de ser bastante duro. ¿Qué hace la CIA con gente que la caga de esta manera? Apuesto a que nada bueno. Así que quiere asegurarse de que nadie sobrevive para contar la historia. Ya se ha deshecho de Steckle y de Tarr. Ahora tendrá que matarme a mí, a mi mujer, a los Hammond. Tiene que ser deprimente pensar en matar a tanta gente. O quizá no. Quizás es la clase de enfermo al que le excita apretar el gatillo. Pero antes de que siga adelante con eso, será mejor que se asegure de que no ha pasado nada por alto. Otro error estúpido podría resultar fatal.

Gurney habló con un tono relajado, confiado, casi divertido. Sabía que había una línea peligrosa entre provocar rabia y plantar una semilla de incertidumbre. Pero eso formaba parte del juego.

La expresión de Landon no delató nada.

Gurney improvisó.

—Hablando de errores fatales, antes de que cometa uno puede que quiera echar un vistazo a unas fotos que tengo.

—¿Qué clase de fotos?

Recordó el consejo de Madeleine. Solo entreabre un poco la puerta.

—De las que le harían plantearse dos veces su futuro.

—¿Dónde están esas fotos?

—En una memoria USB.

—¿Dónde?

—En mi bolsillo.

—¿Qué bolsillo?

—Este.

Gurney señaló el bolsillo derecho de su chaqueta. Al estar sentado en el suelo, quedaba justo por encima del borde de la mesita de café.

Landon le lanzó una larga mirada de valoración.

—¿He de tirárselo? —preguntó Gurney—. ¿O quiere venir a buscarlo?

Landon vaciló. Entonces se acercó un paso más y apuntó su pistola a la garganta de Gurney.

—Sáquelo poco a poco del bolsillo. Muy despacio.

Con el aspecto más ansioso e indefenso que pudo, Gurney metió lentamente la mano en el bolsillo.

En un solo movimiento fluido agarró la Beretta y, sin sacarla del bolsillo, apuntó en la dirección de Landon y empezó a disparar.

No estaba seguro de qué bala impactó en el hombre ni dónde; pero, en medio de la ráfaga de seis tiros, Landon emitió un aullido de fiera y se precipitó hacia atrás, hacia el pasillo. Para cuando Gurney logró levantar la pesada mesa de café de sus piernas, ponerse de pie y llegar a la puerta con la Beretta en una mano y la Maglite en la otra, el oscuro pasillo estaba en silencio. Enfocó atrás y adelante, pero no había ni rastro de Landon.

Apagó la linterna para evitar convertirse en un objetivo fácil y avanzó a tientas por el pasillo hasta su propia puerta. Introdujo la llave y la abrió.

Dentro, a la luz tenue de la lámpara de queroseno, vio a Madeleine, que tenía los ojos como platos y los dientes apretados. Esgrimía un atizador de hierro echado atrás como un bate de béisbol, lista para golpear. Lo miró durante cinco segundos antes de respirar y relajarse lo suficiente para bajarlo.

Después de contarle rápidamente lo que había ocurrido, volvió a la habitación de Landon y se llevó los portátiles, los móviles y el estuche de armas.

Entonces recargó la Beretta, hizo una suerte de barricada en su puerta y volvió a encender fuego.

El viento aullaba ferozmente. Ahí estaba el punto más fuerte de la tormenta. Ya no había nada que pudieran hacer hasta que llegara la luz del día.

75

La gran máquina

*D*ormir no era una posibilidad aceptable. Había demasiadas cosas en las que pensar.

En cierto modo, el caso había terminado. Las preguntas más desconcertantes habían hallado respuesta. El enigma se había resuelto. Pero en el camino se había creado un embrollo espantoso.

Y la burocracia probablemente haría que el embrollo fuera a más. Que la gente que estaba detrás de Norris Landon cooperara o que se comportara de forma transparente resultaba casi imposible de pensar. Si esa gente, de hecho, formaban parte de la CIA, no había ninguna posibilidad, siendo optimista. Que el DIC, por su parte, abriera una nueva investigación que provocara que su primer enfoque del caso pareciera, cuando menos, extravagante, sería lo menos esperable.

Desde un punto de vista emocional, no todo estaba tan claro.

Aquella noche sin descanso, Madeleine y él se acurrucaron juntos en el sofá, vestidos con su ropa de esquí y mirando al fuego. El gruñido y los crujidos de ese viejo edificio mantuvieron a Gurney nervioso, especulando sobre el estado, paradero e intenciones de Landon.

No podía dejar de especular. Del mismo modo, pensaba sobre el lugar que ocupaba Colin Bantry en la vida de Madeleine, acerca de si ella podría recuperarse, sobre la codicia y la crueldad de Austen Steckle, acerca de la historia retorcida de los Gall y sobre las obsesiones delirantes de aquellos que la odiaban y aquellos que aseguraban amarla.

Que Dios nos salve de nuestros salvadores, se dijo.

De vez en cuando, añadía un tronco al fuego. A veces, Madeleine se incorporaba y se estiraba en una de sus posiciones de yoga.

Extrañamente, con tanto por discutir, apenas hablaron.

Ambos empezaron a adormilarse con las primeras luces del alba. Poco después los despertó un pesado rugido mecánico.

Desconcertado, Gurney se dio cuenta de que procedía de fuera

JOHN VERDON

del hotel. Se calzó las botas, retiró la silla que había clavado bajo el pomo de la puerta del balcón y salió al viento frío.

El sonido parecía ir en aumento. Procedía de un gran camión amarillo que justo estaba girando hacia el camino del lago, en dirección al hotel. En la parte delantera del camión observó la pala quitanieves más grande que había visto: una abertura de al menos tres metros de ancho y metro y medio de alto. Las enormes cuchillas que echaban el hielo y la nieve en esas fauces gigantes rotaban lo bastante deprisa para verse borrosas. Las segundas hojas propulsoras, puestas en marcha por las primeras, tenían que estar funcionando a una velocidad todavía mayor, a juzgar por la energía con la cual el material expulsado, convertido en polvo, se elevaba desde la tolva de eliminación.

A una altura de doce o quince metros, un fuerte viento cruzado arrastraba ese géiser de hielo y nieve finamente pulverizados hacia el bosque de pinos. Cuando la máquina llegó a la altura del descampado de delante del hotel, donde el viento soplaba con más fuerza, el polvo congelado fue arrastrado decenas de metros por encima del lago.

La máquina pasó de largo del hotel en dirección al chalé y la casa de los Gall, despejando sin esfuerzo la superficie del camino de más de un metro de hielo acumulado.

Madeleine salió al balcón a su lado.

—¿No deberías pararlo y darle un mensaje para la policía?

—El camino termina en la mansión de los Gall. Ha de volver por el mismo sitio. Entonces lo haré.

Madeleine miró hacia la iluminada cima del este.

—Gracias a Dios que ha parado de nevar. Pero hace un frío gélido. Deberíamos volver a entrar.

—Sí.

Entraron, cerraron la puerta con fuerza y se quedaron junto a la ventana.

Madeleine mostró una sonrisa frágil.

—Parece que hoy el cielo podría ser azul.

—Sí.

—¿En qué estás pensando?

—Me pregunto qué hace un vehículo del condado despejando un camino privado.

Madeleine lo miró.

—¿No debería ser algo que te alegrara, en lugar de preocuparte?

—Puede que ambas cosas. Tú puedes alegrarte. Yo me preocuparé.

—Ese parece tu trabajo habitual. —Hizo una pausa—. Creo que estoy lista para irme de aquí. ¿Y tú?

—Estoy más que listo. Pero una vez que se entere la policía, ten-

416

dremos que declarar… sobre todo lo que ha ocurrido aquí. Podría llevar su tiempo. Luego podremos marcharnos.

Madeleine miró ansiosamente la carretera.

—Quizá deberías bajar ahora para que no se te escape al pasar.

—Sí. Iré ahora. Cierra la puerta con llave.

Como precaución ante la posibilidad de que Landon lo pillara con la guardia baja, sacó la Beretta del bolsillo y la sostuvo en la mano, con el cañón hacia abajo.

Bajó y esperó junto a la puerta principal, levantándose el cuello de la chaqueta contra el viento cortante. Aquella enorme máquina reapareció al cabo de un par de minutos. Para desconcierto de Gurney se apartó del camino y se dirigió al hotel. Con la pala quitanieves bajada, avanzó hacia él, frenó debajo del soportal y se detuvo. El gran motor diésel se mantuvo ruidosamente al ralentí durante unos segundos antes de quedar en silencio.

El chófer bajó de la cabina, sacándose el gorro de lana y la gruesa bufanda que, juntos, le cubrían toda la cara, salvo los ojos.

—Joder, hace un frío brutal. ¿Cómo cojones vives aquí?

—¿Jack?

—No, soy tu madrina. Joder, me estoy helando. ¿Podemos entrar?

Gurney señaló al vehículo.

—¿Dónde…? ¿Cómo has…?

—Lo he pedido prestado. No podía llegar de otra manera. Demasiada jodida nieve. Adirondack, mis pelotas. Esto es la puta Siberia.

—¿Has pedido prestado eso?

—Un poco prestado, un poco requisado. Ya sabes, emergencia policial, etcétera.

—Pero tú no eres de la policía.

—No había tiempo para minucias. La cuestión es que os traigo una noticia muy interesante. Por cierto, ¿alguna razón especial para que lleves esa pistola en la mano?

—Un larga historia. El resumen es que Austen Steckle está muerto, Barlow Tarr está muerto y he disparado a un agente de la CIA que podría estar muerto o no.

—¿Has estado ocupadito, eh cabrón?

—Bastante ocupado, sí.

Gurney le explicó la ingeniosa trama de Steckle para hacerse con el control de la fortuna de los Gall, y cómo se habían mezclado su estratagema de pesadilla fatal con las ambiciones de control mental del grupo de Landon en la CIA.

—¿Así que al final supusiste que Landon estaba tratando de salvar su carrera eliminando todos los rastros de su error?

—Algo así.

—¿Eliminando a todos los que conocían la verdad, empezando por Steckle?

—Supongo que sí.

—¿Y terminando contigo y con Madeleine?

—Muy probablemente.

—Joder. Es difícil de saber quién era peor, Steckle o Landon.

Gurney respondió sin vacilación.

—Landon.

—¿Por?

—Steckle era un demonio. Landon era un demonio que pensaba que era un ángel. Los que creen que son ángeles son los peores de todos.

—Puede que tengas razón.

—Bueno, ¿cuál es esa noticia tan interesante?

—Ahora importa poco, considerando el hecho de que Steckle está muerto, pero Esti examinó un poco más la vida anterior de Steckle como Alfonz Volk, que también es el apellido del hombre que se casó con su madre.

—Lo sé.

—¿También sabías que el tipo y el nombre eran eslovenos?

—Sí. Le pregunté a Steckle por eso.

—Maldito cabrón, has estado más ocupado de lo que pensaba. Pero esta es la gracia: cuando le conté a Esti lo de la araña Pardosa, empezó a estudiar los nombres de toda la gente relacionada con el caso o con el lago del Lobo. Y descubrió algo. ¿Tienes alguna idea de qué significa Volk en esloveno?

Gurney sonrió. La noticia llegaba un poco tarde, pero era agradable confirmar las sospechas.

—¿Lobo?

—Exacto. Y ahora, por favor, ¿podemos entrar antes de que se me queden los huevos como cubitos de hielo?

76

Completamente jodido

*T*ras elegir el Salón del Hogar (que solo tenía una puerta de entrada, que no tenía ventanas y desde donde se podía ver perfectamente la recepción) como el mejor sitio para sentarse y discutir los siguientes pasos, Hardwick empezó a hacer fuego mientras Gurney subía a buscar a Madeleine.

La encontró de pie ante el lavabo, vestida con vaqueros y un suéter, lavándose los dientes. Madeleine se detuvo y le dedicó una sonrisita extraña.

—Solo estaba tratando de sentirme normal.

Preguntó si el hombre del quitanieves había accedido a llevar un mensaje a la policía.

Dave le contó que Hardwick se había apropiado del enorme quitanieves y le habló del hallazgo de Esti Moreno que relacionaba a Steckle con Brightwater.

Ninguna de esas cosas pareció sorprenderla.

—¿Qué hacemos ahora?

—Hemos de encontrar a Landon, ver cómo están los Hammond, ver cómo está Peyton, verificar el estado de los generadores, avisar al Departamento del *Sheriff* y al DIC. Hay que hacer un montón de cosas más después de eso, pero no las haremos nosotros.

Ella sonrió y asintió.

—Lo has hecho.

—¿Qué?

—Has salvado a Richard.

Dave sabía que era inútil señalar que ese nunca fue el objetivo. Además, tampoco podía estar seguro de que seguía vivo.

—Ahora mismo hemos de ir con Jack. Tenemos que decidir quién va a hacer qué.

Recorrieron el pasillo oscuro hasta la escalera principal, iluminada ahora por la luz de la mañana, que se colaba por las ventanas de la recepción y las puertas acristaladas. Oyeron voces en el Salón del Hogar.

—Parece que son Richard y Jane —dijo Madeleine con una sonrisa de alivio.

Así pues, los Hammond estaban vivitos y coleando. Jane había entablado una intensa conversación con Hardwick mientras Richard permanecía a un lado, escuchando.

Cuando Jane vio que Gurney entraba en el salón con Madeleine, se detuvo a media frase y se volvió hacia él, con los ojos ensanchándose de esperanza.

—¿Es cierto? ¿De verdad ha terminado?

—En lo que se refiere al caso contra Richard, diría que ha terminado. Está claro que era solo la quinta víctima de una complicada trama. No hubo trances ni suicidios. Fueron asesinatos. El crimen era complejo, pero los motivos eran simples: avaricia y control.

Les repitió, más o menos, lo que le había contado a Hardwick.

Jane se quedó con la boca abierta.

—¡Dios mío! No sabíamos nada. Nada en absoluto. Cuando el quitanieves llegó al chalé y pudimos usar el coche por fin, pensamos que deberíamos venir al hotel, para asegurarnos de que usted y Madeleine estaban bien y para preguntar a Austen por los generadores. Cuando entramos, encontramos a Jack y, bueno, aquí estamos.

Richard dio un paso adelante y le tendió la mano.

—Gracias, David.

Fue lo único que dijo, pero sonó tan sincero que parecía suficiente.

Jane asintió con entusiasmo.

—Gracias. Muchas gracias. —Se acercó a Gurney y lo abrazó, entre lágrimas. Se acercó a Hardwick y le dio otro abrazo—. Gracias a los dos. Muchísimas gracias. Nos han salvado la vida.

Hardwick parecía ansioso por llevar la conversación a un lugar menos emotivo.

—Si tiene algún interés en presentar una demanda contra la policía del estado o contra Fenton, personalmente…

Richard lo cortó.

—No. Que haya terminado es suficiente para mí. Por lo que me está contando, la tesis de Fenton acerca del caso se ha derrumbado por completo. Bien. Solo quiero que esto sea el final.

Apenas había dicho «el final» cuando la puerta del hotel se abrió y el propio Fenton entró en la recepción, seguido por un agente de uniforme. Este tomó posición junto a la puerta mientras Fenton caminaba hacia el Salón del Hogar. Se detuvo en el arco de entrada.

Su mirada pasó de rostro a rostro y terminó por detenerse en el de Hardwick. Su boca se retorció en una mueca.

—Bueno, bueno. Así que al final era cierto. Había oído un desagradable rumor de que mi viejo amigo Jack estaba intentando joderme este importante caso. Me negué a creerlo. Imposible después de todo lo que habíamos pasado juntos. Y entonces, justo esta mañana, he recibido una llamada del Departamento de Carreteras. Me dijeron que alguien que aseguraba ser el DIC había expropiado un equipamiento de carreteras. Querían saber cuándo se lo devolveríamos. No podían recordar exactamente el nombre del tipo, algo como Hardon o Hardick. Bueno, eso sonaba familiar. Pensé que debería ocuparme yo mismo. Así que aquí estoy, y mira a quién encuentro en posesión de ese vehículo robado. Lamento decirlo, pero me parece que todos los presentes en esta sala están implicados. —La sonrisa se extendió en una mueca sádica—. Es un asunto grave. Me temo que no puedo dejar que una amistad pasada se interponga con mi deber actual.

Hardwick sonrió. Su tono fue cordial:

—¿Sabes, Gil? Nunca tuviste mucho cerebro. Pero ahora mismo estás batiendo un récord de gilipollez.

Quizá porque entre el tono y las palabras no había relación alguna, Fenton tardó un momento en comprender lo que decía. Avanzó hacia Hardwick. El policía situado junto a la puerta exterior caminó hacia el Salón del Hogar con la mano en su Glock enfundada.

Viendo el desastre que se avecinaba, Gurney intervino de la única manera que se le ocurrió:

—Austen Steckle está muerto. Norris Landon lo ha matado.

Fenton se detuvo. Igual que el agente que lo acompañaba.

Parecían completamente desconcertados, como si Gurney les estuviera anunciando que unas naves alienígenas acababan de aterrizar en el planeta.

Durante los siguientes diez minutos, Fenton no se movió del sitio. Escuchó con rostro pétreo (salvo por un fugaz tic en la comisura del ojo) el detalle del plan de Austen Steckle, con aquella ilusión de los suicidios inducidos, cómo aquello había captado la atención de gente relacionada con la seguridad nacional y el intento desesperado y fatalmente fallido de Landon por taparlo.

Al final, murmuró una pregunta, una sola palabra.

—¿Steckle?

Gurney asintió.

—Un hombre muy inteligente. Probablemente, el único asesino

en la historia que convenció a sus víctimas para anunciar a los cuatro vientos que sentían ganas de suicidarse.

—¿Y usted disparó a Landon?

—Tuve que hacerlo. Iba a matar a todos los que estaban aquí, incluido yo mismo, que pudieran revelar su interpretación equivocada de los suicidios. En su mundo, la credulidad es un pecado imperdonable.

Fenton asintió como conmocionado. El silencio terminó al cabo de unos segundos con un alboroto en la recepción, en el que apenas pareció reparar.

Un hombre fornido con chaqueta de cuero había entrado por la puerta principal y estaba hablando con el agente en voz alta, exigiendo una escolta policial para dirigirse al hospital regional de Plattsburgh.

La primera idea de Gurney fue que podría tener algo que ver con Landon. Pero cuando el agente interrogó más a fondo al hombre, explicó que tenía a Peyton Gall «y una dama» en el Mercedes de Gall, y que Peyton y la dama podrían o no haber muerto congelados al «quedarse dormidos después de tomar unas cuantas copas» en una bañera caliente que se convirtió en agua helada durante el apagón. Eso, en opinión de Gurney, era lo suficientemente extravagante para ser cierto.

Cuando el policía le preguntó a Fenton cómo quería que lo manejara, este lo miró desconcertado y murmuró:

—Haga lo que quiera.

El agente volvió y le dijo al hombre (al que Gurney reconoció entonces como el vigilante poco amistoso de la puerta de la casa de Peyton) que llevara a sus pasajeros congelados a Plattsburgh lo mejor que pudiera. El hombre se quejó, maldijo y se marchó.

Con Fenton un poco en fuera de juego, Gurney sugirió al agente que pidiera refuerzos para empezar a buscar a Landon, para que un equipo de la escena del crimen se ocupara del cadáver que estaba junto a los generadores y del de arriba en la *suite*, para que un electricista restableciera la corriente y para que otro investigador jefe del DIC proporcionara la ayuda necesaria, dadas las circunstancias. Hizo aquellas sugerencias con la suficiente claridad para que todos las oyeran, de manera que el agente pudiera interpretar la ausencia de objeciones de Fenton como un visto bueno para actuar de ese modo.

Explicando que su radio era más fiable en la cumbre que en el hotel, el agente salió para cumplir con su misión. Fenton lo siguió desde el hotel al coche patrulla, pero no entró en él. Cuando el coche

patrulla se marchó, Fenton permaneció debajo del soportal, mirándolo.

—Está completamente jodido —dijo Hardwick.

—Sí.

Hardwick tosió en un pañuelo sucio.

—Será mejor que devuelva el quitanieves prestado al aparcamiento del Departamento de Carreteras y acabe con ese rollo del vehículo robado.

—Buena idea.

—Dejé la furgoneta de Esti donde cogí el quitanieves, así que la
cogeré y volveré.

—Cuando estés en una zona con cobertura, informa a tus contactos en Palm Beach, Teaneck y Nueva Jersey. Cuéntaselo a Esti.
Cuéntaselo a Robin Wigg. Cuéntaselo a quien te apetezca. Quiero
asegurarme de que no haya forma de que nadie pueda manipular
todo esto y hacerlo desaparecer

—Hasta lo pondré en el puto Twitter... si es que aprendo cómo
funciona eso. —Se aclaró la garganta de manera desagradable, se
abrochó la chaqueta y fue hasta aquella máquina gigante.

Hardwick y Fenton ni se despidieron.

77

Molido

*P*oco después de que Hardwick se marchara, los Hammond anunciaron su intención de regresar al chalé y hacer las maletas. Aunque nada era seguro y todavía había que concretar el momento, imaginaban que volverían pronto a Mill Valley.

La parte que correspondía a Peyton de la herencia de Ethan incluía el hotel, el lago y no pocos centenares de hectáreas de terreno salvaje de las Adirondack. No había forma de saber cuáles podían ser sus planes; pero si Richard estaba seguro de algo, era de que no tendría lugar (ni ganas) con el nuevo propietario.

Cuando los Hammond salieron al camino del lago, el sol ya se había elevado muy por encima de la cumbre oriental y había convertido los cristales de hielo en el aire en puntos de luz brillante. Madeleine parecía ansiosa por salir de la penumbra del hotel a la brillantez del día.

Gurney sacó sus chaquetas gruesas, las bufandas, los guantes y los gorros de la habitación. Se enfundaron la ropa de invierno y salieron a aquel aire frío y claro.

Fenton, que quería evitar cualquier contacto personal, se apartó del soportal y anduvo lentamente por el camino del lago, en el sentido contrario al que habían tomado los Hammond.

—Supongo que debería sentir compasión por él —dijo Madeleine—, pero cuando pienso en lo que le hizo a Richard… —Negó con la cabeza—. Qué horror.

—Fue todo una ilusión.

—¿De Fenton?

—De todos. Ethan quería creer que su programa de rehabilitación había transformado al sociópata Alfonz Volk en el recto Austen Steckle. Landon quería creer que el secreto de la técnica de control mental que habían estado persiguiendo durante años estaba finalmente a su alcance, si conseguían obligar a Hammond a divulgarla.

Fenton quería creer que era un buen soldado, que estaba en el lado correcto de una guerra justa.

—¿Y Steckle?

—Steckle quería creer que conseguir el control absoluto de todo y eliminar a cualquiera que pudiera arrebatárselo le haría, por fin, completamente feliz.

—¿Y yo?

—¿Tú?

—No me quedé corta con lo de las ilusiones. De verdad creía que me había enfrentado con ese terrible desastre de mi adolescencia, solo porque se lo había contado a un terapeuta. Quería creer que lo dejaría todo atrás. Y creo que él quería creer que sus capacidades terapéuticas habían obrado maravillas. Dios, no son las mentiras que nos cuenta la gente las que nos hacen verdadero daño. Son las mentiras que nos contamos nosotros mismos, las que estamos desesperados por creer.

—Es triste cómo podemos estar tan equivocados en tantas cosas.

Madeleine le sonrió.

—¿Podemos caminar hasta el lago?

—Claro.

Cuando estaban cruzando el camino, una mancha de color que vio en la capa de un centímetro de nieve prensada que la máquina había dejado atrás llamó la atención de Gurney.

Era del color de la sangre.

Unos pasos más allá, había otra mancha roja similar.

Alcanzaron el otro lado del camino sin ver ninguna más.

Madeleine giró en dirección al camino de la cumbre, el mismo por el que se había marchado Fenton. Mientras continuaban paseando, ella le tomó del brazo.

—¿Por qué Landon tuvo que matar a Barlow Tarr?

Gurney estaba pensando en esos puntos en la nieve, sangre casi con toda seguridad. Tardó un momento en responder.

—¿Por qué? Quizá temía que Tarr supiera algo. O tal vez solo es que odiaba la interferencia de Tarr, odiaba que hubiera tenido la temeridad de quitar esos instrumentos del desván. Recuerdo que se quejó de la debilidad de Tarr por el caos. Eso podría haber sido motivo suficiente para un fanático del control como Landon.

—¿Por qué pasar por el problema de ponerle su abrigo y sus botas al cadáver?

—Improvisación. Podría haberle parecido una idea útil en ese momento, para crear confusión y cogernos con el pie cambiado. No estoy seguro de que tuviera tiempo de pensarlo. Al final, Landon estaba bajo una tremenda presión. Su vida, su carrera, todo estaba en juego. No trabajaba para una agencia que perdone. Estaba bailando lo más deprisa que podía, tratando de esquivar las consecuencias de sus propios errores. Creo que estaba improvisando su plan de huida sobre la marcha.

—Qué forma más espantosa de vivir.

—Sí.

Mientras caminaban en silencio, sin rastro de Fenton en el camino que tenían por delante, a Gurney se le ocurrió una idea inquietante (quizás porque dijo eso del plan de huida), la idea de que Fenton, a la luz de su enorme error de cálculo, podría estar lo bastante desesperado para pegarse un tiro.

Compartió ese miedo con Madeleine.

Ella negó con la cabeza.

—Lo dudo. Me parece la clase de hombre que comete un montón de errores, crea problemas y dolor en las vidas de otras personas, pero siempre encuentra una forma de racionalizar lo que ha hecho y culpar a otro. No es un buen tipo.

Gurney no podía estar en desacuerdo con eso.

—Estoy empezando a tener frío —dijo ella—. ¿Podemos volver al hotel?

—Por supuesto.

—Estoy deseando regresar a casa.

Gurney hizo una pausa.

—¿Sientes que venir aquí te ha ayudado algo a enfrentarte con el pasado?

—Creo que sí. Ya no espero más un borrador mágico. Y creo que ahora puedo pensar en Colin sin sentirme destrozada por lo que ocurrió. ¿Y tú?

—¿Yo?

—Tu caso de asesinato... ¿Cómo te sientes por cómo ha terminado?

Pensó en las gotas de sangre en la nieve y se preguntó si de verdad había terminado.

Ella lo miró con curiosidad.

Estaba buscando una forma de responder a su pregunta sin volver a aterrorizarla cuando le distrajo un vehículo que bajaba de lo alto del camino.

Resultó ser Jack Hardwick en la furgoneta de Esti Moreno.

Cuando llegó a ellos, se detuvo y señaló atrás con el pulgar.

—He visto al capullo de Gilbert allí atrás. Parece que está sopesando la perspectiva de tener ante sí una carrera completamente jodida. ¿Sabéis lo que os digo? Que se joda. —Esbozó una sonrisa deslumbrante—. He hecho algunas llamadas. Igual que el agente que vino con Fenton. La caballería está en camino. ¿Alguna señal de Norris, el espía?

—De momento, no —respondió Gurney.

—Pégale un tiro si lo ves —dijo Hardwick con alegría—. Te veo en el hotel.

Subió la ventanilla y avanzó el último centenar de metros hasta el soportal. Bajó de la furgoneta, encendió un cigarrillo y se apoyó en el parachoques trasero.

Cuando llegaron a la zona donde él había visto las manchas rojas en la nieve, Gurney le dijo a Madeleine que quería echar un vistazo a las huellas antes de que llegaran los vehículos policiales, cosa que no era completamente falsa. Ella, después de dedicarle una mirada suspicaz que dejaba claro que sabía que estaba ocultando algo, se alejó y esperó en la furgoneta con Hardwick.

Gurney imaginó una suerte de cuadrícula mental, de unos doce por doce metros, en torno a las manchas rojas. A continuación, caminó poco a poco atrás y adelante dentro de la cuadrícula, moviéndose gradualmente en la dirección del lago.

Cuando había llegado casi hasta el borde del camino, vio un trozo de algo negro y metálico incrustado en la nieve; el peso del quitanieves lo había aplastado contra la superficie del camino. Apartó con la punta de la bota la cantidad justa de nieve para poder verlo mejor. Era un silenciador compacto, unido al cañón de una pistola de pequeño calibre. La última vez que la había visto estaba en la mano de Landon.

Lo que dedujo a continuación, casi le hizo vomitar.

Recordó haber mirado por la ventana esa mañana, con la primera luz del alba…, haber oído el gigantesco quitanieves acercándose…, haber observado cómo atravesaba sin esfuerzo los ventisqueros con nieve hasta la cintura que enterraban la mayor parte del camino. Podía recordar la columna de hielo y nieve pulverizados que salía propulsada con el giro de las cuchillas, disparada hacia arriba en el viento y arremolinándose sobre el lago.

Apretando los dientes para contener las arcadas que le subían por la garganta, se obligó a salir caminando a la superficie helada. Al principio no vio nada más que nieve, nieve que volaba en ráfagas y torbellinos sobre el hielo. Continuó caminando, casi hasta el centro del lago. Entonces vio lo que estaba buscando y esperaba no ver. Allí, en la nieve acumulada, había un pequeño jirón de tela. Y luego otro. Cuando siguió caminando, vio una tira de algo que podría ser carne. Y más adelante, una astilla de algo que podría ser hueso.

Se volvió, moviéndose con toda la calma que pudo reunir, hasta que finalmente se unió a Madeleine y a Hardwick junto a la furgoneta.

Al principio, ella lo miró inquisitivamente, luego con preocupación.

—¿Deberíamos entrar?

Gurney asintió.

Cuando avanzaban hacia la puerta del hotel, Hardwick miró a lo largo del camino y se llevó la mano a la oreja.

—¡Aquí vienen!

Empezó a tararear la canción de *El llanero solitario* cuando una procesión de vehículos policiales apareció en el camino del lago.

Durante un rato, Gurney y Madeleine tuvieron el Salón del Hogar para ellos solos. Ella cogió una botella de agua mineral del armarito de debajo de la barra y se la bebió.

—¿Quieres hablarme de eso? —le dijo después de un largo silencio.

Gurney se entretuvo. Quería que su estómago se asentara y aclarar las ideas.

—¿De qué?

—De lo que has visto allí fuera.

No se le ocurrió forma alguna de decirlo con más suavidad.

—He visto lo que queda de Norris Landon.

—Oh, Dios —dijo Madeleine con ojos horrorizados.

—Aparentemente, no llegó muy lejos después de que le disparé. Parece que se derrumbó en el camino. Y la nieve lo cubrió.

—Lo cubrió…, y entonces esta mañana… Jack… Oh, Dios.

—Sí. Oh, Dios. ¿Qué más se puede decir?

Después de todo lo que había visto en su carrera en homicidios, incluso después de los horrores que había visto justo la noche anterior, le impresionó el destino de Landon: su cuerpo molido en miles de pequeños fragmentos. Quizá fuera un desagradable y horrible recuerdo del destino de todo ser humano.

Polvo al polvo. Con saña.

Empezó a invadirle un súbito agotamiento.

Madeleine le tomó la mano.

—Ven, siéntate en el sofá.

Se dejó llevar hasta allí. Ella se sentó a su lado, sosteniendo su brazo con fuerza contra su cuerpo.

Gurney perdió la noción del tiempo.

—Al menos ahora ha terminado —dijo ella al cabo de un rato.

—Sí.

—¿Qué les contarás?

—¿A quién?

—A la policía. Están fuera ahora, hablando con Jack.

—Solo les contaré lo que sé con seguridad. Lo que sé con seguridad, lo que realmente vi, lo que podría jurar… es que disparé a Norris Landon y que él desapareció en el pasillo oscuro. —Hizo una pausa—. El resto depende de ellos. He hecho todo lo que he podido. Pueden atar los cabos sueltos como quieran. A partir de ahora, es su caso.

Estaba pensando que el invierno acababa de empezar.

La nieve caería y seguiría cayendo.

El viento soplaría desde el pico Cementerio y el Colmillo del Diablo.

Y, al final, el lago del Lobo guardaría para sí su último y sangriento secreto.

Había terminado.

Al menos por el momento.

Al menos en lo que a él respectaba.

Había resuelto aquel enigma imposible.

Apoyó la cabeza en el hombro de Madeleine.

La calidez del cuerpo de su mujer fluyó en él.

Mientras se quedaba dormido, poco a poco, se preguntó distraídamente adónde habría ido el halcón.

Dónde volaría en círculos la próxima vez.